2 第二卷

徐中玉 著 方克强 编

徐中玉

文集

华东师范大学出版社

徐中玉文集

第二卷　目　录

1

鲁迅遗产探索　543

鲁迅生平思想及其代表作研究

内容简介

　　本书是作者"现代中国文学作家与作品研究"的第一卷。卷首有导论一篇，扼要指出现代中国文学的特点、成就和无限光辉的发展前途。接着就是第一卷正文，专门研究鲁迅先生的生平、思想及其代表作品，而以代表作品的分析讨论为重心。作者在这里由"鲁迅研究"的现有基础出发，从思想上、艺术上比较全面地分析讨论了鲁迅先生的《狂人日记》、《孔乙己》、《药》、《故乡》、《阿Q正传》、《祝福》六篇小说和《灯下漫笔》、《论"费厄泼赖"应该缓行》、《"友邦惊诧"论》、《我们不再受骗了》、《为了忘却的记念》五篇杂文，这些都是公认的鲁迅先生最重要的代表作。

　　这是作者以多年来在中山、山东、沪江、同济、复旦诸大学中文系担任"现代文学"及有关课程预备教学的资料和最近在华东师范大学中文系主讲"现代中国文学"写下的部分讲稿为基础，复几经修改补充而成的一部著作。对于大学和专门学院文科的师生、中学语文教师、一般文艺工作者以及爱好文艺的人，都是一本值得参考的书籍。

　　"现代中国文学作家与作品研究"的第二卷，将研究茅盾、叶绍钧、夏衍、巴金、老舍、张天翼、沙汀七位作家和他们在一九四二年以前的散文代表作品。第三卷则将研究丁玲、周立波、赵树理、刘白羽、柳青、杨朔、马烽等作家和他们自一九四二年以来的散文代表作品。两卷初稿作者都已写好，正在积极修订中，不久即可出版。

自　序

　　写作"现代中国文学作家与作品研究"的目的,从我自己来说,是想藉此把十多年来在教学过程中所蓄积起来的资料和意见加以整理,使自己一点很贫乏肤浅的认识能在较有系统的研究中逐渐明确起来,巩固起来,并希望有所提高。从我所担任的教学工作来说,则是想藉此和各地工作任务相同或相近的同志们交流经验,便于请教,同时也勉力提供一些意见作为参考,因为我知道,目前对于这类问题的较有系统的参考材料,大家都极感需要,但事实上却很缺少。

　　"现代中国文学作家与作品研究"的散文作家与作品部分将分三卷出版。第一卷除导论一篇概述现代中国文学的特点、成就、努力方向和无限光辉的发展前途外,专门研究我们伟大的奠基者与导师鲁迅先生的生平思想及其最重要的代表作品。第二卷研究茅盾、叶绍钧、夏衍、巴金、老舍、张天翼、沙汀等作家,和他们在一九四二年以前的代表作品。第三卷则研究丁玲、周立波、赵树理、刘白羽、柳青、杨朔、马烽等作家,和他们自一九四二年以来的代表作品。诗歌和戏剧作家与作品部分的研究,打算在散文部分的研究告一段落之后再继续进行。

　　在这里,我将对每一位研究到的作家都或多或少谈到他们的生活历史和创作发展的道路,但重心则在于他们的作品。在所研究到的作品中,绝大部分都是向来被公认的各作家的最重要的代表作。我将从思想内容上、艺术形式上同时来分析讨论这些作品,指出它们的成就和意义,但如认为这些作品中还有某方面存在着弱点的,我也将把它提出来藉以引起进一步的探索。要对文学作品做出具体的恰到好处的艺术分析,确实不是一件易事,对于这种深入细致的工作目前还很少成功的榜样,然而不论在教学上、创作上、研究上,现都十分需要这样的著作。我在这方面是正开始学习，根本说不上有何成绩，希望终能摸索出一条正确可行的道路来。

在这里，我将尽可能的从"现代中国文学研究"的现有基础出发来谈问题。可是我的能力太薄弱，见闻太狭小，恐怕只有在继续不断的努力学习之后，才能真正达到这个目标。我热望读者们能大力给我批评和指正。

徐中玉

一九五三年十二月二十七日于华东师范大学中文系

导论:现代中国文学的特点、成就、努力方向和无限光辉的发展前途

一、特　点

无产阶级领导的,人民大众彻底地不妥协地反帝反封建的革命文学

现代中国文学是从"五四"运动以后才开始的。毛泽东主席在《新民主主义论》里指出:"五四运动的杰出的历史意义,在于它带着为辛亥革命还不曾有的姿态,这就是彻底地不妥协地反帝国主义,和彻底地不妥协地反封建主义。"又说:"五四运动所进行的文化革命,则是彻底地反对封建文化的运动,自有中国历史以来,还没有过这样伟大而彻底的文化革命。当时以反对旧道德,提倡新道德,反对旧文学,提倡新文学,为文化革命的两大旗帜,立下了伟大的功劳。"①在此以前,中国文学中也有过"白话"、"语体"的作品,但所以一直要到这个运动之后产生的作品才得称为"新文学"或"现代文学",这中间最重大的关键,就在文学以至整个革命运动的领导,已从资产阶级改换为无产阶级了。由于资产阶级本身的无力,和世界已经进到帝国主义的时代,"在五四以前,中国的新文化运动,中国的文化革命,是资产阶级领导的,它们还有领导作用。在五四以后,这个阶级的文化思想却比较它的政治上的东西还要落后,就绝无领导作用",领导的责任,就不得不落在无产阶级文化思想的肩上了。②

无产阶级对于"五四"新文化运动的领导,是通过当时在实际上代表工农劳

---

① 毛主席:《新民主主义论》,《选集》第二卷,页六七一。
② 同上,页六六九—六七〇。

动群众,受了十月革命影响,接受了马克思列宁主义思想的革命知识分子和青年来实现的。正是因为有了最革命的无产阶级的领导,最科学的无产阶级思想的领导,所以这个新文化运动才能和"五四"以来的政治革命运动一样,有着中国历史上所不曾有过的彻底性和不妥协性。也正是因为这样,所以中国人民在今天才能够在政治革命和文化革命、文学革命上取得空前的胜利。

现阶段中国的革命是朝着社会主义前进的革命,中国革命的这种性质就决定了现代中国文学的性质。这就是说,经过"五四",中国文学已经不是过时的旧民主主义的文学,而是无产阶级领导的人民大众彻底地不妥协地反帝反封建的,朝着社会主义方向前进的革命文学了。现代中国文学的这种性质,显然和"五四"以前的中国旧文学有着根本的不同。

"五四"以后,我们还继承了中国古典文学悠久的优秀的现实主义传统,于是以鲁迅这位"文化革命的主将"为首,在新文学运动的初期,就产生了社会主义现实主义的因素,现代中国文学从此就沿着这个方向逐渐发展,坚实起来。

毛主席《在延安文艺座谈会上的讲话》的伟大历史意义

在短短的三十年间现代中国文学却经历了两次伟大的革命。如果说"五四"是这种革命的第一次,那么一九四二年毛主席《在延安文艺座谈会上的讲话》的发表和它在文学上所引起的变革,如周扬同志所说,就是继"五四"之后的第二次更伟大更深刻的文学革命,因为"这个讲话不但有力地扫荡了一切帝国主义、封建主义的反动文艺,而且特别针对各种小资产阶级的文艺思想和倾向,进行了严正而尖锐的批判"。[①] 在另一方面,"这个讲话在中国革命文艺运动上第一次明确地深刻地解决了文艺工作中的根本问题——文艺和工农兵群众结合的问题,并由此给文艺工作者和一切革命知识分子指出了如何改造自己,以求得和工农兵群众相结合,如何为工农兵群众服务的正确道路"。[②] 这就是说,一切前进的和革命的文艺工作者心须确立共产主义世界观、人生观,掌握正确的思想方法和社会主义现实主义的创作方法,必须成为革命事业的英勇战士,只有这样才能真正和工农兵群众相结合,为工农兵群众服务。毛主席的这个讲话"出色地把马史思主义文艺理论具体地运用到中国环境中并创造性地加以发

---

① 周扬:《坚决贯彻毛泽东文艺路线》,在同名文集内。

② 《人民日报》社论:《继续为毛泽东同志所提出的文艺方向而斗争》,一九五二年五月二十三日。

展,模范地使文艺理论和文艺政策紧密结合。这个著作不但成了中国人民文艺运动的战斗纲领,而且对世界人民的革命文艺运动发生了指导的影响和作用"。① "这个讲话,不仅对于文艺工作的前进和发展,具有伟大的指导意义,而且对于一切思想工作、一切革命工作的前进和发展,都具有伟大的指导意义。这是一部关于革命文艺的,也是关于革命的思想工作的辉煌的科学著作"。②

自从有了这个《讲话》,现代中国文学的社会主义现实主义的基本方向是更加明确了,文艺工作便获得了巨大的成就。文艺开始作到真正和广大的人民群众密切结合,开始作到真正首先为工农兵服务,许多作品从内容到形式都起了极大的变化,受到广大群众的欢迎。毛主席的文艺思想不但深入到了广大文学工作者的内心,也照亮了他们的眼睛,出身在小资产阶级的作者纷纷在实际工作和革命斗争中努力改造自己的思想,同时从工农兵的队伍中也开始涌现出自己的作家。这一切,说明现代中国的文学,由于有了毛主席这个《讲话》,由于毛主席明确地指示了社会主义现实主义的诸创作原则,已经开辟了一个更新的时代,推进到了一个更高的历史阶段。

现代中国文学很明显的可以划分为两大阶段:第一阶段自"五四"到《讲话》以前,第二阶段自《讲话》发表一直到目前。这两个阶段的文学,在彻底地不妥协地反帝反封建的根本精神上当然是一致的,不过在后一阶段中,无产阶级的思想领导和通过中国共产党的组织领导无疑地是更加强、更明确、更具体了,这就必然要引来文艺运动的更广泛的开展。现代中国文学战线正在和党所领导的其他战线一样,并在一起,领导人民为实现把我们的国家建设成为社会主义的新中国——这一伟大的目标而奋斗。

二、成　　就

第一阶段文学对中国革命的贡献

从"五四"到《在延安文艺座谈会上的讲话》的发表这一阶段的文学,对中国

---

① 周扬:《毛泽东同志〈在延安文艺座谈会上的讲话〉发表十周年》,一九五二年五月二十六日《人民日报》。
② 《人民日报》社论:《继续为毛泽东同志所提出的文艺方向而斗争》,一九五三年五月二十三日。

革命有很大的贡献。它"破坏了封建主义的和半封建主义的旧文艺的统治,建立了以反帝反封建为内容的新文艺。从具有共产主义思想的作家和后来逐渐走向共产主义的革命的小资产阶级作家,产生了一些这个时期的代表作品,这些作品在知识分子中发生了普遍的影响,在反帝反封建上起了很大的作用";而左翼文艺运动则除使"五四"以来的社会主义现实主义又有了进一步的发展,尤"在反帝反封建反国民党反动派上作了许多英勇的斗争,影响了广大的小资产阶级知识分子和青年学生走向革命,并且锻炼出来了大批的革命文艺干部。总起来说,对中国革命有伟大的贡献"。[①] 但就是那些"描写觉醒的知识分子,描写他们对光明的追求、渴望,以至当先驱者的理想与广大群众的行动还没有结合时孤独的寂寞的心境的作品",在当时无疑也"曾经起过一定的启蒙作用"。[②]

毛主席对于第一阶段文学成就的评价

对于现代中国文学在其第一阶段的发展中的成就,毛主席曾不止一次给了很高的评价。在《新民主主义论》里,他这样指出:

> 在"五四"以后,中国产生了完全崭新的文化生力军,这就是中国共产党人所领导的共产主义的文化思想,即共产主义的宇宙观和社会革命论。……这支生力军在社会科学领域和文学艺术领域中,不论在哲学方面,在经济学方面,在政治学方面,在军事学方面,在历史方面,在文学方面,在艺术方面(又不论是戏剧,是电影,是音乐,是雕刻,是绘画),都有了极大的发展。二十年来,这个文化新军的锋芒所向,从思想到形式(文字等),无不起了极大的革命。其声势之浩大,威力之猛烈,简直是所向无敌的。其动员之广大,超过中国任何历史时代。而鲁迅,就是这个文化新军的最伟大和最英勇的旗手。鲁迅是中国文化革命的主将,他不但是伟大的文学家,而且是伟大的思想家和伟大的革命家。鲁迅的骨头是最硬的,他没有丝毫的奴颜和媚骨,这是殖民地半殖民地人民最可宝贵的性格。鲁迅是在文化战线上代表全民族的大多数,向着敌人冲锋陷阵的最正确,最勇

---

① 郭沫若:《为建设新中国的人民文艺而奋斗》,《中华全国文学艺术工作者代表大会纪念文集》,页三十七。

② 周扬:《新的人民的文艺》,《中华全国文学艺术工作者代表大会纪念文集》,页七一。

敢,最坚决,最忠实,最热忱的,空前的民族英雄。鲁迅的方向,就是中华民族新文化的方向。[①]

在《在延安文艺座谈会上的讲话》中,毛主席又说:

> 在我们为中国人民解放的斗争中,有各种的战线,就中也可以说有文武两个战线,这就是文化战线和军事战线。我们要战胜敌人,首先要依靠手里拿枪的军队。但是仅仅有这种军队是不够的,我们还要有文化的军队,这是团结自己,战胜敌人必不可少的一支军队。"五四"以来,这支文化军队就在中国形成,帮助了中国革命,使中国的封建文化和适应帝国主义侵略的买办文化的地盘逐渐缩小,其力量逐渐削弱。……在"五四"以来的文化战线上,文学和艺术是一个重要的有成绩的部门。革命的文学艺术运动,在十年内战时期有了大的发展。这个运动和当时的革命战争,在总的方向上是一致的。[②]

毛主席这样来评价现代文学第一阶段的成就,是完全符合事实的。他对鲁迅的战斗的一生给了如此崇高的评价,也是完全恰当的。不消说,鲁迅所获得的这种光荣,也就是第一阶段所有革命的和进步的文学工作者共同的光荣。

严重压迫下的生长

由于时代的限制,更由于反动统治的压迫阻挠,第一阶段的文学虽然有了不少成就,但在程度上仍是很受限制的。在反动统治的环境下,革命的文艺运动和当时的红军战争在总的方向上虽然一致,不过正如毛主席所指出:"在实际工作上却没有互相结合起来,这是因为当时的反动派把这两支兄弟军队从中隔断了的缘故,"[③]因此,对于文学工作者说来,一个最根本最实际的问题,就是文学和现实结合,和广大群众特别是工农兵群众结合的问题,这个问题,虽经以鲁迅为首的许多进步的革命的文学工作者作过不少苦心的探索和努力,仍是不能

---

① 毛主席:《新民主主义论》,《选集》第二卷,页六六八—六六九。
② 毛主席:《在延安文艺座谈会上的讲话》,《选集》第三卷,页八六九—八七〇。
③ 同上,页八七〇。

很好的解决。在这种情况之下，不但文学的活动地盘和直接影响被限制得非常狭小，更重要的是使许多作家从工农群众的实际生活和革命斗争这唯一的创作源泉去汲取养料的机会也大大地被限制了。人民生活既是一切文学艺术的取之不尽，用之不竭的唯一的源泉，现在却被反动派严重地限制甚至加以隔绝了，这就使得作家们由于难能深入群众的火热斗争，因而便不易在斗争的实践中间接受锻炼，改造思想，熟悉人民的生活，便不易使他们的无产阶级立场和共产主义宇宙观得以树立与巩固。也就因此，在第一阶段，还有不少的作家和作品是脱离群众的。他们的灵魂深处还是一个小资产阶级的王国。这样的作家和作品，多少正如毛主席后来对若干人所批评的：

> 他们在许多时候，对于小资产阶级出身的知识分子寄予满腔的同情，连他们的缺点也给以同情甚至鼓吹。对于工农兵群众，则缺乏接近，缺乏了解，缺乏研究，缺乏知心朋友，不善于描写他们；倘若描写，也是衣服是劳动人民，面孔却是小资产阶级知识分子。他们在某些方面也爱工农兵，也爱工农兵出身的干部，但有些时候不爱，有些地方不爱，不爱他们的感情，不爱他们的姿态，不爱他们的萌芽状态的文艺（墙报、壁画、民歌、民间故事等）。他们有时也爱这些东西，那是为着猎奇，为着装饰自己的作品，甚至是为着追求其中落后的东西而爱的。有时就公开地鄙弃它们，而偏爱小资产阶级知识分子的乃至资产阶级的东西。[①]

这些在实际上脱离群众的，对小资产阶级知识分子看得比工农兵还更重要些的作家所写出来的作品，虽然在当时条件下，对革命也曾有所贡献，但到底还不是完全为工农兵的文学，真正人民的文学。反动派就是这样阻挠了革命文学的生长，不过他们当然还是不可能完全阻止了革命文学的生长的。

必须认真学习第一阶段的文学

第一阶段的文学的成就诚然是受着很大的限制，但如前所说，结算起来它对中国革命的贡献毕竟还是很大的，而且这才是主要的一面。因此今天决不能说我们可以不必认真学习这一阶段的文学了。今天的人民文学，就是继承吸收

---

① 毛主席：《在延安文艺座谈会上的讲话》，《选集》第三卷，页八七八——八七九。

了这一阶段文学的战斗传统和艺术成果发展而来的。今天我们要在文学上有更多更好的创造，就一定还要认真向这一阶段的先进作家们和他们的优秀作品学习。尤其像鲁迅的作品，他对封建主义和帝国主义的斗争是那样彻底，他的眼光是那样锐利、深刻，他对敌人和垂死的事物是那样痛恨，而对于革命的新生的力量则又是如此的热爱和支持，今天的读者和作者们就无疑还可以从中学习到无限有益，无限丰富的思想和知识。丁玲同志自述她在今天学习鲁迅早期收集在《呐喊》、《彷徨》和《坟》里的小说与杂文后的感想，说：

> 这些作品三十年后读来，还是非常使人感动。在他的小说里面，我们十分感觉封建的可怕。如他的最初的作品《狂人日记》、《药》等，在他的笔底下，我们体验了旧中国，在那样的社会中，人是没有路可以走的。既然不要走啬苦恣睢的生活，那么只能走大家所未经过的新的生活。可是这新生活的路在那里呢？鲁迅告诉我们："其实地上本没有路，走的人多了，也便成了路。"这也就是说，路是要人去开辟的！
>
> 《祝福》也是这样。我读这篇作品觉得这是真正的悲剧。……这样的作品，一句教训人的话也没有，可是你读了后能够不深深的觉得封建的可怕么？不觉得要把这个旧社会打倒么？三十年了，这篇文章不只是从历史上看它是有价值的，就是从今天的问题看也仍是需要的。它虽然不是写生产，或……彷彿对目前的工作没有大的相关，可是对于人的头脑却是有用的。因为旧社会虽然推翻了，旧社会留给我们的旧思想却仍然还残留着在呵！[1]

的确，我们今天虽然已经消灭了封建主义的基础，但封建意识对人民的影响还是相当深重的。因此，为了要使群众认清今天我们从事斗争的目的和前进的道路，除了一方面文学作品还必须真实而深刻地来表明封建的落后意识对于人民生活前进的危害，表现人民群众与之进行的复杂的艰巨的斗争，在另一方面，要求大家学习或重新学习像鲁迅等作家彻底地不妥协地揭露旧社会的丑恶和表现革命爱国主义精神的作品，就具有非常巨大的现实意义。高尔基曾经说过："记起野蛮的俄国生活里的这些铅似的丑恶，我有时候这样问自己，值得说

---

[1] 丁玲：《五四杂谈》，论文集《跨到新的时代来》，页七七—七九。

起这些事情么？而重新深信地回答自己：值得的！因为这是活着的卑劣的真实，它到今天还没有断气。这样的真实，必须彻底地知道，为得要把它从自己的记忆里，从人的心灵里，从我们这艰苦的，可耻的，全部生活里连根拔起。"①记起这些丑恶，更深刻的认识这些丑恶，可以提高我们对于一切从旧社会遗留下来的公开的和隐蔽的敌人的警惕，可以教育人民正确地认识我们今天的状况，使他们能把昨天和今天作一个明白的比较，使他们痛恨过去，热爱今天，使他们能够看见前途，唤起他们对于无比优越的新社会的感情，信心，和行动的力量。记起和更深刻的认识这些丑恶，也为的我们始终有着足够的力量，足以完全克服和消灭这些丑恶。

至于其他的许多进步作家，既然他们也在作品里真实地表现了他们对于帝国主义和封建制度的反抗，以及他们总是在为人民寻找更好的道路和更好的生活制度，那么他们的作品自然也就能够激起今天的读者对于旧世界旧社会的痛恨，对于今天我们伟大祖国的热爱，和对于人类更美好的将来的信心。那就是说，这些作品既然曾经推动历史前进，那么在今天它们当然仍能发生积极的教育作用。绝对不能说，因为这些作品所描写的时代已经过去了，创作方法还不是或还不全是社会主义的现实主义，或者中间并没有讲述今天的某些具体问题，给我们指出完全正确的道路，就可以把它们抛开，不必学习了。我们不应当脱离了生活和作品的实际，以今天的思想来要求于过去的作家和作品，这样做是反历史主义的，不合理的。同时我们的社会主义现实主义也正是从过去进步作品中所表现的现实主义继承发展而来，而决不是从天上凭空掉下的。自然，如果因为第一阶段的文学，特别像鲁迅的那些杰作，其成绩的总和，一直到今天还未能为新的作品所超过，而以为与其花时间去学习目前的作品，还不如多读一些以前的杰作好些，以为这样做可以更有助于自己的提高，这也是偏见。

《在延安文艺座谈会上的讲话》为现代中国文学开辟了一个更新的时代

毛主席的《在延安文艺座谈会上的讲话》以无比的明确为新中国的文学规定了方向。就在毛主席英明的指引、党的领导、政府和人民的热情鼓励之下，加上许多文学工作者的积极努力，坚决实践了文学的工农兵方向，于是就出现了真正新的人民的文学。

---

① 高尔基:《儿童时代》。

从这个时候开始产生的人民文学作品,在内容和形式上都有完全新鲜的东西,这是人民群众在无产阶级——党的领导之下,为解放民族和自己的斗争中所生长起来的,新的思想和新的面貌的具体反映。在这些作品里,无产阶级思想和工农兵的观点已经占了优势,它们的主要优点,就是写出了中国人民如何在反对民族压迫与封建压迫的各式各样的斗争中,克服了困难,改造了自己,产生了各种英雄模范人物。这些人物是如此平凡,而又如此伟大,他们正凭着自己的血和汗,英勇地勤恳地创造着历史的奇迹。也就是说,工农兵群众在新的人民的文学中,已同他们在新社会中所占的地位一样,取得了主人公的地位。英勇的中国人民,在火热的革命斗争中艰苦地改造了自己,提高了自己,文学作品以生动的形象刻划出来了这个成长的过程,具体地告诉我们,在斗争中,也只有在斗争中,人的精神品质,我们民族的勤劳勇敢的优秀性格,才能得到充分的发展。这不但大大提高了大家对于自己的信心,尤其鼓舞了广大人民热爱我们伟大祖国的感情。

　　尖锐的革命斗争和人民的伟大胜利给新时代的文学带来了无限丰富,无限壮丽的主题。民族的,阶级的斗争和劳动生产当然占据了其中最重要的部分。这使过去那种沉溺于小圈子生活和个人情感的知识分子的主题显得多么渺小无力。新时代的文学作品中则充满了火热的战斗的气氛。

　　正因为内容是新的,所以在形式方面也有了许多新的创造。由于接近了群众,由于努力学习了工农兵群众的语言和他们的萌芽状态的文艺,新的为人民大众所喜闻乐见的民族风格正在逐渐形成。具体的证明,就是的确有相当数量的作品,已经真正受到广大群众的欢迎,在革命斗争中起了很大的作用。①

　　全国解放之后,反映革命战争时期生活、人物,和农村斗争的作品固然仍在不断涌现.表现产业工人的生产劳动和阶级斗争的主题,描绘工业领导干部和模范工人形象的作品也逐渐多起来了。农村的新生活在许多以婚姻和家庭问题为主题的作品中很出色的反映了出来。抗美援朝运动起来之后,表现中国人民志愿军的高度爱国主义和国际主义高尚品质与英雄形象的文学作品也已产生了不少。所有这些作品,它们和革命政治的关系都是如此密切,它们为革命斗争服务,为劳动生产服务,为国家建设服务,为抗美援朝服务,推动了斗争和

---

　　① 请参阅周扬:《新的人民的文艺》,《中华全国文学艺术工作者代表大会纪念文集》,页七一。

生产,提高了人民的政治觉悟、战斗意志和劳动热情。它们也努力清除了为帝国主义、封建主义、官僚资本主义服务的文学和它在现代我们文学中的影响,并且还进一步批判和检查了资产阶级和小资产阶级的文艺思想。这些作品,虽然大多数的内容都还不够丰富和深广,但它们的基本精神是社会主义现实主义的,它们的综合的成绩已经奠定了社会主义现实主义文学的基础。①

　　总之,自从毛主席的这个《讲话》为我们的文学开辟了一个更新的时代以来,我们的文艺工作确已取得了巨大的不容怀疑的成就。正如胡乔木同志所指出:"我们终于从根本上廓清了鲁迅所痛恨而毕生与之作殊死战的那些反人民的,反革命的,封建主义的,帝国主义的,国民党刽子手的旧'文艺',而在全国范围内发展了人民的,革命的新文艺。在毛泽东同志所指示的方针下,新的为工农兵服务的作品,其中包括专为供给工农兵的大众化作品,大量地出现在出版物上,画册上,舞台上,银幕上,得到了几百万和几千万人民的欢迎。新的作家和青年文艺工作者的队伍,在斗争中生长成了强大的力量,而很多旧的文艺工作者也纷纷以新的热情加入了这个队伍。应当说,这是中国文艺历史上翻天覆地的伟大事变,这是鲁迅和他的后继者们长期奋斗的伟大胜利,忽视和降低这个胜利的重要性,是完全不正确的。"②

新时代文学的伟大胜利是怎样取得的

　　我们新时代的文学所以能够取得这样伟大的胜利,是由于我们文学具有许多优越的发展条件。我们文学所生长的土地是如此的深厚和肥沃,我们不但是地广人众的大国,并且我们人民的生活是多么丰富多彩;我们人民英勇、勤劳、智慧,富有革命和创造的精神,尤其积累有丰厚的革命斗争生活和经验;我们文学所承接的历史基础和民族传统,是多么深远、辉煌,因为我们有几千年的极其伟大的古典和民间的文学艺术供我们汲取不尽的滋养,其中有灿烂的人民性和民主性的长远传统,而社会主义现实主义的伟大先驱者和代表者鲁迅又替我们开辟了新的道路,创立了新的传统;我们的现代文学更是开始就在马列主义思想的启发和薰陶之下成长的,并且有先进的苏联社会主义文艺给我们以巨大的

----

①　请参阅冯雪峰:《中国文学中从古典现实主义到无产阶级现实主义的发展的一个轮廓》,《文艺报》七十二期;邵荃麟:《沿着社会主义现实主义的方向前进》,《人民文学》四十九期。

②　胡乔木:《我们所已经达到的和还没有达到的成就》,《文艺报》二十五期。

影响,而革命的、社会主义的现实主义文艺思想也很早就是促进我们文学发展的重要因素之一。① 所有这些都是很优越的条件,但比之这些更重要的一个优越条件则是我们新时代的文学是在共产党的领导之下,特别是在毛主席的亲切的、经常的关心和教导之下,基本上是在为人民服务的正确路线上发展着的。"事实证明,在文艺工作上也和在其他工作上一样,当我们依照毛泽东同志的思想进行工作时,我们的文艺就取得了新的成就和新的胜利,而一旦离开他的思想,放弃他的方针,那就是实际上离开了群众,离开了生活,离开了革命的阶级斗争,我们的文艺工作就失去生命,失去战斗的目标和战斗的力量了。"② 十年多来,文艺运动的全部经验证明,毛主席所指示的文艺路线就是唯一可以取得伟大胜利的路线,我们文学工作上所已经取得的许多重要成就,都是和毛主席文艺方向的领导分不开的。

三、努力方向

只有人民群众才热爱人民文学

我们的人民文学虽然是如此年轻,却已充满了强烈的生命力,越来越广的受到人民群众的热爱和欢迎。今天只还有极少一些人不爱人民文学,他们的理由是什么呢?

这些人常说人民文学作品太单调、粗糙,缺乏"艺术性"、"人情味"、"情调"。作品里满眼都是工农兵,开会、斗争、批评,老一套,没有看头。他们感到,与其花时间去看人民文学作品,远不如去看侦探、武侠、黑幕之类的小说更有味些,虽然他们在口头上也总说并不反对工农兵的文学方向。

这样的一些人,目前虽在一天比一天的少下去,但还有一些存在,是事实。而这一些人的这样一类议论,有时也还能影响欺曚其他一些人,所以仍有分析批判的必要。

这样一类议论,究竟有多少根据呢?

人民文学里主要描写了工人和农民的革命斗争,描写了他们怎样从斗争中改造自己成为了新社会的强有力的主人,难道这就可以说是"太单调"、"老一

---

① 请参阅《文艺报》第七十八期社论:《克服文艺的落后现象高度地反映伟大的现实》。
② 《人民日报》社论:《继续为毛泽东同志所提出的文艺方向而斗争》,一九五二年五月二十三日。

套"么？那么在封建文学里描写帝王将相、高人雅士，或者才子佳人，已经几千年了，在资产阶级和小资产阶级文学里描写少爷小姐的身边琐事和孤独的知识分子的苦恼与绝望之类，也已经反覆过几十年了，为什么人民文学主要描写工农兵不过才十多年，而且又是完全符合新社会的生活实际的，就要嫌它"太单调"、"老一套"……呢？

应当指出，问题的关键并不在人民文学的描写真正"太单调"、"老一套"……而在说这种话的人是瞧不起工农兵的，对工农兵太不理解认识，也太不愿理解认识。对于这一些人，中国人民的伟大胜利不但没有引起他们的欢喜和激奋，反而感到厌恶、仇恨。他们不愿意正视文学作品中的工农兵的英勇形象，因为这种形象刺痛着他们作为压迫阶级的心。对于这一些人，他们从过去的文学作品里是看惯了为自己所尊敬、爱好、熟悉的主人公和人物的，那就是耀武扬威神气非凡的军阀们、官僚们、资本家老板们、地主士绅们、公子小姐们，或者是流氓狗腿们，向他们奉承色笑的妇女，和跪在他们脚下连头也不敢抬一下的农村里的奴隶们……而这些人物，若不就是他们自己的化身、阶级的代表，那便是他们的爪牙、工具和姿意蹂躏的奴隶。可是在人民文学里，过去的奴隶今天都已翻身成了新社会的主人，而过去的主人则全已被人民从统治的宝座上打落下来，所有的威风、面具，全被彻底的打倒、撕碎了，他们在人民的文学里开始只成了一种被摧毁、被仇恨，千夫所指的丑恶的存在。不消说，在这样的文学作品前面，他们必然是会感到触目惊心，提心吊胆，而急忙转过脸去的。因此，对于这一些人，实在用不着更多，只要两次三次接触到了人民文学，就会痛入心肝，而为了要反对这类文学，就故意大骂这种文学是"太单调"、"老一套"……了。很清楚，其实是剥削阶级的成见在这里起着阻止他们赏识和接近人民文学的作用。人民文学本身，实在是展开了比前不知广阔多少的生活原野，它的内容以及形式的丰富多样，恰恰正是它超越于过去作品不止十百倍的地方。不必说，人民的文学是绝对不会因有这一些人的厌恶就改变它的方向，人民文学原是为了消灭剥削阶级才存在，而绝不是为要博得阶级敌人的欢心才存在的。

像上面所说的，因为他们乃是剥削阶级分子；另外有一些人，则因为不了解人民群众的生活，对人民群众的斗争不大感兴趣，又长期习惯于欣赏优闲、险怪，甚至黄色等等的作品，现在突然接触到革命气息如此浓厚的作品，旧的思想感情习惯没有经过彻底的改造，一时还不能或不能完全转过弯来，所以也不喜欢人民文学。还有些人，受了种种色色反动的文艺理论的毒，或以为一定要有美丽的辞藻,缠绵的情致,才是好的文学;或以为一定要有离奇的情节,意外的结束,才是好的文学;或以为一定要使人轻松愉快,远离政治,才是好的文学,诸如此类;而人民文学却并不如此,所以就不喜欢。他们也真以为人民文学缺少"艺术性",没有"人情味",没有"情调"。

但"艺术性"、"人情味"、"情调"等等,难道不是从属于作品的思想内容、阶级立场的么?他们既对表现在人民文学里的思想内容、阶级立场不能或不愿理解,不感兴趣,那么他们当然就不可能发现或不愿承认这种作品的优点。所以,从他们口里发出来的所谓人民文学缺少"艺术性"、"人情味"、"情调"等等的说法,实在并不是事实。因为他们既然不是站在工农兵的立场,以工农兵的思想、人情味、情调等来看人民文学,他们对于人民文学的成就就不可能有正确的判断,他们所持的标准本身便是不可靠的、错误的。他们的意见决不能代表人民群众的意见。

继承和借鉴决不可以变成替代自己的创造

至于有种只愿去读古典或苏联文学作品的人,他们这种学习的态度和方法也是片面的、不对的。为要创造我们更好的人民文学,我们必须继承一切优秀的文学艺术遗产,批判地吸收其中一切有益的东西,苏联社会主义现实主义的文学作品自然更值得我们认真学习。我们之所以要向它们学习,首先因为它们可以"作为我们从此时此地的人民生活中的文学艺术原料创造作品时候的借鉴",而决不是为学习而学习。毛主席指示得好:"有这个借鉴和没有这个借鉴是不同的,这里有文野之分,粗细之分,高低之分,快慢之分。所以我们决不可拒绝继承和借鉴古人和外国人,那怕是封建阶级和资产阶级的东西。但是继承和借鉴决不可以变成替代自己的创造,这是决不能替代的。文学艺术中对于古人和外国人的毫无批判的硬搬和模仿,乃是最没有出息的最害人的文学教条主义和艺术教条主义。"①毛主席的这个指示,也说明了上述这种学习态度方法的错误。人民文学本身虽然目前还存在着某些弱点,但却正在迅速成长发展之中。如果完全脱离了中国当前的实际,抛开了反映当前中国人民生活的文学作品,以为只要学习古代和外国的作品就能够提高自己,这样做是在任何方面都不可能获得什么益处的。应当指出,充满着高度鼓舞和教育力量的苏联文学作

---

① 毛主席:《在延安文艺座谈会上的讲话》,《选集》第三卷,页八八二。

品确实是非常优秀的,我们今天还须更加努力的向它学习,但同时也要认识,它到底是苏联的作品,它可以帮助,但决不能替代我们的作品,我们应当并且也完全可能创造出自己的光辉作品来。我们要向苏联学习,也应当同苏联作友谊的竞赛。但这就必须要求我们大家热爱人民文学,把关心和协助人民文学的成长,当作一个人民应有的任务来看待。①

发展成长中的人民文学还不能适应国家和人民的巨大需要

十多年来,我们的人民文学在毛主席所指示的文艺方针下,获得了巨大的成就。但这成就,离开毛主席所给予我们文学工作者的任务,还有很大的距离。和中国人民在革命斗争和国家建设中所获得的光辉成绩相比,和中国人民随着物质生活的改善而来的对于文化生活的日益增长的要求相比,我们的文艺工作的进步就显得太慢和太薄弱,还远不能适应国家建设和人民生活的迫切而巨大的需要。我们还非常缺乏反映中国人民伟大斗争的在思想上和艺术上都令人满意的作品。

发展成长中的人民文学,目前还存在着一些弱点:

首先就是思想性还不够强。许多作品,都还不合马克思主义者的标准——社会主义现实主义的标准。社会主义现实主义的方法,要求作品具有描写的真实性和历史的具体性,而且这种真实性和历史的具体性要和用社会主义的精神教育劳动人民,在思想上改造劳动人民的任务相结合。但就在我们一些比较成功的作品中,也有概念化和公式化的地方,也有并不符合社会主义思想的东西。许多作品的人物,是没有血肉,没有性格的,只是把肤浅的政治概念和公式化的故事糅合在一起,缺乏对于生活的崇高理想,它们既不是现实生活的深刻的反映,因此也就缺乏强烈的艺术感染的力量,不能对群众产生较多的教育作用。许多作品在反映现实生活的时候,只是现象的罗列,还不能非常真实的、具体的反映出迅速发展着的革命现实,现实中的最本质的东西、最主要的矛盾,新形势下复杂的阶级斗争的动态,而相当普遍地存在着主观、片面和表面的毛病。由于脱离政治,脱离群众,缺乏严肃的、认真的,坚持立场与原则的思想斗争的结果,资产阶级和小资产阶级知识分子的思想感情,还不时会在各种伪装下出现。许多作品因为不能表现出今天现实中向着社会主义去的运动,因此也就不能正

---

① 请参阅丁玲:《谈谈与创作有关的问题》,《解放军文艺》一九五二年九月号;又《跨到新的时代来》,在同名的论文集内。

341

确表现今天的现实,更不能唤起人民为明天的现实作满怀信心的斗争。

其次是艺术上概括能力还不够。在我们的文学作品中,卓越的正面的艺术形象出现得太少,太无力了。马林科夫指出:"我们的作家和艺术家必须在作品中无情地抨击在社会中仍然存在的恶习,缺点和不健康现象,必须创造正面的艺术形象,表现新型人物光辉灿烂的人格,从而帮助培养我国社会的人们具有与资本主义所产生的毒疮和恶习完全绝缘的性格和习惯。"又说:"现实主义艺术的力量和意义就在于:它能够而且必须发掘和表现普通人的高尚的精神品质和典型的,正面的特质,创造值得做别人的模范和效仿对象的普通人的明朗的艺术形象。"[①]能够作为千百万人模范和效仿对象的无限忠诚于国家和人民事业的先进人物,在今天我们的现实生活中已经出现得那么多了,他们成了推动生活前进的巨大力量。作家们如能揭示这种力量,用最大的热情来表现这种力量,就能鼓舞人民去为实现社会主义而奋斗。但由于我们还有许多作家没有在斗争中、生产中、工作中去建立和群众的真实的亲密的联系,同时还没有学会以马列主义理论及党和国家的政策的观点来考察、估量和研究生活,并且他们自己在思想上、精神上也没有处在先进分子的思想状态,没有处在先进分子的行列里,他们自己还没有成为坚定的马克思主义的战士,因此就妨碍了他们的视线,使他们看不见或看不透彻现实生活中这种崇高的理想人物,使他们写不出或写不好这种崇高的理想人物。在他们的笔下,英雄人物往往会成为一种公式,所有的英雄几乎全是一个样子,没有一点个性。其实真正存在的英雄人物,绝对不是这样的。文学工作的弱点,也还表现在文学形式的单调和粗糙,对于语言和结构的不重视;表现在理论和批评的落后等上面。[②]

这些弱点是怎样形成的?

那么,这些弱点是怎样形成的呢? 我认为主要的原因,就在作为一个新时代的文学工作者,我们一般的作家原来是准备得很不够的,在伟大的现实和人民对于文学的增长不已的要求面前,即使充分发挥了自己的力量,也还不一定能够达成应该达成的任务,何况有许多作家还并未严肃努力来对待工作。

---

① 马林科夫:《在第十九次党代表大会上关于联共(布)中央工作的总结报告》中语,人民出版社本。

② 请参阅茅盾:《新的现实和新的任务》,《文艺报》九十六期。

我们今天的现实是非常伟大的。我们的人民,在中国共产党和毛主席的领导之下,经过长期的革命斗争,打退了帝国主义,消灭了封建主义和官僚资本主义,建立起光辉灿烂的新国家,而仅仅四年多时间,就已在经济上和文化上创立了许多在中国历史上是空前的丰功伟绩,一直到今天,我们不但一面能继续进行抗美援朝的正义斗争,一面还能开始实现国家社会主义工业化的大规模建设,进行社会主义改造,向着社会主义的幸福社会前进。文学的任务,就是要高度地反映并推进这个伟大的现实。

我们的人民也正在飞跃地上升,前进。人民群众的政治觉悟已经普遍地提高,许多先进分子已经在斗争中、生产中、工作中,表现了高贵的品质,这种高贵的品质不仅在对敌人的斗争中表现得非常英勇、顽强,不怕任何困难,而且也表现在完成工业化,农业集体化等等任务时的创造性和智慧上。而跟着这种上升和跃进,人民对文学的要求也更加提高了。什么是人民对于文学的提高的要求呢?和苏联的人民一样,我们的人民也已经不能容忍乏味的,没有思想性的和不真实的作品,他们要求的是充分真实地、生动地反映我们的现实,思想性和艺术性都很高强的作品。人民要求我们这样工作,是因为他们在现实中工作着,斗争着,在推动着历史前进。他们希望通过文艺来使他们更全面、更集中、更深刻、更清楚的看见发展前途,认识现实,并以此来教育和鼓舞自己。人民要求以文艺为自己伟大斗争的镜子,使他们可以从这里看见自己,以发扬自己的长处,并批判和改正自己的短处,催促自己前进得更快。① 人民尤其要求文学作品中描写足以为全体人民表率的新英雄新人物,要求文学能以社会主义的思想来教育改造千百万人民,鼓舞他们前进的勇气和信心,照亮他们前进的道路。

但在这样的现实和要求面前,我们不少作家的力量却是显得很薄弱的。

由于我们有不少作者是从小资产阶级的知识分子出身的,他们生活上长期地习惯于单独工作或在很小的集团内工作,而在文艺修养上又往往没有脱去以个人主义为中心的资产阶级文艺的影响,这就养成了他们特有的个人主义心理和习惯,再加上他们大都有从个人奋斗历史而来的前进包袱,就相当长期的妨碍了他们的前进,妨碍了他们和工农兵的结合。不管他们在口头上如何说,他们在实际上总是或多或少脱离群众和脱离斗争,不是密切关心人民的生活和要求,并不真正完全了解人民的思想和感情,因此他们就很难写出思想性和艺术

---

① 请参阅《文艺报》第七十八期社论:《克服文艺的落后现象高度地反映伟大的现实》。

性都很高强的作品。

何况他们之中有些人有时还存在着骄傲怠惰的情绪,往往忽视学习,不大肯接受别人的批评,在相互之间缺少一种亲密的互相鼓励,互相援助,互相批评的同志的关系。胡乔木同志曾经这样指出:"广阔的阵地已经占领了,需要的是在这个阵地上着手新的庄严的建设,……在我们的文艺战线上,恰恰缺少着对于政治生活的鲁迅式的战斗性、敏锐性和严肃性。人民是多么迫切地要求着进军的号手呵! 但是我们却常常写了些不关痛痒的应景文字来代替战斗的作品。我们有许多同志在文艺事业上,表现不能容忍的潦草态度,他们拒绝认真的学习,而满足于用粗制滥造的生产品供给人民。……一切这些,都和我们所已经得到的胜利不相称,都和几万万人民的已经被解放了的对于文学艺术的要求不相称,都和我们的工人阶级和农民阶级在经济战线上的严重的劳动不相称。"[1]

发展过程中的弱点,完全可能逐渐克服

以上所说的弱点,的确是实际存在的,但这些弱点都是人民文学发展过程中所产生的弱点,是完全可能逐渐克服的。因为如前所说,比之弱点,人民文学的巨大成就才是更主要的一面。

今天我们文学上的贫弱状态,虽说我们不能以"革命才胜利"为理由来原谅自己,但由于时间比较短促,使作家们还没有来得及深入斗争,彻底改造思想,以致影响到优秀作品的产生,这多少也是一个事实。这种情况,稍再假以时日,是一定能够改变的。在过去四年多来,由于实际工作中的锻炼,以及党所领导的文艺整风运动,许多作家,都已表现了很大的进步,通过长期的学习和激烈的思想斗争,社会主义思想已经开始在他们的头脑中占着上风。许多作家纷纷要求深入农村、工厂、部队中去生活,纷纷愿意把自己全部的力量投入创作,这就是他们开始克服弱点的明证。这些弱点,也可说是在异常庞大的发展中所不可避免的。这和前面我们说到的那些剥削阶级分子对于人民文学所发的谬论,在性质上乃是完全不同的东西。

当前文学的努力方向

今天人民的文学工作者的责任,就是要依照毛主席的指示,继续贯彻为工农兵服务的方针,努力创造出社会主义现实主义的优秀作品,为教育人民实现

---

[1]　胡乔木:《我们所已经达到的和还没有达到的成就》,《文艺报》二十五期。

国家社会主义工业化和社会主义改造的伟大任务而奋斗。

文学工作者应当以火样的热情，积极投身到群众的火热的斗争中去，到那里去一面改造自己，锻炼自己，一面仔细观察和分析各个阶级，各种人物的性格和心理，吸取丰富的创作材料，写出生活中的不朽的英雄人物；应当继续对文艺上资产阶级，小资产阶级的错误思想进行批判；应当克服创作上的概念化、公式化的倾向，为掌握社会主义现实主义的方法而斗争。

我们的文学作品，必须写典型人物，包括正面的和反面的典型，必须鲜明地表现出作家的决心，感情和想理。"特别要表现工农兵群众中先进分子的思想和感情，这就是说，要歌颂他们的坚韧的斗争意志，忘我的劳动热忱，表现他们对集体，对国家，对人民利益的无限忠心，藉以培养人民的新的品质和新的道德，帮助人民推动历史前进。"①这些正面人物应该有鲜明的个性，活跃的生命，同时应该是在他们不断地与敌人，反动分子，与我们工作中的错误，缺点和落后现象作斗争中表现出来。应当表现这种斗争，而不应避开或简化斗争，应当表现广阔的，深刻的冲突，而不是几分钟就完的冲突。

为了要表现我们伟大的，丰富的生活，文艺工作者，中国的作家——人类灵魂的工程师，他们自己就必须是政治上的先进人物、社会主义者、坚定的马克思主义的战士。因为，如果作家自己不是这样的人物，他就不可能创造出先进的人物，就不可能认识和表现出来新的事物。如果他自己不是一个社会主义者，他就看不到今天的现实，今天现实中向着社会主义的运动，他就不可能以社会主义精神来教育人民。如果作家自己不是在政治上、思想上、道德上，都是最高尚、最负责任的人，真正能为这个时代人民的表率的人，同时在艺术上也是高明的人，那么当然他就不可能按照社会主义现实主义的方法来写作，当然就不可能产生真正有价值的作品。

文学工作者只要自己愿意努力，只要不疲倦地学习和奋斗，具有为人民事业的胜利而献身的精神，那么他的工作就一定会胜利！

四、无限光辉的发展前途

我们的人民文学有着无限光辉的发展前途。

---

① 周扬：《为创造更多的优秀的文学艺术作品而奋斗》，《文艺报》九十六期。

这是因为我们有着党和毛主席的极大关心与直接的领导，只要我们能够忠实地执行党和毛主席所指示的文艺路线，密切同群众的联系，我们的文学就一定能生气勃勃，获得新的成就。

这是因为我们今天已经是在新社会里生活和工作，已经是处在一种过去从未有过的特别幸福的条件之中。在反动派统治的旧社会中，凡是稍有良心的作家，都经常受着迫害，不容易同人民群众相结合。但今天的情况则刚相反，作家们正有着最好的条件和最宽广的道路。党、政府、人民、都是惟恐作家们脱离或疏远了群众，而把如何发动作家深入生活，深入斗争，当成了极重要的工作。对于作家们来说，一方面，只有到了今天，他们才能无限制地为人民服务，以报答人民对自己的哺养了；另一方面，也只有到了今天，他们才有最大的可能去接近文学创作的哗一源泉，而这源泉，今天显得是多么的丰富、广阔！新社会已给我们提供了许多极动人极有意义的主题，可以说，在我们的历史上还从来没有像今天这样对作家们提供过如此之多和如此之使人兴奋的材料。这就为我们的人民文学创造了迅速成长的最重要的条件。

在新社会里，我们每一个人，该有多少机会来效劳于祖国的伟大建设事业呵！因此，作家们的天才的创作能力，今天才真正可以无限的发展。在我们国家里，仅仅很短的时间，不是已经出现了不久之前还是不识字的雇农，而今天已成为很有成绩的作家，如陈登科、高玉宝等等的光辉例子么？不是也已经开始出现了新的少数民族的作者么？人民已经在作家们面前创造了可以发展自己创造力的一切必要的条件，这是过去任何时代任何一个作家都从未有过的。人民对于自己的作家们是如此的挚爱和注意，因为只有人民才是文学的真正重视者。

正因为这样，所以我们的许多作家，包括老作家和青年作家在内，他们过去虽有不少弱点，但经过参加实际工作和文艺整风之后，就都已有了很大的改变。他们重新深入地学习了马列主义和毛泽东思想，纷纷深入到群众的斗争生活中去，他们的创作能力经过这样认真的锻炼、充实，一定就会迅速发展起来。而那些从广大的工农兵队伍中涌现出来的工农兵作家，尤其将发挥出蕴藏在他们内部已经很久的革命的精力，他们一定会在文学创作上表现出非凡的成绩。我们人民文学在今天看来虽还显得单薄，但发展下去，无疑地一定能够远远超过我们伟大的祖宗！

今天，全世界的人民都把我们看成了不起的国家和了不起的民族，是的，我们确实是一个了不起的国家和民族。我们必须使世界上所有以郑重的,惊异的眼光看着我们的人,对我们抱着极大期望的人,不至于失望。在其他方面固然要做到这样,在文学艺术上也一定要做到这样。我们人民文学的责任是重大的,任务是光荣的,发展前途是无限光辉的,伟大的历史时期已经展开在我们的面前!

现代中国最伟大的文学家，中国文化革命的主将,民族解放的急先锋——鲁迅

一、战斗的一生

毛主席说:"鲁迅是中国文化革命的主将,他不但是伟大的文学家,而且是伟大的思想家,和伟大的革命家。……鲁迅是在文化战线上代表全民族的大多数,向着敌人冲锋陷阵的最正确,最勇敢,最坚决,最忠实,最热忱的空前的民族英雄。"①整整一生,鲁迅都是在为人民寻找更好的道路和更好的生活制度;而当他"由于事实的教训,以为惟新兴的无产者才有将来"②之后,他就积极参加了使"无产阶级社会一定要出现"③的工作,这就不能不更增加了反动派对他进行迫害的重量。可是黑暗与暴力不但恐吓不倒鲁迅,反而使得他的战斗更坚决,更英勇。就是这样,鲁迅在旧社会反动派统治的恶劣环境里,一贯的不屈不挠地和封建势力与帝国主义奋战了整整一生。鲁迅的战斗,给了中国革命很大的助力。鲁迅的方向,因此也就成了中华民族新文化的方向。

在贫困中度过的少年时代

鲁迅的原来姓名是周树人,字豫才,一八八一年九月廿五日出生在浙江绍兴城内东昌坊口。他的祖父周介甫是清朝的进士,本在北京做官,当时他家里

---

① 毛主席:《新民主主义论》,《选集》第二卷,页六六九。
② 《二心集序言》,《二心集》,《全集》第四卷,页一九八。
③ 《答国际文学社问》,《且介亭杂文》,《全集》第六卷,页廿五—廿六。

还有四五十亩水田,和少许店面房子,并不很愁生计。但当鲁迅十三岁的时候,他的祖父因故下狱,经此打击,鲁迅的家庭便迅速衰落,不久几乎连什么家产都弄净了。由于生活困难,鲁迅有时只好寄住到一个亲戚家去,被称为"乞食者"。鲁迅的父亲周伯文是一个没有做官的读书人,不善于生计,在他自己的父亲下狱之后,又因气愤生了重病,拖延三年之后就死了。这时鲁迅的家庭在经济上更陷于困顿状态,渐至于连极少的学费也无法可想。全凭他的母亲竭力张罗,才勉强能够维持下来。鲁迅的母亲是一个能干而善良的乡村女人,由自修而得到可以看书的能力,她的宽厚、坚毅的品性,影响了鲁迅一生。她姓鲁,"鲁迅"这个光辉名字就是取用了母亲的姓来的。

鲁迅六岁进家塾,开始读中国古书,一直到十七岁,都在绍兴。在这个时期里,他读了不少古书。他不但有很强的记忆力,并且时有新颖的见解,对于封建宗法社会传统的旧观念,常有表示不满的勇气。由于士大夫家庭的没落,使他后来对于一般破落户子弟的装腔作势,和暴发户子弟的自鸣风雅,特别明白底细,能够一戳即破。(《书简》页八二四)也由于母亲的娘家是在农村,少年时代的鲁迅得有机会接触农村社会,能和一些淳厚朴实的农民子弟——"野孩子"做朋友。在和农民子弟密切的接近中间,使少年鲁迅真切地认识到了农民知识的丰富,认识了他们本性中的可爱品质,而这些正是他在有钱人家的子弟中所看不到的。这种接触和友谊,不但成为鲁迅以后常常愿意回忆的资料,并且也就成了他和劳动人民精神联系上的重要起点。

开始接触到在当时是新的思想

鲁迅既出生在一八四〇年的鸦片战争后四十年,一八五一年的太平天国革命起义后三十年,所以在他的少年时代,中国早已从《南京条约》(一八四二年)开始,被一连串的帝国主义所强迫订立的侵略条约像铁链似地捆缚着,变成为半殖民地和门户洞开的市场。而在鲁迅的少年时代,则由于满清越来越变得腐败无能,只能依靠镇压人民的爱国斗争,把主权和领土奉送给帝国主义,来延续它的统治,所以中国不但已成为道地的半殖民地,并且面临着要被瓜分的危险了。鲁迅这时虽住在古老的绍兴,但民族和社会的危机不可免的也影响到了他的家庭和他自己。在十三岁到十七岁之间,因为家道衰落,父亲重病,鲁迅经常出入于当铺和药店之中,受尽了人家白眼,看够了周围的奸诈,这对于他是很重大的刺激,使他发生了蔑视和痛恨封建社会的意识。由于不得不离开困顿不堪的家庭另谋生路,更由于对古老的绍兴已经起了决绝的反感,他决定出去寻找道路。他不肯像绍兴许多衰落了的读书人家子弟那样去学做幕友或商人,他决定要走新的道路。

因此,在十八岁的时候,鲁迅就以母亲替他竭力张罗来的仅有的八元旅费,离家到南京去寻考满清政府所办,不要学费,而学习洋务的水师学堂。一八九八年,他考进去了,被分在机关科,但他很快的就对这所乌烟瘴气的学堂感到了不满。第二年,他就改入江南陆师学堂附设的矿路学堂去学开矿,仍在南京。在这里他仍不满意,但他却在这里开始接触到在当时是新的思想,就是包括资产阶级改良主义和君主立宪主义的维新思想。他读到了严复翻译的《天演论》等书,新的思想完全抓住了他的心。鲁迅在南京一共住了四年,这正是有一八九八年戊戌变法,一九〇〇年义和团的反帝斗争和八国联军的攻陷北京,一九〇一年订立辱国的《辛丑条约》这些大事,中国正处在一个非常危险,生死存亡关头的时候。这种时势,就很自然的明确地形成了他反对满清、反对帝国主义的民族革命的政治意识。《天演论》一书对他起了很大的影响,使他以后在相当长的一个时期内接受了进化论的思想,同时也使他自己选择了科学的研究和提倡,作为从事民族革命的途径。一九〇一年他在矿路学堂里毕业,就被派到日本去留学。

从医学到文学

到了日本,由于当时留日的中国学生中反满爱国运动正极活跃,日本向帝国主义猛进的气焰又咄咄逼人,在这种环境的影响之下,鲁迅的爱国思想愈加热烈,为国家民族的受难而愤慨的情绪,使他决心要做一个以复兴祖国为终身志愿的人。进步的达尔文的思想,和拜仑(G. Byron)、雪莱(B. Shelly)、海涅(H. Heine)、普式庚(A. Pushkin)、莱蒙托夫(W. Lermontov)、密克威支(A. Miekiewieg)、彼多斐(A. Petofi)等爱国的民主革命的诗人们的革命思想都帮助着他,他非常热爱这些诗人的革命和爱国的精神。

在东京弘文学院他读完了两年预备学校,认为科学的医学既有助于日本的维新,当也能够促进中国的革命,于是他就决定学医,进了仙台的医学专门学校。他自己说:"我的梦很美满,预备卒业回来,救治像我父亲似的被误的病人的疾苦,战争时候便去当军医,一面又促进了国人对于维新的信仰。"①但只两

---

① 《呐喊自序》,《呐喊》,《全集》第一卷,页二七一。

年,他便放弃医学,改治文学了。原因是有一天,在电影上看见一个中国人因在日俄战争中替俄军做侦探,正要被日本人杀下头来示众,而一群体格并非不强壮的中国人,却无动于衷地在围着"赏鉴这示众的盛举",鲁迅立刻觉得对于中国来说,医学倒还不是一件紧要事,医治、改变中国人的麻木的精神,实在比医治他们之中有些虚弱的肉体更为重要,否则中国人就"只能做毫无意义的示众的材料和看客"。而医治和改变人民的精神,使他们知道革命和爱国的利器,他以为又莫如文学。因为如上所说,他这时已经接触到资产阶级民主主义的革命文学了。于是他便放弃了医校的学籍,回到东京,计划和朋友创办文学杂志《新生》。可惜由于许多人那时都热衷于表面的所谓"实学",看不到文学所能产生的巨大作用,鲁迅的计划都陆续失败了。他又想到德国去,也没有成功。一九〇八年,他加入了以章太炎等人为领导者的光复会,这是一个进步的政治团体,但不久之后,它就烟消云散了。

回国后的沉思摸索

一九〇九年,也就是辛亥革命前的两年,因为他的母亲和几个别的人很希望他有经济上的帮助,鲁迅便回到中国来了,这时他廿九岁。回国之后,先后在浙江杭州的两级师范学堂做化学和生理学的教员,绍兴府中学堂的监学和教员。一九一一年辛亥革命后他做绍兴师范的校长。革命的爆发曾使他很兴奋、激动,他曾经亲自把他的学生组织了一个"武装演说队",进行革命的宣传活动,并且欢迎当时的革命军。一九一二年一月一日中华民国临时政府在南京成立后,教育部长蔡元培请他去做部员——科长和金事,先在南京,以后就随去北京,鲁迅便住在北京一直继续到一九二六年。

资产阶级领导的辛亥革命只是推翻了满清的统治,帝国主义和封建势力没有也不可能因此动摇,国家的政权很快的完全落到了军阀和官僚政客们的手里,帝国主义对中国的侵略更加紧,中国的半殖民地半封建的形势更深化了。对于这样的局面,鲁迅感到了深沉的痛苦。一方面,他有着彻底的资产阶级民主主义的革命思想,另一方面,他对于实现革命的具体路线,对中国革命的出路又不能有明确的把握,因此他这时思想上陷于非常的苦闷。这苦闷,在实质上反映了当时一切清醒的,有血性的知识分子对于旧民主主义革命已经失掉了一切幻想,但又暂时未能找到新的出路时的心理。鲁迅这时主张从思想的启蒙着手,解放和改造人民群众的精神——个性和国民性,但他的这个理想又不能实现,所以更使他感到孤独、寂寞。可是很明显,这种孤独和寂寞,是他忧国忧民的结果,而决非由于他只想到了自己。在这个时期里,鲁迅除在教育部工作以维持生活,沉思摸索之余,还完成了不少古籍考证纂辑和研究的工作。这个沉思摸索的时期一直延续了五六年,从一九一八年起,鲁迅在长期沉思摸索以后,他的辉煌的革命战斗便开始了。

辉煌的战斗开始了

一九一八年四月,鲁迅开始在当时领导了文化革命和政治上民主革命思想的杂志《新青年》上,发表了他以白话写的第一个短篇小说《狂人日记》。这是他用艺术手法最激烈地攻击中国封建家族制度和旧礼教的作品,无论在思想上艺术上都是新民主主义革命和文学历史上划时代的作品。同在这一个时候,他开始写了许多杂感式的论文,以无比尖锐和深刻的文笔,针对旧社会的黑暗,进行了极端战斗性的批判。一九二三年他的第一个短篇小说集《呐喊》出版,就奠定了他在现代中国文学史上和社会主义现实主义方向上的开山祖的地位。在当时基本上还是革命的小资产阶级知识分子之一的鲁迅,他的战绩所以能够如此辉煌,是和无产阶级彻底地不妥协地反帝反封建的思想领导分不开的。

这时鲁迅除以文字作战外,也经常接近了青年。一九二〇年起,他先后在北京大学、女子师范大学国文系兼课,编辑报纸副刊,帮助和指导青年文学者成立文学团体,负责地为青年作者审阅和修改文稿,接见许多青年并和他们通信。一九二五年,他曾热烈支持女师大学生反对当时非法解散该校的反动教育总长章士钊的斗争。一九二六年军阀段祺瑞大肆屠杀学生造成"三一八惨案"时,鲁迅除以文字之外,还以别的许多实际方式援助过学生。他就成了当时北京最为青年所爱戴的人物。

一九二六年八月,鲁迅因受反动派军阀政客的压迫,逃离北京,到了厦门大学去做教授。这时南方正在大革命的高潮之中。他在厦门不到半年就辞职,一九二七年一月到了广州,在中山大学做教务主任兼文学系主任。那年四月,大军阀蒋介石叛变革命,大批捕杀共产党员和革命群众,中山大学学生也有很多被迫害,鲁迅因奔走营救学生毫无效果,愤而辞职。虽然辞职,他在广州随时也有被害的危险,于是他就在那年十月间回到上海。从此,他就一直住在上海到逝世,并且再也没有教书或就别的职业,专门从事革命的文学创作和文学运动,开始了他后期的最英勇最伟大的战斗。

最英勇和最伟大的战斗

回到上海以后，从一九二八年起，鲁迅创办《奔流》等杂志，并开始研究马列主义的社会科学和翻译马列主义的文学理论。同时，更加接近中国共产党，参加党所发起的群众运动。如一九二八年加入革命互济会，一九三〇年参加中国自由运动大同盟并为发起人之一；一九三〇年三月二日，在现代中国文学运动史上应当大书特书的中国左翼作家联盟在上海成立，鲁迅不但是它的一个发起人，而且还是它的最高领导者，一直到这团体在一九三六年因形势改变而改组时为止；一九三三年一月，他又加入中国民权保障同盟；五月，他亲自到上海德国领事馆递交反对法西斯暴行的抗议书；九月间，法国瓦扬-古久里同志等曾特别到上海来参加的，因为白色恐怖不得不秘密举行的国际反帝反法西斯会议，鲁迅虽然没有到会，可是他曾在实际上协助了这个会议的组织，因此被推为名誉主席之一。这些，都是他在文字的战斗之外，所参加的最显著的政治斗争。

在创作方面，鲁迅在这时以前原已出版了两个小说集，四个杂文集，一本散文诗，并且著了《中国小说史略》。在这最后的十年中，他的文字工作比前更加紧张了。他又写了十二个杂文集，一个以历史故事为题材的短篇小说集。这些作品，在尖锐性上固不逊于过去，而在思想的深刻和广阔，艺术表现的劲健和刚美的程度上，又都超过了前期。在翻译和介绍外国特别是苏联革命文学的理论和作品方面，也更加丰富了。而他同青年们的来往，也远远超过了前期，协助青年作家的工作，和与青年们通信所花的时间，几乎占据了他的工作时间二分之一以上。

鲁迅生活中这最后的十年，正是中国大资产阶级转到了帝国主义和封建势力的反革命营垒，民族资产阶级也附和了大资产阶级，中国革命遭遇到重大阻碍的时期。为想"剿尽杀绝"共产党和一切革命的势力，国民党反动派在帝国主义策动之下，曾经动员了全中国和全世界的反革命力量，从军事和文化两方面向革命势力进行"围剿"，时间恰恰也延长了十年，杀戮了几十万共产党员和青年学生，摧残了几百万工农人民，反动派的手段之残酷，简直是举世未有的。在反动派看来，似乎以为这就一定可以把革命势力"剿尽杀绝"了，殊不知结果完全相反，两方面的"围剿"都惨败了。鲁迅在这白色恐怖血腥统治的十年中，虽然随时有被捕杀的危险，但他仍不屈不挠的战斗着和领导着，从来不曾有丝毫的退却，反而终于冲破和打垮了反动派的"围剿"。正如毛主席所指出："共产主义者的鲁迅,却正在这一'围剿'中成了中国文化革命的伟人。"①

一九三六年七月和八月,那时鲁迅已在病中,他最后还发表了揭发中国托洛斯基分子破坏中共抗日民族统一战线政策的阴谋的公开信,和拥护中共政策的论文。一九三六年十月十九日,因积劳和肺病,逝世于上海。②

二、思想发展的道路

鲁迅一生的思想和文学发展的道路,是完全和中国人民的革命发展道路相吻合的。瞿秋白在一九三三年所作的《鲁迅杂感选集序言》里,曾精当地分析过他的思想,达到这样一个结论:

> 鲁迅从进化论进到阶级论,从绅士阶级的逆子贰臣进到无产阶级和劳动群众的真正的友人,以至于战士,他是经历了辛亥革命以前直到现在的四分之一世纪的战斗,从痛苦的经验和深刻的观察之中,带着宝贵的革命传统到新的阵营里来的。③

这个结论,直到今天,无疑还是非常正确的,因为这样的分析,完全符合鲁迅思想发展的规律。

在"五四"以前,进化论和个性主义还是他的思想的基本

鲁迅在辛亥革命前四年,即一九〇七年,二十七岁的时候,在日本开始用文字表现他的社会思想。在《文化偏至论》里,揭出他当时的思想纲领是"重个人","非物质"。④ 那时的鲁迅认为,十九世纪的欧洲文明的流弊是个人被集体所抹杀,主观精神被物质生活所淹没,而纠正这种弊病的就是从十九世纪末开创的"新"思潮,这种"新"思潮的标帜便是"个人主义"和"非物质主义",而以尼采为代表。鲁迅当时是把欧洲资产阶级文明堕落时期的反动思潮看成是新生

---

① 毛主席:《新民主主义论》,《选集》第二卷,页六七四。

② 本节请参阅冯雪峰:《鲁迅生平及其思想发展的梗概》(冯著《论文集》第一卷);王士菁作《鲁迅传》(三联书店本);和鲁迅的《自叙传略》(《集外集》,《全集》第七卷,页四四七——四四九)。

③ 瞿秋白:《鲁迅杂感选集序言》,在《乱弹及其他》内,山东新华书店本。

④ 《文化偏至论》,《坟》,《全集》第一卷,页四五。

的代表了,以致以为二十世纪的文明将在个人主义和主观主义的基础上振兴。殊不知尼采主义"这种学说在欧洲已经是资产阶级反动的反映,他们要用超人的名义,最'先进'的英雄和贤哲的名义,去抵制新兴阶级的群众的集体的进取和改革,说一切群众其实都是守旧的,阻碍进步的'庸众'"。① 但鲁迅在当时提出这样的思想,乃是按照他自己的理解来接触了当时中国的问题。"自从《辛丑条约》(一九○一年)以后,中国的资产阶级,小资产阶级中沸腾着求革新的热潮。但老一辈的改良主义者只希望政治'维新',建立君主立宪,以达到振兴工业,求致'富强'的目的;新一辈的小资产阶级的狂热的革命主义者也只以为抛两个炸弹,搞几次起义暴动,把满清朝廷推翻,为故国换上民主立宪的招牌,就可以成功了。鲁迅天才地感到这一切并不济事。但究竟应该怎样办呢? 鲁迅这时候不可能提出集体主义的思想,因为在当时中国还没有掀起劳动人民中的自觉的群众斗争。……他这时候更不可能用科学的方法来看出中国社会的发展规律,而只能根据直觉的经验体验到封建文化的传统重压,是在中国民族向前进步的途程中必须用巨大力量来挣脱的束缚。——用个人的自觉力量击退传统的重压,在守旧和虚伪的'庸众'中保持个性的发扬是鲁迅当时所可能到达的战斗方针。"② 因此,这种个性主义,固然是一般知识分子的资产阶级性的幻想,"然而在当时的中国,城市的工人阶级还没有成为巨大的自觉的政治力量,而农村的农民群众只有自发的不自觉的反抗斗争,大部分的市侩和守旧的庸众,替统治阶级保守着奴才主义,的确是改革进取的阻碍。为着要光明,为着要征服自然界和旧社会的盲目力量,这种发展个性,思想自由,打破传统的呼声,客观上在当时还有相当的革命意义"。③

在十年自我改造的过程中接近了无产阶级的道路

从一九一八年起,鲁迅的战斗光芒开始辉煌地展开了。在五四运动中,鲁迅是作为革命的小资产阶级的知识分子而出现的,在文化革命战线上表现了高度的彻底性和不妥协性。他在反动势力的大本营——北京城里,向军阀官僚和他们的叭儿狗作着坚决的战斗,在客观上担任了当时整个人民革命运动中的一

---

① 瞿秋白:《鲁迅杂感选集序言》,在《乱弹及其他》内,山东新华书店本。
② 胡绳:《鲁迅思想发展的道路》,在《大众文艺丛刊批评论文选集》内,新中国书局本。
③ 同①。

个重要战线,创造了像他那样一个人在当时环境下所可能达到的最辉煌的战斗业绩。

在五四运动以后的十年间,由于鲁迅能够和封建势力斩断关系,和帝国主义斩断关系,并且和一切在反帝国主义反封建斗争中退却变节的资产阶级坚决对立起来,勇敢坚定地向前奋斗,他的思想逐渐的就和无产阶级日益接近起来。在这个时期,他虽然主要的还是依据着进化论(具有发展观点的),只是认为人民和社会总都会进步,新的总会代替旧的,所以他的战斗是为了催促旧的灭亡和新的生长,而对于新的究竟是怎样的东西则又颇为茫然,但就在这种"最正确,最勇敢,最坚定,最忠实,最热忱"地代表着全民族的大多数向着敌人冲锋陷阵的过程中,鲁迅便在经历着严肃的自我改造。

这个时期的鲁迅,写了许多作品,中间反映着封建宗法社会崩溃的过程,憎恶旧社会而未能标明社会发展的方向,同时他也还没有能够立刻就离开了个性主义——怀疑群众的倾向。他看见群众——农民小私有者群众的自私、盲目、迷信、自欺,甚至驯服的奴隶性,可是,有时却看不见这种群众的革命可能性,看不见在他们笨拙的守旧口号背后隐藏着的革命价值,以致引起他对于革命失败的一时的失望和悲观。但他的这些作品既然是现实主义的,而且反映了人民的英雄和革命的理想,"至少还能够反映社会真相的一方面,暗示改革所应当注意的方向"①,所以仍是辉煌的革命的文学。

从革命的小资产阶级的立场向无产阶级立场的转变

一九二五至一九二七年,革命的大风暴起来了。这时进化论的思想还是影响着他,他还不能明确地从阶级观点出发分析一切问题。同时再加上个性论的观点,他对于人民大众在新的历史条件下自觉地奋起的可能性仍不能明确看到。② 然而这样的观点,对于这时的鲁迅,已不是决定因素了。

由于鲁迅这时仍把"改革国民性"当做革命的前提③,而还没有明确认识到所谓"国民性"——即驯服的奴隶性实在是中国人民在历史上由专制淫威所压

---

① 瞿秋白:《鲁迅杂感选集序言》,在《乱弹及其他》内,山东新华书店本。

② 胡绳:《鲁迅思想发展的道路》,在《大众文艺丛刊批评论文选集》内,新中国书局本。

③ 《两地书》一九二五年三月:"此后最要紧的是改革国民性,否则无论是专制,是共和……全不行的。"《全集》第七卷,页四七—四八。

榨而成的东西,争取革命的胜利才应当是"改革国民性"的前提,因此在革命遭遇失败之后,他曾经一时流露出悲观失望的情绪。但这种情绪却并不能使他停止前进的脚步,因为他虽然有些悲观,失望,矛盾,愤慨,苦痛,但面向现实,从不自欺的精神仍使他能够从周围现实中接受生活的教训,从现实生活中他仍感到了希望,虽然这希望只是"微茫"的,"远远"的①,就是这种希望增长了他的勇气,使他得以不顾道路的修远,而仍坚决的进行了战斗。"鲁迅的伟大就在于他能够通过大悲观而走向真实的大希望,通过绝望而开始去学习'别种方法的战斗'。"②

在这以后,鲁迅的思想就有了突变。这突变,是他受了十月革命的影响,有了和封建旧势力的长期搏斗的经历,从现实的斗争中认识到旧武器的无力与失效,又经过一九二七年国民党叛变革命,"四一二"事变大屠杀大流血等等事实的教训,并在一九二九年翻译马克思主义的文艺理论,一九三〇年参加左翼作家联盟的实际工作,更是由于人民革命的力量有了空前的发展之后,才达到的。"他抚摸着满身创伤,针对着他所生活过来战斗过来的中国现实,经过了认真而沉重的思索,他才体认到新的真理。"他开始了由进化论到阶级论,由批判的革命的现实主义到社会主义现实主义,由小资产阶级的革命民主主义者到无产阶级的伟大战士的伟大发展,他找到了新的真实的道路和希望:

> 我……原先是憎恨这熟识的本阶级,毫不可惜它的溃灭,后来又由于事实的教训,以为惟新兴的无产者才有将来。(一九三二年)③
>
> 先前,旧社会的腐败,我是觉到了的,我希望新的社会的起来,但不知道这"新的"该是什么,而且也不知道"新的"起来之后,是否一定就好。待到十月革命后,我才知道这"新的"社会的创造者是无产阶级。——现在苏联的存在与成功,使我确切地相信无产阶级社会一定要出现,不但完全扫除了怀疑,而且增加许多勇气了。……(一九三四年)④

---

① "苟活者在淡红的血色中,会依稀看见微茫的希望,真的勇士将更奋然而前行。"(《华盖集》)"渐渐觉得我的周围,又远远地包着人类的希望。"(《热风:无题》)

② 胡绳:《鲁迅思想发展的道路》,在《大众文艺丛刊批评论文选集》内,新中国书局本。

③ 《二心集序言》,《二心集》,《全集》第四卷,页一九八。

④ 《答国际文学社问》,《且介亭杂文》,《全集》第六卷,页廿五—廿六。

这时候,鲁迅的"只信进化论的偏颇",由于获得了马列主义思想的力量,已经得到"救正"。① 对于"国民性"的理解,也明确指出正是统治者的罪恶了。例如他说有些人常叹中国人好像一盘散沙,无法可想,"其实这是冤枉了大部中国人的。小民虽然不学,见事也许不明,但知道关于本身利害的,何尝不会团结?先前有跪香,民变,造反,现在也还有请愿之类,他们的像沙是被统治者'治'成功的"。② 由于这个突变,使得鲁迅在文化界思想领域内的反帝反封建精神,"更达到了异常辉煌而完全合乎科学的高度"。从此以后,一直到他逝世为止,"他对于中国人民充满了信心,他有着满腔保护人民的热忱,而且他真是为中国人民做到了鞠躬尽瘁,死而后已"。③

如上所说,我们就能明白:鲁迅的思想有其前后一贯坚持不移的一面,这就是他始终热切地追求中国民族的进步,他的思想是始终围绕着中国人民的进步要求和革命出路这个中心问题而摸索和发展的;但还有另外一面,便是他曾经在严肃的自我解剖下,使自己从革命的小资产阶级的思想立场,转向无产阶级的思想立场。鲁迅所以比许多人都显得更加伟大,正在于他敢于以新的立场来冲破他在旧的立场上的局限性。鲁迅思想发展过程中有过质的转变,这是事实;从实际出发,指出他的这个转变,绝不会降低鲁迅,更不是侮辱鲁迅,相反,倒是更能说明他的伟大。④

党给鲁迅以力量

还在鲁迅刚刚逝世的时候,陈绍禹(王明)同志在巴黎《救国时报》上所写的悼文《中国人民之重大损失》中就指出了他对无产阶级,苏联,和中国共产党的无比热爱和关怀。对于在现世界大部分领域内还最受剥削最受压迫的阶级,同时是担负着解放全人类的历史使命的阶级——无产阶级,鲁迅是"抱着无穷的热爱";对于社会主义的苏联,鲁迅是"反对一切反动势力对苏联造谣侮蔑底英勇的战士";而对于中国共产党,中国红军和苏维埃,则

---

① 《三闲集序言》,《三闲集》,《全集》第四卷,页十九。
② 《沙》.《南腔北调集》,《全集》第五卷,页一四二。
③ 《新华日报》一九四六年十月纪念鲁迅的社论。
④ 胡绳:《鲁迅思想发展的道路》,在《大众文艺丛刊批评论文选集》内,新中国书局本。

鲁迅不仅是在思想上和文字上赞助中国共产党及红军和苏维埃的伟大解放事业，不仅在言论上和著作上反抗一切黑暗势力对中国共产党及红军和苏维埃底压迫和进攻，而且在物质上行动上积极赞助中国共产党的英勇革命斗争。当中国共产党经费困难万分时，鲁迅曾不止一次地将自己辛苦著作得到的酬金，借赠给共产党；当中国共产党有些同志被反动探捕追求甚急时，鲁迅曾不顾一切危险而设法保障这些革命战士的安全。（如瞿秋白同志曾得鲁迅之助，而在上海能隐匿数月之久）当中国红军和苏维埃被反动势力再四侵犯时，鲁迅曾再三地不顾任何威吓，而公开发表抗议的号召。当中国共产党去年发表抗日救国统一战线新政策时，鲁迅始终表示热烈地参加组织文化界反日民族统一战线的事业。[①]

鲁迅所以如此积极赞助和参加中国共产党的英勇革命斗争，一方面是由于他对党的正确认识，以革命的利益为利益，一切都服从于革命利益的崇高品质；另一方面，也由于党对他的影响、领导、支持、爱护，使他的天才得以充分的发挥，给了他无穷的力量。

远在一九二六年以前，鲁迅和个别的共产党员就已有过不少的接触。例如在北京的时候，当时北方的共产党领袖同时又是最有权威的革命青年的导师李大钊，就是他所熟识、敬佩，在革命思想斗争和学生运动中的战友。

一九二六年以后的十年中，他和党发生了经常而且密切的关系。他虽然没有入党，但如前所述，他参加了党所策动和领导的人民团体。中国自由运动大同盟和中国左翼作家联盟这两个组织，毫不含糊是号召战斗，旗帜鲜明的革命组织，鲁迅作为它的发起人，是他决心在党的领导下参加斗争的开始。这样，他不啻公开宣布了他已决心站在中国共产党的一面。在领导左联的时期，他分明知道：党在支持他，而他是在党的旗帜下战斗。他毫无保留地承认党是唯一能够领导中国人民革命到胜利的组织，他服从它，拥护它，不是由于纪律，而是由于对它的认识。鲁迅虽然不是共产党员，但他那坚强的原则性，"分清敌友"，"党同伐异"，"憎爱分明"，"爱自己的朋友"，"对敌人则到死也不宽恕"，等等，一切都符合人民的利益和革命的利益，这就是说，他具有强烈的党性。

鲁迅的事实，证明了无论那一个人，如果他能够紧紧的依靠党，依靠人民，

---

① 　陈绍禹：《中国人民之重大损失》，《鲁迅先生纪念集》悼文第四辑，页七。

并为着党和人民的利益,努力工作,努力战斗,那么他就可能对人民有更多的贡献,他就可能成为人民的英雄,值得做别人的模范和效仿对象。①

三、奠定了现代中国社会主义现实主义文学基础的小说和杂文

中国革命的两大任务和鲁迅作品的时代背景

毛主席在一九三九年十二月发表的《中国革命和中国共产党》里,指出中国革命有两大任务:

> 中国现时社会的性质,既然是殖民地、半殖民地、半封建的性质,那末,中国现阶段革命的主要对象或主要敌人,究竟是谁呢?
>
> 不是别的,就是帝国主义和封建主义,就是帝国主义国家的资产阶级和本国的地主阶级。因为,在现阶段的中国社会中,压迫和阻止中国社会向前发展的主要的东西,不是别的,正是它们二者。二者互相勾结以压迫中国人民,而以帝国主义的民族压迫为最大的压迫,因而帝国主义是中国人民的第一个和最凶恶的敌人。……
>
> 既然现阶段上中国革命的敌人主要的是帝国主义和封建地主阶级,那末,现阶段上中国革命的任务是什么呢?
>
> 毫无疑义,主要地就是打击这两个敌人,就是对外推翻帝国主义压迫的民族革命,和对内推翻封建地主压迫的民主革命,而最主要的任务是推翻帝国主义的民族革命。
>
> 中国革命的两大任务,是互相关联的。如果不推翻帝国主义的统治,就不能消灭封建地主阶级的统治,因为帝国主义是封建地主阶级的主要支持者。反之,因为封建地主阶级是帝国主义统治中国的主要社会基础,而农民则是中国的主力军,如果不帮助农民推翻封建地主阶级,就不能组成中国革命的强大的队伍而推翻帝国主义的统治。所以,民族革命和民主革命这样两个基本任务,是互相区别,又是互相统一的。②

---

① 请参阅冯雪峰:《党给鲁迅以力量》,《论文集》第一卷内。
② 《中国革命和中国共产党》,《毛泽东选集》第二卷,页六〇三——六〇七。

毛主席的这个分析是非常正确的。以后胡乔木同志在《中国共产党的三十年》里对于这个分析更作了比较具体的说明。胡乔木同志说：

一八四○年,英国以武力侵略中国,进行了鸦片战争,强迫中国签订第一个不平等条约(《南京条约》)。从这以后,接着发生了一八五七年的英法联军对中国的战争,一八八四年的中法战争,一八九四年的中日战争,一九○○年的八国联军对中国的战争,和一九一四年日本对于中国山东半岛的掠夺。外国侵略者经过这些战争和其他方法掠夺了中国的领土,勒索了中国的"赔款",在中国的土地上驻兵,开设银行、商行、工厂,控制中国的通商口岸、交通线和海关,并且划分"势力范围",进而操纵中国的内政,使中国在经济上和政治上处于半殖民地的地位。帝国主义的侵略,威胁着中国人民的生存,压迫着中国的经济不能发展,阻止着中国的政治不能进步。因此,反对帝国主义,推翻帝国主义在中国的统治,就成为中国革命的最根本的问题。

外国资本主义的侵入,曾对中国的封建经济起了解体的作用,对中国资本主义的发展起了刺激的作用。在十九世纪的六十年代,中国近代工业开始出现。但是在帝国主义和封建主义的双重压迫下,中国民族工业在几十年间的发展是极其微弱的。中国的封建末期的反动统治者,对于各阶层劳动人民实行着野蛮的统治。地主阶级占有农业土地的大部分和农民收入的大部分,对于农民享有种种超经济的特权。高利贷者、商人、买办和封建官僚,与地主在一起掠夺着农民和手工业者。工业的一部分属于帝国主义者,一部分属于中国的官僚,属于中国资本家的一部分也受着前两部分的压迫和排挤。封建官僚政府在一九○○年的战争失败以后,完全投降了帝国主义,并倚靠帝国主义的支持和帮助,来压迫中国人民的革命运动,这一点,在一九一二年成立的所谓"中华民国"的历届军阀政府,也没有发生任何变化;发生的变化,就是中国由表面的统一变为公开的分裂,以不同的帝国主义为后台的军阀之间进行着继续不断的战争,无论在一九一二年以前和以后,各派的封建统治者都拒绝作任何实质的社会改革。因此,反对封建主义,推翻封建主义在中国的统治,就成为中国革命的另一个最根本的问题。

在上述情形下,中国人民的根本要求,首先是中国工人阶级的根本要求,就是推翻帝国主义和封建主义的压迫,就是实现国家的独立和民主自由。①

毛主席的这个分析和胡乔木同志的说明,正确地指出了中国的革命任务,同时也就指出了鲁迅作品的整个时代背景。鲁迅就是生活在这样一个时代,战斗在这样一个时代,并极为深刻地以他的全部作品,反映了这样一个时代里的中国人民的痛苦和反抗,表现了中国人民的反帝反封建的根本要求的。只有正确地理解了鲁迅作品的整个时代背景,我们才有可能正确地和全面地理解鲁迅的作品,评价鲁迅的作品;从而,我们也才有可能真正接触到他的伟大的心灵,发现他的战斗了一生的业绩,对于中国人民的解放事业是具有多么重要的意义。

革命的爱国主义和革命的现实主义是鲁迅作品的两大根本特色

从开始从事文学工作的日子起,鲁迅的注意就集中在人民的生活,他的目的就在以文学为革命战斗的武器,为中国人民寻找更好的道路和更好的生活制度,他为这探索和追求了一生,他的思想始终是沿着这一条非常鲜明的线索向前发展,他在一生不疲倦的战斗中始终肯定人民才是历史的决定性力量,他并努力培养了这种力量,建立了不朽的革命功绩。

革命的爱国主义是鲁迅作品的一个根本特色。深厚的人民爱,国族爱,渗透在他全部作品的字里行间,使它们具有了所向无敌的威力。他在一切方面都表现为一个革命的爱国主义者,他的爱国主义精神是崇高的,热烈的,革命的。"他对于一切落后的、腐朽的、反动的东西深恶痛绝;对于一切先进的、发展的、革命的东西则梦寐以求。他极端憎恶旧中国,他把旧中国的历史直捷了当地分为两种时代——'想做奴隶而不得的时代'和'暂时做稳了奴隶的时代',他竭力追求'中国历史上未曾有过的第三样时代'——人民由奴隶变为国家主人的新中国。(以上引文见《坟:灯下漫笔》)他把旧中国比为'沙聚之邦',把新中国称为'人国',他呼号要把'沙聚之邦转为人国',他相信'人国既建,乃始雄厉无前,屹然独见于天下'(以上引文见《坟:文化偏至论》)。""一方面,鲁迅对于旧中国历史上一切黑暗、腐败、消极的一面,都加以无情的揭露与讽刺,使人民随时警惕不要受骗。……但在另一方面,鲁迅对于在各种不同的历史条件下,只要有一点真正代表被压迫者的反抗斗争的主张和行动,就都极力赞扬,接受他们的

---

① 胡乔木:《中国共产党的三十年》,页二—四,人民出版社本。

成功或失败的经验教训,打击各样各式的失败主义论,鼓舞人民的自信心,以推进新的革命斗争。"①鲁迅作品的这种革命爱国主义的特色,今天深刻地教育我们:应当勇敢地脱离旧生活,创造新生活,把我们的祖国建设成为一个更美丽更幸福的社会主义新国家。

鲁迅作品的另一根本特色是它的革命现实主义。鲁迅最最关切的是中国人民的生活及其重大问题,从他作品里所表现出来的思想和感情全部都是热爱中国人民,而痛恨人民公敌的思想和感情。他的全部作品的出发点都是对于旧社会的病态——恶劣,虚伪,愚蠢,腐朽——的揭露和仇恨,他号召人民一道赶快起来向帝国主义和封建主义进行坚决的斗争。他的观察是如此深广,他对于中国的历史和旧社会的解剖与批判是如此的透辟,他的作品的主题是如此富有革命的现实性和鲜明性,它们都绝不是虚幻的空谈,而是以中国革命的需要为前提,清楚地企图进行革命的教育。

鲁迅作品里的现实主义的特色是前后一贯的。他的前期作品里的现实主义虽然一般还是属于资产阶级的批判的现实主义的范畴,但由于鲁迅的作品反映了新民主主义革命时代的内容,表现了伟大的革命思想和战斗精神,这种思想内容必然影响到了它的创作方法,因此使他的现实主义比之他所继承到的批判的现实主义更进了一步,也就是说更富于革命性。他在后期,跟着阶级立场的改变,杂文创作里的现实主义已明白的提到社会主义现实主义的高度,它的革命意义自然是更深刻了。②

鲁迅作品的这两个根本特色相互结合着,贯串在他的每一篇文章的每一个字句里。苏联的中国文学研究家费德林在他的《论中国的新文学》中曾这样说:

> 中国现实主义文学派的开拓者,应推鲁迅。鲁迅完结了中国文学的旧时代,开始了现实主义文艺的时代。他是中国现实主义的创始人和第一个典范作家。鲁迅的作品,反映了中国人民整个一代的历史生活与斗争。……

---

① 《人民日报》社论:《继承鲁迅的革命爱国主义的精神遗产》(纪念鲁迅逝世十六周年),《文艺报》七十三期。

② 请参阅冯雪峰:《中国文学中从古典现实主义到无产阶级现实主义的发展的一个轮廓》(下),《文艺报》七十期。

鲁迅的作品帮助着新社会新生活的建设，帮助着新文化的创造。……鲁迅把文学作为无情的暴露现存社会制度的不义和罪恶的讲坛。……他对那些他步步接触到的卑鄙、残忍和社会上的不合理的现象加以暴露，公然的向那仇视人类的暴政挑战，揭露封建宗法社会的吃人的礼教。……鲁迅预见到在中国出现的新的力量，能够把中国从腐朽的旧传统，从社会的不平等，从广大群众的不合理的处境，从残暴的封建主，军阀和地主的手里解放出来的新力量。……现实描写的忠实、真切和人民性，是鲁迅创作的基本原则。……在鲁迅的讽刺的尖锐的作品里，对压迫者表现了他的深刻的憎恨。……他大胆的揭示着罪恶的根源，人民的不幸与穷困的根源，坚决的把这些揭露出来，坚决的相信人民大众的创造力和才能。鲁迅唤起了他的读者的善良的心，号召他们去斗争，证明着真理和正义一定要战胜的。这一点他很近于高尔基。他同高尔基一样，竭力唤醒读者的"被侮辱与被损害的"，将同自己的压迫者进行坚决的不可免的斗争的意识。……鲁迅的革命的现实主义的传统，对现代中国进步文学发展上，起着活生生的影响。①

费德林这些话综括地指明了鲁迅作品的思想内容，和它对于中国人民革命的贡献，但同时也就指明了我们在上面举出的它的两个根本特色是如何始终紧相联结着。

鲁迅的在量上虽不多在质上却极高的小说

鲁迅的小说，虽然只有《呐喊》、《彷徨》和以历史故事为题材的《故事新编》三个短篇小说集，在量上确实不多，但由于这些小说的深广的内容，人物典型的集中的表现等，他的小说在质上却有着极高的成就。冯雪峰同志所说的："这为数不多的创作仍能够奠定了中国现实主义文学的巩固基础，并使他成为二十世纪现实主义世界大师之一，"②"像《阿Q正传》这样把古典的批判的现实主义的思想性和战斗性的特色发挥到如此高度，对于战斗的启蒙主义的批判精神有如

---

① 费德林:《论中国的新文艺》曹靖华译文,《人民文学》第九期。作者另有《鲁迅》一文,刘益玺译,在泥土社本《论鲁迅》内,也值得参考。

② 冯雪峰:《鲁迅生平及其思想发展的梗概》,《论文集》第一卷内。

此深广的发展,而在艺术上又能有完整的高超的成就,这是在世界文学史上也只能举出极少数的例子来的。"①我以为这样的估计非常公允,非常正确。

鲁迅的小说,在长期中成了帮助中国人民认识旧社会的罪恶,打击敌人,和鼓舞他们斗争前进的力量。虽然从这些作品开始被写出的时候就受到了大大小小有意无意的许多曲解和中伤,但它们的巨大的革命的教育意义却总是一天比一天的更加显著,并越是被深刻挖掘,那意义也就越发丰富生动起来。大约二十五年前,当许多人还不能正确认识到鲁迅小说的真实意义时,茅盾同志就曾一再揭示出来它们的这些特殊优点:

> 当时最有惊人色彩的鲁迅的小说——后来收进《呐喊》里的,在攻击传统思想这一点上,不能不说是表现了"五四"的精神。……《呐喊》中间有封建社会崩坍的响声,有黏附着封建社会的老朽废物的迷惑失措和垂死的挣扎,也有那受不着新思潮的冲激,"不知有汉,无论魏晋"的老中国的暗陬的乡村,以及生活在这些暗陬的老中国的儿女们,但是没有都市,没有都市中青年们的心的跳动。有人据此批评《呐喊》,以为鲁迅并没表现了现代中国的人生,以为《呐喊》的主要情调是依恋感伤于封建思想的没落,这种看法,却不公允。……《呐喊》所表现者,确是现代中国的人生,不过只是躲在暗陬里的难得变动的中国乡村的人生;我还是以为《呐喊》的主要调子,是攻击传统思想,不过用的手段是反面的嘲讽。②

在稍后的《鲁迅论》里,茅盾(方璧)同志又指出在鲁迅的《呐喊》和《彷徨》里描写的大都是"老中国的儿女"的思想和生活,他说:

> 我们读了这许多小说,接触了那些思想生活和我们完全不同的人物,而有极亲切的同情。我们跟着单四嫂子悲哀,我们爱那个懒散苟活的孔乙己,我们忘不了那负着生活的重担麻木着的闰土,我们的心为祥林嫂而沉重,我们以紧张的心情追随着爱姑的冒险,我们鄙夷然而又怜悯又爱那阿Q……总之,这一切人物的思想生活所激起于我们的情绪上的反映,是憎

---

① 冯雪峰:《论阿Q正传》,《论文集》第一卷内。
② 茅盾:《读倪焕之》,在李何林编《中国文艺论战》内,《中国书店》本。

是爱是怜,都混为一片,分不明白。我们只觉得这是中国的,这正是中国现在百分之九十九的人们的思想和生活,这正是围绕在我们的"小世界"外的大中国的人生!而我们之所以深切地感到一种寂寞的悲哀,其原因亦即在此。这些"老中国的儿女"的灵魂上,负着几千年的传统的重担子,他们的面目是可憎的,他们的生活是可以诅咒的,然而你不能不承认他们的存在,并且不能不懔懔地反省自己的灵魂究竟已否完全脱卸了几千年传统的重担。我以为《呐喊》和《彷徨》所以值得并且逼迫我们一遍一遍地翻读而不厌倦的根本原因,便在这一点。……

鲁迅站在路旁边,老实不客气的剥脱我们男男女女,同时他也老实不客气的剥脱自己。他不是一个站在云端的"超人",嘴角上挂着庄严的冷笑,来指斥世人的愚笨卑劣的,他不是这种样的"圣哲"!他是实实地生根在我们这愚笨卑劣的人世间,忍住了悲悯的热泪,用冷讽的微笑,一遍一遍不惮烦地向我们解释人类是如何脆弱,世事是多么矛盾!他决不忘记自己也分有这本性上的脆弱和潜伏的矛盾。……鲁迅板着脸,专剥露别人的虚伪的外套,然而我们并不以为可厌,就因为他也严格地自己批评自己分析呵!绅士们讨厌他多嘴,把他看作老鸦,一开口就是"不祥",并且把他看作"火老鸦",他所到的地方就是火着,然而鲁迅不馁怯,不妥协![①]

茅盾同志在二十五年前就已提出来的对于鲁迅小说的论点,从今天看来虽然难免有不够的地方,但在当时的确起了摧陷廓清的作用,帮助了读者对于鲁迅小说的理解。中国人民很早就能比较正确地赏识鲁迅的小说,这不能不更增加了鲁迅创作的勇气和力量。

匕首、投枪、钢刀一样的杂文是鲁迅打击敌人的主要武器

鲁迅的最主要的战斗武器是他的杂文。他的总数十六本的杂文集,其中有对于人民敌人的深刻的憎恶和烈火似的愤怒,有人民自己的希望和胜利的光辉,有取之不尽的极丰富的关于中国历史,中国社会,和中国革命的非常深广,非常宝贵的思想。这是匕首,是投枪,是钢刀,鲁迅用它"投向一切封建主义者,一切复古者,一切倒退者,一切媚敌者,和一切中伤革命,谋害革命者,总之投向

---

① 茅盾(方璧):《鲁迅论》,在乐华书局本《当代中国作家论》内。

一切人民的敌人和革命的敌人。其猛烈与有效,真是所向无不披靡,无不被他杀伤"。① "杂文这种形式,在中国和世界文学史上都并非新的东西;但给杂文以像鲁迅所给的这样巨大的战斗性能和作用,在艺术上达到像鲁迅所达到的这样晶莹灿烂的成就,把政论化成为诗,而又丝毫也不减弱思想的深广性和政论的尖锐性与直接性的,却是无论在中国文学史上,在世界文学史上,都是简直空前的新的创造。"②

鲁迅杂文的产生原因和它的战斗性的特点

瞿秋白在《鲁迅杂感选集序言》里指出:"鲁迅的杂感其实是一种'社会论文'——战斗的'卓利通'(Feuilleton)。谁要是想一想这将近二十年的情形,他就可以懂得这种文体发生的原因。急遽的剧烈的社会斗争,使作家不能够从容的把他思想和情感镕铸到创作里去,表现在具体的形象和典型里;同时,残酷的强暴的压力,又不容许作家的言论采取通常的形式。作家的幽默才能,就帮助他用艺术的形式来表现他的政治立场,他的深刻的对于社会的观察,他的热烈的对于民众斗争的同情。不但这样,这里反映着五四以来中国的思想斗争的历史。杂感这种文体,将要因为鲁迅而变成文艺性的论文的代名词。自然,这不能够代替创作,然而它的特点是更直接的更迅速的反应社会上的日常事变。"③

瞿秋白的这个分析,非常正确,并且正和鲁迅自己的思想要求完全符合。鲁迅以他一生的大部分精力创作了这许多杰出的杂文,决不是为杂文而杂文,也决不是为了其他什么目的,而完全是为了当时当地革命战斗的需要,为了要打击敌人。他是明确地从杂文这种文体发现了可以及时的扫荡秽丑的巨大力量,所以才突破了一切旧形式,"有意为之"地从事创造并加以提倡的。鲁迅坚决反对脱离了现在而空谈"为将来写作"的谬论,他曾这样说:

> 左翼也要托尔斯泰、佛罗培尔,但不要"努力去创造一些属于将来的东西"的托尔斯泰和佛罗培尔。他们两个,都是为现在而写的,将来是现在的

---

① 冯雪峰:《鲁迅生平及其思想发展的梗概》,《论文集》第一卷内。
② 冯雪峰:《论阿Q正传》,《论文集》第一卷内。
③ 瞿秋白:《鲁迅杂感选集序言》,在《乱弹及其他》内,山东新华书店本。

将来,于现在有意义,才于将来会有意义。①

其实"杂文"也不是现在的新货色,是"古已有之"的。凡有文章,倘若分类,都有类可归,如果编年,那就只按作成的年月,不管文体,各种都夹在一处,于是成了"杂"。……况且现在是多么迫切的时候,作者的任务,是在对于有害的事物,立刻给以反响或抗争,是感应的神经,是攻守的手足。潜心于他的鸿篇钜制,为未来的文化设想,固然是很好的,但为现在抗争,却也正是为现在和未来的战斗的作者。因为失掉了现在,也就没有了未来。②

可见,鲁迅是完全有意识地运用了杂文这个武器,绝对不是如那些讥笑他为"杂感专家"的苍蝇蚊子们所想,他是因为不能"专"在"专"里面,做不成艺术家了,所以才"专"在"杂"里面;绝对不是的。而且,鲁迅所以特别选用杂文来作为他同敌人战斗的主要武器,除了由于杂文是社会和思想斗争的最灵活和最锋利的武器之外,也还是由于"它更适合于鲁迅先生的战斗的性格和他的思想要求的缘故。他的思想要求和对于真理的追求,是远远地超过他对于艺术的制作和完成的要求的。例如他对于中国民族和人民的出路的追求,对于社会和历史的观察与分析,都是一步深入一步,永不想停止的,而杂文就不仅更适合于他的思想的表现,并且也更适合于他的思想的方法和他的不停地在思考着的那种情况。小说之类的创作,似乎更能满足艺术上的创作要求,但对于他的思想要求,就要显得不够灵活和自由,也不够真切和实用的了"。③

鲁迅杂文的战斗性的特点,首先就是"言之有物";其次是锋利,一针见血;再次便是形式上的短小精悍,活泼多样,可以运用自如。很清楚,鲁迅杂文的这些特点是为鲁迅参加革命战斗的需要,为这些作品的革命战斗的思想内容所决定的。也就因为这样,所以杂文这种形式虽然古代已经有了,但鲁迅却能把它发展到了二十世纪世界革命文学的高峰。鲁迅自己曾说:

我是爱读杂文的一个人,而且知道爱读杂文还不只我一个,因为它"言

_____

① 《论第三种人》,《南腔北调集》,《全集》第五卷,页三十七。
② 《且介亭杂文序言》,《全集》第六卷,页十三——十四。
③ 冯雪峰:《回忆鲁迅》,页四八——四九。

368

之有物"。我还更乐观于杂文的开展,日见其斑烂。第一是使中国的著作界热闹,活泼;第二是使不是东西之流缩头;第三是使所谓"为艺术而艺术"的作品,在相形之下,立刻显出不死不活相。①

这些短评,有的由于个人的感触,有的则出于时事的刺激……我之所以投稿,一是为了朋友的交情,一则在给寂寞者以呐喊,也还是由于自己的老脾气。然而我的坏处,是在论时事不留面子,砭痼弊常取类型,而后者尤与时宜不合。②

我的杂文,所写的常是一鼻、一嘴、一毛,但合起来,已几乎是或一形象的全体。③

生存的小品文,必须是匕首,是投枪,能和读者一同杀出一条生存的血路的东西。但自然,它也能给人愉快和休息,然而这并不是"小摆设",更不是抚慰和麻痹,它给人的愉快和休息是休养,是劳作和战斗之前的准备。④

这里所谓"言之有物",实际就是指杂文的战斗性,思想性。是匕首,是投枪,就是说必须锋利,虽然所写的只是一鼻、一嘴、一毛,但因为锋利,所以就能一针见血,使不是东西之流缩头,和读者一同杀出一条生存的血路来。但要做到锋利,就需要具有对于历史社会的极深广的知识,对于生活本质和革命任务的极正确的认识,而且对于认定有害的事物,要立刻给以反响或抗争,而不留任何面子,不存任何顾虑。只有这样,才能真正发挥杂文的作用。杂文既是为了适应当时当地的革命战斗的迫切需要而产生,因此它的形式必然是生动的,活泼的,多样的,可以运用自如,并一般是短小精悍的。它既可以杀伤敌人,也可以给自己人愉快和休息,作为劳作和战斗之前的准备。

一种极严肃的工作

正因为鲁迅杂文乃是这样的一种战斗作品,因此在鲁迅看来,写作杂文实

① 《打杂集序》,《且介亭杂文二集》,《全集》第六卷,页二九三。
② 《伪自由书前记》,《全集》第四卷,页四二三。
③ 《准风月谈后记》,《全集》第五卷,页四三六。
④ 《小品文的危机》,《南腔北调集》,《全集》第五卷,页一七三。

在是一种极严肃，也不容易做的工作。他曾驳斥那些轻视杂文反对杂文的苍蝇蚊子们说：

> 不错，比起高大的天文台来，"杂文"有时确很像一种小小的显微镜的工作，也照秽水，也看脓汁，有时研究淋菌，有时解剖苍蝇。从高超的学者看来，是渺小、污秽，甚而至于可恶的。但在劳作者自己，却也是一种严肃的工作，和人生有关系，并且也不十分容易做。[①]

也正因为做这样的杂文是革命者的"严肃的工作"，对于反动统治者及其奴才走狗当然有巨大的损害，所以他们才发动了明明暗暗、软软硬硬的对于鲁迅及其杂文作品的笔与刀的围攻。在严重的压迫之下，不但署了鲁迅名字的杂文被禁止发表，就连再四换了笔名，甚至并非鲁迅所写，只因和他的杂文有若干貌似的别人的作品也连带遭到了禁止的命运。反动派对于鲁迅杂文的压迫真是达到了无孔不入，企图剿尽杀绝的程度。

但自然这只是事情的一面。那另外的一面，便是鲁迅的无限的顽强，反动派越是憎恶他的文章，想扑灭杂文，他就越要多说，多写，通过巧妙的"游击战"，他仍写出了反抗的奴隶们的战斗的心声。鲁迅自己曾说：

> 自然因为还有人要看，但尤其是因为又有人憎恶着我的文章。说话说到有人厌恶，比起毫无动静来，还是一种幸福。天下不舒服的人们多着，而有些人们却一心一意在造专给自己舒服的世界，这是不能如此便宜的。也给他们放一点可恶的东西在眼前，使他有时小不舒服，知道原来自己的世界也不容易十分美满。苍蝇的飞鸣，是不知道人们在憎恶它的，我却明知道，然而只要能飞鸣，就偏飞鸣。我的可恶，有时自己也觉得，即如我的戒酒，吃鱼肝油，以望延长我的生命，到不尽是为的爱人，大大半乃是为了我的敌人，——给他们说得体面一点，就是敌人吧——要在他的好世界上，多留一些缺陷。[②]

[①] 《做杂文也不易》，《全集补遗》，页三四五。
[②] 《坟题记》，《全集》第一卷，页十。

鲁迅这一段话,真是把他的韧战的性格充分表现出来了。

但既然是在反动派的残酷压迫下"游击战"式的从事写作,鲁迅的有些杂文就不得不用了弯弯曲曲、隐隐晦晦的"曲笔",这也就是列宁在《党的组织与党的文学》里指出过的"《伊索寓言》式的笔调"。这种"曲笔"曾使许多人不能很快完全理解他作品中的意思,但显然绝对不是鲁迅自己愿意写得难懂。应当理解,鲁迅原是竭力主张要把文章写得明白无疑,使人清楚懂得的,但他却是生活在一个没有言论自由,连生命也无保障的极端的白色恐怖时代;这时他即使用了"曲笔"还不一定能说话,不用"曲笔"当然更不可能说话,而只要能够说出一些话,即使用了"曲笔",对于当时的革命战斗到底是益处更大的。列宁所说的,我们不能把"愿意表示党的观点的人们之被迫不能不含糊其词,与那些还没成长到党的观点的人们,那些在实质上还不是党人的人们之思想不彻底和思想畏缩,混淆在一起",①正可以用来纠正有些人对于鲁迅某些杂文用了"曲笔"的误解。鲁迅自己就也说过:"我以为要论作家的作品,必须兼想到周围的情形。"②对于一个缺少中国历史和鲁迅时代情况的知识的人,特别是不熟悉帝国主义侵入中国以后中国人民的革命斗争的史实的人,即使鲁迅并没有用"曲笔",恐怕也不能很快完全理解他的作品,可见觉得难懂,其原因实不止一端,往往自己也应负责的。

经过私人问题去照耀社会思想和社会现象的战法

鲁迅杂文的战法,往往是经过私人问题去照耀社会思想和社会现象。他的这种隐蔽在个别的甚至私人的问题之下的战斗,他的打击目标无疑仍旧是整个旧社会。他的神圣的憎恶和讽刺的锋芒都集中在帝国主义者,军阀官僚和他们的叭儿狗,他所以再三再四提到陈西滢、章士钊这类姓名,乃因为统治者不能够完全只靠大炮机关枪,一定需要某种"意识代表",而鲁迅就是把这类姓名当做统治者的意识代表来加以打击的。瞿秋白说得好:"现在的读者往往以为《华盖集》正续编里的杂感,不过是攻击个人的文章,或者有些青年已经不大知道陈西滢等类人物的履历,所以不觉得很大的兴趣。其实,不但陈西滢,就是章士钊(孤桐)等类的姓名,在鲁迅的杂感里,简直可以当做普通名词读,就是认做社会

---

① 列宁:《党的组织与党的文学》,曹葆华等译《马恩列斯论文艺》,页八十。
② 《且介亭杂文二集后记》,《全集》第六卷,页四四四。

371

上的某种典型,他们个人的履历倒可以不必多加考究,重要的是他们这种'媚态的猫','比它主人更严厉的狗','吸人的血还要预先哼哼地发一通议论的蚊子','嗡嗡地闹了半天,停下来舐一点沺汁,还要拉上一点蝇矢的苍蝇'……到现在还活着·活着! 揭穿这些卑劣、懦怯、无耻、虚伪而又残酷的刽子手和奴才的假面具,是战斗之中不可少的阵线。"① 因为直接地打击了他们的意识代表,间接地也就打击倒了这些个人所代表的整个统治阶级。同时,这个战法也就是在当时条件下鲁迅进行韧性战斗的一种表现。

深刻的韧性的战斗

鲁迅最主张"韧"的战斗,反对许褚式的"赤膊上阵"而主张用"壕堑战"。这样的意见,他曾在许多文章里表现出来,例如:

> 对于旧社会和旧势力的斗争,必须坚决,持久不断,而且注重实力。……我们急于造出大群的新的战士,但同时,在文学战线上的还要韧!②

> 改革自然常不免于流血,但流血非即等于改革。血的应用,正如金钱一般,吝啬固然是不行的,浪费也大大的失算。……正规的战法,也必须对手是英雄才适用。汉末总算还是人心很古的时候吧,恕我引一个小说上的典故:许褚赤膊上阵,也就很中了好几箭。而金圣叹还笑他道:"谁叫你赤膊?"

> 至于现在似的发明了许多火器的时代,交兵就都用壕堑战。这并非吝惜生命,乃是不肯虚掷生命,因为战士的生命是宝贵的。在战士不多的地方,这生命就愈宝贵。所谓宝贵者,并非"珍藏于家",乃是要以小本钱换得极大的利息,至少,也必须买卖相当。以血的洪流淹死一个敌人,以同胞的尸体填满一个缺陷,已经是陈腐的话了。从最新的战术的眼光看起来,这是多么大的损失。③

> 君子之徒曰:你何以不骂杀人不眨眼的军阀呢? 斯亦卑怯也已! 但我

---

① 瞿秋白:《鲁迅杂感选集序言》,在《乱弹及其他》内,山东新华书店本。
② 《对于左翼作家联盟的意见》,《二心集》,《全集》第四卷,页二三九—二四一。
③ 《空谈》,《华盖集续编》,《全集》第三卷,页二六五—二六六。

不想上这些诱杀手段的当的。……君子之徒的话,也就是一把软刀子。假如遭了笔祸了,你以为就尊你为烈士了么? 不,那时另有一番风凉话。倘不信,可看他们怎样评论那死于"三一八"惨杀的青年。①

对于社会的战斗,我是并不挺身而出的,我不劝别人牺牲什么之类就为此。欧战的时候,最重壕堑战,战士伏在壕中,有时吸烟,也唱歌,打纸牌,喝酒,也在壕内开美术展览会,但有时忽向敌人开他几枪,中国多暗箭,挺身而出的勇士容易丧命,这种战法是必要的吧。但恐怕也有时会逼到非短兵相接不可的,这时候,没有法子,就短兵相接。(《两地书》)②

世间有一种无赖精神,那要义就是韧性。听说拳匪乱后,天津的青皮,就是所谓无赖者,很跋扈,譬如给人搬一件行李,他说要两元,对他说行李小,他说要两元,对他说道路近,他说要两元,对他说不要搬了,他说也仍然要两元。青皮固然是不足为法的,而那韧性,却大可以佩服。③

中国一向就少有失败的英雄,少有韧性的反抗,少有敢单身鏖战的武人,少有敢抚哭叛徒的吊客。见胜利则纷纷聚集,见败兆则纷纷逃亡。④

鲁迅所以主张"韧"的战斗,是因为他在长期的观察和实际的战斗中认识到长久盘据在中国地面上的革命敌人在当时还是很强大的,中国的革命战斗必须要经过一个长期艰苦的过程,如果一味盲目的急性的狂跳乱冲,而不讲究斗争的方法和策略,那一定只能招来失败。鲁迅的这些意见是完全符合后来毛主席在《中国革命和中国共产党》中所指出来的这个斗争真理的:

在敌人长期占领的反动的黑暗的城市,和反动的黑暗的农村中进行共产党的宣传工作和组织工作,不能采取急性病的冒险主义的方针。必须采取荫蔽精干,积蓄力量,以待时机的方针。其领导人民对敌斗争的策略,必须是利用一切可以利用的公开合法的法律、命令和社会习惯所许可的范围,从有理、有利、有节的观点出发,一步一步地和稳扎稳打地去进行,决不

---

① 《坟题记》,《全集》第一卷,页十。
② 《两地书》,《全集》第七卷,页三一。
③ 《娜拉走后怎样》,《坟》,《全集》第一卷,页一四九。
④ 《这个与那个》,《华盖集》,《全集》第三卷,页一四二。

是大唤大叫和横冲直撞的办法所能成功的。①

如毛主席所指出，如果在一九三九年的时候共产党在反动黑暗的环境中还必须采取稳扎稳打的方针来进行革命斗争，那么在鲁迅的时代和他一般还是采取"单身鏖战"的情况之下，"韧"的战斗就更加必要了。鲁迅的经过深广观察和战斗体验得夹的意见，往往能够达到高度的革命真理，这又是一个明证。

鲁迅杂感的革命传统

瞿秋白指出鲁迅杂文的革命传统有四点："最清醒的现在主义"，"韧的战斗"，"反自由主义"，"反虚伪的精神"。以为"这些革命传统对于我们是非常之宝贵的，尤其是在集体主义的照耀之下"。②

鲁迅竭力暴露黑暗，他的讽刺和幽默，正是最热烈最严正的对于人生的态度。他决不在欺人和自欺之中讨生活，他主张"我们的作家取下假面，真诚地，深入地，大胆地看取人生，并且写出它的血和肉来"，做革命斗争中的"凶猛的闯将"。③ 他反对旧势力的虚伪的中庸，指出这正是敌人的缓兵诡计。他主张"打落水狗"，并且"要打就得打到底"。而反虚伪则尤其是他的最主要的精神，他的一切憎恶和仇恨都是针对着封建主义的虚伪社会，和帝国主义的虚伪世界的。"因为从旧垒中来，情形看得较为分明，反戈一击，易制强敌的死命"④的鲁迅杂文，将永远照耀在中国人民的革命历史上，而鼓舞着我们的战斗意志和胜利信心，是毫无疑问的。

四、学习鲁迅，继承鲁迅

在鲁迅逝世十六周年(一九五二年)的时候，《人民日报》特别发表了一篇社论，号召全体革命人民，首先是全体共产党员及其干部，应当不疲倦地阅读，研究和宣传鲁迅的著作。社论里指出："伟大的鲁迅，在他一生不疲倦的战斗中，

---

① 《中国革命和中国共产党》，《毛泽东选集》第二卷，页六〇六—六〇七。
② 瞿秋白：《鲁迅杂感选集序言》，在《乱弹及其他》内，山东新华书店本。
③ 《论睁了眼看》，《坟》，《全集》第一卷，页二二二。
④ 《写在坟后面》，《坟》，《全集》第一卷，页二六四。

为我国人民树立了不朽的革命功绩,创造了丰富的文化思想的遗产。这一份遗产超越于前代所有的民族遗产之上,必须由我们来继承它,这是毫无疑义的。接受这个遗产,不疲倦地阅读,研究和宣传鲁迅的著作,决不仅仅是文艺界的任务,决不仅仅是青年知识分子的任务,而是全体革命人民,首先是全体共产党员及其干部的任务。"①这是我们的党和政府再一次地对于鲁迅的崇高的褒奖,也就明确地指出了学习鲁迅继承鲁迅对于今天我们伟大祖国的建设事业是具有多么重要的意义。

我们要学习鲁迅,继承鲁迅,主要是学习继承他的精神。鲁迅的精神有些什么内容?最主要的当然是他的革命爱国主义,他是一个"伟大的革命家",一个"在文化战线上,代表全民族的大多数,向着敌人冲锋陷阵的最正确,最勇敢,最坚决,最忠实,最热忱的空前的民族英雄"。②还在一九三七年即鲁迅逝世一周年的时候,毛主席就已号召大家向鲁迅学习,学习他的革命战斗精神。

毛主席论伟大的"鲁迅精神"

毛主席说:

我们今天纪念鲁迅先生,首先要认识鲁迅先生,要晓得他在中国革命史中占的地位。我们纪念他,不仅是因为他的文章写得好,成功了一个伟大的文学家,而且因为他是民族解放的急先锋,给革命以很大的助力。他并不是共产党组织的党员,然而他的思想,行动,著作,都是马克思主义化的。尤其在他的晚年,表现了更年青的力量。他一贯的不屈不挠地与封建势力和帝国主义作坚决斗争。在敌人压迫他,摧残他的恶劣环境里,他挣扎着,反抗着,充满了艰苦奋斗的精神。

鲁迅是从正在溃败的封建社会中出来的,但他会杀回马枪,朝着他所经历过的腐败的社会进攻,朝着帝国主义的恶势力进攻。他用他那一枝又泼辣又幽默又有力的笔,画出了黑暗势力的鬼脸,画出了丑恶的帝国主义的鬼脸,他简直是一个高等的画家。他近几年来更站在无产阶级与民族解

---

① 《人民日报》社论:《继承鲁迅的革命爱国主义的精神遗产》(纪念鲁迅逝世十六周年),《文艺报》七十三期。

② 毛主席:《新民主主义论》,《选集》第二卷,页六七四。

放的立场,为真理与自由而斗争!

鲁迅先生的第一个特点,是他的政治的远见。他用显微镜和望远镜观察社会,所以看得远,看得真。他在一九三六年就大胆的指出托派匪徒的危险倾向,现在的事实完全证明了他的见解是那样的稳定,那样的清楚。托派成为汉奸组织而直接拿日本特务机关的津贴,已是很明显的事情了。

鲁迅的第二个特点,是他的斗争精神。刚才已经提到,他在黑暗与暴力的进袭中,是一枝独立支持的大树,不是向两旁偏倒的小草。他看清了政治的方向,就向着一个目标奋勇的斗争下去,决不中途投降妥协。有些不彻底的革命者,起初是斗争的,后来就"开小差"了;比如外国的考茨基、普列汉诺夫等就是很好的例子。在中国,这等人也不少。正如鲁迅先生所说,最初大家都是左的,革命的,及到压迫来了,马上有人变节,并把同志拿出去给敌人作为见面礼(我记得大意是如此)。鲁迅痛恨这种人,同这种人作斗争,随时教育着训练着所有他领导下的文学青年,叫他们坚决斗争,打先锋,开辟自己的"路"。

鲁迅的第三个特点,是他的牺牲精神。他一点也不畏惧敌人对于他的威胁利诱与残害,他一点不避锋芒,把钢刀一样的笔,刺向他所憎恨的一切。他往往是站在战士的血迹中,坚韧的反抗着,呼啸着前进。鲁迅是一个彻底的现实主义者,他丝毫不妥协,他具备了坚决心,他在一篇文章里主张打落水狗,他说,如果不打落水狗,它一旦跳起来,不仅要咬你,而且最低限度要溅你一身的污泥。所以他主张打倒它。他一点没有假慈悲的伪君子色彩。我们要学习鲁迅的这种精神,运用到全中国去。

综合了上述这几个条件,形成了一种伟大的"鲁迅精神",鲁迅的一生就贯穿了这种精神,所以他在艺术上成功了一个了不起的作家,在革命队伍中是一个很优秀很老练的先锋分子。我们纪念鲁迅,就要学习鲁迅的精神,把它带到全国各地的抗战队伍中去使用,为中华民族的解放而奋斗。[①]

毛主席的这些话,虽然是在十六年前说的,但它的根本精神,从今天看来,仍是我们学习鲁迅,继承鲁迅最好的根据和南针。

在鲁迅,学习继承他的战斗精神固然是最主要的,不过对他的工作精神和

[①] 毛主席:在鲁迅逝世一周年纪念会上的讲话,载《高中语文课本》第一册。

学习精神也一样应该重视。因此胡乔木同志又曾指出：

> 鲁迅式的战斗精神、工作精神和学习精神——这是医治我们中间的懒
> 懒散散、嘻嘻哈哈、无事奔忙而又敷衍了事的最好药方。更多地传布和使
> 用这个药方吧！让我们更多地温习鲁迅，让我们有更多的老作家和新青年
> 在政治的热情和艺术的严肃性方面赶上鲁迅吧——这绝对不是什么苛求，
> 这是鲁迅的后继者不可逃避的天职，而且在我们今天做起来比鲁迅多了不
> 知多少的有利条件。因此我们不但应当这样做，也一定能够这样做，也已
> 经有不少人这样做着。①

学习鲁迅能使我们得到无穷的益处

除此之外，我以为我们还应学习他的严肃的自我改造自我批判的精神，学
习他的强烈的党性，学习他从革命的需要出发，主动地去吸收俄罗斯和苏联文
学的重要的滋养和力量的模范态度。而在文学上，则我们要学习他把文学为革
命政治服务，并为革命战斗的需要而磨练和创造新的文学武器的那种精神，学
习他的思想（特别是后期的）的明白、精确、透彻和尖锐，学习他的丰富的历史知
识和社会知识，学习他的典型描写的才能，诗的情绪，巨大的概括力，和在批评
上的具体性，还有，就是学习他对待民族遗产的革命的态度。鲁迅，就是无边的
海洋，我们越多向他学习，我们就越能汲取到更多的东西，得到无穷的益处。

用马列主义毛泽东思想的立场观点来发扬鲁迅的业绩

我们应该学习继承鲁迅的许许多多的优点，但我们一定要站在马列主义毛
泽东思想的立场观点上来学习和继承。人们若从小资产阶级的角度来看鲁迅，
往往就只能亲近鲁迅前期思想中的一些可以批判而且也早经鲁迅自己抛弃的
东西，或者只能片面的表面的理解鲁迅，而不能认识到他的精神本质。胡绳同
志曾经指出下列这些看法的片面和错误：

> 或者是片面地强调鲁迅的主观战斗精神，好像鲁迅是天生就有着超人
> 的坚强的主观力似的。但这种主观力当然并不是天生的，不是不可理解

---

① 胡乔木：《我们所已经达到的和还没有达到的成就》，《文艺报》廿五期。

的。鲁迅的主观力量是由于他和实际的社会斗争相接触而来的。因为他和辛亥以来每一中国历史上的重大事变紧相接触,而且终于使自己和中国无产阶级政治运动相结合,所以他才能代表了中国人民中最强的骨头,最强的主观力量。

或者是片面地强调鲁迅思想由生活的直觉经验出发的特点,却不愿意去看出,鲁迅并不单靠直觉经验而到达他的思想的最高度,而是通过直觉经验更上升到无产阶级的集体主义思想。经过马列主义的科学思想的锻炼,这些生活经验的结论才显得无比的光辉。

或者是单纯歌颂鲁迅前期的个性主义思想;或者以为,鲁迅的伟大就在于他有着独往独来、孤身作战的精神;或者以为,鲁迅的战斗力量只在于暴露黑暗,怀疑一切。然而鲁迅的伟大固然在于当周围毫无响应之时,敢于孤身作战,但更在于从不放弃组成一反对旧社会的"联合阵线"的想法(见《两地书》),而且终于在人民大众中发现了他所全心全力与之相结合的力量。鲁迅的伟大固然表现于他以最大的执拗攻打敌人,揭破虚伪,暴露黑暗;但又表现于他以同样程度的执拗守卫真实的光明,并以严肃而宽容的态度对待一条阵线上的朋友和同志。这一面与那一面紧相结合,才构成了完全的鲁迅的战斗人格。[①]

但更常见的一种片面、错误的看法,则是不以发展的观点看问题,不从实际出发,而"片面地强调鲁迅一生中保持着首尾一贯坚持不移的精神,却忘记了鲁迅的伟大更在于他敢于以新的立场来冲破他在旧的立场上的局限性"。何其芳同志说得很好:"鲁迅先生的一生经历了中国的旧民主主义革命阶段,又经历了五四运动以后的新民主主义革命阶段。许多他的同辈都在这样长期的革命过程中妥协了,后退了,而他却一直站在革命的文化战争的最前线,他的思想也在后一个时期中达到了他那个时代的最高的水平。我们研究他,固然应该看到他的前期思想和后期思想的联系,但尤其应该看见他的前期思想和后期思想的区别。必须认识,鲁迅先生也是经过了从一个阶级到一个阶级的变化的。不了解这点,就不可能了解为什么鲁迅的方向就是中华民族新文化的方向,也不可能

---

① 　胡绳:《鲁迅思想发展的道路》,在《大众文艺丛刊批评论文选集》内,新中国书局本。

民主主义者,争取民主的,社会主义的社会改革的战士身份,痛斥俄国封建制度和当时正在成长,壮大的俄国资产阶级。

我们可以假定,如果社会改革真正在他们眼前发生的时候,这两位伟大的讽刺文学家对它一定不会熟视无睹,我认为,他们既为了某一种社会制度而将他们的讽刺的利箭射向他们所痛恨的另一种社会制度,如果他们亲眼看到了他们所拥护的那个社会制度的胜利,他们一定不会只因为如某些唯心理论家的想法:依照讽刺文学家的创造性艺术的本质,他必须打击占统治地位的社会制度,而改变他们所攻击的目标的。

例如,假使民主势力在谢德林活着的时候胜利了,他想必也不会只因为这些民主势力占了统治地位,便转一个一百八十度的弯,而用他的讽刺来向它们攻击。相反的想法倒是比较合理的:谢德林会用他的讽刺继续攻击一切的残余势力,攻击被推翻了的社会制度的某些仍然存在和危险的现象,也就是那种社会制度占统治地位时他所反对的那些现象。我只说到谢德林,但是我认为这同样地完全适用于伏尔泰。

如果我们想一想我们自己的时代,那么当然讽刺文学作为文学的一种,在本质上一点也没有改变。它和从前一样要求作家深恶痛绝地,坚决地攻击某一种社会制度,捍卫另一种社会制度。如果我们谈到苏联文学的方向,那么苏联的讽刺文学是抨击世界上现存的两种社会制度的一种,它抨击资本主义制度,而支持和捍卫另一种社会制度——社会主义。①

我认为,西蒙诺夫的这些回答正可以用来作为毛主席上述根本原则的注解。鲁迅从来不曾嘲笑和攻击革命人民和革命政党,他如果今天还活着,他的讽刺的锋芒也必然仍会针对着一切旧社会的残余势力,而抨击资本主义制度,支持和捍卫我们今天的新社会。至于讽刺的方式和态度,当然可能而且应当依讽刺的对象——敌人,同盟者,自己队伍——而有所不同,这也就是毛主席所说的"有几种讽刺"。

关于这一点,其实鲁迅自己也早这样说过了:"在进化的链子上,一切都是中间物。当开首改革文章的时候,有几个不三不四的作者,是当然的。只能这样,也需要这样。他的任务,是在有某些警觉之后,喊出一种新声,反因为从旧

---

① 西蒙诺夫:《论苏联文学中的几个问题》,《罗书肆》译文,《文艺报》八十五期。

垒中来,情形看得较为分明,反戈一击,易制强敌的死命。但仍应和光阴偕逝,逐渐消亡,至多不过是桥梁中的一木一石,并非什么前途的目标、范本,跟着起来便该不同了。……总得更有新气象。"①"我以为凡对于时弊的攻击,文字须与时弊同时灭亡,因为这正如白血轮之酿成疮疖一般,倘非自身也被排除,则当他的生命存留中,也就证明着病菌尚在。"既然形成"鲁迅笔法"的那个时代和那些时弊今天已经消灭,鲁迅杂文形式之不容简单仿效,岂不是鲁迅自己也透露出这个意思来了么?

鲁迅作品的国际影响

鲁迅的小说和杂文,虽然有着难于翻译的限制,但早在他生前,就已陆续被译成俄、英、法、日等国文字,在国际间传布,发生了很大的影响。近十年来,由于中国人民的英勇斗争,已经取得历史性的胜利,更引起了全世界对于我们的瞩目。全世界人民都急于想从我们的优秀文学作品里了解我们的生活和战斗,因此鲁迅作品的国际影响更加扩大,更加深刻了。无疑这种影响还将一天比一天愈加扩大愈加深刻起来。鲁迅作品今天已被译成几十种文字,全世界人民都已能从他的作品汲取革命战斗的热情和力量。

鲁迅作品在苏联尤其流行。《阿Q正传》在一九二九年就已有两个俄文译本。到目前为止,他的全部艺术创作都已译成俄文,其中若干作品并已被译成十三个民族的文字出版。苏联人民对于鲁迅的作品感到非常的亲切,因此"享受着极大的爱戴"。② 苏联科学院的一位通讯员康拉德最近在一篇文章里这样说:"我们始终努力地在改进鲁迅作品的翻译,努力地以俄罗斯语言来表达鲁迅全部的文艺语言,表达他特殊的写作风格。这个任务是艰巨的,但苏联的文艺家们正在完成着这个任务。我们不只限于翻译鲁迅的一些作品,我们还写了许多鲁迅和他的作品的,用在杂志上的文章和著作。国立莫斯科大学曾为各种科学研究工作设立了两种一年颁发一次的奖金,一九五二年,该校波兹德涅也娃耶教授所著的关于鲁迅作品的论文,获得了奖金之一。这件事实证明着苏联科

---

① 《写在坟后面》,《坟》,《全集》第一卷,页二六四。

② (斯大林奖金获得者)索罗金:《苏联人民热爱中国文艺》译,载《光明日报》一九五二年十二月二十九日。又 B·罗果夫:《鲁迅作品在苏联》《文艺月报》一九五三年 10、11 月合刊。

学界如何重视着研究鲁迅的工作。"①

苏联当代的大作家法捷耶夫对于鲁迅一再作了非常崇高的评价。在纪念鲁迅逝世十三周年的一篇文章里,他称赞鲁迅是"能更自觉地为人民服务"的真正伟大的作家,"人类的明灯"。他说:"除了我们本国作家以外,其他国家作家底创作中,再没有像鲁迅底创作那样(对于我们,俄国作家们)亲近的了。他——是和柴霍甫与高尔基并驾齐驱的。……但是鲁迅对于旧社会的批评却比柴霍甫的更尖锐,具有更确定的社会性质,而且在这一意义上,这种批评就使鲁迅与高尔基相接近。"他又指出:"鲁迅是道地的中国民族的作家,他把许多独特的民族的东西带入了世界文学,而正因为如此,他成为了一个世界作家。"而鲁迅之所以伟大,是因为他和高尔基一样,"都把自己的作家生涯,和解放运动底先锋队,和共产党,即现代社会中最觉悟与最先进的力量,联结在一起的缘故"。②

法捷耶夫的这种评价,正是代表着今天世界上所有革命人民对于鲁迅作品的共同的看法。

作为伟大的中华民族最杰出的代表和天才之一,鲁迅将永远活在中国人民和全世界所有革命人民的心里,伟大的鲁迅永生!

---

① 康拉德:《苏联汉学家们的努力》译,载《光明日报》一九五三年二月十一日。
② 法捷耶夫:《关于鲁迅》,萧扬译文,《文艺报》第三期。《西蒙诺夫》于同一时间在上海文艺界纪念鲁迅逝世十三周年的大会上也曾这样指出:"在世界文学的典范作家中间,在为新社会而奋斗的热情的战士中间,中国伟大的人民作家鲁迅占据着最光荣的位置之一。"萧三译文。

《狂人日记》研究

现代中国文学的第一篇小说

鲁迅的《狂人日记》写成于一九一八年四月。在此以前七年,鲁迅曾用文言文写过一篇小说,题名《怀旧》。无论在文学革命的意义,或"表现的深切和格式的特别"上,《狂人日记》都当得起是现代中国文学历史上第一篇小说的称号。这篇小说是现代中国文学极好的一个开端,不但显示了文学革命的实绩,而且从此也就给中国的新文学运动打下了不可动摇的基础。

《狂人日记》的产生,首先是由于鲁迅的文学工作一开始就已有一个非常明确的目的:改良社会,改良人生。

鲁迅开始接近文学的时候,就认为改变"愚弱的国民"的精神是"我们的第一要着",而"善于改变精神的","当然要推文艺",[1]也就是说,那时他就认为文学是教育人民的武器。在旧中国,小说不算文学,做小说的也决不能称为文学家,所以鲁迅的从事小说创作,既没有想在这一条道路上出世,也没有要将小说抬进"文苑"里的意思,而只有一个目的,即"不过想利用它的力量,来改良社会","而且要改良这人生"。鲁迅深恶从前人称小说为"闲书",以为"为艺术的艺术"不过是"消闲"的新式的别号,而坚持"启蒙主义"的主张,以为文学必须是"为人生"。为此他的小说的题材多采自病态社会的不幸的人们中,他的意思就在"揭出病苦,引起疗救的注意",[2]

---

① 《呐喊自序》,《全集》第一卷,页二六九——二七六。
② 《我怎么做起小说来》,《南腔北调集》,《全集》第五卷,页一〇七。

"将旧社会的病根暴露出来,催人留心,设法加以治疗"。①

　　《狂人日记》的产生,也是由于鲁迅对于民族,对于被压迫的人民有着热烈的爱,对于吃人的封建社会有着无比的仇恨,而且他对于未来社会的光明生活还是充满着迫切的希望和坚定的信心。鲁迅是为了痛恨旧社会旧制度,但更是为了希望新社会新制度,也就是为了要实现这种希望而才来写作这篇小说的。

　　鲁迅在从日本回国之后,一九一八年之前的这一个时期里,如他自己所说:"见过辛亥革命,见过二次革命,见过袁世凯称帝,张勋复辟,看来看去,就看得怀疑起来,于是失望得很,颓唐得很了。"②这时他曾"用了种种法,来麻醉自己的灵魂,使我沉入于国民中,使我回到古代去,后来也亲历或旁观过几样更寂寞,更悲哀的事,都为我所不愿追怀"。③ 但他到底是一个革命的战士,他的一时的失望,颓唐,或寂寞,悲哀,也还是为了要思索和寻找革命的更好的道路。他失望,他却又必然要怀疑自己的失望。就在这时候,伟大的十月社会主义革命爆发了,而且获得了空前的胜利,(一九一七年十一月)这个革命的内容和意义虽然在当时中国一般人的心目中还不能了解,但对于像鲁迅这样的革命先驱者,却不能不首先就受到了一定的影响,他曾在和《狂人日记》同年写成的杂感《圣武》里表现了对于这个伟大革命的同情和欢迎,可是更具体的则是这个伟大革命的胜利重新燃起了他为解放中国而战斗的热烈的希望。长期的沉思默索观察体验使他对中国人民的革命事业理解得更深广了,十月革命的胜利更启示和鼓舞了他的信心,他再也不能继续沉默下去,于是他就提起笔来,勇猛的投入了战斗。他自己说:

　　　　不过我却又怀疑于自己的失望,因为我又知道,我所见过的人们,事件,是极其有限的,这一个想头,就给了我提笔的力量。"绝望之为虚妄,正与希望相同"。④

　　　　是的,我虽然自有我的确信,然而说到希望,却是不能抹杀的,因为希望是在于将来,决不能以我之必无的证明,来折服了他之所谓可有,于是我

---

①　《自选集序言》,《南腔北调集》,《全集》第五卷,页四九—五二。

②　同上。

③　《呐喊自序》,《全集》第一卷,页二六九—二七六。

④　同①。

终于答应他也做文章了。①

　　鲁迅答应下来而果然做了的第一篇小说就是这篇《狂人日记》，这正是在十月革命取得胜利之后的四个月。而且从此以后，鲁迅"便一发而不可收"，单是小说的创作，到一九二二年十月为止，他就写成了包括在《呐喊》里的十四篇。
　　《狂人日记》不但是鲁迅用新的特别的格式来进行创作的第一次试验，同时也是现代中国文学有机地吸取外国近代文学形式的最初试验。由于在青年时代就已有着革命的思想，鲁迅在开始接近文学的时候就特别爱好被压迫民族中的作者和作品。他自己说："因为所求的作品是叫喊和反抗，势必至于倾向了东欧，因此所看的俄国、波兰以及巴尔干诸小国作家的东西就特别多"，"记得当时最爱看的作者，是俄国的果戈理。"②对于果戈理，早在一九〇七年，鲁迅就在《摩罗诗力说》里如此赞扬过了："俄之无声，激响在焉。俄如孺子，而非喑人；俄如伏流，而非古井。十九世纪前叶，果有鄂戈理（按即果戈理）者起，以不可见之泪痕悲色，振其邦人"。③鲁迅十分注意果戈理作品的"振其邦人"的社会作用，这对于怀着满腔爱国热忱，想藉文学来医治中国社会的病态，来振奋中国人民革命意志的鲁迅，的确是一种很好的示范。鲁迅在开始从事创作的时候就认为文学应当批判社会和政治的黑暗，批判人民思想意识中的缺点，和剖解人民疾苦的病源，而激励人民起来同反动的旧社会旧制度战斗，是得力于果戈理作品的影响的。但鲁迅所受于果戈理作品的影响还不止此，比较显明并有迹象可寻的影响还表现在这篇《狂人日记》的形式，体裁，和心理解剖的深刻，锋利，以及对于旧社会批判的尖锐上。鲁迅的这篇《狂人日记》，就是在这些方面取法了果戈理作于一八三三、一八三四年之间，发表于一八三五年的也叫《狂人日记》的一个短篇小说写成的。可是鲁迅的《狂人日记》无论在革命性、思想的历史性和社会性上都远比果戈理的同名作品深广，两者之间虽有一点貌似，但主题、内容、思想和风格，却迥不相同。鲁迅虽有所"取法"，但这只是作为"借鉴"，他这篇作品整个说来是充满着我们民族的色彩，独创的精神。
　　这以文学作为对于民族和人民服务的工具，把自己的文学工作从各方面都

---

　　①　《呐喊自序》，《全集》第一卷，页二六九—二七六。
　　②　《我怎么做起小说来》，《南腔北调集》，《全集》第五卷，页一〇七。
　　③　《摩罗诗力说》，《坟》，《全集》第一卷，页五七。

服从于为人民服务这个崇高的目的;和鲁迅对于我们民族,对于广大被压迫人民以及对于旧社会旧制度的分明的热爱与仇恨,他那对于未来社会光明生活充满着的希望与信心,再加上对于外国近代文学形式在"取法","借鉴"上的光辉示范作用,所有这些,《狂人日记》的表现和它所取得的成就都不但是空前的,而且它就造成了现代中国文学的一个优良传统,树立了一个极好的榜样,为后来的创作开辟了一条康庄大路。

暴露家族制度和礼教的弊害

鲁迅自己曾经说明这篇小说是"意在暴露家族制度和礼教的弊害"。[①]

家族制度和礼教有什么弊害? 为什么应当反对? 鲁迅通过狂人的日记明白的告诉我们:因为它们要"吃人"! "我翻开历史一查,这历史没有年代,歪歪斜斜的每页上都写着'仁义道德'几个字。我横竖睡不着,仔细看了半夜,才从字缝里看出字来,满本都写着两个字,是'吃人'!"

在家族制度和传统礼教的压迫之下,一方面是赵贵翁、古久先生、大哥、刽子手扮成医生的老头子,等等一些人,他们是土豪劣绅,是地主,是家长,是刽子手,总之,他们是可以吃人的统治阶级,压迫者;另一方面是狂人、妹子、佃户、徐锡麟,等等一些人,他们是贫弱的弟妹,无地的农民,反抗压迫的革命者,总之,他们是被吃的材料,受压迫者。

压迫者为了要吃掉受压迫者,会变出许多不同的花样。花样尽管不同,可是目的总只一个:"吃人!"他们的"话中全是毒,笑中全是刀,他们的牙齿,全是白厉厉的排着"。你虽然不是恶人,但只要你踹过古久先生的陈年流水簿子,也就是说,只要你反对过旧制度旧传统,就有人会来害你,就有他们的同伙——"赵贵翁和他的狗"们——帮着一道来打你吃你;其实就是你没有去踹过,只要你是贫者弱者,你一样有被吃掉的可能,因为"他们一翻脸,便说人是恶人"。他们这些人,可以"满面笑容",但他的笑却不是真笑,这种笑能够使人"从头直冷到脚跟"。他们刚刚还都"笑吟吟"的,可是如果"一到说破他们的隐情,那就满脸都变成青色了","青面獠牙","便凶狠起来"。受压迫者活不下去,要想其他可以活命的办法,他们便派刽子手扮成了医生模样的人来告诉你:"不要乱想,

---

① 《中国新文学大系小说二集序(导论)》,《且介亭杂文二集》,《全集》第六卷,页二四二。

静静的养几天,就好了"。其实"不要乱想,静静的养! 养肥了,他们是自然可以多吃;我有什么好处,怎么会'好了'"? 你要反对旧制度旧传统,你不相信从来如此的东西或道理一定就对,可是他们不同你讲这些道理,"总之你不该说,你说便是你错"! 他们也会跟你讲道理,说"食肉寝皮"是应当的,"易子而食"是可以的,好像很公正,其实他们脑子里满装着只想吃掉别人的意思。你虽然并不疯,而且眼睛清楚得很,可是正因为你清楚得很,他们就更要吃掉你,而为了要吃掉你,有一件巧妙,即可以随时预备下一个疯子或恶人的名目罩上你,于是就把你打死,吃掉,甚至被控出心肝来,被用油煎炒了吃,或被用馒头蘸血舐,就像狼子村里的那个所谓"大恶人",革命者徐锡麟、夏瑜(秋瑾)等一样。这样被吃了,不但他们可以太平无事,而且怕还有人见情,"佃户说的大家吃了一个恶人,正是这方法,这是他们的老谱"!

就这样,土豪劣绅地主们已经"有了四千年吃人履历"。作为家长的大哥们也是的,他虽然是你的哥哥,可是合伙吃你的人,便是你的哥哥。吃人的是你哥哥! 你是吃人的人的兄弟! 你自己被人吃了,可仍然是吃人的人的兄弟! 他们的一切所谓"仁义道德"到头来都证明只是愚弄人欺侮人的一套鬼把戏!

就这样,鲁迅藉家族制度和传统礼教的弊害,暴露了旧中国的社会病根,悲愤地控诉了封建统治者的罪行。他在这里向我们指出:在这样的统治压迫之下,简直是野兽当道,好人都要被逼成疯子和狂人,或被说成是疯子和狂人,然后被他们一一吃掉。

鲁迅在这里非常着重的描写了古久先生和大哥这一反动的吃人集团分子的威风和罪行,而不把他们当作个别的孤立的现象看待,这是因为他从深广的对于社会和历史的观察中,已经认识到正是这些地主豪绅,才是罪恶的家族制度和传统礼教的支柱。在旧社会里,如毛主席所指出:"这四种权力——政权,族权,神权,夫权,代表了全部封建宗法的思想和制度,是束缚中国人民特别是农民的四条极大的绳索",而"地主政权,是一切权力的基干"。只要能把地主政权打翻,"族权、神权、夫权便一概跟着动摇起来"。[①] 鲁迅着重的写出这一类人的威风和罪行,他的意思就是要我们首先认清这些罪魁祸首的真面目,告诉我们为要消灭家族制度和传统礼教的弊害,就一定首先要把这些罪魁祸首的统治打倒。鲁迅的观察是如此的深刻,眼光是如此的锐利,因此他对于封建统治者

---

① 毛主席:《湖南农民运动考察报告》,《选集》第一卷,页三四。

的打击也是空前沉重的。

反对封建主义,推翻封建主义在中国的统治,追求一个光明幸福,人人能够"放心做事走路吃饭睡觉"的新社会,这是当时中国革命的一个最根本的问题,同时也就是鲁迅当时以文学为武器进行战斗的方向和目标。《狂人日记》的强烈的战斗意义不但在于它是有意识地要来打击"有了四千年吃人履历"的旧社会旧统治者的,它同时也就是对于当时新的封建统治者的一种极英勇的进攻。因为旧中国的封建官僚政府在一九〇〇年的战争失败以后固然已经完全投降了帝国主义,并倚靠帝国主义的支持和帮助来压迫中国人民的革命运动,而这一点在一九一二年成立了所谓"中华民国"以后继起的新统治者——即历届军阀政府,也没有发生任何变化,"无论在一九一二年以前和以后,各派的封建统治者都拒绝作任何实质的社会改革"。① 当时新的封建统治者正在想尽办法利用家族制度和传统礼教来作继续奴役人民的法宝。

毛主席说:"五四运动所进行的文化革命则是彻底地反对封建文化的运动,自有中国历史以来,还没有过这样伟大而彻底的文化革命"。② 而鲁迅的这篇《狂人日记》,则是首先在和当时的革命实践密切结合之中,显示了这种文化——文学革命的实绩,并指出了革命的前途和希望,现代中国文学的社会主义现实主义的基本方向就从这辉煌的第一篇小说起开始萌芽了。

热爱人民,热爱民族,热爱人类

在《狂人日记》里,充分表现出鲁迅是一个向旧社会旧制度横冲直撞的英勇战士,但同时也充分表现出他还是一个热爱人民、热爱民族、热爱人类的革命的人道主义者。

鲁迅的人道主义决不是无原则的,他"诅咒吃人的人"。在旧社会的两种人之间,他显然是完全站在被压迫者被吃者的一边,而坚决反对压迫者吃人者。他在这里也批判了被压迫者的奴性,但他毕竟是从心底里同情奴隶的。他是因为有所爱,热爱人民,所以才有所憎,憎恨人民的敌人的。

鲁迅非常热爱我们的民族。中国民族人口最多,增加很快,过去一向被无

① 胡乔木:《中国共产党的三十年》,页三,人民出版社本。
② 毛主席:《新民主主义论》,《选集》第二卷,页六七一。

条件的用作夸口资料,可是鲁迅却认识到,如果我们不努力振作,尤其如果不先把那种吃人的统治者打倒,那么人口虽多,也仍会有被除灭的一天。"你们要不改,自己也会吃尽。即使生得多,也会给真的人除灭了,同猎人打完狼子一样!——同虫子一样"!你们那些被罪魁祸首的古久先生,大哥们欺蒙着的人,为何总是放不开"自己想吃人,又怕被别人吃了"的心思?你们"是父子,兄弟,夫妇,朋友,师生,仇敌和各不相识的人",可是又为什么要这样"结成一伙,互相劝勉,互相牵制,死也不肯跨过这一步"?你们何必去入伙?难道还不晓得:"吃人的人,什么事做不出,他们会吃我,也会吃你"!鲁迅正因为热爱我们的民族,所以才彻底地不妥协地攻击封建主义。

鲁迅又是那样的热爱人类。人类应该有也必然会有一个光明的将来,那是一个"容不得吃人的人活在世上"的将来,也是一个可以使人"放心做事走路吃饭睡觉,何等舒服"的将来。人类的将来将是多么的美妙呵!但这将来,岂不是要期待今天的孩子们去创造,去实现?可是今天的孩子们,在他们娘老子的教育下,许多也已学会了"睁着怪眼睛","恶狠狠的看"人。他们在小小的年纪就学会了要吃人,也就有被吃的可能,孩子们也如此,这怎么得了?人类的美妙将来如果没有了努力前进的孩子们将由谁们去创造和实现?所以鲁迅才这样大声疾呼:"救救孩子……"在这里,鲁迅的意思也就是说,应当赶快从吃人统治者的虎口里去把孩子们的生命抢救出来,应当把杀害了现在,也就是杀害了将来,而将来是孩子们的将来——的家族制度和传统礼教打倒。

鲁迅因为热爱人民,所以他才痛恨人民的敌人;因为热爱民族,所以他才憎恶本民族中压迫剥削同胞的败类;因为他热爱人类,所以他才同一切危害人类美好前途的恶人恶事作猛烈的战斗。正因为他乃是一个革命的人道主义者,所以人道主义的思想和他作为一个被压迫者的英勇战士的性格,才能在他身上完满地结为一体。同时这也不能不就是这篇小说所以如此激动人心,所以取得如此光辉的成就,在我们新文学历史上如此富有纪念碑意义的一个根本原因。

狮子似的凶心,兔子的怯弱,狐狸的狡猾

如上所说,鲁迅在这篇小说里深刻的挖掘了封建社会矛盾的本质,那就是豪绅地主家长刽子手们和贫苦农民弟妹革命者们的尖锐的对立。这固然是极真实的,可是鲁迅的暴露还不止此,他更进一步还暴露了统治阶级的无力。这

些吃人的家伙是如此凶暴、残酷，有着"狮子似的凶心"，但他们内心里却十分胆怯，真像"兔子的怯弱"一个样子，一点也不可怕。这些家伙一点也不可怕，不过非常狡猾，同狐狸一样，所以我们亦不能粗心大意去对付。

这些家伙脸上笑吟吟也好，脸色铁青也好，满口"仁义道德"，大讲其"道理"也好，总之是"心里满装着吃人的意思"，千万不要相信他们的鬼话，再去上他们的当。这就是他们的"狮子似的凶心"。

"他们这群人，又想吃人，又是鬼鬼祟祟，想法子遮掩，不敢直捷下手"；"直捷杀了，是不肯的，而且也不敢，怕有祸祟"。他们为什么不敢？怕有什么祸祟？他们就怕直捷下手之后会引起人民群众集体的反抗运动。"地主阶级对于农民的残酷的经济剥削和政治压迫，迫使农民多次地举行起义，以反抗地主阶级的统治"，"中国历史上的农民起义和农民战争的规模之大，是世界历史上所仅见的"，"每一次较大的农民起义和农民战争的结果，都打击了当时的封建统治"，[①]这种历史的教训不能不早已成为他们内心的隐痛。是的，他们可以一个一个的偷偷把贫弱的人民吃掉，但他们内心里却非常害怕有觉悟有组织的人民。他们的"凶心"其实并没有多少本钱，我们千万不要为他们外表的凶恶唬住，因为他们在骨子里是如"兔子的怯弱"。

封建统治阶级的怯弱，除了他们在内心里是非常害怕有觉悟有组织的人民的反抗，也由于在他们的内部存在着矛盾，"心思很不一样"。鲁迅通过狂人指出他们的心思是"自己想吃人，又怕被别人吃了，都用疑心极深的眼光，面面相觑。……"这些吃人的统治者本就外强中干，加上他们的内部互相猜疑，自然更不足怕了。

但是他们却非常的狡猾，会要许多花样。明明"心里满装着吃人的意思"，可是脸上总笑吟吟的，嘴里总甜蜜蜜的，给你灌毒药却说是来为你治病，要吃掉你却先栽诬你是疯子，逼迫你先自杀，因为这样一来"他们没有杀人的罪名，又偿了心愿"，就能"欢天喜地的发出一种呜呜咽咽的笑声"。狡猾自然也就是怯弱的一种表现，可是对付狡猾的敌人我们却应当加倍警惕，切不能粗心大意，免得遭受不应有的损失。

鲁迅这样暴露当时封建统治阶级的怯弱和无力，不但是极真实、极深刻的，而且更富于激励战斗的作用。因为人民在长期被压迫的情况之下，虽有反抗的

---

① 毛主席：《中国革命和中国共产党》，《选集》第二卷，页五九五。

迫切要求,但往往有许多人会把反动统治者的力量看得非常强大,以致虽有反抗的要求但又往往不免有点迟疑顾虑,这种迟疑顾虑显然是不必要的,对革命来说是有害的。鲁迅当时正处在"五四"革命高潮的前夕,当然也有人会这样迟疑顾虑,鲁迅在这里就很形象的为他们解说了这个问题,指出封建统治阶级其实一点也不可怕,只要我们自己能觉悟起来,组织起来,坚决一致的反抗他们,就一定可以推翻这"有了四千年吃人履历"的封建社会,就一定可以争取到一个"容不得吃人的人"和可以"放心做事走路吃饭睡觉"的舒服的将来。因此,《狂人日记》对于当时革命实践的意义,就不但是号召了战斗,并且还是鼓舞了战斗,提高了战士们的必胜信心,它所起的作用是非常之大的。

不是狂人,是反封建的英勇战士

鲁迅小说的题材,虽多采自病态社会的不幸的人们中,但他却决不只是描写了病态的,灰色的,和反面的人物,他也描写了许多反封建主义民主革命中的勇敢的战士和英雄,而这篇小说中的所谓狂人,正是在他作品中出现的第一个战士。

我们来看,这样的一个英勇战士,怎么会是狂人,怎么能算是狂人呢? 事实上,他是因为不相信了"从来如此"的道理,才被目为狂人,诬为狂人,迫使他有了一些狂的外表的。事实上,他是比谁都明白,比谁都清醒,岂止并非狂人,倒真是一个革命的先知先觉。

这个人痛恨古久先生和他的陈年流水簿子,这个人指出地主豪绅的"话中全是毒,笑中全是刀",说他们全是"吃人的家伙",这个人教我们不要去上假扮成了医生的刽子手们的当,这个人又告诉我们封建统治阶级实在外强中干,内部心思很不一样,一点也不可怕,尽管齐心去打倒就是;一句话,他"诅咒吃人的人",而尽量暴露了他们的罪恶和弱点,使人民起来革命的更多,而且也更有勇气,这样的人难道能说他是狂人么?

这个人又是这样的热爱弱小,热爱自己的民族,热爱人类,迫切的叫喊要大家赶快来"救救孩子";他又是这样的富于革命的理想,而且充满着对于人类美好前途的信心,他苦口婆心的要人们跨过"想吃人,又怕被别人吃了"这一条门槛,这一个关头,他一再劝人们"立刻改了,从真心改起"! 他甚至对那些他所痛恨的吃人者也想去"劝转",虽然他自己也早已有些看出"他们岂但不肯改,而且早已布置"，还要继续去害人、吃人。那么，难道这样的人也可算作狂人么？

不是狂人！是战士！而且是非常英勇非常强韧的战士！是革命者，而且是非常人道的革命者！他的眼光是那样尖锐，那样深刻，他的警觉性是那样高，简直什么鬼花样都骗不过去，什么坏心思都一目了然。他一脚就踹了这个"吃人"的旧制度旧传统，一眼就看见了过去四千年历史的本质，他彻底怀疑"从来如此"的歪理，豪绅也好，地主也好，家长也好，大哥也好，当他看清了他们这一集团的罪恶面目之后，他就一个也不卖帐，一个也不放松的加以狠狠的打击。他理直气壮，有的是义勇和正气，虽在吃人者的环伺之下，他依然"放声大笑"，旁若无人。他在沉重的压迫之下，偏不肯死，偏要生存下去，坚持到底。他希望人们"立刻改了，从真心改起"的意思又是多么的恳切！这样的人，乃是封建统治者眼中的狂人，反动政治的叛徒，而在被压迫人民的眼里，他却是一个多么使人敬重，佩服，热爱的英雄！

是人民的英雄，就当然要受到人民之敌的栽诬、污蔑，但这对英雄又有何损？是英雄才理解英雄，爱惜英雄，所以他对于徐锡麟和那个在狼子村里被捉住打死挖出心肝来用油煎炒了吃掉的所谓"大恶人"，充满了同情。又因为是革命的英雄，所以他才能反躬自问："我未必无意之中，不吃了我妹子的几片肉"。他没有自居为完人，但因此倒有了可能成为完人。他看到自己身上也负着有因袭的重担，但因此他倒就能够为自己和别人把四千年之久的因袭重担推开，抛掉。

这就是现代中国文学里第一个英勇战士——英雄的形象，鲁迅虽然并没有很详细的来写他，但这个英雄的思想、感情、性格，却已是多么鲜明、凸出。

那么，所谓狂人，就不过是封建统治阶级心目中的称呼，就不过是被压迫被凌辱结果在这个人外表上的一些特征的表现，鲁迅所以会把一个英雄写在具有这一些外表特征的人物身上，无非为要指出旧社会对于好人的迫害是如何的残酷、凶恶，一个英勇的战士是在一种怎样艰苦的挣扎，战斗环境中发展成长起来的吧了。

社会主义现实主义的最初萌芽

《狂人日记》是一篇具有极猛烈的战斗性的作品，是反封建斗争的强有力的宣言。鲁迅在这里不但能够真实地具体地反映现实，不但表现出来了当时人民被迫害的生活,并且还展望到了被迫害人民的生活的明天,指出了他们前进的方向。一句话,鲁迅在这里不止有所控诉,有所暴露,而且还通过作品给了人民以革命的思想教育,鼓舞了人民前进的勇气和信心。

封建统治者已经有了四千年吃人的履历!应该诅咒吃人的人!我们都应当做一个"真的人",就是自己不想吃人,也不怕被别人吃了,而"一味要好"的人!"真的人"应当去除灭那些"狼子一样","丧了良心,明知故犯"的家伙,应当"容不得吃人的人"一道活在这个世界上!将来一定只是"真的人"的世界,那时"人人太平",可以"放心做事,走路,吃饭,睡觉",个个人都过着"何等舒服"的日子!

"从来如此,便对么"?不是这样的。"凡事须得研究,才会明白","凡事总须研究,才会明白",鲁迅通过作品一再的指引我们。

这里面有控诉,有暴露,但也有指引,也有远景,也有希望,也有胜利的确信,虽然鲁迅在当时条件下还不可能为我们明确的指出一条彻底解放的道路。

这难道是偶然的么?不是的。鲁迅自己就这样说:

> 将旧社会的病根暴露出来,催人留心,设法加以治疗……。为达到这愿望起见,……我于是遵着将令,删削些黑暗,装点些欢容,使作品比较的显出若干亮色,那就是后来结集起来的《呐喊》。[1]
>
> 既然是呐喊,则当然须听将令的了,所以我往往不恤用了曲笔,在《药》的瑜儿的坟上,平空添上一个花环,在《明天》里也不叙单四嫂子竟没有做到看见儿子的梦,因为那时的主将是不主张消极的。至于自己,却也并不愿将自以为苦的寂寞,再来传染给也如我那年青时候似的正做着好梦的青年。[2]

在这里:第一,可见鲁迅是存心如此做的,他如此做的目的是为了治疗旧社会的病根,为许多正怀着革命理想而斗争着的青年战士们打气。第二,可见鲁迅的观察和感觉是如此的敏锐,深切,他能够在虎狼当道,敌人环伺的战斗苦境中就预见到了革命的新生力量一定不会死灭,而且一定要成长,要胜利;这在一般短视者看来,自然正是阴霾满天,那有一点黎明的亮色?怎么可能会有欢容

---

[1] 《自选集序言》,《南腔北调集》,《全集》第五卷,页四九—五二。
[2] 《呐喊自序》,《全集》第一卷,页二六九—二七六。

露出？因此就会说这黑暗是你鲁迅擅自"删削"掉的,这欢容是你鲁迅硬"装点"出的,这花环也是你鲁迅"平空添上"的。其实绝非如此。鲁迅所以也用"删削"、"装点"、"平空添上"这些字眼来说明,乃是早已料到短视者会用这些字眼来批评他如此做法,索性来个先发制人,就用你们一定会说出来的字眼先自说了,意思是:你们一定会这样来批评的,那么就用你们的话头我自己先说了吧,这样总不会再来纠缠麻烦不清了吧! 而鲁迅的真正看法,显然正在这些字眼的反面。因为,短视者所看到的,只是眼前的一时的表面的现象,而鲁迅从革命的发展中所看到的,却是事物的真实、本质。鲁迅所以能够如此做,他一再说是"遵着将令",受着"主将"的"主张"的影响,"主将"是谁? 岂不就是具有初步共产主义思想的知识分子陈独秀和李大钊? 所以,第三,可见鲁迅是由于受了共产主义思想的影响,是站在人民的先进的行列之中,才能这样来描写的。

现代中国文学的社会主义现实主义的创作方法并不是最近才开始的,"五四"以来中国革命的文学运动,就是在工人阶级思想领导下沿着社会主义现实主义的基本方向发展过来的。而鲁迅,他就是中国社会主义现实主义文学的伟大先驱者和代表者。在鲁迅,固然在他后期的创造活动中社会主义现实主义的方向是表现得更明显,但就在他前期的作品中,甚至如上所说,就在他的第一篇小说——这篇《狂人日记》中,也已相当清楚的能够看出社会主义现实主义基本方向(因素)的最初萌芽。

站在被压迫者的,人民的一边,为拥护新事物和反对旧事物而斗争,是一个血肉相关的英勇战士,而不是一个旁观者;对历史、社会、生活,有深广的观察和研究,而能透过现象理解它的本质,对新事物有敏锐的感觉和热爱;以具有初步共产主义思想的"主将"的"主张"来作为自己写作的指南,站在人民的先进的行列之中,抱有争取新事物必胜的决心,藉以号召和鼓舞人民前进;所有这些,就是鲁迅所以能够在那样一个时代便辉煌地表现出了社会主义现实主义基本方向之最初的萌芽的根本原因。而这也就是为什么即使是鲁迅的前期作品,也永远都是我们创作的典范,在他前期作品中所表现出来的现实主义,是我们今天非学习,继承和发展不可的缘故。

后起的"狂人日记"比果戈理的忧愤深广

如前所说,鲁迅这篇《狂人日记》是"取法","借鉴"了果戈理的那篇《狂人日记》的,鲁迅自己早就说明了这一点,同时他也指出了他们这两篇同名小说的区别,那就是:"后起的《狂人日记》意在暴露家族制度和礼教的弊害,却比果戈理的忧愤深广。"①

鲁迅的这个比较完全正确。

果戈理的《狂人日记》写一个"九品文官"的小官吏,因为官职卑微而没有权利去爱他所爱上的司长的女儿,就此忧郁而发狂。他在疯狂中也自觉他的生活和地位,比司长的女儿所宠爱的一只狗还要卑贱得多多,于是就幻想自己是西班牙的国王,把大衣偷偷裁成为"龙袍",这样终于被关进了疯人院,而受尽了无穷的虐待。但他在疯人院,也还以为是在西班牙皇室的"拷刑室"里,而不是在自己的俄国国土上。《日记》的最后是这样写的:"左边是海,右边是意大利;俄国的房屋远远的可以看见了。那远方是不是我家的屋在闪耀着青光?我的母亲是不是正坐在窗前?亲爱的母亲呵,救救你可怜的儿子吧!……他们在磨折我!……世界上没有他站的地方!他被驱逐着!母亲,可怜可怜你这个病的孩子吧!……"

这是果戈理同情被压迫的平庸的弱小人物的一篇杰作,中间也写出了果戈理对于社会的"忧愤"。但比较起来,鲁迅的这篇却是有着更广阔更明确的社会性,更强烈的战斗性。两者之间有貌似之处,可是精神则大不相同。"因为果戈理的是喊自己的母亲救救他这个被虐待的儿子,这当然也是代表了被虐待者的呼声;但鲁迅的'救救孩子'的号召,是对社会发出的反对封建主义的革命号召,而完全不是求救的呼声了。所以且不说革命性,即在思想的历史性和社会性上,也都深广得远了。这是由于全篇的内容不同,更由于两人的时代不同而来的。"②

果戈理对效忠于帝俄压迫阶级的农奴制度和腐败的官僚制度,是一位无情的摧毁者,他的讽刺文学是一条皮鞭,指向以强暴统治人们的社会。这些压迫阶级的坏蛋,他们剥削,欺侮劳动人民,他们满口"仁义道德",以此来掩饰他们一切残忍丑恶的勾当。他的天才的作品曾启发了包括鲁迅在内的许多中国作家,对中国自己的封建社会进行尖锐的批判,而成为酝酿中国新文学的酵母。③

---

① 《中国新文学大系小说二集序(导论)》,《且介亭杂文二集》,《全集》第六卷,页二四二。

② 冯雪峰:《鲁迅和果戈理》,载一九五二年三月四日《人民日报》。

③ 参阅郭沫若、茅盾给果戈理逝世百周年纪念苏联纪念委员会的电文,出处同上。

然而,鲁迅的讽刺却比果戈理的更为辛辣。他们二人都是伟大的爱国主义者,他们都有对于祖国和人民的热爱,可是果戈理所赞颂的对象仍是从地主阶级里找出来的,而他自己也不满意,所以终于亲手把《死魂灵》的第二部原稿焚毁;而在鲁迅,则在这篇小说里就赞颂了反封建的英勇战士"狂人",以后在《药》里则赞颂了为革命而牺牲的英雄夏瑜,在《一件小事》里则描写了劳动人民——一个车夫的可爱的形象,并且后来他又分明指出:惟新兴的工人阶级才是我们希望之所寄托![①] 果戈理当然不可能在一百多年前就具有鲁迅后期那样明确彻底的革命的思想。

从"要劝转吃人的人"到"扫荡这些食人者"

鲁迅通过《狂人日记》对吃人的封建社会进行了深刻的揭露和尖锐的批判,这对于他自己是思想上一个更高的发展,但因为当时他还不是一个共产主义者,所以在某些问题上他的看法还受着不少的限制。例如他对于自己所诅咒,痛恨的吃人者一再还这样说:"你们可以改了,从真心改起"!"你们立刻改了,从真心改起"! 他虽然也看出:"他们岂但不肯改,而且早已布置继续吃人的阴谋",但他还是存着"要劝转吃人的人"的好心。固然这是鲁迅的好心,可是毕竟这乃是一个不可调和的阶级斗争的问题,这些统治阶级根本无所谓"良心",根本不可能"劝转",惟一的需要是人民起来革命,把他们彻底的清除,扫荡。又如他最后喊出的"救救孩子",固能表出他反对封建主义的坚决,对我们的下一代寄予了无穷的希望,但仅仅如此提出问题,多少总有些空泛。

但所有这些思想上的弱点,当鲁迅愈加深入战斗,战斗的体验益发丰富的时候,他自己就很快的提高了自己的认识,除去了这些弱点。例如在一九二五年三月他所写的《长明灯》里,那另一个疯子对于吃人统治者所采取的态度就已不是要去"劝转",而是放大了喉咙直喊:"我放火!"而在同年四月底他所写的杂文《灯下漫笔》里,他的主张就表示得更明白,更决绝了,他确切的告诉我们:"所谓中国的文明者,其实不过是安排给阔人享用的人肉的筵宴。所谓中国者,其实不过是安排这人肉的筵宴的厨房",而"扫荡这些食人者,掀掉这筵席,毁坏这

---

① 参阅茅盾:《果戈理在中国》,《文艺报》五十七期。

厨房,则是现在的青年的使命"!① 这样的号召,不待说是比"救救孩子"的号召更具体,更有力。在一九二七年九月《答有恒先生》一文里,他更这样说:"现在倘再发那些四平八稳的'救救孩子'似的议论,连我自己听去,也觉得空空洞洞了。"②

鲁迅前期的革命思想和战斗的现实主义精神也是在工人阶级思想的领导和影响下发展,而到达了非常辉煌的程度的,他的这种思想和精神"和当时党的要求,和中国劳动人民的要求是完全一致的"。③ 而以后由于他对人民,对生活,对历史的高度忠实,终于成为一个共产主义者,他这种不断超越自己,不断修正过去,永不疲倦地向真理追求前进的精神,真是我们最好的榜样。

成功来自多方面的准备

《狂人日记》虽然序文中说它"语颇错杂无伦次,又多荒唐之言",似乎只有少数地方"略具联络",其实不是如此。我们若不是站在封建统治者的立场,用旧社会的眼光来看他,也说他是狂人,而是站在被压迫的人民的立场,把他当作一个革命的先知先觉,一个英勇的战士来看,那么"错杂无伦次"和"荒唐"的外表,就丝毫也掩盖不住作品内容的紧密的联络。作品的整个表现,始终都是环绕着主题,集中地进行的。

鲁迅曾自谦地说他这篇小说"大约所仰仗的全在先前看过的百来篇外国作品和一点医学上的知识,此外的准备,一点也没有"。④ 百来篇外国作品和若干医学上的知识,固然都是很好的准备,但在鲁迅,决不能说此外已一点也没有别的准备了。事实上,鲁迅这篇小说的成功是从长期多方面的准备得来的。关于这一点,我在前面已有所分析。总而言之,这是他于多年的沉思探索之后,在生活实践和思想,文化,艺术修养等方面都已有了充足的准备的结果。"小说作法"之类的书他虽一部都没有看过,"看短篇小说却不少",而且是"叫喊和反抗"

---

① 《灯下漫笔》,《坟》,《全集》第一卷,页二〇二。
② 《答有恒先生》,《而已集》,《全集》第三卷,页四四五。
③ 邵荃麟:《沿着社会主义现实主义的方向前进》,《人民文学》四十九期。
④ 《我怎么做起小说来》,《南腔北调集》,《全集》第五卷,页一〇七。

的东欧各国作品特别多,此外他"也看文学史和批评";诸如此类。鲁迅在这里真是作到了"全面地历史地来分析研究局部现象,从局部现象去看到全面,从一定人物或事件来反映出广阔的时代风貌和精神",但这却是他具有了广博的各方面的社会生活知识和社会历史知识才达到的。[①]

《狂人日记》同时也是鲁迅前期小说的"总序言"。在这篇小说之后,鲁迅在《孔乙己》里写孔乙己,在《药》里写夏瑜,在《故乡》里写闰土,在《祝福》里写祥林嫂,而在《阿Q正传》里则写阿Q,他就从各个不同的角度更广泛更深入的来挖掘了在封建制度重压下惨被吞吃或已能英勇地起来进行反抗的各种各样的人物,对旧社会作了尖锐的批判,对革命敌人给了致命的打击。

---

① 茅盾:《新的现实和新的任务》,《人民文学》四十九期。

《孔乙己》研究

向封建文化展开了英勇的进攻

《孔乙己》写成于一九一九年三月，是鲁迅继《狂人日记》之后创作的第二篇小说。这时离开"彻底地不妥协地反帝国主义和彻底地不妥协地反封建主义"的"五四"运动的爆发，不过一个多月。

早在一九一五，一九一六年，代表中国人民的新自觉的新文化新启蒙运动，就以当时著名的具有初步共产主义思想的知识分子陈独秀、李大钊等所主持的《新青年》杂志为大本营，在逐渐发展起来。当时新文化新启蒙运动的正面要求，可以说有三个：一个是提倡民主，即"德谟克拉西"，要求打倒"孔家店"，反对封建政治和封建礼法、伦理；一个是提倡科学，即"赛因斯"，反对迷信、盲从、独断的封建哲学、宗教；再一个是为了传播民主科学的新思想，而提倡新文学、白话文，反对封建文学、古文，以及所谓"国粹"或"固有文明"。[①] 鲁迅一开始就是这个"完全崭新的文化生力军"的特出的代表，以后他就成了"这个文化新军的最伟大和最英勇的旗手"。[②]

和《狂人日记》一样，鲁迅在这篇《孔乙己》里再接再厉地向封建文化展开了英勇的进攻。他从破落的旧知识分子孔乙己的身上描写了他潦倒一生，凄苦万分，终被反动统治阶级打死的悲惨历史，暴露了封建考试制度——科举的毒害，

---

① 参阅胡华：《中国新民主主义革命史》页六，新华修订本。
② 毛主席：《新民主主义论》，《选集》第二卷，页六六八—六六九。

反动统治阶级的无比凶残,和在封建统治影响下被压迫人民之间的可怕的冷酷和麻木。他在这里写出,一个具有善良心地的人在封建社会里怎样被造成为一个迂腐无能的废物,又怎样因为被造成了"废物"而再被封建统治者所抛弃,甚至被所有的人当作取笑的材料,而终于一文不值的寂寞地成了封建社会的牺牲品。科举的毒害不是别的,这就是封建社会的产物,封建文化的"功绩"!孔乙己已经被这种社会,这种文化吃掉了,害死了,那么幸而还没有被吃掉和害死的我们应当怎么办呢?

鲁迅在这里通过生动的形象,把隐藏在孔乙己悲惨命运背后的封建社会及其文化的丑恶可恨的本质,给以无情的揭露,号召我们起来彻底的破坏它们,打倒它们。

毛主席曾说:"帝国主义文化和半封建文化是非常亲热的两兄弟,它们结成文化上的反动同盟,反对中国的新文化。"①因此向封建文化展开英勇的进攻其实也就是在向帝国主义文化进攻。鲁迅早期作品的进攻对象虽然主要是封建社会及其文化,但我们不能因此说他的这些作品没有反帝的意义,便是这个道理。

科举制度对中国人民的毒害

中国的封建考试制度——科举开始于隋朝,以后历代相承,一直到满清末期(一九〇五)才完全取消。这种考试制度表面上可以自由应试,事实上有很大的限制,最大的限制就是一般贫苦子弟根本没有读书求学的机会。能够应试的,主要是官僚、地主阶级的子弟,少数是富裕商人的子弟,真正贫苦人家的子弟能应试又能录取的实在少而又少。

封建考试注重经学,这是因为要把士子的思想禁锢在这种官僚——统治阶级的意识形态里;更注重严订格式的文章,一味叫人"起承转合",丝毫也不许越出"皇帝万岁万万岁"的范围。封建统治阶级就用这个方法来选拔甘心为其所用的"人才",而实则是败坏人才。因为在这种强烈的引诱之下,难免有些贫苦子弟也想"一登龙门",因此就跟着拼命钻故纸堆,学做八股时文,这样他们就完全脱离了实践,忘记了现实,远离了革命,全部精力都浪费在了"举业"上头,极

---

① 毛主席:《新民主主义论》,《选集》第二卷,页六六六。

难再有反抗的思想和反抗的行为。这些贫苦子弟,偶然登了龙门,便转化成统治阶级的一分子,上焉者可以升官发财,飞黄腾达;普通也就可"以营求关说为治生之计,于是在州里则无人非势豪,适四方则无地非游客"①,害人自害,无恶不作。绝大部分登不上龙门的,便成了"坎坷不利之人",不但要饱受父师的"谯呵",众人的耻笑,②更因多年钻在故纸堆里,浪掷精力,成了迂腐无知而且"肩不能挑担,手不能提篮"的废物,往往连自己的生活也难于维持。这些人受骗最大,命运最惨,做了牺牲品却被所有的人践踏欺侮,而又毫无法子反抗,终于只好憔悴寂寞死掉,谁也不会感觉同情和可惜。可是这些人自己何尝有多少过错? 还不全是被封建的统治阶级弄死的? 明明是被他们弄死的,统治阶级却还要说这都因这些人自己不中用,怪不得他们。科举制度就是这样以分化和愚弄的方法来毒害人民,使中国人民增加了无数的痛苦。

远在上世纪末叶,中国革新派的知识分子就已开始主张废除科举,兴办学校,形成了学校与科举之争,是所谓新学的思想的一部分。这种思想在当时有同封建思想作斗争的革命作用,是进步的。"可是,因为中国资产阶级的无力和世界已经进到帝国主义时代,这种资产阶级思想只能上阵打几个回合,就被外国帝国主义的奴化思想和中国封建主义的复古思想的反动同盟所打退了,被这个思想上的反动同盟军稍稍一反攻,所谓新学,就偃旗息鼓,宣告退却,失了灵魂,而只剩下它的躯壳了。"③

一九一九年三月,也就是鲁迅创作这篇《孔乙己》的前一日,陈独秀在《新青年》上发表《文学革命论》,正式举起文学革命的旗子。在这篇文章里,陈独秀对"八家与八股之混合体"的桐城派文章作了极尖锐的指摘,他说:"归、方、刘、姚之文,或希荣誉墓,或无病而呻,满纸之乎者也矣焉哉,每有长篇大作,摇头摆尾,说来说去,不知说些甚。此等文学,作者既非创造才,胸中又无物,其伎俩惟在仿古欺人,直无一字有存在之价值。虽著作等身,与其时之社会文明进化无丝毫关系。"④这一篇话虽在指摘桐城派文章,但也可当作攻击科举制度的言论看。在科举制度之下,一方面产生了桐城派这样空洞无物仿古欺人的文章,

---

① 顾炎武:《日知录》卷十六。
② 同上。
③ 毛主席:《新民主主义论》,《选集》第二卷,页六六八。
④ 陈独秀:《文学革命论》,《中国新文学大系》建设理论集,页四十六,良友本。

另方面也就产生了孔乙己这样只"懂得回字有四种写法",而在实际上则百无一用的废物,它们之间的区别仅在桐城派文章是登上了龙门的封建士大夫的产物,不但空洞而且还起害人的作用;孔乙己一类的人则是可怜无力的被愚弄被压迫者,虽然百无一用却并不毒害他人。陈独秀这篇文章不消说同鲁迅的这篇小说有相当的关系和影响。

在"五四"以后,中国的新文化自从获得了无产阶级文化思想的领导,就成了人民大众彻底地不妥协地反帝反封建的文化,因而声势浩大,威力猛烈,成为所向无敌的一种力量了。鲁迅的作品,如所周知,在这条文化战线上曾起了极大的"冲锋陷阵"的作用。

孔乙己是怎样的一个人

孔乙己"原来也读过书,但终没有进学,又不会营生",以致弄到将要讨饭,可见本来是贫苦出身。幸而写得一笔好字,可是弄到将要讨饭了,仍旧好喝懒做,不愿劳动,使人不敢请教。为着生活,他就只好偷窃,明明皱纹间时常夹有被人吊打的伤痕,却还"睁大眼睛"抵赖,说什么"你怎么这样凭空污人清白"。待到抵赖不掉,他还有理由争辩:"窃书不能算偷,……窃书!……读书人的事,能算偷么"?最后自己的腿也已被丁举人家打断了,而他还要可耻地遮掩:"跌断,跌,跌……"

孔乙己弄到将要讨饭了,可是还相信什么"君子固穷"之类;他对人说话,总是满口之乎者也,教人半懂不懂,甚至一些不懂。他读书读到将要讨饭了,可是提到"读书人"三字时他却还那样理直气壮,凛不可犯,对问他"当真认识字么"的人"显出不屑置辩的神气"。他穿的虽然是一件"似乎十多年没有补也没有洗"的"又脏又破"的长衫,可是他是多么爱惜这件"长衫"呵,竟再也舍不得把它脱掉,以致他就成了咸亨酒店里"站着喝酒而穿长衫的唯一的人"。"将要讨饭"的现实使他不得不"站着"而只能偶然"温两碗酒,要一碟茴香豆"吃,他的梦想和信仰却仍在"君子"、"读书人"、"长衫"……这些东西上头。他不甘心作"短衣帮",他仍想望着要做能够"踱进店面隔壁的房子里,要酒要菜,慢慢地坐喝"的阔绰的长衫客。但事实上他的命运却是越来越糟了。

他终于被打折了腿。"脸上黑而且瘦,已经不成样子,穿一件破夹袄,盘着两腿,下面垫一个蒲包,用草绳在肩上挂住"。腿已被打断,心爱的长衫最后也已被别人剥掉,或者是给自己卖掉了。冷酷的现实再也不能使他作十分的分辩,单是一句"不要取笑"里流露出来了他的全部凄苦和绝望。可是就在这时他也还完全不明白究竟是谁,或什么力量使他落魄到了这个境地的。只在可以供人取笑和追查欠账时才能被人记起的孔乙己,落魄绝望到这个境地,还有什么生路可走,当然只有死路一条了。

孔乙己就是这样的一个人:他不是天生的废物,但被封建社会的科举制度从思想到身体都毒害得残废不堪,甚至已被弄到将要讨饭了,却还相信着和爱惜着封建统治阶级的一套鬼话,乖乖的做了他们人肉筵宴的吃料。他一直到凄苦惨绝以死的时候都没有想到应对残酷地欺侮压迫他的统治阶级进行反抗。他对于身受到的残酷迫害只有掩饰,而没有痛恨,是一个十足的奴隶。他迂腐,他无能,他可笑的自高自大,又具有可恨的奴性,但他自己实在没有多少罪过;他的悲惨的一生真正可怜;而欺侮压迫他的封建社会及其文化则不消说应引起我们的痛恨与诅咒。

生活在麻木和冷酷的空气之中

孔乙己只有孔是他的本姓,乙己是别人从描红纸上的"上大人孔乙己"这半懂不懂的话里替他取下的一个绰号。一个人连名字都不为人尊重,而可以随便给他起个绰号当做名字,就可见出他在别人眼里占的是一个多么卑微的地位。

孔乙己因偷书被吊打,大家明知他要脸红脖子粗的满口之乎者也地抵赖和争辩,便"故意的高声嚷"他偷人家的东西。孔乙己读书而不曾进学,以致弄到将要讨饭,大家明知他最害怕别人问他为什么"连半个秀才也捞不到"? 却偏要钉着他问,以他"立刻显出颓唐不安模样,脸上笼上了一层灰色",嗫嚅难堪的表现为笑乐。孔乙己已被丁举人家打断了腿,情形十分狼狈,可是咸亨酒店掌柜看见他时的第一句话仍是同平常一样的取笑:"孔乙己,你又偷了东西了!"孔乙己就这样成了大家取笑的对象,以他的耻辱和痛苦"引得众人都哄笑起来,店内外充满了快活的空气"。

孔乙己是这样的使人快活,所以咸亨酒店的小伙计"至今还记得"他。可是他毕竟只是一个使人快活一下的脚色,不足挂齿的人物,所以"没有他,别人也便这么过"。掌柜虽然一次二次的还提起他,但那只是因为"孔乙己已还欠十九个钱呢"的缘故。

掌柜关心的只是孔乙己还欠他十九个钱。孔乙己被打折了腿，"后来怎么样？""后来呢？""打折了怎么样？"这一连串的问题不过是想知道这个故事的下落，满足自己的好奇心，孔乙己的死活存亡到底同他没有关系，十九个钱毕竟还是一个很小的数目。所以当那个报告新闻的酒客说了"怎样？……谁晓得？许是死了"的时候，掌柜也就不再问下去，而"仍然慢慢的算他的帐"。掌柜本来正在慢慢的结帐，这些问题都是在他进行结帐的同时提出的，可能他这样提问时连头都没有抬一下。因为结帐才是他的正经。这个掌柜多少的从容！但岂不是正在这种漠然无动于衷的从容里，鲁迅深刻的写出了封建社会中人与人之间的可怕的麻木和冷酷，孔乙己这一个人的还值不得十九个小钱么？

为什么孔乙己会成了被取笑被轻视的对象呢？

这是因为他穷，穷得将要讨饭；这是因为他读过书，却连半个秀才也没有捞到。当然还有别的理由，但这两个理由是主要的。没有钱，没有势，这就构成了可以被取笑、被轻视的理由。若在统治阶级的丁举人手里，则还就构成了可以随便被打折腿甚至被打死的理由。

对无钱无势的人就可以取笑和轻视，这是一种什么思想？这种思想是从什么地方来的？还不就是从封建统治阶级那里传染出来的一种压迫者剥削者的思想么？封建统治阶级长期的把它自己所有的丑恶思想用种种方法向人民传播，毒害人民，在被压迫被剥削的人民之间，建起许多高墙，使他们对彼此的不幸不但没有同情，反而互相嘲笑，互相轻视，互相吞咬，使他们再也不会团结一致来反抗自己。被压迫者如果互相为敌，压迫者便可以毫不费力的一一收拾，恣意吃人。在这里，咸亨酒店的伙计也好，掌柜也好，酒客也好，凡是曾以孔乙己的耻辱和痛苦为笑乐的人就都也是中了封建统治阶级的圈套，无形中成了统治阶级进行残酷统治的工具。

无钱，无势，也无一点人间的温暖，有的只是贫穷、耻辱、痛苦和无告的寂寞。封建社会就这样迫害着可怜无力的孔乙己，孔乙己即使不被打折腿，他一样只有被害死的前途。

一颗善良和恳切的心

孔乙己的迂腐、无能，可笑的自高自大和可恨的奴性，这些都是他被迫害的结果。在如此耻辱和痛苦的生活当中，他自己却仍有着一颗善良和恳切的心。

405

大人们都取笑和看不起他,他"自己知道不能和他们谈天,便只好向孩子说话"。他也真爱孩子,非常恳切的表示愿意教咸亨酒店的小伙计写字,虽然这个小伙计受了大人们的影响,同样也很看不起他。他给孩子们茴香豆吃,虽然只是一人一颗,倒是真正喜欢他们,若不是他只吃得起一碟茴香豆,他就决不会如此小气,说什么"不多不多! 多乎哉? 不多也"一类的笑话。

他在咸亨酒店里的品行比别人都好,老实,从不拖欠,间或欠一下定然很快还清。他免不了偶然做些偷窃的事,是由于"没有法",被迫害得再也没有其他的生路可走。偷窃当然是没有出息的勾当,可是他只偷些书籍、纸张、笔砚之类,也只是向可以随便把人吊打和打折腿的何家与丁举人家里去偷。他并没有去偷同样是贫苦人的东西。

总之,孔乙己应当批判,但他不是坏人,没有害人。他忠厚,善良,恳挚,但旧社会里就尽欺侮这样老实的人。在现实生活里,孔乙己失败了,死掉了,可是如此忠厚善良的人,竟被旧社会压迫着不得正常的发展,反而被残酷的害死了,难道孔乙己不值得我们的同情么?

自然,更重要的是在同情之外,还要引起我们的深思和警惕。旧社会是如此残酷,毒辣,我们如何还能让帝国主义和封建主义的势力重新嚣张或死灰复燃起来? 而在今天新社会里,像孔乙己这样的人,就再也不会有了,因为像丁举人这类的万恶东西——一句"他家的东西,偷得的么!"就已表现出来了这个恶霸的豪横——人民今天已经把他们彻底的打倒了。

简练,集中的性格描写

在文学作品里,只有通过生动的人物形象,才能深刻的表达出主题,产生巨大的教育作用。鲁迅这篇小说的成功,主要就由于他能非常简练、集中的真实地写出了孔乙己的性格,创造了在封建的旧社会里一个被压迫的破落知识分子的有血有肉的形象。

鲁迅在这里仅仅写出了孔乙己全部生活历史的一节,但这才是最能表现出他生活历史的尖锐社会意义的一节。在这一节生活历史之中,鲁迅又选择了最恰切、最能充分显示孔乙己思想性格的若干细节来描写:例如孔乙己虽然读过书,但不会营生,弄到将要讨饭了,却还相信什么"君子固穷"之类的谎骗;偷了人家的东西,却还要认真的争辩,说什么"窃书不能算偷";他在事实上已经连

"短衣帮"的生活也不及，可是他却老穿着长衫，他对于那件又脏又破的长衫真是多少的留恋而不肯脱下来！他时常被人吊打，以致脸色青白，皱纹间常有伤痕，但照常"满口之乎者也"，自命不凡，对可以随便吊打他的统治阶级竟一点也没有不平和痛恨！这样的描写，因为能抓住孔乙己思想性格的主要特征，而又能选择充分体现出他这种思想性格的事件来表现，所以就显得非常鲜明，意义也很凸出。孔乙己的性格，一方面被表现在他做的什么里，例如他穷苦不会营生到不得已要去偷窃，另一方面更被表现在他怎样做这些事情里，例如他老是偷人家的书籍、纸张、笔砚，因为按他所说这是"读书人的事"，"不能算偷"。孔乙己的性格又是结合着社会环境的描写，随着故事的发展逐渐从行动中揭露出来的，所以不但很吸引人，更重要的是能引起我们对于造成他这种奴隶性格和悲惨境遇的旧社会的痛恨。而这就是一个作品是否具有社会意义的关键。鲁迅也没有简化他的性格，例如他给孩子们茴香豆吃，这里面有善良的心，真正的爱，有天真的幽默，可是也有可笑的迂腐。给孩子们吃豆这一段，形象生动，把孔乙己性格中可爱可笑的一面活活的呈现在我们眼前了。

而所有这些描写，又都是为了明确有力的表达主题。

只有知道了人物的全部历史才能选出他历史中最重要的一节来描写，只有彻底了解并深深感印了人物的情感和思想，才能深刻动人地写出这个人物的性格，写出他的内心深处，创造出有血有肉的形象。仅仅描写人物的外形，或者孤立的写了许多细节，都不可能把人写"活"。鲁迅就是具备了这些条件，才取得这里的成功的。我们应当学习他这种现实主义的创作方法。

《药》研究

辛亥革命前后的中国

《药》是鲁迅继《狂人日记》、《孔乙己》以后的第三篇小说,写成于一九一九年四月,距离"五四运动"的爆发不过一个月。但小说里面所写的,却是辛亥革命(一九一二年)以前的故事。

封建官僚的满清政府在一九〇〇年的八国联军大举来攻下遭到惨败以后,完全投降了帝国主义,并倚靠帝国主义的支持和帮助,来压迫中国人民的革命运动。满清政府对于当时起来进行民族革命的革命党人采取了非常残酷的捕杀政策,例如一九〇七年徐锡麟因枪击满官恩铭被杀,另一女革命党人秋瑾就因是徐的同志也被捉去杀了。

辛亥革命只是推翻了满清的统治,中国社会并未因此发生任何实质的改革。但随着第一次世界大战(一九一四——一九一八年)以后中国民族资本主义的进一步发展,以及一九一七年十一月俄国十月社会主义革命成功的影响,中国人民的政治觉醒和革命要求都更提高了。从一九一五年起,代表中国人民的新觉醒的新的文化运动就逐渐发展起来。鲁迅就是新文化运动的主要代表人物之一。

一九一八年,大战结束,一九一九年四月,巴黎和会开幕,中国以"战胜国"之一的地位提出要求取消各国在华的特权和日本强迫订立的二十一条不平等条约,结果完全失败。于是就掀起了中国人民划时代的爱国的反帝反封建的伟大政治运动——五四运动。

作为一个革命者,新文化运动的勇猛战士的鲁迅,是非常关切中国和中国人民的命运的。他明白感到,如果不把封建主义的统治打倒,中国人民就没有生路。在这里他写的虽是辛亥革命以前的故事,他的思想却是他在参加新文化运动以后变得更加明确的思想。在这个作品里他以牺牲的革命家夏瑜的姓名影射秋瑾,一方面表现了他对于革命先烈的追怀和崇敬,另方面也说明了他自己当时对于新的革命的渴望的心情。

彻底反封建的革命才是真会带来幸福和生命的良药

《药》的主题,就是:只有彻底的进行反封建的革命,推翻吃人的封建社会,"扫荡这些食人者,掀掉这筵席,毁坏这厨房",中国人民的深重痛苦才有解除的希望。蘸着革命者的鲜血的"人血馒头"——这是吃人的统治者用来麻痹,分化,害死人民的毒药,万万吃不得,吃了决不能把病治好的,革命——这才是真会带来幸福和生命的惟一良药!

几千年来,生活在封建专制制度下的中国人民,深重的受着帝皇贵族地主官僚们的压迫,愚弄,养成了被侮辱而又愚昧的性格,过着悲惨的"被吃"的日子。在压迫者所布置好了的陷阱中,他们被恣意吞吃,又为便于恣意吞吃,他们之间更被重重分化,造成了互相吞咬的悲剧。在封建的中国,自古就是"天有十日,人有十等"(《左传·昭公七年》),统治者布置好了"贵贱","大小","上下"之类的圈套,使被压迫者认为"自己被人凌虐,但也可以凌虐别人,自己被人吃,但也可以吃别人","遂不能再感到别人的痛苦;并且因为自己各有奴使别人,吃掉别人的希望,便也就忘却自己同有被奴使被吃掉的将来"。

中了这种愚民政策的毒计的人,被"一级一级的制驭着,不能动弹,也不想动弹了,因为倘一动弹,虽或有利,然而也有弊"。而且不但自己不想动弹,也讨厌甚至反对别人动弹了,由于在被压迫者方面少有坚决的持久的共同的反抗,"于是大小无数的人肉的筵宴,即从有文明以来一直排到现在,人们就在这会场中吃人,被吃,以凶人的愚妄的欢呼,将悲惨的弱者的呼号遮掩,更不消说女人和小儿"。①

对于自己分明也有着"被奴使被吃掉的将来"的人,自己不想动弹还讨厌甚至反对别人动弹,真是一件最愚蠢的事情。但这却符合统治者的期望。这样可痛的悲剧在我们过去的历史上实在是被导演得太多了。

_____

① 《灯下漫笔》,《坟》,《全集》第一卷,页一九三—二〇二。

由于历史的教训,由于生活的艰难,更由于最低的生存权利也要被剥夺,在被压迫者中间,时时就会有些不甘心于默默死去的人跳将起来,企图反抗那些吃人者,冲出死亡的陷阱去。这当然只是较少数的人,但却是充满了热血,为争取自己和同类的生存不恤洒尽鲜血去拼命冲杀的英雄。这些英雄,不可避免的,一出台就遭到了最严重的镇压。为了镇压这种"大逆不道"的"反叛",历代的封建统治者曾经使用了一切最残酷的手段。他们根据自己的法律和道德观念,诅咒这些英雄是"疯子",是"该死的杀才",而那些一向受着统治者的愚弄,又为各色各样的毒刑和杀头所恐吓着的许多被压迫者,也不自觉的跟着作一样的诅咒,其中有人还被骗来做了直接的刽子手。他们不知道这些英雄才真是自己的兄弟和亲人。对于为着自己而牺牲的英雄他们没有同情,没有感激,甚至以为帮助统治者砍杀了这些人,自己的疾苦就可以得救了。明明是中了统治者的恶毒圈套,却以为已经找到可以医好自己病痛的良药了!他们竟不知道这乃是一种最最害人的毒药!

　　对于被陷在万丈深阱里的人民,究竟什么才是挽救他们悲惨的命运,疗治他们贫苦不幸的良药?难道是吃人者给他们造成的愚昧和迷信,对于生活的麻木无知和对于同类的残忍或漠不关心?还是也去跟在吃人统治者的后面,对反抗的英雄们附和喊杀,而想以自己兄弟和亲人的血,来疗治自己的病痛?果然的话,那么,蘸着革命者的鲜血的馒头,就应当能使华老栓们"收获许多幸福",为华小栓们带来"新的生命"。可是华老栓夫妇不但仍旧失掉了儿子,而且还白白被骗丢了仅有的一包洋钱,不但没有收获到什么幸福,反而连"满幅补丁的夹被"恐怕也要盖不起了。

　　所以,蘸着革命者的鲜血的馒头,实在只是一剂催命的毒药,惟有跟着那些勇敢的前驱者,或者踏着他们的血迹前进,把被压迫者的力量团结起来,一致去推翻反动、无知、自私的封建社会,消灭那些吃人的野兽,把天下夺回到"我们大家"的手里来,这才真正可以解除了我们的痛苦。

　　这样一个主题,在当时显然具有现实的和猛烈的战斗意义,是当时的迫切的需要。鲁迅比当时许多人都看得更远,更深,反对旧礼教旧文化就得从推翻旧社会的根基封建制度开始。他这样"将旧社会的病根暴露出来",目的是十分明确的,就是通过揭发和批判,"催人留心,设法加以治疗"。[①]一句话,他指示中

---

① 《自选集序言》,《南腔北调集》,《全集》第五卷,页四九—五二。

国人民起来从事新的革命。

基于这样的认识,所以我认为下面几种对于这个杰作的主题的解释都是片面的,不能令人信服的:

所谓"亲子之爱"与"革命的寂寞的悲哀"

十多年前,朱自清先生等在《精读指导举隅》和《略读指导举隅》中,曾一再指出《药》的"正题旨是亲子之爱,副题旨是革命者的寂寞的悲哀"。[①] 认为"《药》和《明天》,题旨都是亲子之爱,亲子之爱是最原始又最普遍的,该没有什么病根了,但两篇中也暴露了一个病根,就是:因为愚昧无知,以致爱而不得其道"。[②] 这是一个片面的,不能令人信服的解释,但它的影响到今天还没有完全消失。

并不是说,这里没有写到"亲子之爱"。"亲子之爱"不但可以写,而且这里的确很细腻的加以表现了。但是否这就是《药》的正题旨呢?不是的。"亲子之爱"在这里只是一种手段,一个陪衬,作者通过它表达了一种更严重的意思:不把罪恶的封建社会推翻,就是"亲子之爱"也不能有完满的结果。事实上,只有在新社会里"亲子之爱"才能发挥到真正幸福的高度。华老栓们的愚昧无知是封建社会的长期压迫造成的,因此"爱而不得其道"的责任也完全应该由封建社会的反动统治者去负。

也并不是说,革命者在当时的遭遇一点都不寂寞。革命的前驱者以自己的热血牺牲于人民解放的事业,却并不能获得许多人民的了解,甚至自己的鲜血反而竟被他们当成了可以疗治自己病痛的药物,这怎么能不使人感到寂寞?就像夏四奶奶吧,虽然热爱自己的儿子,万分痛惜儿子的被杀,但由于长期奴隶生活所造成的对于习俗,法律的盲目屈从,她又何尝真正了解自己的儿子呢?"瑜儿,他们都冤枉了你","可怜,他们坑了你",这是一面;为着儿子是犯了"死刑"而被杀的,心里虽极悲痛,可是在别人面前她却现出了"羞愧的颜色",这又是一面。自己的母亲都如此,他们怎能不感到一点寂寞?我以为,当然会感到一点寂寞,但这却不是主要的,而且这里也决没有夸大地来表现这种寂寞。相反,鲁

---

① 朱自清,叶绍钧:《精读指导举隅》,页五四,商务本。
② 朱自清,叶绍钧:《略读指导举隅》,页二一五—二一六,商务本。

411

迅却以他的全部力量表现了革命者的坚强,革命者的临难不苟和视死如归的大无畏精神,表现了革命者的继起有人和对于未来的胜利和信心。究从那里能够看出鲁迅是以所谓"革命者的寂寞的悲哀"作为这个作品的副题旨呢？岂不是鲁迅自己就一再说过:"至于自己,却也并不愿将自以为苦的寂寞,再来传染给也如我那年青时候似的正做着好梦的青年,"①"我于是遵着将令,删削些黑暗,装点些观容,使作品比较的显出若干亮色。"②在这里,可见作者根本就不愿夸大什么寂寞,更不要说悲哀,无怪我们在作品里就找不到什么"革命者的寂寞的悲哀"了。

所谓"死于非命的中国人的哀音"和"非科学的习性"

何幹之同志曾说:"这小说里的故事,其实是死于非命的中国人的哀音,也是鲁迅对于有意无意的骗子的憎恶,和对于被骗者及其家属的同情的回忆,何况自己和自己的老子正是被骗者中的一个呢"。③

不错,鲁迅的父亲确是给封建的庸医杀死的。④ 鲁迅自己也是被骗者的一个,因而使他"渐渐的悟得中医不过是一种有意的或无意的骗子,同时又很起了对于被骗的病人和他的家族的同情";⑤而且像华小栓们这样的"死于非命",也真是可哀。但这个作品难道就是为了要对这些人表示一点哀音和回忆么？

王任叔同志说:"《药》里所表现的,决不仅仅在于以人头作为药饵的那种惨无人道的行为,而在于潜伏在这行为下的生命兑取生命的那种封建社会里非科学的习性。"⑥

不错,非科学的习性是应该反对的。鲁迅当时自己也曾说过:"我希望也有一种七百零七的药,可以医治思想上的病。这药原来也已发明,就是'科学'一

① 《呐喊自序》,《全集》第一卷,页二七一。
② 《自选集序言》,《南腔北调集》,《全集》第五卷,页四九—五二。
③ 何幹之:《鲁迅思想研究》,页五,三联本。此外吕荧同志在鲁迅的艺术方法一文中曾说:"《药》的中心主题是在反映清末革命党的被惨杀,以及人民对于革命党的愚昧。"(人的花朵,页六十五)也不够确切。
④ 请参阅鲁迅所作《父亲的病》(《朝华夕拾》中)和《呐喊自序》。
⑤ 《呐喊自序》,《全集》第一卷,页二七一。
⑥ 王任叔:《鲁迅先生的转变》,《鲁迅先生纪念集》悼文第一辑,页一〇二。

412

味。"①但鲁迅更清楚，仅仅依靠科学的倡导是没法把非科学的习性彻底革除的。因为只有在封建社会里，非科学的庸医和人血馒头之类才能存在；而如封建社会继续存在一天，这些东西也就不会消灭。

所以，表示"哀音"和"回忆"也好，反对非科学的习性也好，这些解释虽然都有点对，但都没有抓住这个作品的中心意思，它们都不可能用来说明这个作品的真正主题。

以上这些解释，其所以难于令人信服，主要由于它们从这个作品抽掉了最重要的社会内容，或则虽然没有抽掉，却只注意了一些表面的或次要的东西。同时也由于并没有结合了鲁迅的革命思想和战斗要求去看他的作品。

贫苦善良胆小但热爱着自己儿子的华老栓夫妇

作品一开始就通过华老栓夫妇不惜罄其所有挽救儿子生命的描写表现了吃人的旧社会的黑暗和残酷。华老栓夫妇是怎么样的两个人？鲁迅只用很少的笔墨就把他们生动的表现了出来。例如他说华大妈"在枕头底下掏了半天"，才掏出一包洋钱；老栓接了这包洋钱，"抖抖的装入衣袋，又在外面按了两下"；以后他到街上，碰着了几个生人，发现他们眼里闪出一种攫取的光，便赶忙"按一按衣袋"，还好，"硬硬的还在"；等到康大叔已把人血馒头拿来了，老栓"慌忙摸出洋钱，抖抖的想交给他，却又不敢去接他的东西"；最后当小栓已把馒头吃下，康大叔到茶馆里来大嚷卖好的时候，老栓"一手提了茶壶，一手恭恭敬敬的垂着，笑嘻嘻的听"；而华大妈则虽然"黑着眼眶"，仍"笑嘻嘻的送出茶碗茶叶"，并还特别"来加上一个橄榄"；而当她从康大叔嘴里听到了她最不愿意听到的"痨病"两字时，她不由得"变了一点脸色"，"有些不高兴"，但因为是在康大叔的面前，便又只得"立刻堆上笑"然后才"搭赸着走开了"。这里一共没有多少话，但就已把两个贫苦、善良、胆小，而非常热爱着自己儿子，不惜罄其所有挽救儿子生命的普通人的形象生动地刻划出来了。

这里的确很细腻的写到了"亲子之爱"。不惜罄其所有以挽救儿子的生命固不必说了，做父母的对于患病的儿子是如此的关心、体贴："低低的叫"，"轻轻的问"，"轻轻的给他盖上"夹被，真是细心、耐心极了。华大妈不愿听到"痨病"

---

① 《随感录三十八》，《热风》，《全集》第二卷，页三〇—三四。

两字,正由于她知道儿子的确患着痨病,但她不相信他真是如此,不愿意他真是如此,因此就更不愿意别人也说他真是如此。小栓吃下人血馒头的时候,在"他的旁边,一面立着他的父亲,一面立着他的母亲,两人的眼光,都彷彿要在他身里注进什么又要取出什么似的",作者的这种描写,一下就把华老栓夫妇对于儿子的极深刻极迫切的爱表现了出来。

但是这样贫苦、善良的人民,这样自然真挚的爱情,在吃人的封建社会里,却不可能获得幸福和生命,反之,只有被骗和不幸在等待着他们。

刽子手康大叔这种人

作者写刽子手康大叔,一方面是写他的对话:"喂!一手交钱,一手交货!""怕什么?怎的不拿!"以及后来在茶店里毫无顾忌的"仍然提高了喉咙只是嚷";另方面是写他的外形和动作,例如"一个混身黑色的人","眼光正像两把刀","满脸横肉","披一件玄色布衫,散着纽扣,用很宽的玄色腰带,胡乱捆在腰间","抢过灯笼,一把扯下纸罩","一手抓过洋钱,捏一捏,转身走了",诸如此类;再又是从华大妈不敢在他面前表示出不高兴,和周围许多人对他所抱的恭敬畏惧等态度中来表现;这样,作者结合运用了这些方法,抓住了特点,就把一个粗暴、凶恶,不顾别人死活的流氓刽子手的形象有声有色的给创造出来了。

像刽子手康大叔这种人,虽然他们自己其实也有着"被奴使被吃掉的将来",而并不是旧社会的罪魁祸首,但旧社会里的许多坏事罪行,却往往就是直接假着他们的黑手作出来的,他们甘心作统治者残害人民的帮凶,分润着剥削的残羹,因而无疑也是人民的敌人。旧社会专门要蓄养这么一大批鹰犬来残害人民,鲁迅在这里以一种非常厌恶、吐弃的感情来写它,是很正确的。

没有露面的革命前驱者—夏瑜

革命前驱者夏瑜虽没有在作品里正式露面,但他正是黑暗社会中人民的真正希望,他一个人虽然倒下了,却为千万人指出了斗争前进的方向。他才是这个作品里真实的主人。因为决定一个人物在作品里的实际地位的,原不在分配给他的篇幅多少,而是他在解决冲突上所引起的思想和艺术的作用。而夏瑜,虽然表面上好像只是一个插曲性的次要人物,但他在这个作品的思想意图上却起着首要的作用。

鲁迅同样只用极简单的几笔,只因为能够抓住革命者的本质,所以就把夏瑜的形象虽然间接却仍明白的钩勒了出来。我们仅能从康大叔转述红眼睛阿义的话里知道绝少一点有关他的材料:他家里只有一个老娘,是那么的穷,以致管牢的红眼睛阿义想乘他儿子坐牢受难的机会去敲榨也"榨不出一点油水"来;他被关在牢里了,却"还要劝牢头造反",宣传革命的道理,说:"这大清的天下是我们大家的。"而在宣传不但无效,反而遭了痛打之后,他亦没有悲哀绝望,"还要说可怜可怜哩",表明他自己虽然就要死了,他所关心的却不是自己,而是苦难中的人民,和人民的无知与麻木。虽只粗粗几笔,但不是已能使人感到:这是一种多么英勇、坚强、乐观的精神,是一种多么深沉的爱和伟大的气魄! 可以说,鲁迅是把一个革命英雄在当时可能具有的高贵品质都集中表现在夏瑜的身上了。在鲁迅的笔下,这样的革命英雄是出身于如此穷苦的人家,以后又为同族的"乖角儿"夏三爷所出卖,终被封建的统治阶级杀掉,在这里,我们也清楚地感到了鲁迅对于社会观察的深广,他的战斗的现实主义的巨大力量。

鲁迅生活在反动势力统治着的旧中国,因此在他的前期作品里,特别用力于揭发批判旧社会的黑暗,病态和人民的所谓灰色生活,但鲁迅却决不只是描写了灰色的和反面的人物,他也写出了反封建主义民主革命中的不屈的战士和英雄,这里的夏瑜就是一个最显著的例证。以为在他前期作品里没有肯定的正面的人物,是不对的。[1]

曲笔和花环

《药》的结尾,在革命烈士的坟头,出现了一个"不很精神,倒也整齐"的花圈,这究竟表示什么意义呢? 鲁迅自己曾经这样说过:

我往往不恤用了曲笔,在《药》的瑜儿的坟上,平空添上一个花环。[2]
我于是遵着将令,删削些黑暗,装点些欢容,使作品比较的显出若干亮

---

[1] 请参阅冯雪峰:《伟大的奠基者和导师》一文,载《文艺报》九十七期。
[2] 《呐喊自序》,《全集》第一卷,页二七一。

色,那就是后来结集起来的《呐喊》。①

《药》的收束,也分明的留着安特莱夫(L. Andreev)式的阴冷。②

因此从表面看,根据鲁迅自己的说话,似就真能得出《药》是一个表示"悲哀"、"阴冷"的作品这个结论。花圈虽能表示希望,但既然是"平空添上"的,故意"装点"的,那么似乎也就推翻不了这个"悲哀"、"阴冷"的结论。

但对于鲁迅的这些说话,难道我们果能如此简单,如此表面的去理解么?不能的。

在革命者还没有和群众结合,革命不断的遭受着严重挫折的旧社会里,因为时代太黑暗了,鲁迅在那时还不可能明确看到革命的出路,因之使他有点悲观失望,这是事实;但这不过是他的一面。那另外的一面,就是他决不妥协,决不屈服,就算是"绝望的抗战"吧,他也一定要向黑暗抗战到底。于是就在这种坚决的战斗中间,使他对生活的将来重新燃起希望,生长着虽然辽远却是实有的必胜的信心。这希望,这信心,对眼前的局面说,的确还没有实现,自然也不可能完全就替代了蕴藏在他内心里的深沉悲痛,因此如果纯粹从眼前的局面看,这个花圈的确是"平空""装点"上去的,但显然这样纯粹从眼前局面看问题的方法是不对的。鲁迅从深广的观察和现实的战斗中确实感受到了对于未来的希望和信心,他就是根据了这种真实的感受以必要的曲笔来"删削些黑暗,装点些欢容"的,这不但决不是对现实的粉饰,倒正是反映了它的本质。所谓"安特莱夫式的阴冷",那么一则,这也是从眼前局面得到的感觉;二则,这就决不可能是对于革命和生活前途的阴冷,反之,倒正表现了他对于旧社会统治者的刻骨的憎恨,这和真正安特莱夫式的虚无主义和神秘主义的阴冷,有本质的不同。"一个人倒下去,千万人站起来",以花环为象征,革命的力量不是不但没有因夏瑜的被杀而消沉,反而,正在迅速的发展么?我们说现代中国文学中的社会主义现实主义的总方向是从"五四"就开始表现出来的,岂不是在鲁迅的这篇作品中也能看出它的萌芽么?③

因此,我们实在没有任何理由把《药》当成一个表示"悲哀"、"阴冷"的作品,

---

① 《自选集序言》,《南腔北调集》,《全集》第五卷,页四九—五二。
② 《现代小说导论》,《中国新文学大系导论集》,页一二五,良友本。
③ 欧阳凡海同志以为"在瑜儿的坟上凭空添上一个花圈,是草率的迁就",不免产生"神秘性"。这种看法是不妥当的,见《鲁迅的书》,页五一〇。

416

这和鲁迅一贯的彻底地不妥协地反封建的战斗精神是完全不相符合的。

情景交融的写法

《药》是一篇写得非常精炼的小说,笼罩全文的是一种极冷静极严峻的气氛,把情景烘托得非常显明,这和主题的严肃性和战斗性以及鲁迅对于敌人的深刻,切齿的痛恨是适应的。周围还是黑暗和阴冷,像死一般的静,但我们绝对不能害怕,革命者仍在奋起,只有坚决的去同它战斗,才有活路;这就是结尾处的描写所以更感其严峻的理由。鲁迅反对孤立的风景描写,这是非是正确的。

许多处的描写是丰富、细致,融会了人物的情和周围的景,把人物性格很生动地凸现出来的。例如第一节里写老栓带了洋钱出街去交换人血馒头时的一段,不过一百多字,就把急于求药为儿子治病的老栓,如何因为心里充满着热望和兴奋,在冬夜的寒冷和寂静得可怕的街道上行走,不但忘记了害怕,反而感到异常爽快,跨步格外高远,而天色不知不觉也愈加亮了——这个复杂的心理过程巧妙的写出来了。在同节末了老栓拿着人血馒头回家时,作家描写这时"太阳也出来了;在他面前,显出一条大道,直到他家中"。这似乎完全是叙述,却也很好的刻划了老栓的心理。老栓因为"药"已拿到,心里非常快乐,彷彿光明就在他的面前,所以就"显出了一条大道";他又因为立刻就要把"药"拿回家给儿子吃去,一定是急急的跑路,旁边的什么他也不会留意,自己也不知不觉的就一口气跑到了家,所以是"直到他家中"。这样把写景和人物的心理活动,人物的体验密切联系起来,使人物性格更加鲜明,情节的发展也有了自然的线索,是很有作用的。

《药》的描写方法,因为严守着"一切都是直接为了显示性格,间接为了表达主题"的原则,摒弃了无关的和不必要的东西,所以就显得非常简洁,集中,有力。显然,在艺术表现上的这种能力,是和鲁迅的高强的认识能力以及精细的思索,体会的巨大劳动密切而不可分,并为它所决定的。[①]

————————

① 欧阳凡海同志在同书同页还说《药》的"概念欠明快",也很片面。

《故乡》研究

在帝国主义封建主义双重压迫下的中国农民的悲惨命运

一九一九年八月,鲁迅把故乡绍兴家里的房子卖了,把卖得的钱在北京城内八道湾置了一所小宅。因为交屋的期限只在本年,所以必须赶在下年的正月初一以前,来永别了这熟识的老屋。十二月,他请假回南。这次回家,离开他最近一次出外——去北京——已经七年,离开他初次离乡去南京已经二十一年,想必指这是回到他"儿时的故乡"去吧,所以文章里也说是回到"别了二十余年的故乡去"。事实上,这也就是鲁迅最后一次的回乡。这最后一次的回乡,由于亲自接触体会到了许多极悲惨的景象,使他对越来越破产的中国农村有了更深刻的印象和认识,使他对从小就已在精神上有了联系的农民生活的不幸,更增加了无限的同情。他的反帝反封建,和渴望新时代新生活到来的思想,是更激烈更坚定了。大约一年以后,即一九二一年一月,他写下了这篇《故乡》。

由于帝国主义和封建主义的双重压迫,中国的广大人民,尤其是农民,在地主的残酷剥削,各派军阀长期混战,兵匪和饥荒的经常浩劫之下,宗法制度和传统思想的捆缚之下,一方面是日益贫困以至大批地破产,另一方面,许多农民依旧是麻木无知,他们过着饥寒交迫的和毫无政治权利的生活。正如毛主席所指出,中国人民,尤其是农民的贫困和不自由的程度,是世界所少见的。[1]

这篇文章里所写的闰土,可以说就是当时许多受苦受难辛苦而麻木地生活

---

① 毛主席:《中国革命和中国共产党》,《选集》第一卷,页六〇一。

着的中国农民的代表。

他们应该有新的生活,为我们所未经生活过的

《故乡》沉痛地控诉了在帝国主义和封建主义重压下的农民的悲惨的命运,但又不仅是控诉,鲁迅更指出"他们应该有新的生活,为我们所未经生活过的"。这未经生活过的道路在那里?鲁迅说,"这正如地上的路,其实地上本没有路,走的人多了,也便成了路"。

《故乡》虽然也流露出来了一些所谓怀旧和感伤的心绪,但根本还是针对着吃人杀人的旧社会而攻击的,对农民的热爱和对农民生活不幸的深切同情,以及对于旧社会的仇恨,分明是这个作品的基调。

由于出身在一个破落的士大夫家庭,经常也是在困顿的经济状况中生活,所以少年鲁迅就能有了同双喜、阿发这些"野孩子"一道放牛钓虾等等的经历。同淳厚质朴的农民子弟们交往,一方面使鲁迅得以呼吸到新鲜的土地的气息,另一方面使鲁迅同他们结成了真诚的友谊,从而在精神上使他同中国农民有了亲切的联系。长大之后,鲁迅虽然常年在外,但他总是禁不住要想起这些儿时的友伴,他们目前的境遇和生活。他不是不知道农村正在大批地破产,可是他由于热爱的缘故,却总愿意故乡和他所怀念的农民兄弟,"虽然没有进步,也未必有如我所感的悲凉"。但他的这个愿望,待他真正回到故乡时,就被冷酷的现实完全打碎了。在他儿时的记忆中,故乡是美丽的,但眼前的故乡,却已变成了"没有一些活气",在"苍黄的天底下,远近横着"的"几个萧索的荒村",他家瓦楞上已长起许多枯草,枯草的断茎正在当风抖着。不过这还是故乡的外貌变了,尤其刺痛了他的心的,是故乡的他所经常怀念热爱着的人——就如闰土,也已经完全改变样子了。这不能不使他觉到"悲凉",甚至"非常的悲哀"。不过他却并不是只有"悲哀",他更有希望:"希望他们不再像我";更有愤慨:"多子、饥荒、苛税、兵、匪、官、绅,都苦得他像一个木偶人了";更有战斗的鼓舞和号召:"他们应该有新的生活,为我们所未经生活过的","没有路,走的人多了,也便成了路"!

"老屋离我愈远了,故乡的山水也都渐渐远离了我,但我却并不感到怎样的留恋。"并不是故乡的山水真已不值得留恋,而是因为故乡已被帝国主义和封建势力压榨得如此破败,农民兄弟正在受着严酷的折磨,转辗在死亡的沟壑里,于

是才感到了这样的故乡实在太丑恶,不值得留恋。绝对不能说,他不留恋这样的故乡就连故乡的闰土们也不留恋不关切了,相反,鲁迅正因为热爱,同情闰土们,并极为他们的痛苦生活抱不平,才对这样的故乡有了决绝的想法的。只要压迫和剥削的铁链还是牢牢地箍在闰土们的头上,鲁迅的心绪就一天不能放松。难道谁会不想有一个真正美丽的故乡么?就像到了今天,中国人民经过艰辛的战斗,"天下是我们大家的"了,过去辛苦麻木地生活着的闰土们今天已经翻身成了新社会的主人,一个更加美丽的故乡已经出现,鲁迅如果还活着,那么即使正赶上深冬阴晦的天气,我们也可以想像得到,故乡的山水不但一定仍能使他感到特别的明媚有趣,而且一定还要留恋不已了。

所谓"对于封建社会的热恋","自然的抒情"和"理想的幻灭的悲哀"

基于这样的认识,所以我认为许杰同志对《故乡》的某些解释是还值商榷的。

许杰同志一再肯定鲁迅在这篇作品里还有对于"封建农村的过去静穆的生活"的憧憬,说鲁迅"对于封建社会的热恋,还没有真正到了淡然的程度"。正因为这样,所以他认为鲁迅在这里是作了"乡村的抒情,农庄生活的歌咏"。鲁迅"憧憬"甚至还"热恋"着这种生活,但冷酷的现实打破了他的幻想,因为"农村生活竟然贫困到这步田地,自然的抒情,田庄的歌咏,还要到那里去找寻这种闲适呢"?因为已找不到这种闲适,所以他认为鲁迅才不留恋故乡了;又因为这已是不能实现的理想,所以他认为鲁迅"对于封建社会的没落,大有不胜其伤感之概",便不能不"感到理想的幻灭的悲哀"。而由此而来的"感伤的心情",他便以为就成了这篇作品的"基调"。并还着重指出:"我们在这种地方,看见了鲁迅的'真我'——一个真实活着的鲁迅。"①

但一个真实活着的鲁迅,我以为恐怕正应和他在上面所描绘的相反。

问题在于,我们决不能把鲁迅对于儿时生活的回忆当成他"对于封建社会的热恋"。那时他和闰土虽然也是生活在封建社会里,但一因那时农村的破产还不如后来厉害,二因当时他们都是小孩,对家庭的穷困感触不深,仍有开怀耍

---

① 许杰:《鲁迅小说讲话》,页八七——一一一,泥土社本。

乐的好心情,所以今天他才有了愉快回忆的资料。应当指出:儿时生活的这一点愉快,并不是封建社会所赐与,相反它还是受了封建社会的很大限制。鲁迅决没有因为这一点感谢过封建社会,因此回忆这段儿时生活绝不等于憧憬和热恋封建社会。我以为,鲁迅所以不能忘怀他和闰土们的儿时生活,主要的,就在于他不能忘怀农民,不能忘怀他对于淳朴的农民和农民孩子们的真诚纯洁,完全平等的感情。他所以不能忘怀这种感情,则是因为这种感情能给他以支持和力量;革命虽还有许多困难,道路虽还不是十分清楚,但农民毕竟是一股最基本最巨大的力量,鲁迅在某些时候虽曾由于要求过切流露过怀疑,可是事实上他是把希望寄托在劳苦农民身上的。在鲁迅的场合,我以为,对于儿时生活的回忆不但可以和他对于封建社会的憎恨并行不悖,而且像在这篇《故乡》里面,他所以不惜用了许多笔墨来写他儿时的生活,正为的要藉此显出眼前这个社会竟已把农民迫害到如此悲惨的地步,凡有血性,凡想活命的人,对这局面,实在再不可容忍了! 这那里是"乡村的抒情,农庄生活的歌咏"! 这种描写的目的,那里是要人回到"静穆",简直是一种血肉斗争的号召。如果以为鲁迅这时虽然有着新的生活的憧憬,"但这新的生活的内容,究竟是倒退过去的童年时代的封建田庄的生活呢,还是前进一步的近代社会的生活呢? 这便有些模糊起来了"。因此认为这个时候的"鲁迅的思想,就是和托尔斯泰比较起来,还要落后得许多"。那么这个论断怕也还要考虑。鲁迅明明说了"他们应该有新的生活,为我们所未经生活过的"这样的话。他这时对于新生活的内容虽然还不能有明确的认识,但他所追求的无疑是前进的现代社会的新生活,绝对不可能还是倒退的封建社会的旧生活,且也绝对不会比托尔斯泰的理想落后。说鲁迅在这一点上是"模糊"、"落后",而又肯定他的思想还有"进步性",我以为是矛盾的。

此外,何幹之同志曾说"《故乡》写出了使人不相通的高墙的魔力"[①],巴人同志曾说《故乡》通过闰土写出了"农民的坚韧性格的代表"[②]。关于前者,我以为不能认是这篇作品的主题,因为只是写出这种魔力对读者并没有积极的教育意义,鲁迅根本也不曾在这个地方着力。关于后者,我以为中国农民自然是无比的坚韧,闰土也是一个坚韧的农民,但鲁迅在这里所写的闰土,却只着重在他受到残酷压迫,变成近似麻木的可怜人物的一面,以表示封建社会迫害农民之

① 何幹之:《鲁迅思想研究》,页一五〇,三联书店本。
② 巴人:《文学初步》,页一五七,新文艺出版社本。

惨重，引起我们对吃人的旧社会的仇恨；把闰土当成中国"农民的坚韧性格的代表"看，我以为是不大适当的。

在旧社会双重压迫下辛苦而麻木地生活着的农民代表——闰土

鲁迅在《故乡》里成功地创造了被压迫农民代表之一种的闰土的形象。通过对于闰土的描写，使我们深刻感受到了它的主题思想。鲁迅运用对照的方法鲜明地写出了过去的闰土和眼前的闰土之不同。过去的闰土，是一个健康、活泼、天真，富有生命力的少年："紫色的圆脸，头戴一顶小毡帽，颈上套一个明晃晃的银项圈"，"红活圆实的手"，能够"手提一柄钢叉，向一匹猹尽力的刺去"，或在下雪天、海边上、瓜地里作出"无穷无尽的希奇的事"来。那时候，他虽然见人很怕羞，但对于同是小孩的鲁迅却不怕，"没有旁人的时候，便和我说话，于是不到半日，我们便熟识了"。但眼前的闰土却完全改变了样子："他身材增加了一倍；先前的紫色的圆脸，已经变作灰黄，而且加上了很深的皱纹"，眼睛"周围都肿得通红"，"身上只一件极薄的棉衣，浑身瑟索着"，过去红活圆实的手，现在已变成"又粗又笨而且开裂，像是松树皮了"。可是比起这些外表来有着更重大的改变的，却是这中年的闰土的无限凄苦的神情。总是记忆着少年时代的友情，早就想一见他少年时代朋友的闰土，却在朋友面前呆住了，而且在他和朋友之间竖起了"一层可悲的厚障壁"：

> 他站住了，脸上现出欢喜和凄凉的神情；动着嘴唇，却没有作声。他的态度终于恭敬起来了，分明的叫道："老爷！……"

不但他自己用"老爷"的称呼来称呼了朋友，并且他还拖出躲在背后的自己的第五个孩子水生，叫"给老爷磕头"。要他照旧哥弟称呼也不肯，倒认真解释："阿呀，老太太真是……这成什么规矩。那时是孩子，不懂事……"

而当朋友问问他的境况，虽然也回答了几句，却只是摇头："他只是摇头；脸上虽然刻着许多皱纹，却全然不动，彷彿石像一般。他大约只是觉得苦，却又形容不出，沉默了片时，便拿起烟管来默默的吸烟了。"

这便是过去的那个闰土，但又不是鲁迅记忆上的闰土了。这是一个多么大的变化呀！闰土的这个改变，决不是因为他年龄大了，比前懂事了，而主要是如他自己所说的："非常难。第六个儿子也会帮忙了，却总是吃不够……又不太平……什么地方都要钱，没有定规……收成又坏。种出东西来，挑去卖，总要捐几回钱，折了本；不去卖，又只能烂掉。"也就是：旧社会的苛税，兵、匪、官、绅，才把他苦成了这个木偶人的样子的！

就这样，通过前后两个闰土的对照的描写，鲁迅就把一个因为受到生活过分的重压，而变成沉默、自卑、私心（在灰堆里藏了十多个碗碟），甚至麻木的当时中国农民代表之一种的形象，真实地也批判地表现出来了。鲁迅总是能够把对于一个人物的外形的描写和内心的刻划巧妙地结合在一起，掌握了人物的生活发展规律，一下就写出了他的性格特征来。但若不是他对闰土们有真正深刻的理解和热爱，他当然就不可能做到这样。

真情的、善良的，勤劳的闰土，在旧社会里那里有他的活路！他应当抛开一切的"香炉和烛台"，而寻找一条真正能够解放自己的道路。他应当反抗，他完全有权利享受一种全新的生活。但中国农民却只有在工人阶级的领导下进行斗争才能获得反抗的胜利。闰土的悲惨命运不能不使我们更加感到今天新社会的可爱。

利嘴贪小但同样是被旧社会扭曲了的性格——杨二嫂

"一个凸颧骨，薄嘴唇，五十岁上下的女人站在我面前，两手搭在髀间，没有系裙，张着两脚，正像个画图仪器里细脚伶仃的圆规"，这就是鲁迅最初介绍给我们看的杨二嫂的可怕形象。杨二嫂虽不是《故乡》里最重要的人物，但她却不是一个不重要的人物，因她的出现和存在，不但能更显出闰土的忠厚可爱，而且也更明确了主题。

不消说，眼前的杨二嫂已经堕落成为利嘴贪小、绝端自私的女人，一个十足的市侩。① 鲁迅运用适当的夸张把这个市侩的形象钩勒得非常生动，简直是有声有色。她会硬说"你放了道台"，"有三房姨太太"，"出门便是八抬的大轿"，她会恭维你"阔"，而目的只在这样就可以向你索讨东西；她自己明拿暗塞，却毫不同情闰土的贫困，反而利用了他的贫困，告发灰堆里的碗碟是闰土埋着的，而她"自己很以为有功，便拿了那狗气杀，飞也似的跑了"。这样的一个市侩，难怪大

---

① 请参阅景宋：《呐喊中的几个女性》，在《关于文学修养》一书内，青年出版社本。

家看了这篇作品都感到异常的憎恶。

但杨二嫂难道一开始就是这样的市侩么？不是的。鲁迅告诉我们：在他孩子时候的豆腐西施杨二嫂，"颧骨没有这么高，嘴唇也没有这么薄，而且终日坐着，我也从没有见过这圆规式的姿势。那时人说，因为伊，这豆腐店的买卖非常好"。可见，她当初并不是这样的市侩。而今天的她的这个改变，当然也决不是因为年龄的关系。一定是，她那个豆腐店因为开不下去已经歇掉了，而她却不得不生活下去，所以她才成了一个利嘴贪小的女人。

从她的生活的地盘——豆腐店不能维持而停歇这件事上，可见不仅贫苦的农民如闰土，就是小市民的杨二嫂，也深重的受着旧社会的压迫。她的那样令人憎恶的市侩性格也不能不是受了旧社会压迫、扭曲的结果。

这就是说，眼前的杨二嫂虽然的确可恶，可是这却不是她自己的错，她应当也有使人同情的一面。

通过杨二嫂的形象，鲁迅表明了：帝国主义和封建主义不仅是农民的死敌，而且也是小市民的敌人。或则变成近似麻木，或则变成可恶的市侩，这便是被压迫者常见的两种结果，但这都不是道路。鲁迅不但号召农民起来战斗，也号召小市民一同来反抗旧社会，这种看法，的确是非常深刻的。

鲁迅的描写农村破产，非常细致、深刻。他先写破产农村的外形是如何荒凉，次写破产农民（或小市民）的外形是如何瘦弱褴褛，再次写他们的内心是如何的被扭曲变态，又相互结合烘托起来，形成鲜明的性格，以表达主题思想。闰土的改变不必说了，现在的水生也已不及当年的闰土，他不但比较"黄瘦"，而且颈子上已没有了银圈。杨二嫂则已从很能吸引人的豆腐西施一变而成为一个又丑又瘦又无赖的市侩女人了。农村破产在他们每一个人身上都刻下了深深的印迹，鲁迅能把它表现得如此具体自然，所以可贵。

抒情诗的气氛，背景，对话及其它

《故乡》是一篇抒情诗的气氛特别浓厚的优美作品，在看似平淡的叙写之中，却到处流露着鲁迅对于劳动人民的深刻感情。他说话不多，但给我们的感应却非常亲切，强烈。鲁迅在这里，并也时常采用第一人称的手法来叙述，这样就能够更方便的把自己挚热的感情渗透到作品中去，而使他所热爱的人物的灵魂更感动人，也就是使作品更感动人。不过一个作者如果自己并无真诚热爱人民的感情,而想依靠伪装,或一些技术来制造《故乡》这样的抒情诗的气氛,还是不可能的。

鲁迅曾以中国旧戏和新年卖给孩子看的花纸为比,说他的小说宁可也不用背景,①但这是指和描写性格,发展故事,表达主题无关的背景而言,如果背景和所要表现的人物主题不相应,当然反而会妨碍人物主题的表现。这里在母亲提起了闰土的当儿,就用一千多字回叙幼年时和闰土相识的经过,以及闰土的模样,玩艺,乡村景物与彼此真挚的友情,所有这些,对于描写眼前的闰土说,一方面是一种强烈的对比,使变化显得更凸出,另一方面也就是一种背景,而这背景是完全必要的,因为这样写就能更加深了我们对于眼前这个闰土的惨苦的印象。

《故乡》里的对话,例如闰土回答老太太说"这成什么规矩,那时是孩子,不懂事,……"一节,非常简短,但闰土的心情、性格,神态都已跃然纸上。而少年闰土所说的:"我们日里到海边捡贝壳去,红的绿的都有,鬼见怕也有,观音手也有。晚上我和爹管西瓜去,你也去"——这类话,则又活现出一个乡下孩子的伶俐口吻和极好的兴致,一下子也使我们沉入到了童年的梦境去。这些细节看来关系似小,但若缺少了这种真实的描写,也就无从有形象的效果。鲁迅对于他所写到的任何人都非常熟悉,所以几句话就能活现出生动的形象来。

《故乡》里主要只写了闰土、杨二嫂和闰土的儿子水生,当然不是鲁迅这次回去只遇到了这几人,而是因为写了这几人就已能表达出他内心的意思,并且能够表达得更集中有力,所以他就用不到像记流水账一样的把所有遇到的人都一一写进去。把不必要的人物都塞满到作品中去,无非是存心要使读者厌倦,败坏自己的劳动吧了。

《故乡》并没有曲折的情节,错综的戏剧性的结构,鲁迅的其他作品也大多如此。但这丝毫也没有影响到鲁迅作品的光辉价值,因为决定的关键是鲁迅描写了真实。因为真实,所以即使他没有作任何的穿插,他的作品还是充满了深刻的社会意义和诗的抒情性。

绝望和希望

鲁迅在深沉的战斗中,有时仍不免感到渺茫和孤单。这是因为他虽已决心

---

① 《我怎么做起小说来》,《南腔北调集》,《全集》第五卷,页一〇六——一一〇。

委身于反对旧社会的战斗，但暂时他还没有来得及和新的革命力量结合，他的"希望"也还不是建筑在马列主义思想基础之上的希望，因此他不但曾经有过一时的绝望，而且当他有了希望之后也还曾经怀疑过他的希望。关于这一点，对于鲁迅来说，其实是完全可以理解的。鲁迅自己说："见过辛亥革命，见过二次革命，见过袁世凯称帝，张勋复辟，看来看去，就看得怀疑起来，于是失望，颓唐得很了。"但鲁迅和人不同的是，"却又怀疑于自己的失望"，因为他知道，他所见过的人们，事件，极其有限，绝望也许正属于虚妄。所以他在绝望或失望之余，仍有战斗的勇气，"提笔的力量"。[①] 而在继续不断的斗争实践中，他的希望总是一天天在高涨，并且变得更为坚实。这里结尾所说的："其实地上本没有路，走的人多了，也便成了路"，便是他第一声清醒的告白。这不仅是告诉别人的，也是对他自己的明白的回答。鲁迅所说的这条"路"，"实质上就是在工人阶级思想领导下的反帝反封建的，人民大众的道路，也就是文学上向社会主义现实主义前进的道路"。[②] 从这时开始，过了五年，他又说："希望是附丽于存在的，有存在，便有希望，有希望，便是光明，如果历史家的话不是诳语，则世界上的事物可还没有因为黑暗而长存的先例。"[③]虽然基本上还是由于进化论的信念，到底又进一步的把怀疑除掉了。早期的鲁迅，绝望与希望一直在他心里交织着，可是在战斗中预感到的——绝非个人幻梦式的——希望却一直占据着上风，革命思想的火焰一直在所谓灰色生活的上面燃烧，并愈来愈变得坚实，炽烈，为他在大革命时期以后的根本改变逐渐准备好了条件，而《故乡》则正是他的希望愈来愈变得坚实的开始。

---

① 《自选集序言》，《南腔北调集》，《全集》第五卷，页四九—五二。
② 邵荃麟：《沿着社会主义现实主义的方向前进》，《人民文学》四十九期。
③ 《记谈话》，《华盖集续编》，《全集》第三卷，页三三九—三四五。

《阿 Q 正传》研究

旧中国农民的极端穷苦落后和他们对于地主阶级的反抗

《阿 Q 正传》写成于一九二一年十二月,也就是伟大的中国共产党成立的同一年。作品的主人公是辛亥革命前后中国农村里痛苦最深的一个雇农,他曾为这个革命的来到而感觉无比兴奋,但他终于又因为这个革命的失败而惨被牺牲了性命。

中国历代的农民,在封建的经济剥削和封建的政治压迫之下,三千年来,一直过着贫穷困苦的奴隶式的生活。地主、贵族和皇帝,拥有最大部分的土地,而农民则很少土地,或者完全没有土地。农民辛苦耕种的收获,大半都得奉献给地主、贵族和皇室享用。他们也没有人身的自由,地主对农民有随意打骂甚至处死之权。"地主阶级这样残酷的剥削和压迫所造成的农民的极端的穷苦和落后,就是中国社会几千年在经济上和社会生活上停滞不前的基本原因。"

在地主阶级对于农民如此残酷的经济剥削和政治压迫之下,中国农民在历史上曾多次地举行起义,以反抗地主阶级的统治。从秦朝的陈胜、吴广、项羽、刘邦起,一直到清朝的太平天国革命运动,总计大小起义不下数百次,规模之大,为世界历史上所仅见,成了中国历史发展的真正动力。但"由于当时还没有新的生产力和新的生产关系,没有新的阶级力量,没有先进的政党,因而这种农民起义和农民战争得不到如同现在所有的无产阶级和共产党的正确领导,这样,就使当时的农民革命总是陷于失败,总是在革命中和革命后被地主和贵族利用了去,当作他们改朝换代的工具"。①

辛亥革命的失败

　　中国过去三千年来的社会是封建社会,但自一八四〇年的鸦片战争以后,中国一步一步地变成了一个与前不同的——半殖民地半封建的社会。由于帝国主义和封建主义的双重压迫,中国人民,特别是中国农民的穷困和不自由的程度更甚了。于是经过一系列的英勇反抗,在一九一二年又爆发了由中国资产阶级领导但为工人和农民所支持着的辛亥革命。中国农民对于这次革命原是抱着极大的希望,但当革命仅仅把满清的统治者——"皇帝万岁万万岁"的龙牌推翻以后,就停滞下来了。由于当时革命统一战线的分裂,由于革命力量没有把广大群众真正动员起来,由于帝国主义积极援助反革命进攻革命,更重要的是由于"假革命"的资产阶级在革命初步得到胜利,坐上统治宝座,害怕人民群众真正起来革命对自己不利——而同帝国主义和封建势力进行了无耻的妥协,辛亥革命就宣告失败了。"假革命"的资产阶级当初利用了心情激昂的农民的力量来进行革命,现在他们已经成功,就不要农民了,不但不要,而且当他们看到逐渐已在觉醒起来的农民将形成对于他们的成功一种巨大威胁时,他们就马上回过头来帮忙帝国主义和原封不动的封建势力拼命镇压——甚至屠杀农民。例如这里的阿Q,他就是因此被杀掉了头的。对于农民来说,所以辛亥革命真正是一个极惨痛的悲剧。

　　毛主席曾经指出:"宗法封建性的土豪劣绅,不法地主阶级,是几千年专制政治的基础,帝国主义,军阀,贪官污吏的墙脚",不把农村里的封建势力打倒,没有一个暴风骤雨般的大变动,农民的翻身要求便无法满足,革命也就不能成功。"革命需要一个大的农村变动",可是"辛亥革命没有这个变动,所以失败了"。② 这里在革命的风浪中一度显得有点动摇的古老的未庄,当封建势力重新获得稳定之后它也就立刻恢复了原来的样子,正是当日革命失败以后的中国的缩影。

---

　　① 毛主席:《中国革命和中国共产党》,《选集》第二卷,页五九五。
　　② 毛主席:《湖南农民运动考察报告》,《选集》第一卷,页一七。再请参阅《两地书》一九二五年七月廿九日鲁迅去信中论民元革命失败的话,《全集》第七卷,页一二二。

旧中国劳动人民奴隶生活的深刻写照和他们的革命性与力量

《阿Q正传》是现代中国文学中最伟大的作品,也是现代世界现实主义文学的一个极珍贵的收获。它的伟大,主要在它通过对于阿Q的典型的描写,不仅极深刻的写出了半殖民地半封建的中国农村的阶级对立,旧中国劳动人民的奴隶生活,揭露出他们的弱点,以及造成他们这种弱点的社会根源,即旧社会的反动阶级及其反动统治的奴役,而促使他们摆脱自己的弱点,积极起来同旧社会的吃人统治者抗争,并且还极深刻的挖掘了存在他们身上的革命性,揭示了他们的力量,表现出中国劳动人民虽然是在那样残酷的剥削和压迫之下,性格也被严重地扭曲了,但他们的革命性却依然存在,并且不断的生长,他们依然具有着巨大的潜在革命力量,他们终将脱颖而出,成为历史的主人。

《阿Q正传》也反映了辛亥革命的失败教训。这个资产阶级民主主义性质的革命,一度曾使封建地主阶级感到威胁和恐慌,以至于原来不许阿Q姓赵的赵太爷竟不能不"怯怯的迎着低声的叫"他老Q,但当人民群众的力量日益增大了起来,资产阶级便立刻和帝国主义与封建势力妥协了,这结果的一方面是赵秀才化了四块钱"便有一块银桃子挂在大襟上",变成革新的人物"自由党"了;另一方面便是假洋鬼子开始不准阿Q革命,终于阿Q被他们杀掉了头。这就表明了:这样一种革命是决不能摆脱阿Q们的奴隶命运的,阿Q们也是极不满意这种革命的,中国劳动人民如果真要摆脱他们的奴隶命运,就必须进行新的战斗,更彻底更不妥协更注重实力的战斗。鲁迅在当时虽然还不能看出中国人民的革命斗争必须要在无产阶级的领导之下才能取得真正的胜利,但他既已写出资产阶级领导的软弱不可靠和终于出卖了农民大众的利益,那么他也就对当时和以后所进行的革命在方向上起了重要的提示作用。

因此,《阿Q正传》就不能不是一个战斗性极端强烈的作品,它不但号召中国人民起来作新的斗争,并且还鼓舞他们这新的斗争。

表现了革命爱国主义的两个方面

正因为鲁迅是抱着如此严肃和战斗的目的来创造了这个作品的,因此他对于有些故意要来歪曲污蔑这个作品和他创作动机的谬论,曾一再表示了不能自已的悲愤。在《阿Q正传的成因》中，他说：

> 直到这篇收在《呐喊》里，也还有人问我：你实在是在骂谁呢？我只能悲愤，自恨不能使人看得我不至于如此下劣。①

在《我怎么做起小说来》中，他说：

> 有人说，我的那一篇是骂谁，某一篇又是骂谁，那是完全胡说的。②

在《俄文译本阿Q正传序》中，他又说：

> 我的小说出版之后，首先收到的是一个青年批评家的谴责，后来，也有以为是病的，也有以为滑稽的，也有以为讽刺的，或者还以为冷嘲，至于使我自己，也要疑心自己的心里真藏着可怕的冰块。③

而在《致王乔南》的一封信中，鲁迅更直捷地说明了"滑稽或哀怜"决不是他创作这个作品的目的，他说：

> 我的意见，以为《阿Q正传》实无改编剧本及电影的要素，因为一上演台，将只剩了滑稽，而我之作此篇，实不以滑稽或哀怜为目的，其中的情景，恐中国此刻的'明星'是无法表现的。④

鲁迅一再说过了，他所以做起小说来，是由于他一直抱着"启蒙主义"的见解，"以为必须是为人生，而且要改良这人生"。他说他的小说的取材所以"多采自病态社会的不幸的人们中，意思是在揭出病苦，引起疗救的注意"。⑤ 他所以"将旧社会的病根暴露出来"，是要"催人留心"，"是为了对于热情者们的同感"，

---

① 《阿Q正传的成因》，《华盖集续编》，《全集》第三卷，页三六二—三七一。
② 《我怎么做起小说来》，《南腔北调集》，《全集》第五卷，页一〇六—一一〇。
③ 《俄文译本阿Q正传序》，《集外集》，《全集》第七卷，页四四五—四四七。
④ 《致王乔南》，《鲁迅书简》，页二四九—二五〇。
⑤ 同②。

是对于那些"虽在寂寞和艰难中,那想头却不错的"战士们的"助威",也是因为他"怀疑于自己的失望",而有着为人民追求生活的新的道路的热望。① 那么,他在这里所以要"写出一个现代的我们国人的魂灵来",就决不只是单纯的把他"作为在我的眼里所经过的中国的人生",而更是为了要通过这种描写,促使人民觉醒,激起大家的斗争心,来冲破封建的"高墙",因为中国的老百姓,在封建社会里"默默的生长,萎黄,枯死了,像压在大石底下的草一样,已经有四千年"!②

对于《阿Q正传》的精神的正确的评价,应当是如《人民日报》的社论《继承鲁迅的革命爱国主义的精神》中所说:

> 鲁迅的《阿Q正传》是旧中国劳动人民的奴隶生活的深刻写照,也是中国近代民族被压迫历史的缩影。这部作品,对于阿Q、王胡、胡妈等等饱受摧残的奴隶生活,寄予极大的同情;对于被压迫民族的自卑自嘲的精神胜利法,表示无限的痛心,而对于赵太爷,秀才,假洋鬼子等等践踏在中国人民头上的反动派,给予了严厉的挞伐。这是具有高度爱国主义的革命现实主义的作品,它表现了革命爱国主义的两个方面。③

正因为这是一个"具有高度爱国主义的革命现实主义"的精神的作品,所以它必然又表现了高度的革命人道主义的精神。法捷耶夫就曾一再指出过明显地表现在这个作品里的鲁迅创作的这个一般的特质,并阐明了他的巨大贡献。他说:

> 鲁迅人道主义底特质,在其描写中国的小人物的中篇《阿Q正传》中,最能看出来。④

> 伟大的鲁迅,在他描写渺小人物阿Q的杰作中,表现出他衷心地喜爱这个人,并清楚这个人的弱点和力量。因为这个作品,鲁迅就被列入世界人道主义文学的功臣阁里了。⑤

---

① 《自选集序言》,《南腔北调集》,《全集》第五卷页二四九—二五〇。
② 《俄文译本阿Q正传序》,《集外集》,《全集》第七卷页四四五—四四七。
③ 人民日报社论:《继承鲁迅的革命爱国主义的精神》一九五二年十月十九日。
④ 法捷耶夫:《关于鲁迅》,《文艺报》一卷三期,萧扬译文。
⑤ 法捷耶夫:《在中苏友协成立会上的讲话》。

旧中国劳动人民身上的一个严重弱点
——奴隶的失败主义和精神胜利法

在《阿Q正传》里，鲁迅揭露了存在旧中国劳动人民身上的一个严重弱点，即奴隶的失败主义和精神胜利法，也就是所谓"阿Q主义"。"阿Q主义"的内容是些什么东西呢？归结起来，这就是："自贱贱人和自欺欺人；健忘——对于自己被损害的健忘，对于敌人的健忘；特别是在失败的时候就拿来安慰自己的'精神胜利法'；还有，自己被强者凌辱压迫而不能反抗，就转而向比自己更弱者去取偿，等等。这些都是相联贯的，而最主要的是精神胜利法。"①这些东西，具备在阿Q身上，鲁迅都通过具体的言行作了极鲜明的描写。

例如他写阿Q的自贱贱人：打不过人，自己的黄辫子已被人揪住，硬要他承认自己是畜生的时候，他就肯歪着头说："打虫豸，好不好？我是虫豸——还不放么"？而对于比自己还瘦还乏的小D，他也可以怒目而视，嘴角飞出唾沫的逼迫小D说出："我是虫豸，好么？……"

例如他写阿Q的自欺欺人：在未庄的社会里他明明真不过像虫豸，但他却时常瞪着眼睛夸口："我们先前——比你阔的多啦！你算是什么东西！"或者是：现在虽不阔，但"我的儿子会阔得多啦"！他进过几回城，很鄙薄城里人，因为城里的东西不应该和未庄的不同；但他又嘲笑不见世面的乡下人，因为乡下人竟连城里的煎鱼也没有见过。他头皮上起了癞疮疤，便讳说"癞"以及一切近于"赖"的音，后来推而广之，"光"也讳，"亮"也讳，再后来，连"灯"、"烛"都讳了。等到人家偏要犯他的讳，而他没法真正报复时，他便可以说："你还不配……"并且这时就仿佛他头上起的乃真是一种高尚的光荣的癞头疮了。

例如他写阿Q的对于敌人的健忘：在赌赢了许多钱的时候，忽然别人故意打起架来，不但很白很亮的一堆洋钱被人拿去了，并且还老实挨了一顿拳脚，使他真感到了些失败的苦痛，"但他立刻转败为胜了。他擎起右手，用力的在自己脸上连打了两个嘴巴，热剌剌的有些痛。打完之后，便心平气和起来，似乎打的是自己，被打的是别一个自己。不久也就仿佛是自己打了别个一般，——虽然还有些热剌剌——心满意足的得胜的躺下了。他睡着了"。

---

① 冯雪峰：《论阿Q正传》，《论文集》第一卷，页二九〇—二九一。

432

例如他写阿Q的欺弱怕强：他经常是估量了对手，被强者凌辱他最多只能"怒目而视"，甚至自认虫豸；若是弱者，则"口讷的他便骂，气力小的他便打"。假洋鬼子用哭丧棒拍拍拍的打他，他只好以"忘却"来对付，可是看见了静修庵里的小尼姑时，他却就大声的吐她，突然伸出手去摩伊的头皮，更用力去扭伊的面颊，把自己所受到的晦气全部都报复到了比他更弱小的小尼姑身上去。他还会向比他更弱的人要无赖，例如他明明正在静修庵的菜园偷了四个萝卜兜在大襟里，却且看且走的向追赶出来的老尼姑声辩："我什么时候跳进你的园里来偷萝卜"？"这是你的？你能叫得它答应你么？你……"

例如他写阿Q的最主要的精神胜利法：被闲人揪住黄辫子，在壁上心满意足的碰了四五个响头，阿Q没有法，站了一刻，心里想："我总算被儿子打了，现在的世界真不像样……"于是也心满意足的得胜的走了。虽然自己已承认了是虫豸，但闲人仍不放开他，仍旧给他碰了许多响头，阿Q这回好像真遭了瘟，然而不到十秒钟，阿Q也心满意足的得胜的走了。因为他觉得他是第一个能够自轻自贱的人，除了"自轻自贱"不算外，余下的就是"第一个"。状元不也是"第一个"么？"你算是什么东西"呢！？因为曾自称是赵太爷的本家，被赵太爷打了嘴巴，还要他付地保二百文酒钱，他忿忿的躺下了，后来想："现在的世界太不成话，儿子打老子……"于是忽而想到赵太爷的威风，而现在是他的儿子了，便自己也渐渐的得意起来，爬起身，唱着《小孤孀上坟》到酒店去。这时候，他又觉得赵太爷高人一等了，因为他竟能有着这样一个威风的儿子了。

诸如此类。

这些东西，经鲁迅如此生动有力的揭露出来，似乎有点滑稽，但鲁迅的心情却是非常沉痛，非常严肃的。他所以要首先揭露出这些东西来，决不是为了什么"暴露人民"的目的，却是要给这些东西以无情的批判和斗争，因为奴隶们只有当他能够克服这个严重的弱点，他们才能够进行胜利的斗争，而摆脱奴隶的命运。

产生这个弱点的历史根源

在旧中国劳动人民身上，怎么会产生这个严重的弱点，它的历史根源是什么呢？这可分两方面说：

一方面，中国人民在长期的封建黑暗统治和外来野蛮侵略之下，"向来就没

433

有争到过'人'的价格"。在所谓"太平盛世",是他们"暂时做稳了奴隶的时代";而在所谓"乱世",奴隶规则也给毁得粉碎,便是他们"想做奴隶而不得的时代"。① 总之,至多不过是奴隶。在本族统治阶级血腥的剥削和屠杀之下,人民的痛苦原已万分深重;再加上异族的野蛮侵略,人民的痛苦就更难忍受。因为他们这时要受着两种人的残酷压迫:成为"主子"的异族征服者和成为异族主子忠实奴才的原来统治者。成为"主子"的异族征服者,其凶暴是不必说了,而成为异族主子忠实奴才的原来统治者,他们往往摇身一变,就来助暴为虐,用人民的子女玉帛,为征服者安排大宴,用旧中国文明中一些最腐朽的东西,例如中庸主义和清静无为之类的思想,替征服者麻痹人民的斗争意志,而他们自己就可以从旁分吃到一些残羹;虽然也已成了奴才,却仍是爬在许多别的奴隶们的头上。在异族"主子"的统治下,中国人民对于本族原来的统治阶极不能不更增加了痛恨。

这是受压迫的一面。另一方面,被压迫的中国人民在封建和外来征服者的统治之下,虽然都是办酒的材料,是奴隶和牛马,但忍无可忍的压迫也使他们起来作过大小无数次的英勇反抗,这就培养和锻炼了中国人民不屈不挠的刚强坚毅的意志和品质,也都打击了当时的封建统治,因而多少推动了社会生产力的发展,但由于奴隶的反抗在当时还缺少能够取得真正胜利的条件,这些反抗一次一次的都不幸失败了。这些失败,在当时条件下,不消说能在具有强烈反抗要求的人民心里造成一种异样的发展。即被压迫者不能放弃他们反抗的要求,但这要求暂时在行动上又不能实现,于是这反抗的要求就只能在自己的精神——幻想中去求得满足。

但在这两方面的原因中,显然中国人民受着本族和外来统治阶级残酷压迫的这一面,又是主要的。奴隶的失败主义和精神胜利法,其最丑恶的部分就出自失败于异族征服者,成了异族主子忠实奴才的本族原来的反动统治阶级。因为正是他们,一方面是异族主子的奴才,另一方面又仍还爬在自己过去奴隶的头上,所以才最需要有以自慰和自欺欺人,所以才最能够把奴隶的失败主义和精神胜利法发展到极丑恶的程度。他们用这些方法来安慰和欺骗自己,更可恨的是又用来麻痹人民对于侵略者统治者的反抗要求和斗争意志。

在这个问题的认识上,鲁迅的眼光是锐利、深刻的。我们从阿 Q 身上可以

---

① 《灯下漫笔坟》,《全集》第一卷,页一九三—二○二。

看到的那些严重弱点，在他同一时期所写的杂文里都能找到较多的说明，而在这些说明中，"奴隶的失败主义和精神胜利法"的主人显然并非阿 Q 一等人，却是本族的反动统治阶级自己。

这个弱点主要是从反动统治阶级染来，是人民被残酷压迫的结果

例如他写中国人民在过去所受的压迫之惨苦，说：

> 中国人向来就没有争到过"人"的价格，至多不过是奴隶，到现在还如此，然而下于奴隶的时候，却是数见不鲜的。中国的百姓是中立的，战时连自己也不知道属于那一面，但又无论属于那一面。强盗来了，就属于官，当然该被杀掠；官兵既到，该是自家人了吧，但仍然要被杀掠，仿佛又属于强盗似的。①
>
> 自有历史以来，中国人一向被同族和异族屠戮、奴役、敲掠、刑辱、压迫下来的，非人类所能忍受的毒楚，也都身受过，每一考查，真教人觉得不像活在人间。②

例如他写反动统治阶级的自欺欺人，说：

> 有时遇到彰明的史实，瞒不下，如关羽、岳飞的被杀，便只好别设骗局了。一是前世已造凶因，如岳飞；一是死后使他成神，如关羽。定名不可逃，成神的善报更满人意，所以杀人者不足责，被杀者也不足悲，冥冥中自有安排，使他们各得其所，正不必别人来费力了。……不敢正视各方面，用瞒和骗，造出奇妙的逃路来，而自以为正路。……一天一天的满足着，即一天一天的堕落着，但却又觉得日见其光荣。在事实上，亡国一次，即添加几个殉难的忠臣，后来总不想光复旧物，而只去赞美那几个忠臣；遭劫一次，即造成一群不辱的烈女，事过之后，也往往不思惩凶，自卫，却只顾歌咏那一群烈女。仿佛亡国遭劫的事，反而给中国人发挥"两间正气"的机会，增

---

① 《灯下漫笔坟》，《全集》第一卷，页一九三—二〇二。
② 《病后杂谈之余》，《且介亭杂文》，《全集》第六卷，页一八〇—一九六。

435

高价值,即在此一举,应该一任其至,不足忧悲似的。①

古人曾以女人作苟安的城堡,美其名以自欺曰"和亲",今人还用子女玉帛为作奴的贽敬,又美其名曰"同化"。②

对外敌,却明明已经称臣,独在国内特多繁文缛节以及唠叨的碎话。③

我以为这两种态度(按指听天任命和中庸)的根柢,怕不可仅以惰性了之,其实乃是卑怯。遇见强者,不敢反抗,便以"中庸"这些话来粉饰,聊以自慰。所以中国人倘有权力,看见别人奈何他不得,或者有"多数"作他护符的时候,多是凶残横恣,宛然一个暴君,做事并不中庸。待到满口"中庸"时,乃是势力已失,早非"中庸"不可的时候了。一到全败,则又有"命运"来做话柄,纵为奴隶,也处之泰然,但又无往而不合于圣道。这些现象,实在可以使中国人败亡,无论有没有外敌。④

例如他写反动统治阶级的健忘和卑怯:

我看不见读经之徒的良心怎样,但我觉得他们大抵是聪明人,而这聪明,就是从读经和古文得来的。我们这曾经文明过而后来奉迎过蒙古人,满洲人大驾了的国度里,古书实在太多,倘不是笨牛,读一点就可以知道,怎样敷衍,偷生,献媚,弄权,自私,然而能够假借大义,窃取美名。再进一步,并可悟出中国人是健忘的,无论怎样言行不符,名实不副,前后矛盾,撒诳造谣,蝇营狗苟,都不要紧,经过若干时候,自然被忘得干干净净;只要留下一点卫道模样的文字,将来仍不失为"正人君子",况且即使将来没有"正人君子"之称,于目下的实利又何损哉?⑤

有时也觉得宽恕是美德,但立刻也疑心这话是怯汉所发明,因为他没有报复的勇气;或者倒是卑怯的坏人所创造,因为他贼害于人而怕人来报

① 《论睁了眼看》,《坟》,《全集》第一卷,页二二二。
② 《灯下漫笔》,《坟》,《全集》第一卷,页一九三—二〇二。
③ 《看镜有感》,《坟》,《全集》第一卷,页一八二—一八六。
④ 《通讯》,《华盖集》,《全集》第三卷,页三〇—三三。
⑤ 《十四年的读经》,《华盖集》,《全集》第三卷,页一二七—一三一。

复,便骗以宽恕的美名。①

例如他写反动统治阶级的欺弱怕强,说:

我觉得中国人所蕴蓄的怨愤已经够多了,自然是受强者的蹂躏所致的。但他们却不很向强者反抗,而反在弱者身上发泄。兵和匪不相争,无枪的百姓却并受兵匪之苦,就是最近便的证据。再露骨地说,怕还可以证明这些人的卑怯。卑怯的人,即使有万丈的愤火,除弱草以外,又能烧掉什么呢?②

可惜中国人但对于羊显凶兽相,而对于凶兽则显羊相。③

例如他写反动统治阶级的最主要的精神胜利法,说:

他们自己毫无特别才能可以夸示于人,所以把这国拿来做个影子,他们把国里的习惯制度抬得很高,赞美的了不得。他们的国粹既然这样有荣光,他们自然也有荣光了。

中国人对于异族,历来只有两样称呼:一样是禽兽,一样是圣上。从没有称他朋友,说他也同我们一样的。④

其实这些人是一类,都是伶俐人,也都明白,中国虽完,自己的精神是不会苦的,——因为都能变出合式的态度来。倘有不信,请看清朝的汉人所做的颂扬武功的文章去,开口"大兵",闭口"我军",你能料得到被这"大兵","我军"所败的就是汉人的么? 你将以为汉人带了兵将别的一种什么野蛮腐败民族歼灭了。

然而这一流人是永远胜利的,大约也将永久存在。在中国,惟他们最适于生存,而他们生存着的时候,中国便永远免不掉反复着先前的运命。⑤

---

① 《杂忆》,《坟》,《全集》第一卷,页二〇三—二一一。
② 同上。
③ 《忽然想到之七》,《华盖集》,《全集》第三卷,页六五—六七。
④ 《随感录四十八》,《热风》,《全集》第二卷,页五六—五七。
⑤ 《忽然想到之四》,《华盖集》,《全集》第三卷,页二三—二五。

从以上这些举例,我们很清楚的可以看出,存在于阿Q身上的那些弱点,在反动统治阶级身上(例如赵太爷之流)实在是具备得更典型,更丑恶,更深刻;这正因为,那些东西本来主要就是从反动统治阶级身上产生并散发出来的,而劳动人民在过去社会的被奴役的条件下乃不能避免地受到了这种精神的荼毒。鲁迅在这些文章里虽然没有来得及明言他所谓的"中国人"甚至"国民"其实都是指的反动统治阶级或其一切狗腿,但只要稍加分辨,我们就能看出他所提到的那些事情都决非劳动人民所能制造,最低限度,在劳动人民,显然只是被统治——受了精神荼毒的结果,而绝非出于他们的本意。而在一九三三年六月所写的《谚语》一文里,他就说得非常清楚了:"专制者的反面就是奴才,有权时无所不为,失势时即奴性十足。孙皓是特等的暴君,但降晋之后,简直像一个帮闲;宋徽宗在位时,不可一世,而被掳后偏会含垢忍辱。做主子时以一切别人为奴才,则有了主子,一定以奴才自命,这是天经地义,无可动摇的。"鲁迅的这种分析是完全符合历史事实,具有阶级观点的。

反动统治阶级和劳动人民都有"阿Q主义",但性质并不相同

从上所说,可知劳动人民和反动统治阶级都有奴隶的失败主义和精神胜利法——即"阿Q主义",但反动统治阶级所有的是更典型,更丑恶,更深刻。其所以如此,还因为其间有着性质上的根本区别。反动统治阶级的"阿Q主义",来自失败以后的自慰和自欺欺人,它的作用是保全自己,为异族主子卖力,或待机而起,重新登上吃人统治的地位,它的性质是完全反动的、害人的,因此也是极可憎恨的。而存在劳动人民身上的"阿Q主义",则来自不断反抗的不断失败,还想反抗而不能在行动上真正实现反抗,它的目的是要向压迫者进行反抗,它的要求是一定要获得反抗的胜利,它的精神是和自己的敌人决不妥协,因此它的性质就不能说是反动的,而是反抗反动的;只是因为他们所采取的这种反抗方法,适是反动统治阶级设计散发出来的,在实际上不但不能反抗反动,反而是害了自己而对反动有利,所以它才成了劳动人民身上的一个严重弱点,成了我们现在不能不给以严肃批判斗争的对象。

认识到这个区别是有必要的。这能告诉我们:阿Q们的弱点主要是反动统治阶级毒害出来的;反动统治阶级的奴隶失败主义和精神胜利法在程度上性质上都远比阿Q们的深刻,表现在阿Q这个人身上的弱点并不能够概括反动

统治阶级的丑恶;鲁迅同情并热爱阿Q所以才批判斗争他这个弱点,他的打击是针对着毒害阿Q的反动统治阶级的,而若是对于反动统治阶级的奴隶失败主义和精神胜利法,那就应当无所谓"弱点"、"批判",那就应当只有"打击"、"暴露"、"揭发",把他们的这些毒害人民的东西和他们这个反动阶级一并加以消灭了为止。这是对待两种不同事物的两种不同态度,鲁迅在这个作品里显然用的第一种态度,但他在许多别的作品里则很多用了第二种态度。鲁迅的这种态度我以为同决定阿Q是怎样一个典型的问题有密切关系。

劳动人民的"阿Q主义"为什么应当批判斗争

劳动人民的"阿Q主义"为什么应当加以批判和斗争呢?最主要的理由,就在"阿Q主义"会妨碍甚至麻痹他们的反抗运动和战斗要求,"阿Q主义"在实际上所起的作用是同他们要求摆脱奴隶命运的目的背道而驰的。

"阿Q主义"虽然出发于要求反抗,但经过压迫者的扭曲,在精神——幻想中得到了虚伪的胜利的满足,真正的反抗反而被忘却了,在实际上成了"苟活"。这"苟活",对反动统治阶级和异族侵略者只有好处,没有害处,对被压迫的人民自己,却是一条死路。鲁迅曾说:

> 中国古来,一向是最注重于生存的,什么"知命者不立于岩墙之下"咧,什么"千金之子坐不垂堂"咧,什么"身体发肤受之父母不敢毁伤"咧,竟有父母愿意儿子吸鸦片的,一吸,他就不至于到外面去,有倾家荡产之虞了。可是这一流人家,家业也决不能长保,因为这是苟活。苟活就是活不下去的初步,所以到后来,他就活不下去了。意图生存,而太卑怯,结果就得死亡。以中国古训中教人苟活的格言如此之多,而中国人偏多死亡,外族偏多侵入,结果适得其反,可见我们蔑弃古训,是刻不容缓的了。……
>
> 古训所教的就是这样的生活法,教人不要动。不动,失错当然就较少了,但不活的岩石泥沙,失错不是更少么?我以为人类为了向上,即发展起见,应该活动,活动而有若干失错,也不要紧。惟独半死半生的苟活,是全盘失错的。因为他挂了生活的招牌,其实倒是引人到死路上去。①

---

① 《北京通讯》,《华盖集》,《全集》第三卷,页五六——五九。

439

而鲁迅之所以要写这个作品,也就因他不愿看见自己所热爱并寄望着的阿Q们,会由"阿Q主义"的缘故而逐渐走向更不幸的路上去。阿Q们已经够不幸了,为想反抗其不幸竟又落入了"阿Q主义"的泥坑,在事实上变成了屈服和"不争"的局面,这是十分使鲁迅感到痛心的事。因为在鲁迅,他是清楚的看出了:只有以坚决的行动而不是以自欺欺人的精神胜利法,只有英勇抗争到底而不是抱着苟且偷生的态度,奴隶的阿Q们才真能获得反抗的胜利。

鲁迅曾说:

> 不错,中国的文化也有美丽的地方,但丑恶的地方实在太多,正像一个美人生了遍体的恶疮。若要遮她的面子,当然只好歌颂她的美丽,而讳隐她的疮。但我以为指出她的恶疮的人,倒是真爱她的人,因为她可以自惭而急于求医。[①]

这些话,虽不是针对这篇作品说的,但正可用来说明鲁迅所以要来批判斗争阿Q们的"阿Q主义",是因为他对于阿Q们有"真爱",把他们身上的弱点揭示出来了可使他们"自惭而急于求医"。怎样求医?首先就是使他们自己也清楚的知道:阿Q的精神胜利实际上不是胜利而是更加屈服;其次是使他们认识到"阿Q主义"乃是反动统治阶级进行精神毒害的一个圈套,应当努力摆脱;最后也是最重要的,便是他们应当痛恨剥削和屠杀了自己几千年的反动统治阶级,应当起来坚决的反抗,彻底粉碎奴隶的镣铐。因为,只有在坚决的斗争中间,他们才能够完全克服自己的弱点,也只有把反动统治阶级彻底打垮了,他们才能够获得真正的解放。鲁迅就这样通过存在于阿Q们身上的"阿Q主义"的分析和批判,对吃人的旧社会和反动统治阶级进行了痛愤的控诉和猛烈的攻击。

"阿Q主义"的悲剧实例

"阿Q主义"对于劳动人民只能造成悲剧的更加不幸的结果,鲁迅在这个作品里有很多形象化的描写。

---

① 《与姚克的谈话》。

例如阿Q非常自尊自大：自称"我们先前——比你阔的多啦！你算是什么东西"！所有未庄的居民，甚至城里人，见识都没有他高，因之全不在他眼睛里。说别人"还不配"生癞头疮等等。但这种自尊自大几曾吓倒过什么人，取得过一些尊敬呢？一点也没有。他照样还是被侮辱，被打，没有工作，没有饭吃。

例如阿Q又非常自轻自贱：他在挨打的时候这样向人告饶："打虫豸，好不好，我是虫豸——还不放么？"真是自轻自贱得很，似乎应该被"放"了，可是并不，闲人也并不放，仍旧在就近什么地方给他碰了五六个响头，这才心满意足的得胜的走了。可见由于自轻自贱，他的地位不但没有改善分毫，反而是更恶化了。

阿Q往往欺侮比自己还弱的人，但他欺侮了小尼姑何尝能使自己免受赵太爷等的欺侮？

特别是他的精神胜利法：被人打了，不能反抗，才说自己是被儿子打了，这原已是极可怜的"胜利"，但人们却连这种极可怜的胜利也不让他有，每逢揪住他黄辫子的时候，人们就先一着对他说："阿Q这不是儿子打老子，是人打畜生。自己说：人打畜生！"于是阿Q也就只好自认虫豸，甚至还要加碰五六个响头才算完事。"精神胜利"的结果，使阿Q在实际上苦头吃得更多，失败得更惨了。

这是很自然的，在旧社会里，当被压迫的阿Q们再给染上了"阿Q主义"的时候，他们也就同时被剥夺了作为一个人所应有的权利，例如生存，劳动，恋爱，和革命的权利。相反，如果被压迫者稍稍硬气一些，那么被侮辱损害惯的"阿Q"马上就能被改称为"老Q"。若是阿Q们真的起来革了命，就像今天的农民一样，那么赵太爷之类的人真的就要跪在阿Q们的面前哀求"饶命"了。这真是一个鲜明的对照，从中也就指明了阿Q们的正确道路。鲁迅的这种表现是非常生动，深刻，而具有现实的教育意义。

被侮辱被损害的阿Q们，想反抗而不能实现，被扭曲了才落到"精神胜利法"，真够沉痛的了，但这样之后，他们的苦难却更变深刻：自尊自大也不行，自轻自贱也不行，咒骂自欺，欺侮良弱和"现在的世界太不成话，儿子打老子"都不行。为什么这些都不行呢？因为这些丝毫也损伤不到反动统治阶级的皮毛，因为这些都不是实际行动，都不是战斗；不但如此，这些反而因为能够麻痹自己的反抗运动和斗争意志，妨碍了实际的行动的反抗，倒还成了反动统治阶级的统治工具。被压迫者要翻身，怎么还能不把"阿Q主义"彻底抛弃？怎么还能苟延残喘,不起来向反动统治阶级进行实际的革命战斗呢?

阿 Q 们的另外一面——革命性在革命高潮时期的觉醒和昂扬

不错,对于阿 Q 们,被侮辱被损害不过是他们的一面,另外一面就是他们的反抗。而在他们的反抗这一面,那么,奴隶的失败主义和精神胜利法也不过其中的一个方面,他们也还有比较实际,猛烈,有力的反抗。而当他们在进行着如此实际,猛烈,有力的反抗的时候,他们也就是在努力摆脱"阿 Q 主义"的束缚。既然是受着压迫,身历到生活困难和不自由的痛苦,阿 Q 们就必然会有反抗的要求;这要求,只要他们的被压迫的地位没有改变,就不管是在多么严重的高压之下,被逼隐忍到几乎看不出,或被扭曲而发展成了"阿 Q 主义"这只是有利于敌人的东西,也必然不可能被完全压灭。这反抗的要求,亦即阿 Q 们的革命性,在反动统治阶级的力量还很强大的时候,它是被迫而潜伏在阿 Q 们的内心深处,但在反动统治阶级的力量比较衰弱,被压迫的阿 Q 们忍无可忍,实在没有活路,革命高潮又涌起来了的时候,这种要求就必然又会自发的觉醒和昂扬起来。而被压迫者的真正的面貌,也只有在这种时候才表现得更确实,更清楚。

鲁迅笔下的阿 Q,就正是这样一个人物。

辛亥革命的高潮跟着县城里举人老爷半夜三更特地差来寄存衣箱的乌篷船一同冲到了未庄,这时的阿 Q,虽然在认识上还是受着封建阶级的毒害,"以为革命便是造反,造反便是与他为难,所以一向是'深恶而痛绝之'的",但当他看到这个革命——甚至仅仅关于这个革命的传言,已经使得他平日恨极了的赵太爷们慌成一团时,他立刻就直觉到了这个革命正是符合自己的要求。因此不管他对于这个革命还是如何的朦胧,他立刻就表示欢迎这个革命,并愿意参加这个革命了。

在这里,一方面是反动统治阶级的恐慌——

革命党要进城,举人老爷连夜用船把衣箱寄存到未庄来了。

阿 Q 仅仅因为吃醉了酒,嚷了两声"造反了,造反了",就马上引来了未庄人的"惊惧"、"可怜"的眼光,为阿 Q 从来没有见过的。就使得原来不准阿 Q 姓赵,根本不把阿 Q 当人看待的赵太爷不得不"怯怯的迎着低声的叫"他"老 Q",使得赵白眼也不得不改口称他"阿……Q 哥"。

革命的传言竟使"赵大爷父子回家,晚上商量到点灯,赵白眼回家,便从腰间扯下搭连来,交给他女人藏在箱底里"。

而另一方面则是被压迫者阿 Q 的高兴和神往——

本来讨厌革命的阿 Q,"殊不料这却使百里闻名的举人老爷有这样怕,于是他未免也有些'神往'了,况且未庄的一群鸟男女的慌张的神情,也使阿 Q 更快意"。

"革命也好吧",阿 Q 想,"革这伙妈妈的命,太可恶! 太可恨! ……便是我,也要投降革命党了。"

痛快之余,于是阿 Q 就吃酒,吃醉了,就嚷着要"造反了",直吓得赵太爷们只好用"惊惧"、"可怜"的眼光看他,用"老 Q""阿 Q 哥"的尊称称他,这就使得阿 Q"舒服得如六月里喝下雪水"。

他不但感到高兴,而且还真盼望着有革命党来叫他:"阿 Q! 同去同去!"于是就真的一同去。

这两方面的表现,真是一个鲜明的对照。鲁迅在这里真实而生动地刻划出来了两个敌对阶级在革命高潮到来时的不同态度和不同面貌。

这里就说明着:阿 Q 们的反抗的要求——革命性,在革命高潮到来的时候,就很自然的从他们内心深处被唤醒,接着就逐渐昂扬起来,并提供他们以行动的力量。而那些反动的统治阶级,在觉醒的奴隶们面前,必然会表现得那样慌张,失措;如果奴隶们更能像今天这样的坚决行动起来,则不消说一定就能把他们打倒。

阿 Q 的革命性既然被唤醒了,不可避免的就会逐渐昂扬起来,他的深沉的仇恨要从心底里冲出来寻求报复,他要生活得较好和恋爱的欲求一下子也都提出来了,他要求杀掉未庄的一伙鸟男女,就是赵太爷,秀才,和假洋鬼子;他要求直走进这伙鸟男女的家里去分取元宝,洋钱,洋纱衫;他又要求有合适的女人做他的老婆。他要求"要什么就是什么"。这些要求,虽不是当时的革命所能并所应完全做到,阿 Q 也还是并不明白革命的真意,但他这些要求在根本上却是非常合理的。他正是道出了在封建制度大石下被残酷压迫了几千年的,奴隶们对于革命的最真实最迫切的要求。就在这种要求和迫切愿望"同去"参加革命的精神照耀下,作为一个被压迫者的阿 Q 的面貌是跟前显然不同了。他快意于未庄那群鸟男女的慌张的神情,他得意地大声叫嚷,他边走边唱"我手执钢鞭将你打",在赵太爷们面前竟昂了头直唱过去,他理也不理地主和地主本家们的问

443

话而说着自去,他去找假洋鬼子结识的时候也不肯叫他"洋先生",所有这些,都由于他直觉到这时他至少已经和这些人站在完全平等的地位,他已经开始在挣脱奴隶们的"阿Q主义"了。

但不幸的是这唤醒并鼓舞了阿Q们的革命性的辛亥革命本身,却正在迅速的被出卖,变质。

在这里,一方面,领导这个革命的资产阶级把革命出卖了,具体的表现就是:"革命党虽然进了城……知县大老爷还是原官,不过改称了什么,而且举人老爷也做了什么——这些名目未庄人都不明白——官,带兵的也还是先前的老把总。"另一方面,狡猾的土绅士和洋绅士赵秀才、假洋鬼子之类——这些落水狗在惊魂稍定,"晚上商量到点灯"之后,终于商量出了一个"极好"的办法,便是自己马上也抢进革命队伍中去,成为革命党,因为既然也成了革命党,而且还是捷足先登的先进,他们原有的尊荣不消说就可以很牢靠的保住了。于是如赵秀才,因为"消息灵,一知道革命党已在夜间进城",他首先就皇皇然地以将"辫子盘在顶上"欢迎了革命。其次他就立刻加强了"自己人"之间的团结,他"一早去拜访那历来也不相能的钱洋鬼子",因为"这是'咸与维新'的时候了",他们之间的步调必须一致,这对彼此都有利,"所以他们便谈得很投机,立刻成了情投意合的同志",并且"也相约去革命"。再次,他们就要去"革命立功"了,但到那里去立功呢?"他们想而又想,才想出静修庵里有一块'皇帝万岁万万岁'的龙牌,是应该赶紧革掉的,于是又立刻同到庵里去革命"。在静修庵里,他们把老尼姑当成了满清政府,把她打了一顿,把龙牌敲碎,果然马到成功了。而且又不但为革命立了功,他们还收获了一个观音娘娘座前的宣德炉,真是名利双收了。

但仅仅在未庄这样干,如果别无县城里的奥援,他们也还有压服不下阿Q们的气焰的顾虑,于是假洋鬼子就进城去了,赵秀才也写信托他带去和举人老爷联络,并托他给自己绍介去进自由党了。他们的这个计划不消说可以得到完全的成功。秀才果然进了自由党,"抵得一个翰林,赵太爷因此也骤然大阔,远过于他儿子初进秀才的时候"。他们的打算完全实现,原有的一切显然已经可以很牢靠的保住,所以无怪赵太爷要"目空一切,见了阿Q,也就很有些不放在眼里了"。因为这时他们已经逐渐看出:阿Q不过是嚷嚷,而且只有他一个人,既然县城里的革命党也还很敬重举人老爷,而且自己也已进了自由党,对阿Q这种人就根本不必怕了。

可是对于阿Q,还不仅是从开始时的害怕逐渐变成很有些不把他放在眼里,更进一步,假洋鬼子还扬起哭丧棒把存心来同自己结识的阿Q大喝"滚出去",若不是"阿Q将手向头上一遮,不自觉的逃出门外",阿Q一定又要遭到一顿痛打了。这就是说,由于革命一度提高了地位的阿Q,现在由于革命的变质,一下子又要被迫回复到他过去"虫豸"一般的身分了。

被假洋鬼子连骂带打赶出来,在阿Q的感觉主要就是"洋先生不准他革命"。对于被革命唤醒了自己的革命性,激起了自己复仇的要求,并在敌人的慌张恐惧中开始感觉到了自己的尊严和做人的快意,而且还无限期望自己能参加革命,以便争取更大更多的幸福——已经是这样的阿Q,而忽然被绝断了去革命的路,在阿Q,他真是"再没有别的路"可走了,"他所有的抱负,志向,希望,前程,全被一笔勾销了"。在这种情况下,过去的那些奴隶失败主义和精神胜利法便再也不能有用,他感到了"从来没有经验过"的无聊,他心里涌起了真正的忧愁……鲁迅还这样写他:

> 阿Q越想越气,终于禁不住满心痛恨起来,毒毒的一点头:"不准我造反,只准你造反?妈妈的假洋鬼子,——好,你造反!造反是杀头的罪名呵,我总要告一状,看你抓进县里去杀头,——满门抄斩,——嚓!嚓!"

鲁迅在这里极真实极深刻的写出了阿Q在这种情况下所必然会有的感情。阿Q对于假洋鬼子真是仇恨极了,这是从来也没有过的最激烈的仇恨,他要向假洋鬼子复仇,要把假洋鬼子杀头,甚至还要满门抄斩,嚓!嚓!这里他虽然还是说要"告状",要"抓进县里",还是脱不了封建意识的毒害,但他对于革命敌人和阶级敌人的激烈的痛恨和复仇要求却是非常鲜明,而且占着主要的地位。他在这里说"造反是杀头的罪名呵",好像和他当初大嚷"造反了,造反了"时对于"造反"这件事已经有了不同的看法,其实并不。当革命还能使他所痛恨的反动统治阶级慌张害怕的时候,阿Q欢迎了这个革命;但当革命现在已使他所痛恨的赵太爷、赵秀才、假洋鬼子们不但不再慌张害怕,反而"骤然大阔"起来,并不准他自己革命的时候,阿Q反对了这个革命。阿Q虽不可能对革命有什么清楚的认识,而只能从他所痛恨的人的反应来决定自己对这个革命应采什么态度,但阿Q这样做倒是完全正确,因为这个革命现在的的确确已经变质,从开始时的对他有利变成现在的显然于他有害了。他应当,也必然会反对这个"革命",并不是他不要革命了,而是因为他需要的已是另外一个新的革命了。

这也就是为什么他在说了"造反了，造反了"之后又说"造反是杀头的罪名"，而在被抓之后到了栅栏门里又爽利地回答"因为我想造反"的缘故。

这就是阿Q们有其革命性，并其革命性在不断的觉醒，昂扬的明证。而这一点，应当指出，正是比之表现阿Q们的奴隶性的一面至少是同被鲁迅所着重的地方。因为在鲁迅，他就不可能不看到阿Q们有这革命性的一面，而他也就不可能不因此更寄望于阿Q们，并以此鼓舞阿Q们的战斗。

在《阿Q正传的成因》里，鲁迅早就不同意西谛所说阿Q"至少在人格上似乎是两个"（原载《文学周报》二五一期，题名《呐喊》）的意见。阿Q会不会终于要做起革命党来？鲁迅回答这个问题说：

> 据我的意思，中国倘不革命，阿Q便不做，既然革命，就会做的。我的阿Q的命运，也只能如此，人格也恐怕并不是两个。民国元年，已经过去，无可追踪了，但此后再有改革，我相信会有阿Q似的革命党出现。[①]

可见，在鲁迅乃是真实地看到了阿Q的革命性，才把阿Q写成了终于要做起革命党来的，所以阿Q的从奴隶到要做起革命党来，人格决不是两个，乃是完全符合他的发展规律的。鲁迅的伟大及其历史功绩，正就表现在他不但能够看到阿Q们的被压迫及压迫的来源，而且还能从被压迫到扭曲了面貌的奴隶们身上看到他们的反抗和力量，看到他们的真正的人格。从他的笔下，我们分明感觉到了被压迫的中国劳动人民正在从麻木无知中觉醒，他们的革命性正在昂扬起来，一个新的彻底的不妥协的革命要求已经急剧地在他们的内心里生长。被压迫的中国劳动人民，这时虽然大多数还不可能发现真能达到胜利的道路，但他们既然被证明了是如此有希望有决心的一股巨大力量，那么这也就是对于新的革命的一个极可宝贵的贡献了。因为正如毛主席所指出："中国过去一切革命斗争成效甚少，其基本原因就是因为不能团结真正的朋友，以攻击真正的敌人。……我们的革命要有不领错路和一定成功的把握，不可不注意团结我们的真正的朋友，以攻击我们的真正的敌人。"[②]

---

① 《阿Q正传的成因》，《华盖集续编》，《全集》第三卷，页三六二—三七一。
② 毛主席：《中国社会各阶级的分析》，《选集》第一卷，页三。

阿Q是怎样的一个典型呢？他是辛亥革命时代被压迫的广大落后但正在觉醒中的贫苦农民的典型

说到这里，我们就可以来探究阿Q究竟是怎样的一个典型了。阿Q究竟是怎样的一个典型，向来大体有两种不同的主张。一种说它是一个综合的形象，一个复合体；另一种说它是农民的，而且仅仅是农民的一种典型。这两种不同的主张都有不少赞同者，到今天还不能说已有一个公认的定论。

说阿Q是一个综合的形象，一个复合体，过去有不少作这样的或接近这样的主张，例如，艾芜同志曾说："阿Q是中国人精神方面各种毛病的综合。"①张天翼同志曾说："阿Q不仅是代表辛亥革命时期的一个乡下打流汉子而已。在辛亥前，在辛亥后，也会有阿Q，在打流生活以外的许多行业中，也会有阿Q。"②立波同志曾说："（阿Q）他是半封建半殖民地中国的丑陋和苦难所构成的一种奇特的精神现象的拟人化。"③欧阳凡海同志曾说："阿Q是由观察许多中国人底病症集合而成的一个艺术上的概括，所以阿Q底性格体现了中国人所共有的通病，""阿Q几乎是中国人一切弱点的集中点。"④欧阳山同志曾说："骄傲的阿Q如果在人数比上不曾代表了中国人民底绝对多数，他绝不轻易随随便便到人间来的。他代表了统治者全部，帮闲的知识者全部，冷酷的小市民全部，和农民，流氓无产阶级中间落后的一大部分。"⑤苏联的研究家E·史坦别格也曾说："阿Q是一个典型的综合的形象。"⑥而冯雪峰同志的下面两段话则是这种主张的最近也是最明确的代表：

> 鲁迅在前期所探索的主要的对象是农民及知识分子与青年。对于农民——主要的是贫农和雇农，那在艺术形象上的代表应该是闰土和王胡，

---

① 艾芜：《论阿Q》，在《论阿Q》一书内，草原书店本。
② 张天翼：《论阿Q正传》，在《论阿Q》一书内。
③ 立波：《谈阿Q》，在《论阿Q》一书内。
④ 欧阳凡海：《我对阿Q正传的分析》，在《论阿Q》一书内，同见《鲁迅的书》，页一八七，联营出版社本。
⑤ 欧阳山：《鲁迅主义底永远的敌人》，在《鲁迅研究》一书内，生活书店本。
⑥ E·史坦别格：《中国人民的伟大作家鲁迅》，《铁弦》译文，《文学月报》二卷三期，一九四〇年。

而不是阿Q。因为阿Q是一个复合体，他身上所集中着的缺点并非完全都是农民——尤其雇农的，鲁迅把知识分子，统治阶级的士大夫和官僚，以及小市民所通有的"阿Q性"和"阿Q相"也都镕合在阿Q这复合体里了。①

阿Q这典型，从一方面说，与其说是一个人物的典型化，那就不如说是一种精神的性格化和典型化。

阿Q这形象，作为流浪的雇农来看，固然也是非常性格化的，非常活生生的，然而阿Q并不完全是中国雇农的典型或流浪的雇农的典型。一个简单的证明，就是阿Q这形象的主要的特征，对于一切的阿Q主义者，一切精神胜利法者，一切自欺欺人者，都是非常性格化的，非常活生生的，不管他们属于哪一个阶级。

阿Q，主要是一个思想性的典型，是阿Q主义或阿Q精神的寄植者；这是一个集合体，在阿Q这个人物身上集合着各阶级的各色各样的阿Q主义，也就是鲁迅自己在前期所说的"国民劣根性"的体现者。②

说阿Q是一个综合的形象，一个复合体，这种主张的根据主要似有两个。一是鲁迅自己曾经在《俄文译本阿Q正传序》等文里如此说过："我虽然已经试做，但终于自己还不能很有把握，我是否真能够写出一个现代的我们国人的魂灵来。"又说："所以我也只得依了自己的觉察，姑且将这些写出，作为在我的眼里所经过的中国的人生。"③另外一个根据，就是从阿Q身上，我们可以看到"各阶级的各色各样的阿Q主义"，"中国人所共有的通病"。

说阿Q是农民的，而且仅仅是农民的一种典型，过去也有不少同志如此主张，近来又有以下这些说法：何其芳同志曾说："阿Q是四十年前的农民的形象，而且仅仅是农民的一种形象。"④蔡仪同志曾说："辛亥革命时代也还有落后

---

① 冯雪峰：《鲁迅和俄罗斯文学的关系及鲁迅创作的独立特色》，《论文集》第一卷，页一四五。
② 冯雪峰：《论阿Q正传》，《论文集》第一卷，页二八八，雪峰同志最近又说阿Q是一个"精神胜利法者的典型"，见《伟大的奠基者和导师》一文，见《人民日报》一九五三年十月十九日。
③ 《俄文译本阿Q正传序》，《集外集》，《全集》第七卷，页四四五——四四七。又鲁迅在《伪自由书》的《再谈保留》里也说过"《阿Q正传》大约是想暴露国民的弱点"，《全集》第四卷，页五六四——五六五。
④ 何其芳：《现实主义的路还是反现实主义的路》，《文艺报》八〇期；再请参阅他所作的：《更多的作品，更高的思想艺术水平》，《人民文学》四十九期。

的农民,由于农村的封建的自然经济的限制,虽有反抗意图,不能取得实际的胜利,只好要求精神的胜利,于是阿Q就是这种落后的农民的典型,""若说阿Q是鲁迅先生藉一个农民形象集中地表现了统治阶级的性格特征,那就又会误解《阿Q正传》的杰出的价值,没有领会鲁迅先生的真正的创作精神,更不可能知道现实主义创作方法的本质的特点了。"①

我认为,这是一个非常需要进一步展开讨论的问题。而按照我的粗浅想法,这把阿Q看作仅仅是农民的一种典型的主张是值得考虑的。阿Q应当是辛亥革命时代被压迫的广大落后但正在觉醒中的贫苦农民的典型。我的粗浅理解如次:

阿Q是一个活人,活人总属于一定的阶级,创造典型总离不开活人的阶级特征。阿Q是一个受着深重压迫的浮浪的贫苦雇农,鲁迅正是根据实际生活,根据对实际生活的客观规律性的深刻全面的分析和领会,抓住了他所代表的这个阶层在当时环境下的特征才创造了这个典型的。阿Q这个典型不能不——而且在事实上也确是首先表现了他所代表的这个阶层的被侮辱与被损害,以及他们的反抗要求和觉醒的面貌。在这个意义上,我以为从阿Q这个典型所能首先看到的乃是阿Q们的阿Q主义,而不是一视同仁的"各阶级的各色各样的阿Q主义",因为如前所说,阿Q们的阿Q主义和反动统治阶级的阿Q主义显然有着不同。其次,从阿Q这个典型我们固然可以看到若干"中国人所共有的通病",但阿Q身上却还有着仅仅阿Q们自己才能具有的一种特异的东西,即反抗的要求和对于革命的向往,这就不但不是病,而且还决不是反动统治阶级之类也能有的东西。因此,阿Q不能不是一个阶层的活人的典型,他既不能是一个一视同仁等量齐观的一切阿Q主义的复合体,也不能说他只是一个"国民劣根性"的体现者。

但说阿Q是一个阶层的活人的典型,决不就要否认阿Q这个典型的全民族的意义。阿Q典型的全民族的意义是不能否认的。并且也是应当着重指出的。不过应当指出:阿Q典型的全民族的意义正是从他首先是一个阶层的活人的典型而来的。阿Q们决不能再自欺欺人,必须有勇气正视现实,承认弱点,努力学习新的事物。这是阿Q们的正当出路,而阿Q们的正当出路,事实

---

① 蔡仪:《阿Q是一个农民的典型么》,《新建设》四卷五期,此外耿庸在《阿Q正传研究》中也提出了类似的意见。

上也就是我们中华民族的真正光明的出路。不消说，阿 Q 所代表的阶层在人数比例上是占据着当时中国民族的绝大部分；而且，在受着内外敌人侮辱损害的阿 Q 身上，也反射出贫农阶层以外的其他阶层——如知识分子，小市民，甚至统治阶级的士大夫和官僚，等等在半殖民地半封建的中国历史时代同被压迫所造成的阿 Q 主义，因为如前所说，阿 Q 们的阿 Q 主义本来主要就是从反动统治阶级身上产生并散发出来的。阿 Q 们的阿 Q 主义和其他阶层的阿 Q 主义——特别是同反动统治阶级的阿 Q 主义在性质上有着很大的不同，但它们之间也有某些类似的地方。从阿 Q 身上我们当然不可能很完满的看到各色各样的阿 Q 主义，特别是不可能直接的看到反动统治阶级的阿 Q 主义的凶残相，这值得另外创造一个典型来加以揭露，但我们多少也能从阿 Q 身上看到各色各样阿 Q 主义的一些共相，从中认识到在当时环境下所有中国人的生活上的一些类似面貌。这就是说，阿 Q 若不是一个具有阶层特征的活人的典型，他也就不可能具体地表现全民族的意义。而且，在中国环境下所创造形成的阿 Q 们在表现其阿 Q 主义时所显露出来的中国民族的特有的心理构造，也同样能使阿 Q 这个典型具有民族的意味。其实阿 Q 还不止具有全民族的意义，他也是一个具有人类意义的典型，因为在世界各地和阿 Q 同样阶层在类似环境下也能具有和阿 Q 类似的性格特征，但这也首先因为阿 Q 是一个阶层的活人的典型，否则便不可能的。那么，如果因为要肯定阿 Q 典型之全民族甚至人类的意义，就把阿 Q 这个活人抽象悬空起来，说成是一个综合的形象，就没有必要了。①

我们还可以举出列宁的话试来说明这个意见：

列宁在揭露过去时代的残余时说道："俄罗斯生活中有过奥勃洛莫夫这样的典型。他总是躺在床上编制计划。这已经过去很久了。俄国已进行了三次革命，但是奥勃洛莫夫依然存在，因为奥勃洛莫夫不只是地主中有，而且农民中有，不只是农民中有，而且知识分子中有，不只是知识分子中有，而且工人和共产党员中有。"（《论苏维埃共和国的内外情况》）②那么在这里，是否列宁就以奥勃洛莫夫为一切奥勃洛莫夫主义的"复合体"，是一个"思想性的典型"呢？我想

---

① 请参阅荃麟：《也谈阿 Q》一文，在《论阿 Q》一书内，巴人：《文学初步》，页一五四。

② 转引伏·凯明诺夫：《论现实主义艺术法则的客观性质》一文中所引的列宁语。《学习译丛》一九五三年第十期，页一一六。

不是的。因为，奥勃洛莫夫所以不只是地主中有，而在其他许多人之中也有，首先就由于奥勃洛莫夫是一个地主，是统治阶级，而统治阶级的思想也就是统治的思想，能够传染给被压迫的人们，并且它的残余还是一时很难完全肃清的缘故。奥勃洛莫夫具有全民族的甚至人类的意义，但显然这是由于他是一个地主阶级的典型。在地主的奥勃洛莫夫和农民的，甚至工人和共产党员中的奥勃洛莫夫之间，显然也决不是同一的，而有着各种程度的差别，有些则还是本质上的差别。地主的奥勃洛莫夫和工人或共产党员中的奥勃洛莫夫在"躺在床上编制计划"之类的地方虽然可能是共同的，但一方面到底是反动的统治阶级，而另一方面则到底是革命的或要求革命的被统治阶级。我们可以从地主的奥勃洛莫夫身上看到工人或共产党员的一些也被传染到的落后影响，但却绝不可能从这种人身上看到工人或共产党员所普遍具有的革命或要求革命的本质面貌。列宁在这里只是说在农民等等人中也有奥勃洛莫夫在，并没有说地主的奥勃洛莫夫就是所有这些人的综合的形象。那么，同样的道理，被压迫的贫农的阿 Q，就也不能说是一切阿 Q 主义的"综合的形象"，一切阿 Q 主义的"思想性的典型"。在压迫者的地主的奥勃洛莫夫的场合，是他要比其他阶层的奥勃洛莫夫们凶残，可恨得多，而在被压迫者的贫农的阿 Q 的场合，则他一方面要比压迫者的地主的阿 Q 们痛苦，可怜得多，另一方面他又有着为压迫者所不能有的迫切的革命要求。地主的奥勃洛莫夫和贫农的阿 Q 都有许多人跟他们在某些点上类似，但他们各有其异于别人的本质特点，却是不可混为一谈的。

我们再来看看鲁迅自己的说话。其实鲁迅所要写出的"一个现代的我们国人的魂灵"，决不是一个在实际上根本不可能存在的抽象的"复合体"的魂灵，他正是要通过阶层的活人的典型——阿 Q 的受苦，挣扎，反抗，觉醒，和牺牲来写出中国劳动人民的奴隶生活和他们的革命性与力量，这样做的时候他自然也就可以通过复杂的斗争关系来反映在他"眼里所经过的中国的人生"。鲁迅的这些话我以为并不能成为主张阿 Q 是一个"复合体"的根据。反之，《阿 Q 正传》所以能够达到如此辉煌的成绩，倒正是鲁迅在事实上充分认识到这种道理的很好的证明。不待说，这也正是鲁迅的革命的现实主义之巨大胜利。

阿 Q 自然也只能是当时农民中一种农民——即落后但正在觉醒中的贫苦农民的典型。在贫农中间，当时自然也已有觉悟较高，已经参加了辛亥革命的人。作为社会的先进分子，这些人当然也可以构成典型，但他们的面貌就应和阿 Q 的不同。不过阿 Q 在某一侧面也多少反射出来了这些人的影子。

451

对阿Q典型作了这样的理解之后,那么有些同志想了不少理由来解释而依旧使人苦于模糊的——鲁迅为什么独独采取一个流浪的雇农阿Q来寄植和概括阿Q主义的问题就可以迎刃而解了。[①] 因为如果不承认阿Q是"复合体"的典型,根本就不会发生这个问题。我们可以这样来回答这个问题:这是因为鲁迅从深心里热爱被压迫的阿Q们,他非常同情他们的不幸,他看出了阿Q们的弱点——精神胜利法,他要帮助他们赶快摆脱这个弱点;他也看出了存在于阿Q们身上的革命性和力量,他要把这些揭示出来,总之都是为了要鼓动广大农民从幻想的反抗走向实际的革命斗争。当然这也不可能不是由于鲁迅对农民生活的特别熟悉,不过又决不仅是熟悉的缘故,更重要的乃是他要求同旧社会作战,和他对于农民的热望,信任,以及农民力量的探索。这就是鲁迅全部创作——也就是创作这个作品的基本精神,这就使他决不会去选择阿Q们以外的什么人物来寄植和概括阿Q们的阿Q主义,因为这是从别的什么人身上决不能寄植和概括得出来的。应当注意的是:鲁迅仅仅对于被压迫的阿Q们才是有着极深的同情与热爱,希望与鼓舞,以及帮助他们摆脱弱点的诚心,而对于其他的人物,特别像反动统治阶级,则只有刻骨的痛恨。我们如果稍一离开了鲁迅创作的革命思想和战斗精神来猜测他为什么要描写浮浪的雇农阿Q,这样的提问题法和某些过于转弯抹角的回答恐怕都不易帮助读者明确地来认识这个辉煌无比的作品。

对自己人的讽刺的范例

对于鲁迅来说,阿Q是一个被压迫的善良的贫农,他反对阿Q的阿Q主义,但不管阿Q具有多少弱点,阿Q总是鲁迅的自己人。鲁迅对于阿Q也有愤怒,但是"怒其不争",怒其为什么不在实际上反抗而只是在幻想上反抗;鲁迅对于阿Q也有讽刺,但他决没有鄙薄,深恶阿Q这个人的意思。

在人民的敌人和存在着弱点的人民之间有着深刻的质的差别。同样是讽刺,但对这两种人应当采取不同的态度。在描写虚伪的,腐朽的人民的敌人和他们行动的时候,需要无情的刻骨的讽刺,要用讽刺在道德上歼灭体现在这些

---

① 试来作这种解释的,略举有下列各文:冯雪峰《论阿Q正传》,艾芜《论阿Q》,立波《谈阿Q》,请参阅。

敌人身上的否定现象和这些人物本身。但在描写存在着弱点的人民和他们行动的时候,那就应当写出对于这些人的惋惜、痛苦、极度的惭愧,热切地希望帮助他们,让他们感受到可能完全改正错误的坚强的信心。在这里,讽刺一样要歼灭了支配这些人的否定现象,无情地嘲笑并斥责他们的弱点,却并不在精神上歼灭这些人的本身,而是要矫正、鼓舞、帮助他们成长,战斗。①

鲁迅在这里就正是采取了后一种态度来讽刺了阿Q的。阿Q的弱点是绝不可恕的,但阿Q这个人却极可同情。这和鲁迅对于赵太爷之类的讽刺完全不同。对不同人物采取不同的讽刺的态度,这完全符合战斗的要求和利益,但若不是对于敌人和自己人有清楚的认识,具有革命人道主义的伟大特质,鲁迅便不可能采取这种正确的态度。

鲁迅是相信中国人民的,关于这一点他从来没有动摇过。他曾说:“我们从古以来就有埋头苦干的人,有拼命硬干的人,有为民请命的人,有舍身求法的人……这一类的人们,就是现在也何尝少呢? 他们有确信,不自欺,他们在前仆后继的战斗。不过一面总在被摧残,被抹杀,消灭于黑暗中,不能为大家所知道就是了。说中国人失掉了自信力,用以指一部分人则可,倘若加于全体,那简直是诬蔑。”②阿Q们不过是在被摧残中染上了严重的弱点,并不是他们已像赵太爷之类从根腐烂了,他们的本质还是好的,坚强的。

阿 Q 之死

阿Q的结果是“大团圆”,被反动统治阶级所枪杀。这个结果难道是偶然的么? 不是的。鲁迅自己说:“阿Q自然还可以有各种别样的结果,不过这不是我所知道的事。”阿Q的“大团圆”是他在当时条件下“渐渐向死路上走”的必然的结果,决不是鲁迅“随意”给他的。③ 对于阿Q的命运,鲁迅其实是比当时的谁都看得清楚,他不能去捏造他所不知道并且也不可能的各种别样的结果。

阿Q为什么只能有“大团圆”的结果? 首先因为阿Q要求真正的革命。在物质生活上连最后一件布衫都被人剥去,“生计”大成问题的阿Q,虽然一向是

---

① 请参阅叶尔米洛夫:《苏联戏剧创作理论的若干问题》张挚译新文艺出版社本。
② 《中国人失掉自信力了么》,《且介亭杂文》,《全集》第六卷,页一一八—一二〇。
③ 《阿Q正传的成因》,《华盖集续编》,《全集》第三卷,页三六二—三七一。

奴隶,但他是要反抗的。当革命正在来到的时候,他从赵太爷们的惊慌恐惧里感觉到了革命对于自己的有利,因而曾充满着泄愤的快意并"神往"期待着革命;革命来到了,可是由于马上便变了质,"知县大老爷还是原官,不过改称了什么,而且举人老爷也做了什么官,带兵的也还是先前的老把总",他又从赵太爷们的"骤然大阔"里意识到了这个革命原来对于自己并不有利,因而又要求着另一个真正于己有利的革命。这样,阿Q既然恨极了赵太爷一伙人而要求重新来革他们的命,而赵太爷一伙人的统治地位在一度动荡之后却又已稳定下来,所以阿Q就该死无疑了。阿Q必然会感到泄愤的快意并要求真正的革命,反动统治阶级则必然要报复阿Q的快意而不准阿Q革命,两个阶级这种尖锐对立的形势就使阿Q的"大团圆"的结果有了很大可能。

但若阿Q在要求真正的革命的同时,已经完全摆脱了他的奴隶的失败主义,即阿Q主义,懂得了革命的道理,并且坚决参加了革命的队伍,以行动实践了他对于反动统治阶级的反抗,那么阿Q这个人也许就不会有"大团圆"的结果,而作为阶层代表看的阿Q则当然有着彻底胜利的前途。这和阿Q如果不再想造反而有苟活的可能就都是"别样的结果",可是这些"别样的结果"在当时的环境下都没有实现的可能。阿Q要再造反,阿Q的阿Q主义一时还不能完全摆脱,他还不能懂得多少革命的道理。这些都不能根据作家的主观随意改变。若把阿Q写成一个胜利的英雄,那就是违反生活的真实,决难使人信服,便没有教育意义了。

两个阶级的尖锐对立,阿Q们所受反动统治阶级凌虐下的严重的精神弱点,以及敌我力量在当时环境下的悬殊,正是这些原因的结合才使阿Q的"大团圆"的结果成为了必然。具备着这些条件的阿Q,即使未庄没有遭抢,他的性命还是要丢,不得不丢的。①

阿Q的死教育着我们:只有彻底推翻了反动阶级的统治人民才有生路,只有完全摆脱了奴隶的失败主义而脚踏实地的起来战斗,人民才有彻底打倒反动统治阶级的希望。这对于未死的阿Q们和所有同受压迫的人都是一种深刻的教育:警醒他们不要胡里胡涂,害怕退缩,或者看见同类在被残杀了而自己还要喝彩,应该团结起来战斗,战斗才能获得反抗的胜利。这就不知要比阿Q主义地把阿Q硬写成一个胜利的英雄有益多少。

① 请参阅荃麟在抗战时期(一九四二年)所作的《阿Q的死》一文。

阿 Q 被反动统治阶级枪杀了,但反动统治阶级并没有也并不要枪杀阿 Q 们的阿 Q 主义,阿 Q 主义决没有随着阿 Q 的被杀而消灭。相反,阿 Q 的被杀倒正证明了阿 Q 主义还很有自害的力量。反动统治阶级以无限的凶残在被压迫的阿 Q 们身上沾染养成了他们的阿 Q 主义,鲁迅现在就用阿 Q 的血来教育我们必须反对阿 Q 主义。认为阿 Q 是给鲁迅随意决定了被枪杀的结果,或认为阿 Q 主义已随阿 Q 之死而也不存在了,这些看法都是错误的。

阿 Q 这个典型是怎样创造出来的

阿 Q 是现代中国文学中被刻划得最成功的一个普通人的典型。通过他所处的社会环境和性格特征的描写,在阿 Q 的身上,充分地,尖锐地表现出来了被压迫的中国人民对于反动统治阶级的屈服,仇恨,挣扎,反抗,以及他们的革命性与力量。

要创造这样一个典型,当然需要长期的准备。

《阿 Q 正传》的动手写作虽然只有两个多月,①但阿 Q 的影像在鲁迅心目中却"已有了好几年"②。和许多画家的画人物一样,鲁迅也是"静观默察,烂熟于心,然后凝神结想,一挥而就"了这个阿 Q 的。③ 如果没有长期的"静观默察""凝神结想",并已到了"烂熟于心",成竹在胸的程度,那就决不可能"一挥而就"出如此成功的作品。

作家的取人以创造典型,通常有两种方法,一种是专用一个真人,而加以补充生发;另一种是杂取种种人,而合成一个。两种方法的目标完全一样,都要在这一个具有个性的人身上表现最常见的,或虽还不是常见,却是最充分最尖锐地表现一定社会力量的本质的事物。如鲁迅自己所说,他是一向采取后一种方法的。④ 他"没有专用过一个人,往往嘴在浙江,脸在北京,衣服在山西,是一个拼凑起来的脚色"⑤。在现实生活里,绍兴虽然有过一个打杂的短工平日也偷点小东西的谢阿桂存在,鲁迅在创造阿 Q 这个典型的时候虽然也很可能受有

① 《阿 Q 正传的成因》,《华盖集续编》,《全集》第三卷,页三六二—三七一。
② 《阿 Q 正传的成因》,《华盖集续编》,《全集》第三卷,页三六二—三七一。
③ 《出关的"关"》,《且介亭杂文末编》,《全集》第六卷,页五二〇—五二六。
④ 《出关的"关"》,《且介亭杂文末编》,《全集》第六卷,页五二〇—五二六。
⑤ 《我怎么做起小说来》,《南腔北调集》,《全集》第五卷,页一〇六—一一〇。

这个真人的一些影响,但阿 Q 决不就是谢阿桂,阿 Q 要比谢阿桂完整得多,也真实得多。① 鲁迅所以采取这一种方法大概因为像阿 Q 这样的人在当时环境下是很普遍的存在,他有条件并且自己愿意选择这种较难的写法②。但若作家要写一种还未常见的事物做典型,当然就不能固守住这一种写法。

阿 Q 不是一个正面的肯定的典型,虽然他决不是一个坏人。他的革命性和力量是应该肯定的,但到此为止显然他还只是极好的讽刺材料。鲁迅的确极尖锐的讽刺了阿 Q 的弱点。不过《阿 Q 正传》却并不因为其中没有创造出正面的肯定的典型就缺少了积极的鼓舞人战斗前进的力量。鲁迅深刻的揭发了反动统治阶级的罪行和丑恶,他尖锐的讽刺了阿 Q 的奴隶失败主义只能把自己害得死路一条,他对于赵太爷们的鄙薄,仇恨,以及对于阿 Q 们的真挚的同情,热爱和信任,所有贯串在整个作品里的鲁迅的这些极高尚的思想,和革命的人道主义的感情,就构成了一种正面的力量,积极鼓舞着我们去同旧社会战斗。《阿 Q 正传》的积极作用就在这里:它使我们仇恨反动统治阶级,它又使我们热爱被压迫的农民和认识他们的弱点;它使我们看到反动统治阶级的腐朽一面,它也使我们看到在被压迫的农民中间革命觉悟正在不断的增长;总之,压迫者应该打倒也一定能够打倒,被压迫者只要摆脱了自己的弱点,团结起来参加战斗,就一定有翻身,解放的希望。

从阿 Q 这个例子,从鲁迅创造阿 Q 所取的这种旗帜鲜明的革命战斗态度,就也清楚的证实了马林科夫报告中所说的:"典型问题任何时候都是一个政治性的问题。"③而鲁迅既然是以这种态度来创造了阿 Q 的,那么《阿 Q 正传》就不可能不发生积极的影响。鲁迅在这里的确已尽他的可能对人民作了极可宝贵的贡献。

《阿 Q 正传》的成功主要依靠于鲁迅对于人民命运的关切和对农民生活的熟悉。鲁迅自己也对人说过:"比较起来,我还是关于农民知道得多一点。"鲁迅和农民的接近,除出幼年以及后来在日本和在北京时回去过几次以外,当辛亥革命前后在杭州和在绍兴工作的一段时期他和农民以及下层社会的人民也有

---

① 请参阅周遐寿:《关于阿 Q》。
② 《出关的"关"》,《且介亭杂文末编》,《全集》第六卷,页五二〇—五二六。
③ 马林科夫:《在第十九次党代表大会上关于联共(布)中央工作的总结报告》

过各种的接近。① 就因为有着这种实际接近的基础才使他有了成功地描写农民的可能。如果对于描写的对象缺少亲切的感验和全面深入的研究与理解，不能写出人物行动所以发生的性格的根据，不能揭露人物内心的思想感情以及他的整个心灵世界，就不可能创造出典型来。创造典型需要对于历史和今天的生活以及明天的发展有丰富的知识和正确的判断。鲁迅自己是一个战士，所以他才可能创造出一个鼓舞战斗的典型。

艺术表现上的特点

法捷耶夫曾说："鲁迅，是短篇小说的名手。他善于简短地，清楚地，在一些形象中表达一种思想，在一个插曲中表达一件巨大的事变，在某一个别的人物中表达一个典型。"②鲁迅创作艺术表现上的这些特点在《阿Q正传》里特别鲜明地呈现出来。

《阿Q正传》写得非常简练。鲁迅说过："忘记是谁说的了，总之是，要极省俭的画出一个人的特点，最好是画他的眼睛。我以为这话是极对的。倘若画了全副的头发，即使细得逼真，也毫无意思。"③这些话当然不是说写人只要写他的眼睛，而是说写人应当抓住最能表现出他的性格的主要东西来描写。写事件也应当如此。他又自述经验："写完后至少看两遍，竭力将可有可无的字、句、段删去，毫不可惜。宁可将可作小说的材料缩成速写，决不将速写材料拉成小说。"④简练并不是一般的力求简单，而是在应当集中刻划的地方刻划得淋漓尽致，在应当舍弃的地方舍弃得毫不留情。所谓应当舍弃的地方也就是和社会本质主题以及主人公的性格描写没有关系或很少关系的地方。因此鲁迅总是"力避行文的唠叨，只要觉得够将意思传给别人了，就宁可什么陪衬拖带也没有"。如果没有必要，他就"不去描写风月，对话也决不说到一大篇"。明确的目的性和对于生活的高度概括能力便是《阿Q正传》所以能够写得如此简练的根本原因。被压迫的阿Q原有许多生活史的材料可写，但鲁迅独集中刻划他的奴隶

---

① 请参阅冯雪峰：《回忆鲁迅》，页八七—八九。
② 法捷耶夫：《关于鲁迅》，《文艺报》一卷三期，萧扬译文。
③ 《我怎么做起小说来》，《南腔北调集》，《全集》第五卷，页一〇六—一一〇。
④ 《答北斗杂志问》，《全集》第四卷，页三五三—三五四。

失败主义——精神胜利法，因为这才是奴隶的阿Q受压迫和要求反抗而不能达到反抗目的的最本质的性格特征，写出了这种特征也就可以写出了奴隶的活的典型，此外的材料都不足以充分地尖锐地表现阿Q们的性格。这样的刻划完全符合鲁迅对于阿Q们的讽刺要求和对于反动统治阶级进行决死斗争的伟大目标。

马林科夫报告中还指出："有意识的夸张和突出地刻划一个形象并不排斥典型性，而是更加充分地发掘它和强调它。"把生活中最真实最典型的东西适当的加以夸张，放大一些来表现，就能使人们对于这些东西看得更清楚，感受得更强烈，认识得更真切。在这里，阿Q的形象是经过鲁迅有意识的夸张和突出地刻划的，例如他写阿Q的精神胜利法和善于忘却：很白很亮的一堆赢钱被抢掉之后，他用力的在自己脸上连打了两个嘴巴，"似乎打的是自己，被打的是别一个自己，不久也就彷佛是自己打了别个一般"，就心满意足的得胜的躺下，睡着了。又如他写赵太爷的对待阿Q，先是："你怎么会姓赵！你那里配姓赵！"还给了他一个嘴巴；以后革命就要来了，赵太爷便"怯怯的迎着低声的叫"起"老Q"来。再如他写赵太爷们的穷凶极恶的贪鄙和剥削：阿Q恋爱失败，被判要用香烛去赔罪，也不准再去索取工钱和布衫，可是结果"赵家也并不烧香点烛，因为太太拜佛的时候可以用，留着了，那破布衫是大半做了少奶奶八月间生下来的孩子的衬尿布"，工钱不出更可省下一笔开支；阿Q从城里偷来了一些东西，赵太爷、赵秀才、赵太太就迫切的想从他手里得些便宜货；赵秀才和钱洋鬼子到静修庵里去革命，把观音娘娘座前的一个宣德炉也拿走了。诸如此类，都在相当夸张的描写中达到了非常真实的程度，而处处令人信服。夸张的才能不是别的，就是作家对于生活的本质的高度洞察能力在艺术创造上的运用。

文艺作品一定要通过生动的形象才能深刻表现主题，而产生长久的教育作用。创造形象必须表示典型的特征。但必须作家深入了生活，深刻理解了对象的思想感情，人与人的关系，全面研究了材料，真正感受到了生活的特征，把握到了隐藏在人物背后的社会本质，才有可能创造出典型的形象。就是许多生动的形象使阿Q成为一个活生生的人，也就是这些典型的形象使阿Q成为一个真实的典型。阿Q的性格在这里都是通过形象而表现出来的，例如鲁迅以"癞"来表现他的忌讳毛病，以"儿子打老子"来表现他的精神胜利法，以调笑小尼姑来表现他的欺弱怕强和排斥异端，诸如此类，鲁迅都没有把他的阿Q主义直接向我们介绍，但这样却能够让我们自己更深切的感觉到阿Q的弱点。可

是如上所说,形象的创造要经过选择,要适当,要有其典型性。张天翼同志以"癞"为例指明这一点说得很好,他说:

> 就说"癞"吧,这也正是阿Q那么一种生活里才会有的毛病,"斯人也而有斯疾也"。像前面所假设的那位当诗人的阿Q,他可就没有这个"体质上"的"缺点"。因为他的生活可以使他能够保持清洁,讲卫生,不让细菌到他头上去横行。
>
> 可是别的人,只要他也是在阿Q之得癞病的同样条件之下,也会变成一个癞头。当然,并不是一得了"癞"即成了阿Q,他跟阿Q仅仅只有这一点相同,就是他也没法讲卫生,也让细菌在他头上猖獗,此外他也许就跟阿Q没有相同之点了。他并不是阿Q。这样,他头上的"癞"——所起的作用也就不同了,不是可以拿来表现阿Q性之一的"忌讳毛病"了。或者呢,他的"癞"压根儿就不起什么作用。
>
> 这"癞"等等,如果在这个典型人物身上是不可能有的,或者即可能有而并不是用来表现这阿Q性的,或是压根儿没有作用的——那么这"癞"在此就不适当。那么作者就不会把它选进去,而会要另外去选上别的一些更适当的东西来表现他。[①]

应当通过形象,和故事的发展,但决不能随便安排形象和随便组织故事;鲁迅正因为能够充分掌握到这一点,所以他对于阿Q的性格描写,那怕只是一两笔,就都非常鲜明传神,令人一下就知道了阿Q的地位身份和他的为人。为形象而形象,或随便的安排形象,必然会损害到人物的完整性和真实性,而损害了作品的教育效果。

真实和独创

鲁迅的小说几乎一篇有一篇新的形式,他真是最富于独创精神的作家。他这种新颖和独创是从何而来的? 我以为别林斯基下面一段分析果戈理小说的风格和成就的话,也适用于来认识鲁迅的这些作品:

---

① 张天翼:《论阿Q正传》,在《论阿Q》一书内。

请问：果戈理君底每一篇中篇小说首先给你产生一种什么印象？它不是会使你说吗？——"这一切是多么地朴素、平凡、自然和真实，同时又是多么地独创和新颖呵！"你不是会奇怪，为什么你自己不能想到这同样的概念，不能构思这些如此普通，如此为你所熟悉，为你所常见的同样的人物，用这些如此平淡、陈腐，在实际生活中如此使你生厌，但在诗的表现中又是如此赏心悦目而迷人的同样的环境来围绕他们？这便是真正艺术性的作品底首先第一个征兆。再则，你不是跟他小说中的每一个人物如此熟识，好像你早已认得他，和他相处了许久吗？你不是可以用想像去补充那幅本来已经被作者描绘得维妙维肖的肖像画吗？你不是可以给他加添一些彷彿被作者忘掉了的新的特征，不是可以讲一些彷彿被作者遗漏了的有关这个人物的逸话吗？你不是会相信那些话，断言作者说的全是实话，没有虚构混杂其间吗？这是什么原故呢？这是因为这些创作铭刻着真才能底烙印，它们是根据不变的创作规律创造出来的。这构思底朴素，行动底赤裸，戏剧性底贫乏，甚至作者所描写的事件底、琐屑和平凡，都是创作底真实的可靠的征兆；这是现实的诗，现实生活底，我们所非常熟悉的生活底诗。……一篇引起读者注意的中篇小说，内容越是平淡无奇，就显出作者才能过人。当庸才着手描写强烈的热情，深刻的性格的时候，他会奋然跃起，紧张起来，唱出响亮的独白，侈谈美丽的事物，用辉煌的装饰，华美的形式、内容，圆熟的叙述，绚烂的词藻——这些博学、智慧、教养和生活经验底结果来欺骗读者。可是，如果他描写日常的生活场面，平凡的，散文的生活场面，——请相信我呵，这对于他将成为一块真正的绊脚石，他那沉滞的、冷淡的和无精打采的作品会叫你不断地打呵欠。的确，使我们热烈地关心着伊凡·伊凡诺维奇和伊凡·尼基福罗维奇底吵架，使我们对于这两个人类活讽刺底愚蠢、卑琐和痴傻笑得流泪——这是很惊人的；可是，后来又使我们可怜这一对白痴，真心真意地可怜他们，使我们带着这样深深的愁怅和他们分手，和作者一同喊道："在这世上真是烦闷呵，先生们！"——这才是足堪称为创作的，神化的艺术；这才是那样一个艺术天才，在他看来，有生活，也就有诗歌！[①]

---

① 别林斯基：《论俄国中篇小说与果戈理君底中篇小说》，满涛译，《别林斯基选集》，第一卷，页二二九——二三〇。

鲁迅的小说，一般都非常质朴，没有错综复杂的情节，没有曲折奇巧的结构，但因为他有深广的思想力、战斗的热情和精炼的语言，因为他真实地描写了生活，写出了现实生活中的诗意，所以他的这些小说是如此动人，有着如此丰富的教育价值。

鲁迅语言的人民性及其引用古语

鲁迅是现代中国文学中第一个有意识地勇敢地采用我们全民语言来写作而获得辉煌成功的作家。他的语言是如此简洁、鲜明、有力，一般都非常活泼、通俗。他的某些语言所以见得比较晦涩，那是因为要顾虑反动统治阶级的审查官的眼睛，鲁迅认为如果能够把比较晦涩的揭露文字或反抗呼声发表出来，总比写了大声疾呼的作品而完全被遏杀对革命更有利些。在鲁迅以前和在鲁迅写作的当时，许多人都鄙弃我们的全民语言，而认为"文言"才是写作的最好工具；有些人则认为用"白话"写别的东西也许还不错，但如用来创作文艺一定不能成为好作品。鲁迅的作品以铁一般的事实证明了这些看法的错误。它们证明了以我们民族的活的口语为原料经过洗炼提高而成的鲁迅语言那样的白话，在文艺创作上一样也远远的胜过文言，而且还最能表达人民生活和斗争中的新事物。在鲁迅写出了他的那些作品之后，一切"之乎者也"的真假古董才不能不在白话的压倒的优势之下决定地低头。鲁迅毫无疑问是现代中国口语文学的创始者和奠基人。

鲁迅是为人民而创作的，因此他对语言的第一要求就是一定要普遍为人所懂，而且一定要为创作的内容服务。他的小说很多描写农民，但他决不一味摹仿农民的语言，他也从来没有过度地堆砌方言和土语，虽然他是一直主张着并且很善于使用我们丰富的全民语言所给予他的一切资料。他自己曾说："我做完之后，总要看两遍，自己觉得拗口的，就增删几个字，一定要它读得顺口；没有相宜的白话，宁可引古语，希望总有人会懂。只有自己懂得或连自己也不懂的生造出来的字句，是不大用的。"[①]因此鲁迅的语言具有非常丰富的人民性。

但鲁迅的语言也有他的明显的个人特点，例如锋利，冷隽，果断，讽刺，也相

---

① 《我怎么做起小说来》，《南腔北调集》，《全集》第五卷，页一○六——一一○

当幽默;这和他语言中存在着的全民语言的美同时显露着。全民语言给鲁迅提供了选择表现方法的极丰富的可能性。他的语言的个人特点的确不容易经过翻译而仍能完全保存下来①,可是鲁迅语言的独特风格对于我们却是多么的亲切有力!

所有这些,在《阿Q正传》里都表现得非常清楚。

《阿Q正传》里引用了不少古语,即文言的句子。例如:"夫文童者,将来恐怕要变秀才者也","深恶而痛绝之","男女之大防","从浅闺传进深闺","斯亦不足畏也矣"之类。这些文言句子过去曾被人批评为"无益"的东西,"读下去是很使人不快的"。② 但也有相反的看法,认为鲁迅的这些引用"是一个讽刺,不单是讽刺了那些死话的形式,而且还讽刺了那些死话里所含的意义",乃是"一种反语","他这么一用,就特别有一种风趣,并且非常尖刻,拥护古文的老学究看了,简直哭笑不得"。③

应当指出:古语并不是不能引用的。因此并不是任何古语的引用都一定"无益"。

鲁迅坚决主张文章应当"博采口语","将活人的唇舌作为源泉,使文章更加接近语言,更加有生气"。他痛斥"要做好白话须读好古文"的谬论,认为"以文字论,就不必更在旧书里讨生活"。他指出当时有"许多青年作者又在古文诗词中摘些好看而难懂的字面,作为变戏法的手巾,来装璜自己的作品",是"复古",开倒车,"是新文艺的试行自杀"。④ 那么鲁迅自己又为什么还要引用古语呢?

一个原因是鲁迅从前读旧书很多,不知不觉受了它们的影响。他自己说:"别人我不论,若是自己,则曾经看过许多旧书,是的确的,为了教书,至今也还在看。因此耳濡目染,影响到所做的白话上,常不免流露出它的字句,体格来。"另一个原因则是自觉的,他认为"对于现在人民的语言的穷乏欠缺",应当设法"救济,使它丰富起来",而方法之一就是"也须在旧文中取得若干资料,以供使役"。鲁迅承认由于前一原因所造成的古语影响乃是他的一个弱点,他自己"正苦于背了这些古老的鬼魂,摆脱不开,时常感到一种使人气闷的沉重"。他说他

---

① 请参阅法捷耶夫:《在中苏友协成立会上的讲话》,和《关于鲁迅》。
② 请参阅成仿吾:《呐喊的评论》(一九二四),在《当代中国作家论》一书内,乐华书局本。
③ 张天翼:《论阿Q正传》,在《论阿Q》一书内。
④ 《写在坟后面》,《坟》,《全集》第一卷,页二六四。

的这类文字"至多不是过桥梁中的一木一石,并非什么前进的目标,范本",跟着起来的应该有不同的样子。① 而他的自觉的使用古语,则是在"没有相宜的白话"的情况之下,取来为作品的内容"使役"的,目的决不在装潢或炫耀,和那些"复古"者完全不同。

所以,我们既不必要笼统地肯定鲁迅作品中所有的古语成分,也不应当笼统的加以反对。

引用在《阿Q正传》里的许多古语和那些古语的形式,我同意上面曾经提到的乃"是一个讽刺"的说法。这些引用一般都不是无的放矢。或为了表现赵太爷们酸腐的性格,所以需要用了他们的口气来说话,例如"夫文童者,将来恐怕要变秀才者也"就是如此,当然在这里同时也就表出了鲁迅对于赵太爷们这种封建思想的刻骨的鄙视和嘲笑。或为了讽刺封建社会中人物的可笑风习,例如写未庄妇女的"浅闺"和"深闺"。鲁迅的生动引用很明显的一般都有着一个"否定"它们的目的。

但除此之外,文学作品为了要丰富语汇,原也有向古人语言学习的必要。毛主席就曾这样说过:"我们还要学习古人语言中有生命的东西。由于我们没有努力学习语言,古人语言中的许多还有生气的东西我们就没有充分的合理的利用。当然我们坚决反对去用已经死了的语汇和典故,这是确定了的,但是好的仍然有用的东西还是应该继承。"②鲁迅的作品就是尽量注意利用了古人语言中还有生气的东西的。

鲁迅语言的人民性和他作品内容的人民性分不开。为语言的人民性而斗争,归根结蒂,也就是为内容的人民性而斗争。

阿Q的时代真正已经死去了,但阿Q主义的残余思想影响还待继续克服

还在一九二八年的时候,钱杏邨在他那篇非常错误的《死去了的阿Q时代》一文里,曾机械地以"十年来的中国农民是早已不像那时的农村民众的幼稚了","现在的农民不是辛亥革命时代的农民,现在的农民的趣味已经从个人的

---

① 《写在坟后面坟》《全集》第一卷,页二六四。
② 毛主席:《反对党八股》,《选集》第三卷,页八五九。

走上政治革命的一条路了"——为理由,声称:"阿Q时代是早已死去了!阿Q时代是死得已经很遥远了!我们如果没有忘却时代,我们早就应该把阿Q埋葬起来。"①谁都能够看出,这是一个多么荒谬的论点!而鲁迅自己一九二六年在《阿Q正传的成因里》所说的"我也很愿意如人们所说,我只写出了现在以前的或一时期,但我还恐怕我所看见的并非现代的前身,而是其后,或者竟是二三十年之后",相形之下,却是多么正确的预见!

奴隶的失败主义及其精神胜利法,亦即阿Q主义,如前所说,乃是一种历史的产物,这是中国人民在长期的封建黑暗统治和外来野蛮侵略之下被凌虐被压迫的结果。因此如果帝国主义和封建主义的统治在中国还没有被推翻而成为"死去",阿Q的时代也就决不会因什么人的主观愿望而真的"死去",虽然由于形势的变化,后来阿Q们当然会和以前的阿Q们有若干不同。

只在今天,由于中国人民的坚韧的战斗,由于有了工人阶级及其先锋队共产党的正确领导,中国人民已经把帝国主义和封建主义的统治从自己的国家内根本推翻了,彻底打败了,过去被压迫的人民今天都已翻身作了新社会的主人,"鲁迅所痛恶的旧中国正在变为过去,鲁迅所热望的新中国正在变为现实"②所以我们才能够决定宣告:阿Q的时代已经死去,真正已经死去了!

阿Q的时代已经死去了,被压迫的人民的弱点在革命实践中正被不断的克服,消除,同时中国人民固有的勤劳勇敢及其他一切的优良品性则正在迅速发展起来,《暴风骤雨》中的赵玉林们就是显著的例子。周扬同志说得好:"中国新文化运动的最伟大的启蒙主义者鲁迅,曾经痛切地鞭挞了我们民族的所谓'国民性',这种'国民性'正是帝国主义封建主义在中国长期统治在人民身上所造成的一种落后精神状态。他批判地描写了中国人民性格的这个消极的,阴暗的,悲惨的方面,期望一种新的'国民性'的诞生。现在中国人民经过了三十年的斗争,已经开始挣脱了帝国主义封建主义所加在我们身上的精神枷锁,发展了中国民族固有的勤劳勇敢及其他一切的优良品性,新的'国民性'正在形成之中。"(《新的人民的文艺》)③已经做了自己国家主人的中国人民,正在战胜着一

① 钱杏邨:《死去了的阿Q时代》(一九二八),在《现代中国文学作家》第一本内,泰东图书局本。
② 人民日报社论:《继承鲁迅的革命爱国主义的精神》一九五二年十月十九日。
③ 周扬:《新的人民的文艺》,新华书店本。

切从"死去的时代"所带来的困难，飞跃前进！

但也应当指出：说阿Q的时代现在已经真正死去，这还并不是等于说：阿Q主义现在也已经完全死去，阿Q主义的残余思想影响已经用不着继续加以克服。

这是因为：我们的革命虽然已经胜利了，社会的经济基础和人民的生活虽然都已有了极大的变化，但由于人们意识的发展是落后于人们的经济地位的，因此曾经牢固地存在于我们人民意识中的，从旧社会得来的包括阿Q主义在内的坏习惯和坏思想，还不可能一下就全部干净地去掉。其次，帝国主义封建主义的统治虽已被我们从中国境内推翻了，打败了，但它们在世界上却还没有消灭，这些势力总是在设法复活和支持遗留在我们人民意识中的旧社会的余毒。所以，在实际运动中，在革命过程中，在思想战线上，继续洗涤、清刷，克服阿Q主义的残余思想影响①，同阿Q主义的余毒作坚决的斗争，对于正在勇敢地脱离旧生活创造新生活的我们国家来说，还有完全的必要。

今天还残留着的阿Q，当然并不一定是癞头，也并不一定会说"儿子打老子"之类。但若他害怕听见别人对自己的批评，一听见就发脾气，说"你还不如我呢"，那他就还是阿Q。如果他看不惯新社会的一切，觉得还是"先前好"；或者只把自己固步自封在保守现状的圈子里，而一味排斥新群的事物，认为"一定搞不成"，那他就还是阿Q。如果他见硬就软，见软就硬，对上则卑躬屈膝，对下则盛气凌人，那他也就还是阿Q。诸如此类的人，我们今天还时常能够碰到，是事实。和过去不同的只是今天人民自己已经成了国家的主人，如毛主席所指出，我们已经有了充分的可能："在全国范围内和全体规模上，用民主的方法，教育自己和改造自己，使自己脱离内外反动派的影响（这个影响现在还是很大的，并将在长时期内存在着，不能很快地消灭），改造自己从旧社会得来的坏习惯和坏思想，不使自己走入反动派指引的错误路上去，并继续前进，向着社会主义社会和共产主义社会发展。"②阿Q主义的遗毒终将为我们所完全克服。

---

① 转引伏·凯明诺夫：《论现实主义艺术法则的客观性质》一文中所引的列宁语，《学习译丛》一九五三年第十期，页一一六。

② 毛主席：《论人民民主专政》，人民出版社本。

鲁迅从革命的现实主义到社会主义的现实主义

表现在《阿Q正传》里面的鲁迅的现实主义是辉煌的革命的现实主义。这要比一般资产阶级古典的或批判的现实主义更其前进,但因为鲁迅这时所站的还是革命的小资产阶级的立场,观点也还是革命的小资产阶级的观点,他感到了并且描写出来了社会阶级的对立现象,但还不能从本质上来解释这种现象,并为这种对立指出正确的前进道路。所以《阿Q正传》还不是成熟的社会主义现实主义的作品。

鲁迅从青年时代起就对我们民族的未来怀抱着热切的希望。但他又看不见这希望究竟在那里。他痛苦地追求着革命的道路,可是一、因尼采、易卜生等人的个人主义思想对他还有着影响,二、因他的战斗主要还是孤军奋战式的,而且太被现实的经验与教训所吸住,三、因没有立即接受马克思、列宁的世界观和科学方法,所以虽在一九一七年之后,尤其是在"五四"之后,十月革命的火光已经照亮了中国的前途,可是鲁迅还未能充分看出:中国的民族民主革命决不是软弱的资产阶级所能完成,而只有由无产阶级来领导才能取得真正的胜利。这就使得鲁迅对于人民群众的革命性和革命力量虽然看到了多少,但还是估计不足的。例如他写了阿Q的被杀,那么幸而未死的阿Q们以后应当怎么办呢?赵太爷们的统治难道仍能一直这样下去么?而且当时也不能说没有同是被压迫者,但和奴隶的失败主义者阿Q不同的人已经在作另样的真实的战斗。鲁迅就因比较缺少了像马列主义者那样的科学分析和科学预见,在理性认识上没有达到最全面最高的程度,因此对客观现实的反映就不免受到了一些限制。

这自然是一个弱点,但这是所有还未能掌握马列主义的革命思想家所通有的弱点。实际上当时的鲁迅比过去所有这一类的革命思想家已经走得更远:无论如何,鲁迅已经对人民,对革命贡献了他在当时所能贡献的一切[1]

---

① 关于鲁迅前期思想上的缺陷,请参阅瞿秋白《鲁迅杂感选集序言》,胡绳《鲁迅思想发展的道路》,冯雪峰《中国文学从古典现实主义到无产阶级现实主义的发展的一个轮廓》(《文艺报》七〇期)、《回忆鲁迅》页二五—四一,何其芳《论鲁迅的方向》(《在关于现实主义》一书内),陈涌《一个伟大的知识分子的道路》(《人民文学》十三期)各文。

如所周知,在一九二七年以后,当鲁迅寻找到了新兴的无产阶级,他的立场观点就起了根本的变化,他就成了一个共产主义者,他对于人民群众和中国革命的前途就充满了信心和确切的预见。从此以后,他就成为社会主义现实主义的伟大先驱者和代表者,他的作品也就是完全成熟的社会主义现实主义的作品,充满着马克思主义的真理和胜利的光辉了。

这在鲁迅,是经过长期苦斗摸索以后的飞跃前进,是一个根本的质的变化。谁都知道,这个变化使鲁迅后来变得更伟大了。

《祝福》研究

不断的求索和不断的进步

《祝福》写成于一九二四年二月,收在鲁迅的第二小说集《彷徨》里。《彷徨》正文前面鲁迅曾钞题着屈原《离骚》中的一节话,这篇小说就正是他"路漫漫其修远兮,吾将上下而求索"的新收获。

从一九一八年到一九二二年,鲁迅写成了《呐喊》集中的十四篇小说,这些小说以其反帝反封建的战斗热情,和"表现的深切和格式的特别",激动了读者的心,"显示了文学革命的实迹"。① 这也正是五四运动的高潮时期。但接着情况便有了改变,"《新青年》的团体散掉了,有的高升,有的退隐,有的前进",鲁迅"又经历了一回同一战阵中的伙伴不久还是会这么变化"的变化,他自己当然仍是坚持前进,但"因为变了散伏的游勇,布不成阵了","在沙漠上走来走去",心境不免有一点孤单,凄凉。他自己曾指出这一时期所写的小说的特点,是"技术虽然比先前好一些,思想也似乎较无拘束,而战斗的意气却冷得不少"。②

在一九二四年以前,苏联十月革命早已成功,中国共产党也已成立,而且由于国内工人阶级的觉醒,当时的统治集团国民党也不能不实行改组,而在那年年初宣布了联共联俄联合工农的三大政策。就在这种形势之下,为什么鲁迅的"战斗的意气"反而会"冷得不少"呢? 如前所说,这就由于他当时的思想和立场还

---

① 请参阅鲁迅作《现代小说导论(二)》,《中国新文学大系》良友本。
② 《自选集序言》,《南腔北调集》,《全集》第五卷,页四九—五二。

是革命的小资产阶级的思想和立场，他还没有明确的认识到工人阶级的力量，以及工人阶级的领导在新民主主义革命运动中的决定地位，而且他的战斗也的确还是孤军作战，使他未能在群众的革命运动中取得更多的支持和力量。他所看得更清楚的，倒仍是反动统治阶级的残暴和猖獗，进步团体的分化，"正人君子"、"学者名流"们的无耻地向军阀政客投靠。这些原都是事实，但结合了上述的原因，就难免要多少加重了原已存在于他心头的暗影。因此鲁迅感到苦闷，孤寂，他这时形容自己的处境和心情是"两间余一卒，荷戟独彷徨"。（《彷徨》题词）

可是比什么都具有决定意义的，鲁迅乃是一个不屈不挠的战士。他的苦闷，孤寂，是为了战斗，而为了战斗，他就不管成功的道路离开自己还有多远，他一定还要"上下而求索"。求索什么？就是求索理想实现，斗争成功的道路。这条道路本来已被苏联的十月革命给我们照亮了，而他这时还不能十分明确地看到，他所想到的还是"此后最要紧的是改革国民性"。[①] 于是，鲁迅就尽全力更深入到对于旧社会的沉痛的指摘中去了。在鲁迅当时的想法，是以为如此激烈的挖掘指摘了旧社会的病态，就可以帮助大家来认识并改革自己的坏根性，就可以改造我们的社会。这当然不是一条真正革命的道路，因为就以改造所谓"国民性"而论，也一定要在旧社会被推翻，新社会已建立之后，才有彻底改造的可能。但以鲁迅对于旧社会观察的深刻，痛恨的强烈，再加上他的圆熟的技巧，深切的刻画，他的这种沉痛激烈而又非常感动人心的作品在客观上却仍起了非常巨大的革命教育作用。

所以，虽然鲁迅自己会说这时"战斗的意气却冷得不少"，但这一时期从他作品里所散发出来的鼓舞战斗的作用却比前一点也没有减少。他要帮助人们深一层的认识生活本质，引导人们去为合理的生活而战斗。鲁迅的思想更深刻，他给敌人的打击也更沉重了。就在这样一种情况下他写出了《祝福》。

在封建社会里，中国劳动妇女受着四条绳索的束缚

《祝福》的主人公是农村里的劳动妇女祥林嫂。鲁迅在这里写她劳苦一生，经历了各种各样的不幸和迫害，终于在年老力衰之后，被东家像狗一样的赶了出来，变成乞丐，最后就穷死了。

---

① 《两地书》一九二五年三月。

这是一个极悲惨的结果,但在封建社会里,对于像祥林嫂这样被重重压迫着的妇女,却并不是什么意外。

在封建社会里,中国的劳动妇女比之劳动男子受着更多的束缚,她们的地位更低微,遭遇更不幸。毛主席在《湖南农民运动考察报告》中曾这样分析:

> 中国的男子,普通要受三种有系统的权力的支配,即:一、由一国一省一县以至一乡的国家系统(政权);二、由宗祠支祠以至家长的家族系统(族权);三、由阎罗天子城隍王以至土地菩萨的阴间系统,以及由玉皇上帝以至各种神怪的神仙系统——总称之为鬼神系统(神权)。至于女子,除受上述三种权力的支配之外,还受男子的支配(夫权)。这四种权力——政权,族权,神权,夫权,代表了全部封建宗法的思想和制度,是束缚中国人民特别是农民的四条极大的绳索。①

很明显,祥林嫂就正受着这四条绳索的束缚,她就是为这四条极大的绳索束缚死的。

毛主席又指出:"地主政权,是一切权力的基干,""地主政权既被打翻,族权、神权、夫权,便一概跟着动摇起来,""要是地主的政治权力破坏完了的地方,农民对家族神道男女关系这三点便开始进攻了。"正因为地主政权还没有被打翻,所以即使在辛亥革命以后,甚至一直到全国解放以前,在绝大部分地区的劳动妇女还是在重覆祥林嫂的悲惨命运。只有当今天地主政权已经被彻底推翻,所以今天的劳动妇女就可以完全不受封建社会的那四种权力束缚了。

这说明着,妇女们要求解放,就一定要积极参加全体被压迫人民的解放斗争事业。而解放斗争的主要目标和任务,便是彻底的不妥协的反帝,反封建。"皇帝要臣子尽忠,男人便愈要女人守节"(《我之节烈观》)。反动的封建统治阶级——鲁四老爷们的威风一天还在,旧社会环境一天不改变,祥林嫂们就没有活路。

赤裸裸地暴露和批判了封建社会与旧礼教的吃人本质

《祝福》通过祥林嫂的悲惨的遭遇赤裸裸地暴露和批判了封建社会与旧礼

---

① 毛主席:《湖南农民运动考察报告》,《选集》第一卷,页三三—三五。

教的吃人本质。

在鲁迅自己表明"意在暴露家族制度和礼教的弊害"①的小说《狂人日记》里，曾假狂人的口揭露了这样一个历史的真理："我翻开历史一查，这历史没有年代，歪歪斜斜的每页上都写着'仁义道德'几个字。我横竖睡不着，仔细看了半夜，才从字缝里看出字来，满本都写着两个字，是'吃人'！"②这祥林嫂就是被封建社会和旧礼教所吃掉的不幸者。

是封建社会和旧礼教吃人，而不是这一个人或那一个人才造成了祥林嫂的悲惨命运，当然更不是由于"命里注定"。只要旧社会的统治力量还存在，像祥林嫂这样的人就没有出路，就非死不行，甚至连死了也不行。丁玲同志曾这样写道：

> 《祝福》……这是真真的悲剧。祥林嫂是非死不行的，同情她的人和冷酷的人，自私的人，是一样在把她往死里赶，是一样使她精神上增加痛苦，因为并不是这一个人或那一个人才造成她的悲哀的运命的。假如是这样，那就只是人的问题，换了一个人祥林嫂也许会幸福起来的。但鲁迅就不是写这些，不是写一个悲欢离合故事，他是写封建吃人，写旧社会吃人，只要是封建统治着的地方，祥林嫂就是没有出路的。你看柳妈同祥林嫂说："两个丈夫在阴间等你，还会争你，你死了，阎王爷定把你分成两半的。你还是捐条门槛当替身，让千人踩万人踏来赎回你的罪吧"。（原意如此）③这真使人浑身发抖，简直连死也不行呵！这样的作品，一句教训人的话也没有，可是你读了后能够不深深的觉得封建可怕么？不觉得要把这个旧社会打倒么？④

丁玲同志这一段话谈得很好，她把鲁迅为什么要写这篇小说的目的和这篇

---

① 请参阅鲁迅作《现代小说导论（二）》，《中国新文学大系》，良友本。

② 《狂人日记》中语。

③ 《祝福》中柳妈原来的话是这样说的："你和你的第二个男人过活不到两年，倒落了一件大罪名。你想，你将来到阴司去，那两个死鬼的男人还要争，你给了谁好呢？阎罗大王只好把你锯开来，分给他们。""我想，你不如及早抵当，你到土地庙里去捐一条门槛，当作你的替身，给千人踏，万人跨，赎了这一世的罪名，免得死了去受苦。"

④ 丁玲：《五四杂谈》，在《跨到新的时代来》一书内。

小说的卓越成就都扼要的指出来了。暴露，批判，鲁迅的最终目的就是要使人人都真切感觉应该"把这个旧社会打倒"。这个旧社会委实太残酷，太无情无理了，在它的天罗地网里，对于被压迫被损害的任何人，从肉体到灵魂，都要受到它的摧残，而旧社会之所以要如此迫害人，无非只为了要维护极少数的反动统治阶级——地主政权的卑鄙自私的利益。

勤劳善良是祥林嫂的本质

"这百无聊赖的……被人们弃在尘芥堆中的，看得厌倦了的陈旧的玩物，现在总算被无常打扫得干干净净了"的祥林嫂，有着勤劳和善良的本质，乃是旧社会中千千万万被压迫的中国劳动妇女的一个代表。

既然嫁的是一个以"打柴为生"的丈夫，作者虽没有说明祥林嫂以前在家里要做些什么，显然她不能不担任很主要的劳动，因此她"手脚都壮大"。到了鲁四老爷家里，在"试工期内，她整天的做，似乎闲着就无聊，又有力，简直抵得过一个男子"。定局以后，"日子很快的过去了，她的做工却没有懈，食物不论，力气是不惜的"，不但"简直抵得过一个男子"，"实在比勤快的男人还勤快"。鲁四老爷家里的事情如此忙，"然而反满足"。可见她不但是一个劳动者，而且还爱好劳动，并不是为了要讨好东家。

被强迫再嫁到贺家墺去之后，虽然"男人所有的是力气，会做活"，她当然仍要担任重大的劳动。不幸男人年纪轻轻患伤寒死了，当然苦，可是"房子是自家的"，又有儿子；若不是"大伯来收屋，又赶她"，儿子虽已经给狼衔去了，她也一定会守下去的，凭什么？ 就是凭的"她又能做，打柴摘茶养蚕都来得"。

祥林嫂能劳动，爱劳动，渴望着最起码的一点自由，不但从没有欺负人压迫人，而且也从没有存着依赖任何人的念头，只盼着能以自己的力量过比较平静的生活。她的心是如此善良，她是如此值得我们同情，但对于这样一个好人，旧社会给她的待遇却是说不尽的冰冷和残酷，把她迫害得几乎要发疯，终于把她逼成乞丐，穷死了。

祥林嫂被逼死了，"则无聊生者不生，即使厌见者不见，为人为己，也还都不错"，这是鲁迅充满了悲愤的反语。鲁迅在这里虽然自始至终都是极冷静的描绘，"一句教训人的话也没有"，可是他对于祥林嫂的深刻的同情，岂不已经透过了纸背，在震撼着我们的心么？

封建社会和旧礼教怎样害死了祥林嫂

祥林嫂是给封建社会和旧礼教害死的。封建的婚姻制度先是使她嫁了一个"比她小十岁"的丈夫,这显然决不出于她的自愿,而且因此也就种下了使她早寡的祸根。封建的婚姻制度是买卖式的,祥林嫂虽然是一个人,但同时她也是一件商品,主权属于她的丈夫或者她的"严厉的婆婆"。丈夫死了,她为想躲开可怕的命运而逃了出来做工,但她躲不开支持这种婚姻制度的整个社会。婆婆来要她回去,鲁四老爷们也一致认为她应当跟着婆婆回去,她就只好回去。她给捆回之后,就被换了八十千钱,使她的婆婆在买进另一媳妇以后还赚了十多千。而她则被"用绳子一捆",又抬到了贺家墺,虽然因为不愿,"头上碰了一个大窟窿",也还是毫无用处。接着贺家墺那个男人又死了,这回虽然上头没有婆婆,没有再被发卖,却还有一个大伯,看到她的儿子也已被狼衔去——没有根基了,就可以来收屋,赶她,把祥林嫂弄得走投无路。

买卖式的婚姻,丈夫和家长的特权,没有儿子就没有根基的坏思想,再加上农村落后生活方式所引来的意外的狼祸,就是这些,已经给祥林嫂带来了极大的不幸,使她落到了走投无路的境地。没有了青春,没有了家庭和儿子,也几乎没有了可活的道路,一个三十岁不到的勤劳善良妇女却已被折磨得"脸色青黄",连两颊上仅有的一点血色也已经完全消失。

然而封建社会和旧礼教却还有更可怕的迫害在等待着祥林嫂。

祥林嫂只因为不幸成了"寡妇",第一次就令鲁四老爷"皱了皱眉"。祥林嫂第二次带着更多的不幸来到的时候,鲁四老爷便不但"照例皱过眉",而且还明白的表示了讨厌,所以暗暗告诫老婆说:"这种人虽然似乎很可怜,但是败坏风俗的。"为什么说她败坏风俗?因为祥林嫂是"寡妇再嫁"了。再嫁已经不好,再嫁而又再寡,祥林嫂就成了一个凶人,所以如果祭祀时候饭菜沾了她的手,便一定"不干不净,祖宗是不吃的"。祥林嫂的这种"败坏风俗"和"不干不净的罪名",在鲁四老爷们看来,是无论怎样也没法脱清的了,可是祥林嫂却不明白,还存着莫大的希望,她要活下去,而且是要不受歧视的平静地活下去,为此她就一定要努力来脱清这些对她是无限痛苦的重负。她不惜以历来积存的工钱十二元鹰洋去哀求庙祝允许她捐一条门槛,以"赎了这一世的罪名",她又想以"做得更出力"来博取鲁四老爷们对于她的欢心,她以为这样做后人家一定会把她当

473

成一个清白无罪的人看了，再也不会歧视她了，可是，完全出于她的意外，她的一切努力，一切牺牲，一切希望都落了个空！一声"你放着吧，祥林嫂"！就像雷击一般的把她的精神和肉体都全部轰垮了。

封建社会和旧礼教都认为她有罪，她自己也认为自己真有罪，她就用了最后所有的力气来努力赎罪，她用尽了自己的力气，以为已经把罪赎了，可以自由地呼吸了，可是封建社会和旧礼教却仍告诉她：不行，你还是"败坏风俗"，"不干不净"，你永远也脱清不了你的罪名！

这是一个多么可怕的宣告，多么可怕的圈套呵！对于充满着自由的希望和生的要求的祥林嫂，这个绝望的宣告怎么能不使她脸色顿时"变作灰黑"呢。

然而除了鲁四老爷们之外，柳妈，以及镇上那些"最慈悲的念佛的老太太们"等等，她们虽然多少有些同情祥林嫂，可是她们却一样的跟在鲁四老爷们后面，不自觉的在把祥林嫂往死路上赶。

和鲁四老爷们的只是冷酷自私不同，柳妈之类的人对于祥林嫂的意外的悲惨遭遇还能陪出许多眼泪。但她们（他们）也和鲁四老爷差不多，对于第二次来到的祥林嫂已采取了不同的态度："仍然叫她祥林嫂，但音调和先前很不同，也还和她讲话，但笑容却冷冷的了。"她们所以"脸上立刻改换了鄙薄的神气"，只因为祥林嫂有一段悲惨的故事，使她们不能不表示一些同情，也因为这段故事的确很能满足她们，还提供了她们纷纷评论的资料。但鄙薄的神气既然只是暂时改换的，所以当那段悲惨的故事经她们咀嚼赏鉴了许多天，早已成为渣滓之后，祥林嫂就只值得她们烦厌和唾弃了。以后"额上的伤疤"虽又使她们对祥林嫂发生了新趣味，但不消说这种恶俗的趣味已离真正的同情更远。

怀抱着极大的不幸和不能言喻的悲痛，几乎不自觉的就要反复的向人述说她的悲惨故事的祥林嫂是多么渴望人们的真心同情呵！人们的真心同情固然不见得能减掉她心头的无限创伤，但多少总可以温暖一下她的心，使她有可能获得重新生活下去的勇气和力量。而且，像柳妈一样，她们（他们）难道不也是一样的被压迫，被损害者么？可是悲惨的故事人们已经听得烂熟，便是"最慈悲的念佛老太太"们眼里也再不见有一点眼泪的痕迹，人们的笑影依旧变得又冷又尖了。

并且，柳妈又向她提醒了将来到阴司去阎罗大王会把她锯开来分给两个丈夫的事，而向她建议到土地庙去捐门槛赎罪。这似乎也是为了祥林嫂好，但对于祥林嫂来说，则在原有的无告的悲痛之外，还更加上了过去所未曾有的恐怖。

一句话,这些同样是被压迫被损害的柳妈一类的人,不管她们对待祥林嫂到底总和鲁四老爷们有些不同,但由于她们的愚昧,她们对祥林嫂也就不能有什么真正的同情,反之,她们在客观上倒也是在帮助着鲁四老爷们向祥林嫂逞凶。

鲁迅曾说:"造化生人,已经非常巧妙,使一个人不会感到别人肉体上的痛苦了,我们的圣人和圣人之徒却又补了造化之缺,并且使人们不再会感到别人的精神上的痛苦。"① 又说:"古代传来而至今还在的许多差别,使人们各自分离,遂不能再感到别人的痛苦;并且因为自己各有奴使别人,吃掉别人的希望,便也就忘却自己同有被奴使被吃掉的将来。"② 而现在柳妈们则还发展到以别人的痛苦作为自己笑乐的资料了! 柳妈们何尝愿意这样,当然这绝不是她们的本意,但她们在长期的压迫和蒙蔽下早已成了圣人和圣人之徒(例如鲁四老爷)们的俘虏——"每个时代统治阶级的思想,就是每个时代的统治思想",她们不知不觉就成为反动统治阶级用来毒害人民也毒害她们自己的统治工具了。

就是这样,封建社会和旧礼教在肉体上摧残了祥林嫂的健康还不算,还要在精神上更可怕的来磨折她,使她穷苦、孤立、悲哀、恐怖、绝望,而丝毫也得不到一点同情和温暖,使她在这广阔的世界上竟找不到一条可走的活路。就是这样,旧社会把她吞吃下去,变成了人肉筵宴的材料!

勤劳也好,善良也好,强烈的要求生存也好,被压迫的人民只要是落在旧社会的天罗地网里了,就只有苦死穷死的分儿。祥林嫂不是单独的一个人,而是旧社会里千千万万被压迫人民中间的一个。"大小无数的人肉的筵宴,即从有文明以来一直排到现在,人们就在这会场中吃人,被吃","这人肉的筵宴现在还排着,有许多人还想一直排下去",鲁迅指出"扫荡这些食人者,掀掉这筵席,毁坏这厨房"③,正是当时青年的使命。《祝福》以生动的形象深刻地揭示了旧社会的这些罪恶,对于当时和以后的青年都是一个极有力的教育。

祥林嫂的反抗精神

封建社会和旧礼教虽然以巨大的压力加在祥林嫂身上,使她终于不能不屈

---

① 《俄文译本阿Q正传序》,《集外集》,《全集》第七卷,页四四五——四四七。
② 《灯下漫笔》,《坟》,《全集》第一卷,页一九三——二○二。
③ 同上。

服,可是祥林嫂并不是完全驯顺地屈服的,她曾坚决反抗过。从她的身上,我们也可以看到:中国劳动妇女在千百年来的封建制度重压下,是多么渴望着自由和幸福;为了争取自由和幸福,她们曾经进行过怎样的斗争。祥林嫂的反抗精神强烈地表现出来了被压迫的中国劳动妇女们的不可征服的意志,以及她们的勇敢的自我牺牲精神,她们在强暴的压迫势力面前能够不顾一切地反抗!

丈夫死了,因为不甘心落入"严厉的婆婆"的魔掌,她逃了出来。并不是不知道这将更加触怒严厉的婆婆,而是因为她想到,留在婆婆那里一定还有比生活困难更难堪的事情在等候着她。那就是,不知会被发卖到什么地方去,而完全丧失了一生的自由和幸福。这逃跑,对祥林嫂说,就是一种反抗,也需要很大的决心和勇气。

不幸她仍被婆婆捆载回去了。接着马上就给卖了出去。提心吊胆了多少日子的这件最可怕的事情,逃也逃不脱,现在果真落到自己头上来了。那怎么办呢?就这样完全屈服算了么?不!决不!虽然已经没有自由和幸福了,但就是为了自由和幸福的希望,她也要反抗。她宁愿死,也不愿完全丧失了这种希望。因此她的反抗就决不是"谁也总要闹一闹"式的反抗,而是"真出格","实在闹得厉害",在被发卖出去的路上,"一路只是嚎,骂",在被擒住了强迫拜天地的时候,"她就一头撞在香案角上,头上碰了一个大窟窿,鲜血直流",简直连性命也不要了。在什么办法也没有了的时候,为了忠实于自己仅有的一种希望,为了不愿做一件商品,祥林嫂那时是的确有着以生命来反抗强暴的决心的。

然而祥林嫂终于还是屈服于封建社会和旧礼教的巨大压力之下,并且终于还是被害死了。旧社会恶势力的凶暴,祥林嫂一个人反抗力的薄弱,再加上祥林嫂自己内心中所受到的封建思想的毒害,这些都使得她不能不屈服。

但像祥林嫂们这样的反抗,虽然往往都以失败告终,可是她们的反抗精神却永远在历史上发生着作用,一代一代的教育着大家,造成了我们广大劳动妇女坚决反抗强暴的光辉传统。

鲁迅带着无限的愤激和热情创造出来的祥林嫂这个形象,所以不会落于一般的窠臼,把被压迫的劳动妇女仅仅当成一切苦难的极度忍受者来表现,主要就因为他是真正熟悉中国的劳动妇女的,并且他的眼睛是看着将来,存心要号召大家一同来击退这黑暗的环境的。鲁迅知道,"忍从"向来就不是我们中国人民的美德,反之,却认为是一种极大的不德。他在《陀思妥夫斯基的事》里曾说:"在中国,没有俄国的基督。在中国,君临的是礼,不是神。百分之百的忍从,在未嫁就死了定婚的丈夫，坚苦的一直硬活到八十岁的所谓节妇身上，也许，偶然可以发见吧，但在一般的人们，却没有。忍从的形式是有的，然而陀思妥夫斯基式的掘下去，我以为恐怕也还是虚伪。因为压迫者指为被压迫者的不德之一的这虚伪，对于同类，是恶，而对于压迫者，却是道德的。"①祥林嫂就是只有着忍从的形式而怀疑着运命的威力并一心想反抗的人物。因此她虽然在生活里失败了，被害死了，可是在人们心里她还活着，生长着，鼓舞着人们同旧社会作誓不两立的战斗。

在这里，鲁迅在揭发，批评和描写旧社会的黑暗，病症，和人民的所谓灰色生活之余，还能在被损害的愚昧无知的祥林嫂身上看出她的对于运命的怀疑和反抗的真实面貌来，不能不承认，就是在他的前期，鲁迅的现实主义也已具有了多么雄伟的力量。

一个真实的形象——性格面貌在斗争发展中变化

祥林嫂是一个真实的人，她的形象所以被表现得如此动人就因为它真实。

勤劳，善良，迫切的要求自由和幸福的生活，在强暴的压迫势力面前能够不顾一切的反抗，鲁迅在斗争发展中表现出来了她的这些融和着阶级性与个性在一起的性格特征，这使祥林嫂的形象显得如此鲜明，简练，集中。祥林嫂说话不多，鲁迅也没有说过一句教训人的话，但祥林嫂的影子却是如此深刻的留在我们心里，永远不能忘却。

鲁迅深刻地掌握了"真实地，历史的具体地来描写人"的原则。他并没有因为无限地同情祥林嫂的悲惨遭遇，就把她写成了超过当时环境的不合乎发展规律的人物。孔厥《一个女人翻身的故事》中的折聚英，赵树理《小二黑结婚》中的小芹，这些都是自由和幸福的新女性，她们的反抗都获得了真正翻身的结果，但这是因为她们已经生活在新社会的阳光里，而若把祥林嫂也就写成和她们一样，这便违反了真实，不可能使人信服，也就不会有什么教育意义。

祥林嫂形象的深刻意义还在于祥林嫂的受苦和反抗决不是一个个人的问题，在实质上就是一个阶级斗争问题。封建、反动、迷信的整个旧社会都在迫害祥林嫂，祥林嫂身上所受到的封建思想的毒害这时也在起着迫害她自己的作

---

① 《陀思妥夫斯基的事》，《且介亭杂文二集》，《全集》第六卷，页四〇五—四〇七。

477

用,而祥林嫂的反抗也就表现了所有被压迫劳动人民的共有的愤怒。鲁迅在这里揭露了这个形象之思想感情的社会的根源,并把它同当时的革命任务结合起来,所以就达到了很高的思想性。

祥林嫂这个形象的动人力量也由于她的面貌是随着故事的发展从行动中逐渐地揭露出来,而且不断地有着显著的变化的。祥林嫂第一次成了寡妇逃到鲁四老爷家来做工的时候,"脸色青黄,但两颊却还是红的",做过一阵工,因为生活比较自由了些,"口角边渐渐的有了笑影,脸上也白胖了"。第二次来到鲁家的时候,服饰虽还一样,但因为又已经历了几次惨变,"脸色青黄,只是两颊上已经消失了血色","眼角上带些泪痕,眼光也没有先前那样精神了",她的"手脚已没有先前一样灵活,记性也坏得多,死尸似的脸上又整日没有笑影"。当大家已经烦厌和唾弃她的悲惨故事的时候,她不再开口了,"单是一瞥他们,并不回答一句话"。当柳妈给她讲完阴司的故事时,她"第二天早上起来的时候,两眼上便都围着大黑圈"。从此她对别人的嘲笑就"总是瞪着眼睛,不说一句话,后来连头也不回了","整日紧闭了嘴唇",只是"默默的"做事。一直到已经捐过了门槛,她才"神气很舒畅,眼光也分外有神",以为罪已经赎掉了。接着便是完全绝望,脸色"变作灰黑","眼睛窈陷下去","不独怕暗夜,怕黑影,即使看见人","也总惴惴的,有如在白天出穴游行的小鼠;否则呆坐着,直是一个木偶人"。"不半年,头发也花白起来了,记性尤其坏,甚而至于常常忘却了去淘米"。而到最后,则"五年前的花白的头发,即今已经全白,全不像四十上下的人;脸上瘦削不堪,黄中带黑,而且消尽了先前悲哀的神色,彷佛是木刻似的,只有那眼珠间或一轮,还可以表示她是一个活物"。

这些外貌和内心的变化清楚地画出了祥林嫂的一条从悲苦、绝望、衰老,到死亡的悲惨不幸道路。当祥林嫂的悲惨不幸更增多了一分时,悲惨不幸也就立即在她的外貌和内心打上了清楚的烙印。而这又显然都是被旧社会压迫的结果。这样自然真实的描写方法随着故事的发展一次又一次的加深我们的感受,一方面使我们感到了像祥林嫂这样的人落在旧社会的虎口里真是一点生路没有,而增加了我们对旧社会的认识与仇恨;另一方面也使我们越来越充满着对于被压迫的祥林嫂的同情,而感觉站在被压迫者一边以反抗打击压迫者的强暴,正是我们每一个人的神圣责任。

文学的根本任务是真实地描写人,描写人与人的关系,不这样就不能强烈地激发读者的思想与感情。仅仅情节的曲折、变幻、新奇,一定无济于事。但如果作家没有不倦地追求真理的心,对他所描写的人物没有正确和丰富的知识,没有抱着分明的爱憎,没有深入到他们的日常生活和内心生活中去熟悉他们的思想感情,那么就不可能创造出真实动人的形象或典型。鲁迅正因为能够做到这样所以他才成功地创造出来了祥林嫂的。

封建社会和旧礼教的一个代表——鲁四老爷

鲁四老爷是一个开口就要大骂新党的讲理学的老监生。大骂新党而所骂的还是康有为,可见乃是一个绝端顽固的家伙。讲理学的最重礼教,尤其看不起妇女。鲁迅挑选这样一个人物来作为封建社会和旧礼教——地主政权的一个代表,是非常真实,凸出,非常恰当的。

鲁迅通过许多细节的描写,刻划出来了生动的形象,深刻的揭发了旧社会代表人物鲁四老爷的反动、虚伪、自私和冷酷。他讨厌祥林嫂,因为她是"寡妇";他说祥林嫂"败坏风俗","不干不净",因为她不但是"寡妇再嫁",而且再嫁之后又成了"寡妇"。祥林嫂的婆婆来逼祥林嫂回去时,他天经地义地完全支持她的婆婆,说"既是她的婆婆要她回去,那有什么话可说呢",而且还把祥林嫂勤劳节省下来的"一文也还没有用"过的工钱都交给了她的婆婆。他虽然读过"鬼神者二气之良能也"一类的书,而忌讳仍然极多。他书房里挂着"事理通达心气和平"的招牌,但看见了祥林嫂却就要皱眉,祥林嫂被捆劫走了还是"然而……"地派她的不对。他口口声声礼教,每回都照例要皱眉,但鉴于祥林嫂能做,又"向来雇用女工之难",便默认地又留用了。留用了,可是仅仅需要她的牛马一样的出力,在精神上则仍残酷的折磨她。当发觉她的手脚已没有先前一样灵活,记性也坏得多了的时候,他就"颇有些不满";等到祥林嫂的肉体和精神都因希望的绝灭而完全崩垮,头发也花白起来,记性尤其坏,甚而至于常常忘却了去淘米的时候,他就马上有了"倒不如那时不留她"的懊悔,接着便想打发她走,而也果然把她像赶狗一样的赶掉了。

甚至当祥林嫂已经在外面穷死了,只是因为她正死在鲁四老爷临近祝福的时候,他还这样恨恨的毒骂已经死了的祥林嫂:"不早不迟,偏偏要在这时候,——这就可见是一个谬种!"

在鲁四老爷们看来,祥林嫂这一类人原来就是为自己的享用而生存的,应当完全遵照自己的意旨,听自己的话,就是死也应当挑选在一个并不触犯自己忌讳的时候。否则，——"这就可见是一个谬种"！

在他们的心里，只有自己，没有人民；只想奴使别人，从不想到别人的痛苦；在他们的心里，只有欺负、侮辱、压榨，如何更能满足自己，就只缺乏一样东西：对被压迫者的同情！这也就是反动剥削者的鲁四老爷们的本质。

鲁迅也没有教训我们一句话，但他却是以鲁四老爷的全部虚伪，自私，冷酷的行动来向我们揭露了他的杀人不见血的罪恶，鲁四老爷正是旧社会中一个最真实的代表。他让我们自己作出了一定要打倒这个旧社会的结论。他的这种写法比之直接的教训不知要增加多少深刻动人的力量。

受你们压迫的人在死亡，而你们自己倒还在祝福：

这篇小说题名《祝福》，一方面，固然由于祥林嫂的悲惨故事和旧社会年终"祝福"的节俗始终有着密切的关系，但更重要的，是鲁迅为了要表现出旧社会里的这一种不平："祝福"本是人人共乐的节俗，但现在受你们——鲁四老爷们——压迫的人在死亡，她的尸体还野露在寒冷的雪地里，而你们这些压迫者，倒还在兴高彩烈的为自己祝福！勤劳善良的人民在受苦，在死亡，而你们这些虚伪，自私，冷酷的家伙却还想长生不老的活下去继续害人！你们在祝福，在安排人肉的筵宴，你们"以凶人的愚妄的欢呼，将悲惨的弱者的呼号遮掩，更不消说女人和小儿"。① 可是鲁迅却偏要把这些弱者的呼号尽量的高声喊出！

E·史坦别格曾说："祥林嫂的悲剧的历史是在家庭欢乐祝福的暗影里被表现了。在华丽的厅堂里，一切都是舒适的，称心的。一家人都聚在一起，在富丽的大厅上摆着酒席，放着鞭炮；而另一角天地里则在饥寒交迫之下死去了谁也不需要的，而多年为这些人劳作过的年老的女乞丐。"② 这样的题名也更增强了祥林嫂悲剧的动人力量。

应当指出：鲁迅的真正祝福是向着被压迫的悲惨不幸而死的祥林嫂们的。鲁迅深深愿望祥林嫂们才真能一年比一年的更加自由和幸福起来。经过千千

---

① 《灯下漫笔》，《坟》，《全集》第一卷，页一九三—二〇二。
② （苏联）E·史坦别格：《中国人民的伟大作家——鲁迅》，铁弦译文，《文学月报》（一九四〇年）二卷三期。

万万未死的和继起的祥林嫂们的英勇奋斗，今天，地主政权已经被消灭，像祥林嫂这样悲惨不幸的人再也不会出现了。而相反的，和祥林嫂已经完全不同的新的妇女，则已经在革命斗争中被培养锻炼出来，并且已经大批地涌现，成了新中国的主人。中国劳动妇女的自由幸福理想今天毕竟实现了。

《灯下漫笔》研究

大革命风暴爆发的前夕

《灯下漫笔》写成于一九二五年四月二十九日,距离掀起了中国革命高潮的"五卅"反帝运动只一个月,适当大革命风暴爆发的前夕。

在一九二五年以前,世界资本主义各国曾因得到社会民主党反动头子的帮助,残酷地压迫了无产阶级的革命,而得到资本主义相对稳定的一个短期。但到了一九二五年,世界主要资本主义国家的生产和贸易已接近于或达到战前的程度,而美、日等资本主义的一部分生产和贸易则还超过战前的程度。世界资本主义发展的不平衡,埋伏着各国资本主义国家间的严重矛盾,必然要引起对于殖民地和半殖民地国家的重新争夺与进一步的掠取。

半殖民地的中国,这时正因为各个帝国主义者在大战结束后重新回来加紧的侵略,而发展着经济危机。这种危机使得工人生活空前恶化,农民破产流离,小资产阶级大批失业,民族资产阶级也因民族工业发展受挫而加深了同帝国主义的矛盾。中国各革命阶级的革命要求因而更加强烈,中国革命高潮必然就要到来了。

在中国革命运动力量的前面,以日、英、美为首的各帝国主义强盗,虽然互有矛盾,但他们要镇压中国人民的反抗,是一样的,他们所采取的方法也大致相同。它们在中国造成了为帝国主义服务的买办阶级和商业高利贷阶级,它们又使中国的封建地主阶级变为它们统治中国的支柱,它们以及它们在中国全部财政军事的势力,成了一种支持,鼓舞,栽培,保存封建残余及其全部官僚军阀上层建筑的力量。它们供给中国反动政府和各地军阀以大量的军火和大批的军事顾问,造成军阀之间的混战,帮助反动政府来镇压革命势力,务使它们对于中国人民的残酷剥削能够顺利进行。如果革命势力已经非常高涨,作为它们侵略和剥削工具的反动政府已经不能镇压得住,那么它们也就会公然无忌地向中国人民挑战,直接的发动屠杀,这时候它们之间虽然互有矛盾,却可以马上就联合一致了。①

可是正如毛主席所指出:"帝国主义列强在所有上述这些办法之外,对于麻醉中国人民的精神的一个方面,也不放松。"②军事屠杀是硬刀子,精神麻醉则是"软刀子","软刀子"一样可以杀人致死,它们派人到中国来传教,办医院,办学校,办报纸,吸引留学生,以小恩小惠来利诱中国人去接受那对它们有利的一套所谓"西洋文明",这是一方面;另一方面,它们对于中国封建地主官僚军阀们所赏识保护的一套吃人的所谓"固有文明",也不遗余力的从旁击节赏叹,鼓励保存,甚至代为提倡。它们这样做一点也不矛盾,因为目的是一个:"造就服从它们的知识干部,和愚弄广大的中国人民。"③这些办法如果办得成功,就能使中国人"割头不觉死"。所以它们只在形势万急,这些办法还来不及生效可以完全阻止革命时才动用硬刀子,因为这样做既省力又少反抗。而当它们才将硬刀子收起的时候,便一定又把软刀子放出来了。

反对帝国主义和封建主义,推翻帝国主义和封建主义在中国的统治与压迫,以实现中国的独立和民主自由,这原是中国人民的根本要求,而在鲁迅写作这篇文章的时候,由于上述两种恶势力的压迫已经更加严重,中国人民的这个根本要求也显得格外迫切了。但也因此,中国人民就更加应该努力打击和打退一切的硬刀子和软刀子。特别是软刀子,惟其"软",所以尤要注意、警惕,不要再去上当,免得被吃掉、害死,甚至被吃掉了害死了还是觉不出致死的毛病来。

鲁迅这篇文章就是专来揭露这种"软刀子"以及它的毒害的,它在这个时候被写出来绝不是偶然的事情。

帝国主义文化和半封建文化结成文化上的反动同盟

毛主席告诉我们:"一定的文化是一定社会的政治和经济在观念形态上的

---

① 请参阅毛主席:《中国革命和中国共产党》第三节,胡华《中国新民主主义革命史》第四章。
② 毛主席:《中国革命和中国共产党》,《选集》第二卷,页六〇〇。
③ 同上。

483

反映。在中国,有帝国主义文化,这是反映帝国主义在政治上经济上统治或半统治中国的东西。这一部分文化,除了帝国主义在中国直接办理的文化机关之外,还有一些无耻的中国人也在提倡。一切包含奴化思想的文化,都属于这一类。在中国,又有半封建文化,这是反映半封建政治与半封建经济的东西,凡属主张尊孔读经,提倡旧礼教旧思想,反对新文化新思想的人们,都是这类文化的代表。帝国主义文化和半封建文化是非常亲热的两兄弟,他们结成文化上的反动同盟,反对中国的新文化"。毛主席指出:"这类反动文化是替帝国主义和封建阶级服务的,是应该被打倒的东西。不把这种东西打倒,什么新文化都是建立不起来的。不破不立,不塞不流,不止不行,它们之间的斗争是生死斗争。"①

鲁迅这篇文章的主要目的,一方面在揭露反动的半封建文化——国粹或固有文明之类的吃人害人的本质,另方面在戳穿帝国主义者赞颂中国固有文明的凶残内心,归结到我们应当"扫荡这些食人者,掀掉这筵席,毁坏这厨房",而"创造这中国历史上未曾有过的第三样时代。即既非想做奴隶而不得的时代也非暂时做稳了奴隶的时代。中国的封建的反动统治者对于各阶层劳动人民实行着野蛮的统治,他们为了自己的利益不惜出卖本国和人民的利益,帝国主义列强则是存心要把中国变成它们的半殖民地和殖民地,因此它们在文化方面也采用了许多的压迫手段,但鲁迅却不顾一切,和这类反动文化作坚决的生死的斗争,努力要打倒这些东西,帮助人民摆脱精神上的麻醉,而起来实现自己的根本要求。鲁迅的革命爱国主义精神是如此的伟大和深沉,所以他的类此作品才能对当时以至今天的中国人民反帝反封建的革命运动起了这么多的教育和鼓舞作用。

想做奴隶而不得的时代和暂时做稳了奴隶的时代

中国的封建的反动统治阶级和帝国主义者都热烈支持赞颂半封建的文化——国粹或所谓固有文明。因为在他们看来,这些东西都是"太平盛世"所产生,也可以产生"太平盛世"。他们既不满于现在,神往于三百年前的太平盛世,所以就要热烈支持赞颂这些东西,企图回到"古已有之"的时代去,而反对一切新的东西。

---

① 毛主席:《新民主主义论》,《选集》第二卷,页六六六。

他们不满于现在——革命高潮正在不断高涨的现在,是当然的,因为"现在"对于他们已不是"太平盛世"了。但他们所要引导大家前去的"三百年前的太平盛世",对于中国人民来说,是否真是"太平盛世"呢?

鲁迅在这里回答:绝对不是的。岂止不是"太平盛世","中国人向来就没有争到过'人'的价格,至多不过是奴隶",时常还是"下于奴隶",想做奴隶而不得。鲁迅在这里直捷了当地把长期的封建专制的黑暗统治,和外来的野蛮侵略的中国历史,作了如此简明的总结,说中国人民在过去只经历了两种时代,即"想做奴隶而不得的时代"和"暂时做稳了奴隶的时代"。可以说,过去还没有任何历史学家对中国历史作过如此明确深刻的剖解,如此尖锐有力的批判。鲁迅简直是一语破的地就戳穿了几千年来封建阶级以铺张历史来愚弄人民的骗局。这难道不是完全真实的么?

那么,是这样的两种时代所产生出来的国粹或所谓固有文明,它怎样能够把我们带到我们所理想的真正的"太平盛世"去呢? 显然,这只是要把我们引导去作苦痛更深的奴隶,甚至还不及牛马的奴隶,而这样之后封建阶级自己倒真又可以太太平平地吃人,享受人肉的筵宴了。

我们人民也不能满足于现在,因为帝国主义和封建主义两大敌人还存在,还在压迫我们;我们也有所神往,但决不能是什么"三百年前的太平盛世",决不能是复古,而应当向前看,去创造不作奴隶的第三样时代,这在中国历史上还未曾有过的真正的"太平盛世"。

鲁迅在这里主要是要揭露国粹或固有文明之类的反动本质,这样他从这些东西产生时代的历史真实来加以说明,就可以从根本上来击破这个骗局。这不是技术,而是由于鲁迅对中国社会历史有着长期深刻的观察和研究。

所谓国粹和固有文明,其实不过是安排给阔人享用的人肉的筵宴

所谓国粹和固有文明,既然是从这样的两种时代里产生并为这两种时代效劳的,所以鲁迅又一针见血地指出:"所谓中国的文明者,其实不过是安排给阔人享用的人肉的筵宴。所谓中国者,其实不过是安排这人肉的筵燕的厨房"。

所谓国粹或固有文明之骗人害人,如果我们再参看鲁迅在写作此文同时或稍后的其他文章中的意见,那么对他所作的上述这个精确结论,就可以有更深

的体会。

在《老调子已经唱完》(一九二七年二月)里,鲁迅指出中国的所谓国粹或固有文明都是侍奉主子的东西,对现在的人民没有什么益处,要保存这些东西就是要中国人永远做侍奉主子的材料,苦下去,苦下去。他说:

> 中国的文化,我可是实在不知道在那里。所谓文化之类。和现在的民众有什么关系、什么益处呢?近来外国人也时常说,中国人礼仪好,中国人肴馔好,中国人也附和着。但这些事和民众有什么关系?车夫先就没有钱来做礼服,南北的大多数的农民最好卖的是杂粮,有什么关系?
>
> 中国的文化,都是侍奉主子的文化,是用很多的人的痛苦换来的。无论中国人、外国人,凡是称赞中国文化的,都只是以主子自居的一部分。……
>
> 保存旧文化,是要中国人永远做侍奉主子的材料,苦下去,苦下去。①

因为所谓国粹或固有文明原是这样的东西,所以特别在自己的统治已经摇摇欲坠的时候,那些还是"以主子自居"的僵尸一样的统治者就要来保存和提倡它们了。瞿秋白曾经指出:"这些僵尸,封建性的军阀,官僚式的买办,自然要竭力维持一切种种的国故:宗法社会的旧道德,忠孝节义和腐烂发臭的古文化。……这些将到'被征服的地位'的人,一定要提倡守节,一定要称赞烈女。而且为着保持自己的统治,自然更要提倡忠孝,因为活人总要想前进,青年总要想活动,只有死人可以拖住活的,老人可以管住小孩子,这样就天下太平了。"②

这些所谓国粹或固有文明,"是最没有变化的,调子是最老的,里面的思想是最旧的",许多人因为几千年来长期受着它的愚弄和影响,并不觉得它对中国怎样有害,反而有些"陶醉而且至于含笑",其实倒正是由于这些东西,"大小无数的人肉的筵宴",才能"从有文明以来一直排到现在",而且使"有许多人还想一直排下去"。所以这些东西实在就是一把软刀子,如果不知警戒,及早弃绝,真到了贾凫西说纣王的"几年家软刀子割头不觉死,只等得太白旗悬才知道命

---

① 《老调子已经唱完》,《集外集拾遗》,《全集》第七卷,页七二八—七三七。

② 瞿秋白:《鲁迅杂感选集序言》,在《乱弹及其他》一书内,山东新华本。

有差"时①,便懊悔也来不及了。

中国人民应当摆脱奴隶或下于奴隶的价格,而实现国家的独立和民主自由,但这就必须把反动统治阶级自欺欺人的所谓国粹或固有文明之类决绝地抛弃。因为这些东西对人民来说早已"一无所有",只有决绝地把它抛弃了才有新的希望。在《忽然想到之十一》(一九二五年六月)里鲁迅说:

> 中国的精神文明,早被枪炮打败了,经过了许多经验,已经要证明所有的还是一无所有。讳言这"一无所有",自然可以聊以自慰;倘更铺排得好听一点,还可以寒天烘火炉一样,使人舒服得要打盹儿。但那报应是永远无药可医,一切牺牲全都白费,因为在大家打着盹儿的时候,狐鬼反将牺牲吃尽,更加肥胖了。
>
> 大概:人必须从此有记性,观四向而听八方,将先前一切自欺欺人的希望之谈全都扫除,将无论是谁的自欺欺人的假面全都撕掉,将无论是谁的自欺欺人的手段全都排斥,总而言之,就是将华夏传说的所有小巧的玩艺儿全都放掉,倒去屈尊学学枪击我们的洋鬼子,这才可望有新的希望的萌芽。②

这些所谓国粹或固有文明,不但对人民来说早已"一无所有",而且它的空虚惨败,也早已为热烈支持提倡它的僵尸们所看出,其实在他们的内心里也已并不真正信从这些东西,他们是在做戏,目的则在利用和愚弄,因此乃是一个十足的骗局。鲁迅对于这一点是看得非常清楚的,在《十四年的"读经"》(一九二五年十一月)里他说:

> 他们的主张,其实并非那些笨牛一般的真主张,是所谓别有用意;反对者们以为他们真相信读经可以救国,真是"谬以千里"了……
>
> 我看不见读经之徒的良心怎样,但我觉得他们大抵是聪明人,而这聪明,就是从读经和古文得来的。我们这曾经文明过而后来奉迎过蒙古人、满洲人大驾了的国度里,古书实在太多,倘不是笨牛,读一点就可以知道,

---

① 《老调子已经唱完》,《集外集拾遗》,《全集》第七卷,页七二八——七三七。
② 《忽然想到之十一》,《华盖集》,《全集》第三卷,页一〇三。

怎样敷衍、偷生、献媚、弄权、自私,然而能够假借大义,窃取美名。……

这一类的主张读经者,是明知道读经不足以救国的,也不希望人们都读成他自己那样的;但是,耍些把戏,将人们作笨牛看则有之,"读经"不过是这一回把戏偶尔用到的工具。①

在《马上支日记》(一九二六年七月)里他又指出:

向来,我总不相信国粹家道德家之类的痛哭流涕是真心,即使眼角上确有珠泪横流,也须检查他手巾上可浸着辣椒水或生姜汁。什么保存国故,什么振兴道德,什么维持公理,什么整顿学风,……心里可真是这样想?一做戏,则前台的架子,总与在后台的面目不相同。但看客虽明知是戏,只要做得像,也仍然能够为它悲喜,于是这出戏就做下去了;有谁来揭穿的,他们反以为扫兴。……

中国的一些人,至少是上等人,他们的对于神、宗教、传统的权威,是"信"和"从"呢,还是"怕"和"利用"? 只要看他们的善于变化,毫无特操,是什么也不信从的,但总要摆出和内心两样的架子来。……

一面制礼作乐,尊孔读经,"四千年声明文物之邦",真是火候恰到好处了,而一面又坦然地放火杀人,奸淫掳掠,做着虽蛮人对于同族也还不肯做的事……全个中国,就是这样的一席大宴会。②

所谓国粹或固有文明,既然都是目的在"要中国人永远做侍奉主子的材料"的侍奉主子的东西,而装腔作势的支持提倡又早已只是一个十足的骗局,那么,中国人民难道还可以对于这些东西"陶醉而且至于含笑"下去,甘心上当牺牲么? 鲁迅在一九一八年的《随感录(五十七)》里就曾这样提醒过我们了:"做了人类想成仙,生在地上要上天;明明是现代人,吸着现在的空气,却偏要勒派朽腐的名教,僵死的语言,侮蔑尽现在,这都是'现在的屠杀者'。杀了'现在',也便杀了'将来'。——将来是子孙的时代。"③这就是,如果甘心上当,就不但自己

① 《十四年的"读经"》,《华盖集》,《全集》第三卷,页一二七—一三一。
② 《马上支日记》,《华盖集续编》,《全集》第三卷,页三〇九—三一三。
③ 《随感录五十七》,《热风》,《全集》第二卷,页六十九。

仍要作奴隶或下于奴隶的什么,连我们的子孙的希望也要给断送了。

如果真要活下去就得全都踏倒这些阻碍物

因此鲁迅说:"世上如果还有真要活下去的人们,就先该敢说,敢笑,敢哭,敢怒,敢骂,敢打,在这可诅咒的地方击退了可诅咒的时代!"①他要青年们先将中国变成一个有声的中国:"大胆地说话,勇敢地进行,忘掉了一切利害,推开了生人,将自己的真心话发表出来。……只有真的声音,才能感动中国的人和世界的人;必须有了真的声音,才能和世界的人同在世界上生活。"②他说为要达到我们"一要生存,二要温饱,三要发展"的目的,就应对于任何"敢来阻碍这三事者",坚决的进行"反抗",加以"扑灭"。③"无论是古是今,是人是鬼,是三坟五典,百宋千元,天球河图,金人玉佛,祖传丸散,秘制膏丹,全都踏倒它。"(《忽然想到之五》)他说:"旧文章,旧思想,都已经和现社会毫无关系了,""生在现今的时代,捧着古书是完全没有用处的了。"(《老调子已经唱完》)"我们此后实在只有两条路:一是抱着古文而死掉,一是舍掉古文而生存。"(《无声的中国》)我们当然要走生存的,创造中国历史上未曾有过的第三样时代的路,所以我们就一定要"扫荡这些食人者"所创造并想利用来继续食人的所谓国粹或固有文明,不能反顾,坚决把这些害人的老调子全都扑灭,踏倒。这对于"掀掉这筵席,毁坏这厨房",推翻帝国主义和封建主义在中国的统治就也是一种极大的贡献。

中国人民应当勇敢地起来"扫荡"、"掀掉"、"毁坏",并且"创造",这就需要活动,这就需要冒险。但我们的古训却一直教人不要动,不要冒险。鲁迅告诉我们:应该活动,不能半死半生的苟活,这才有发展,"意图生存而太卑怯,结果就得死亡"。(《北京通讯》)又说,"做人是总有些危险的,如果躲在房里就一定长寿,白胡子的老先生应该非常多",但事实上他们也还是常常早死。(《老调子已经唱完》)我们不能老想逃避这种求生的偶然的危险。坐监狱似乎最安稳了,不怕失火,不怕盗劫,每日两餐,起居有定,房子坚固,也不

---

① 《忽然想到之五》,《华盖集》,《全集》第三卷,页四七—四九。
② 《无声的中国》,《三闲集》,《全集》第四卷,页二二—二八。
③ 《北京通讯》,《华盖集》,《全集》第三卷,页五六—五九。

会倒塌,但独独缺少一件事,这就是:自由。而没有自由,必然就会走到死路去。鲁迅的这种清醒的现实主义的号召对于当时的革命战斗无疑是一种很大的助力。

侵略者的外国人所以赞颂中国固有文明不过是利用,要吃中国人的肉

在半殖民地半封建的中国,封建地主阶级已成为帝国主义统治中国的支柱,帝国主义文化和半封建文化结成了文化上的反动同盟,一道来反对中国人民的革命运动和革命的新思想新文化。侵略者的外国人用尽一切残酷的手段来打击破坏我们的反抗活动,惟独对于我们的所谓国粹或固有文明却竭力赞颂,甚至代为提倡,这颇使有些中国人感到光荣。但难道这真是一种由衷的尊重么? 不是的。

侵略者的外国人绝不会比中国反动统治阶级的僵尸们更蠢,他们当然看到我们的那些所谓国粹或固有文明实际上只是能使我们腐败下去,一直到灭亡。如果他们爱惜中国人,他们就会帮同我们来扑灭,踏倒这些害人的东西。但正如鲁迅所说:"他们对于中国人,是毫不爱惜的,当然任凭你腐败下去",不但如此,他们正要"利用了我们的腐败文化,来治理我们这腐败民族"。"中国的文化,都是侍奉主子的文化","我们的痛疮,是它们的宝贝"(《我们不再受骗了》),把这种文化保存下来,对中国的封建地主阶级固然有利,帝国主义自己也就一直可以安安稳稳做中国的主子。非常清楚,是因为这样的理由,侵略者的外国人才来"赞颂"、"尊重"中国的固有文明的,所以鲁迅说:这"那里是真在尊重呢,不过是利用"!(《老调子已经唱完》)而只有那些来到中国而能疾首蹙额憎恶中国的这些东西的,才是"不愿意吃中国人的肉的"可感谢的朋友。

外国人"赞颂"、"尊重"中国的腐败文化,不管是由于什么动机,一律都可憎恶,都可痛恨,因为这在客观上都将阻碍中国人的进步,"是要中国人永远做侍奉主子的材料,苦下去,苦下去",变成他们的下等奴才,牛马不如的苦力。鲁迅指出:"以前,外国人所作的书籍,多是嘲骂中国的腐败;到了现在,不大嘲骂了,或者反而称赞中国的文化了:常听到他们说:'我在中国住得很舒服呵!'这就是中国已经渐渐把自己的幸福送给外国人享受的证据,所以他们愈赞美,我们中

490

国将来的苦痛要愈深的！"①侵略者的外国人在可以不用钢刀的时候就改用了这样的软刀子，可是它对于中国人却并不比用钢刀更少伤害。那么中国人难道还应"欣然色喜"于这些吃人生番的什么"赞颂"和"尊重"，而继续担当"办酒的材料"下去么？不，中国人早该勇敢地起来反抗和扑灭这些我们前进途上的阻碍物了！

神圣的憎恶和讽刺，揭穿了一切人民之敌的阴谋诡计

鲁迅在这里彻底地揭穿了一切人民之敌的阴谋诡计。这个阴谋诡计，特别是通过所谓国粹或固有文明之类的骗局来进行的，不能不承认它很有迷惑人的力量，但因此它也就显得特别的恶毒。

鲁迅的神圣的憎恶和讽刺，总是集中在军阀官僚地主和他们的叭儿狗，以及满嘴毒牙的侵略者的外国人身上，他毫不留情的揭穿这些刽子手的假面具，表现出了他们的凶残、卑恶、反动的本质，为当时的革命战斗建立了坚强而不可少的阵线。是什么一种力量使得鲁迅能够不顾一切阻碍而这样战斗的？这就是他的崇高，热烈，革命的爱国主义精神！

伟大的鲁迅，虽然极端憎恨那些侵略者的外国人，认为"此辈当得永远的诅咒"，可是他却绝不是一个狭隘的民族主义者，他的爱国主义是和国际主义结合着的。因为他在这里同时也表白了，他对那些"不愿意吃中国人的肉的"能够疾首蹙额而憎恶旧中国的外国人，"敢诚意地捧献我的感谢"。他说："倘有外国的谁，到了已有赴宴的资格的现在，而还替我们诅咒中国的现状者，这才是真有良心的真可佩服的人！"

中国人民在共产党的领导和苏联人民的真诚帮助下，经过三十年的艰苦斗争，今天，终于已经把封建主义及其代表者——军阀官僚地主们打倒，把帝国主义的侵略势力逐出，并给了沉重的打击，鲁迅所热望的"中国历史上未曾有过的第三样时代"毕竟出现了！鲁迅的指引和梦想（当时他还不可能肯定这就是今天这样没有人压迫人的社会）已经产生了实际的结果。今后的问题便在我们应当如何更加努力，把我们的国家建设得更美好、更幸福了，保卫得更坚固了。

---

① 《老调子已经唱完》，《集外集拾遗》，《全集》第七卷，页七二八——七三七。

"中国的文化"与"青年的使命"

鲁迅这篇文章,从今天看来,它在某些方面还多少受着他当时的革命的小资产阶级立场和进化论思想的限制。毛主席在指出五四运动本身的缺点时曾说:"那时的许多领导人物,还没有马克思主义的批评精神,他们使用的方法,一般地还是资产阶级的方法,即形式主义的方法。他们反对旧八股,旧教条,主张科学和民主,是很对的。但是他们对于现状,对于历史,对于外国事物,没有历史唯物主义的批判精神,所谓坏就是绝对的坏,一切皆坏;所谓好就是绝对的好,一切皆好。"[1]鲁迅就因多少受着这样地看问题法的限制,所以他当时对于"中国的文化"还不能从中把古代优秀的人民文化与古代封建统治阶级的一切腐朽的东西区别开来,而主张统统加以"扑灭"、"踏倒"。在这方面,显然后来毛主席的解说是更为完满和正确。毛主席指出:"中国的长期封建社会中,创造了灿烂的古代文化。清理古代文化的发展过程,剔除其封建性的糟粕,吸收其民主性的精华,是发展民族新文化提高民族自信心的必要条件;但是决不能无批判地兼收并蓄。必须将古代封建统治阶级的一切腐朽的东西和古代优秀的人民文化即多少带有民主性和革命性的东西区别开来。"[2]

鲁迅在这里特别寄望于一般青年,意谓只有青年才能担负领导创造"中国历史上未曾有过的第三种时代"的责任。鲁迅当时还不了解青年并不是一个阶级。中国的一般青年知识分子,在帝国主义、封建主义和大资产阶级的压迫之下,虽然有很大的革命性,在革命过程中常常起着先锋和桥梁的作用,但正如毛主席所指出:"知识分子在其未和民众的革命斗争打成一片,在其未下决心为民众利益服务并与群众相结合的时候,往往带有主观主义和个人主义的倾向,他们的思想往往是空虚的,他们的行动往往是动摇的。"[3]鲁迅在这里没有足够估计到工人农民的作用,还没有充分理解到中国革命如果没有无产阶级的领导,就必然不能胜利。

如所周知,鲁迅立场思想上的这些限制,在一九二七年之后,就不再存在

---

① 毛主席:《反对党八股》,《选集》第三卷,页八五三。

② 毛主席:《新民主主义论》,《选集》第二卷,页六七九。

③ 毛主席:《中国革命和中国共产党》,《选集》第二卷,页六一二。

了。例如在一九二七年九月所写的《答有恒先生》一文里,他就公开宣布说:"我的一种妄想破灭了。"这就是笼统的寄望于青年的"妄想"。因为他这时才知道杀戮革命青年的往往就是依附反革命阶级的青年,而推动社会向前发展的,乃是被压迫被剥削阶级对于压迫,剥削阶级的反抗和革命。因此他又感到:"现在倘再发那些四平八稳的'救救孩子'似的议论,连我自己听去,也觉得空空洞洞了。"①

但即使有着这些限制,鲁迅类此横冲直撞大叫大喊的文章对于当时革命的贡献还是非常巨大的。因为矫枉必须过正。不有所破,即不能有所立。因为他是如此坚决的反对帝国主义和封建主义,如此坚决的反对一切旧势力,而对于人民群众则是如此的热爱,对青年学生,则明确地引导他们向前看,指示他们起来同旧社会作战,努力创造民主自由的新社会。

---

① 《答有恒先生》,《而已集》,《全集》第三卷,页四四〇—四四六。

《论"费厄泼赖"应该缓行》研究

为了改革的缘故

《论"费厄泼赖"应该缓行》写成于一九二五年十二月二十九日。"五卅"惨案发生之后,全国各地都激起了汹涌的反帝怒涛。在运动中,北京的军阀政府和各地的军阀政府都投降帝国主义,压迫人民运动,只有当时在广东的革命政府是例外。许多地方的反帝运动都遭遇到帝国主义和军阀政府极残酷的镇压,演成大批屠杀的血案。但屠杀并不能吓退满怀愤怒的人民,却是更加激起了全国人民的反抗。群众的革命力量一天天更加澎湃发展起来了。在北京,由于受了南方工农反帝斗争的影响,青年学生们的反帝反军阀反官僚斗争也愈益高涨了。在众怒难犯的形势之下,臭名昭著的教育总长章士钊只好辞职,有名的"女师大风潮"学生们终于获得了胜利。对于这次学运,鲁迅是一直支持着学生们的斗争而坚决反对章士钊一类的官僚和走狗的。他那斩钉截铁一般的言论,把那些卑劣,懦怯,无耻,虚伪而又残酷的官僚走狗们的丑脸完全揭露出来,给了他们重大的打击。

帝国主义当然是不甘心没落的,它们看到北方的群众运动也已如此高涨,就又重新联合起来向革命进攻了。在文化思想方面,帝国主义和军阀官僚尽量利用他们所豢养着的叭儿狗出来同革命的文化思想对抗,散布"勿报复"呀,"仁恕"呀,"勿以恶抗恶"呀等等的毒素。这些东西,鲁迅称他们为"媚态的猫"、"比他主人更严厉的狗"、"吸人的血还要预先哼哼地发一道议论的蚊子"、"嗡嗡地闹了半天,停下来舐一点油汗,还要拉上一点蝇矢的苍蝇"。他说这些东西"虽

494

然是狗，又很像猫，折中，公允，调和，平正之状可掬，悠悠然摆出别个无不偏激，惟独自己得了'中庸之道'似的脸来。因此也就为阔人，太监，太太，小姐们所钟爱"。这些叭儿狗式的欧化绅士和洋场市侩在当时的代表人物就是章士钊（孤桐）陈西滢等。鲁迅极端痛恨这些东西，所以他在这里说："叭儿狗尤非打落水里，又从而打之不可"。

鲁迅一向主张要打落水狗，而欧化绅士洋场市侩之一的林语堂却竭力赞扬所谓"费厄泼赖"（Fair play）的精神，以为不"打落水狗"即足以补充"费厄泼赖"的意义。林语堂的这个意思，也正就是帝国主义和军阀官僚以及他们的叭儿狗们所要宣扬传布的意思，乃是完全援助敌人的谬论，因此鲁迅就写了这篇文章来驳斥这种谬论。

鲁迅的意思就是：像章士钊这类的叭儿狗，不要以为他已经下台，就不会再上来咬人，就不必再加以打击了，他既然具有咬人的本质，而又没有死掉，他一定还要找机会爬上来咬人的。推而广之，他就是在提醒我们对一切的敌人——帝国主义和封建势力，都绝不可以有丝毫的妥协，存任何的哀矜和幻想，否则便是"自家掘坑自家埋"，"自己讨苦吃"。鲁迅当时这种反对叭儿狗们的战斗，虽然隐蔽在个别的甚至私人的问题之下，然而这种战斗却有着极严肃极重大的原则上的意义。

鲁迅担心"老实人误将纵恶当作宽容，一味姑息下去，则现在似的混沌状态，是可以无穷无尽的"；他渴求中国的真正改革，主张光明和黑暗应当作"彻底的战斗"，只有这样，光明才能战胜，为此改革者"应该改换些态度和方法"，即应当坚决地不妥协地同人民的敌人进行激烈的斗争。在这里，一方面可以说明了"鲁迅的骨头是最硬的，他没有丝毫的奴颜和媚骨"，是向着敌人冲锋陷阵的最正确，最勇敢，最坚决的英雄，另一方面，我们也不难想像，从那年五卅运动各地工农在共产党领导之下所发动起来的反帝反军阀的英勇斗争，仅仅在半年之内，就已给了鲁迅多么深刻的影响。从这时开始，他的思想就逐渐明确的在向"党同伐异"的阶级论方面发展了。

反自由主义反妥协主义的宣言

毛主席在《反对自由主义》一文里曾经这样指出："我们主张积极的思想斗争，因为它是达到党内和革命团体内的团结使之利于战斗的武器。每个共产党员和革命分子,应该拿起这个武器。但是自由主义取消思想斗争,主张无原则的和平,结果是腐朽庸俗的作风发生,使党和革命团体的某些组织和某些个人在政治上腐化起来。"毛主席指出自由主义的来源,"在于小资产阶级的自私自利性,以个人私益放在第一位,革命利益放在第二位,因此产生思想上,政治上,组织上的自由主义"。自由主义既是这样一种消极的、有害的,"在客观上起着援助敌人的作用"的东西,"因此敌人是欢迎我们内部保存自由主义的",而在革命队伍里,就"不应该保留它的地位"。所以毛主席说:反对自由主义,"这是思想战线的任务之一"。①

毛主席这篇文章写成于一九三七年九月七日,约后于鲁迅写成此文十二年。可以说,鲁迅在当时就已达到了毛主席对于每个共产党员和革命分子要求的反自由主义反妥协主义的高度水平。对于鲁迅在这篇名文里最充分地表现出来了的反自由主义的战斗精神,瞿秋白在二十年前就已非常正确地指出这是我们宝贵的革命传统的一部分,同时并作了这样的说明:

> 鲁迅的著名的"打落水狗"(《坟》:《论费厄泼赖应该缓行》),真正是反自由主义、反妥协主义的宣言。旧势力的虚伪的中庸,说些鬼话来羼杂在科学里,调和一下,鬼混一下,这正是他的诡计。其实这斗争的世界,有些原则上的对抗事实上是决不会有调和的。所谓调和只是敌人的缓兵之计。狗可怜到落水,可是它爬出来仍旧是狗,仍旧要咬你一口,只要有可能的话。所以"要打就得打到底"——对于一切种种黑暗的旧势力都应当这样,但是死气沉沉的市侩——其实他们对于在自己手下讨生活的人一点儿也不死气沉沉,——表面上往往会对所有弱者"表同情",事实上他们有意的无意的总在维持着剥削制度。市侩,这是一种狭隘的浅薄的东西,它们的头脑(如果可以说这是头脑的话),被千百年来的现成习惯和思想圈住了,而在这个圈子里自动机似的"思想"着。家庭,私塾,学校,中西"人道主义"的文学的影响,一切所谓"法律精神"和"中庸之道"的影响,把市侩的脑筋造成了一种简单机器,碰见什么"新奇"的、"过激"的事情,立刻就会像留声机似的"啊呀呀"的叫起来。……鲁迅这种暴露市侩的锐利的笔锋,充分的

---

① 毛主席:《反对自由主义》,《选集》第二卷,页三一七—三二〇。

表现着他的反中庸的、反自由主义的精神。①

　　毛主席在鲁迅逝世周年纪念大会上的演说中也特地提到了鲁迅的这篇文章,号召我们大家要学习他的这种反自由主义反妥协主义的精神。毛主席说:

　　　　鲁迅是一个彻底的现实主义者,他丝毫不妥协,他具备了坚决心。他在一篇文章里,主张打落水狗,他说:如果不打落水狗,它一旦跳起来,不仅要咬你,而且最低限度要溅你一身的污泥。所以他主张打倒它。他一点没有假慈悲的伪君子色彩。我们要学习鲁迅的这种精神,运用到全中国去。"②

　　自由主义是和马克思主义根本冲突的。一个真正的革命分子,无论何时何地,都应当坚持正确的原则,同一切不正确的思想和行为作不疲倦的斗争。鲁迅在这方面正是我们大家的一个最好榜样。学习他的反自由主义反妥协主义的精神乃是每一个真正要求进步者的共同责任。

血的教训:如果敌人不投降,那就要消灭他

　　在《写在"坟"后面》里,鲁迅自己曾说到他的这篇文章,以为:"《论'费厄泼赖'》这一篇,也许可供参考吧,因为这虽然不是我的血所写,却是见了我的同辈和比我年幼的青年们的血而写的。"③血的教训产生出来了这样的革命真理:打落水狗。这和高尔基所主张的"如果敌人不投降,那就要消灭他④,是完全一致的。

　　血的教训和苦楚的经历使鲁迅对于敌人的凶残本性看得非常的清楚。他

<hr>

①　瞿秋白:《鲁迅杂感选集序言》,在《乱弹及其他》一书内,新华本。
②　毛主席:《鲁迅逝世周年纪念大会上的演说》转录高中语文课本第一册。
③　《写在"坟"后面》,《坟》,《全集》第一卷,页二六四,又在《两地书》(一九二五年七月廿九日)中鲁迅曾说:"民元革命时,对于任何人都宽容,(那时称为'文明')但待到二次革命失败,许多旧党对于革命党却不'文明'了:杀。假使那时(元年)的新党不'文明',则许多东西早已灭亡,那里会来发挥他们的老手段。"见《全集》第七卷,页一二二。
④　高尔基:《如果敌人不投降——那就要消灭他》,在《海上述林》上卷内,诸夏怀霜社本。

说:"狗性总不大会改变的","老实人将它的落水认作受洗,以为必已忏悔,不再出而咬人,实在是大错而特错的事"。敌人"疾善如仇",而我们如嫌"疾恶太严","操之过急";敌人"对于改革者的毒害,向来就并未放松过,手段的厉害也已经无以复加了",而我们如还在睡梦里,对落水狗存着哀矜之意,恻隐之心,误将纵恶当作宽容,一味姑息下去,那么其结果,必然是害了国家:即"现在似的混沌状态",继续无穷无尽的延续下去,"此后的明白青年,为反抗黑暗计,也就要花费更多的气力和生命";也害了自己:因为他们"他日复来,仍旧先咬老实人开手,'投石下井',无所不为"。在这种情况下,"他对你不'费厄',你却对他去'费厄',结果总是自己吃亏,不但要'费厄'而不可得,并且连要不'费厄'而亦不可得"。

狗虽落水,咬人的本性仍在;犹之敌人虽然失败,他仍可能卷土重来。对于这样的狗——敌人,我们如何可以因其落水或失败就放松甚至放弃了打击!既然是咬人之狗,既然是失败了还不肯投降的敌人,正确的办法就是"无论它在岸上或在水中",都在可打之列,或"先行打它落水,又从而打之",一直到把它们完全消灭了为止。

"对敌人宽纵,就是对同志残忍",鲁迅在和黑暗的旧势力的战斗中是深深体会到了这个真理的。他绝对不能同敌人和平共处,因为他要战斗,他关心革命事业和关心群众的命运都远比他关心自己一个人为重。

只有吸血吃肉的凶手或其帮闲们,这才赠人以"犯而勿校"或"勿念旧恶"的格言

鲁迅是一向主张对待敌人应该"以眼还眼,以牙还牙","即以其人之道还治其人之身"的。因为他深刻的看到,当坏人得志,虐待好人的时候,"勿报复"呀,"仁恕"呀,"勿以恶抗恶"呀……这一类的议论,不但不能救助好人,反而是保护坏人,给恶势力占便宜。这就是在实际上教被压迫被虐待的好人不要反对坏人,容忍他们继续来压迫虐待自己。"犯而不校"这类格言,正是统治阶级制造出来的圈套,他们可以压迫人虐待人,但也最害怕人民起来对他们反抗,向他们报复。封建社会的统治的思想,不管是儒家的也好,道家的也好,总是教人民向统治阶级退让、容忍、柔顺、谦逊、旷达,不要斤斤较量,不要念念不忘于旧恶,而以"以德报怨"为最高的道德境界。人民如果真正相信他们的这一套,就是上了大当,因为他们自己根本就是"疾善如仇",什么凶残的手段都做得出,丝毫也不

照着这些所谓"格言"办事的。统治阶级又拼命宣扬"中庸之道",这就是要人民没言没语的跟着他们走,即使要说话也一定要循规蹈矩,不为已甚。叭儿狗们散播这些毒素是为了想升官发财,分舐一点人民的血汗;而有些人的跟着瞎说,则是由于愚蠢,也由于卑怯。他们"遇见强者,不敢反抗,便以'中庸'这些话来粉饰,聊以自慰"①。欺骗,作恶,愚蠢,卑怯,这些对被压迫被虐待的人民都不利,都应当反对。

鲁迅在距此文十年以后所作的《女吊》里,曾说:"被压迫者即使没有报复的毒心,也决无被报复的恐惧。只有明明暗暗,吸血吃肉的凶手或其帮闲们,这才赠人以'犯而勿校',或'勿念旧恶'的格言——我到今年,也愈加看透了这些人面东西的秘密。"②这可以帮助我们更确切的来理解他在这篇文章里所表现出来的彻底的现实主义精神。

反对黑暗势力,反对帝国主义和封建主义,一定要坚决,彻底,一定要做到把它们完全消灭。"除恶务尽",使恶人再也不能起来作恶害人,这才是真正的人道主义,也就是革命的人道主义。这和盲目的忠厚,无原则的和平,资产阶级的虚伪的人道主义,在本质上完全不同。被压迫的人民只有抛开了这种虚伪的人道主义才有摆脱奴隶命运的希望。

对人民之敌的仇恨,是神圣的仇恨

鲁迅对于人民之敌充满着激烈的仇恨,所以他一贯的主张"打落水狗"。这种对于人民之敌的仇恨,诚如苏联已故的革命领袖加里宁所说,乃是一种"神圣的仇恨"。③

对于被压迫被虐待的人民——奴隶,引导和启发他们对于阶级敌人的激烈的仇恨,这是一种极重要的教育,为革命事业所必需。正因为"仇恨恶事","乃是最高尚的感觉以及同人类公敌作斗争的最实际手段之一",所以这就成了苏联文学上"优秀作家作品中极鲜明的特点"。加里宁在《论我国人民底道德面

---

① 《致旭生先生书》,《华盖集》,《全集》第三卷,页三〇—三三。

② 《女吊》,《且介亭杂文附集》,《全集》第六卷,页六一七—六二四。

③ 加里宁:《论我国人民底道德面貌》,在《论共产主义教育》一书内,陈昌浩译文莫斯科外文局本。

貌》一文中举例并这样说明：

　　郭尔巴托夫在他那中篇小说《宁死不屈》一书中，把仇恨德寇的心理描写得淋漓尽致。老人塔拉斯简直连想都不能想到，怎么会让恶贯满盈的德寇不受惩罚的逃去。于是他拼命地向敌人报仇。当德寇从城里逃走时，他就沿街奔跑，用手杖大敲每家的百叶窗，连连叫喊：
　　——喂，大家都出来啊！喂，德寇在开跑啊，莫让他们跑掉！喂！男子们，快出来啊！
　　顿时就有很多人围聚到了他的身边。
　　——让他们跑掉吧！——人群中有人叫了一声。——我们又没请他们来，谢天谢地，跑掉也好。
　　——塔拉斯，你想干么？
　　——决不让德寇逃走！——他叫喊说。——要就地揍死他们！
　　——塔拉斯，不用我们动手，有人要揍死他们的。……我们又不是军人，这不关我们的事。
　　——怎么不关呀？——塔拉斯吼地一声。——怎么不关我们的事呢？那么又关谁的事呢？德寇安全地跑掉之后，它又会重新来糟踏我们的性命，吊死我们的孩子。我们决不能让德寇走掉呀！要杀死他们，活埋他们！
　　他大挥其手杖，急忙往城市中心跑去。连卡同他并肩跑着。工人们从四方八面都跑出来了，很多人拿得有武器，这些武器也不知是怎样落到他们手里的……
　　——唉，真可惜，没有枪！——塔拉斯一面跑，一面愁郁地叫了一声。——连卡，唉，可惜没有枪！……
　　于是他把自己那根多节的老人手杖，高高地举在头上。此刻他也没有戴帽子，露出一个白头，城里火焰熊熊，把他脸上照得通红，他拿起这根手杖，真是威风凛凛，气势汹汹。

　　上面这一节话，真是再好不过地可以证明鲁迅"打落水狗"论的普遍正确，简直就能用来作为鲁迅这篇文章的注脚。加里宁还说：

　　敌忾同仇心理深入到我们军队里。德寇自己促成了这点。大概，我国军队中找不出一个部队内没有遭受德寇灾难的人：不是妻子小孩被打死，便是老父母被杀害，或者是姊妹被赶到德国去作苦工，至于家庭被劫，房屋被烧的事情，更不待说了。

现在，当德国为盟国军队包围日紧，战争已移到德国境内的时候，德国宣传方面却假意哭泣道：战争变得越发残酷了，各国军队中丧失了古代骑士的精神。显然，这种宣传是打算在盟国中找到傻子的。这班直接间接歼灭了几千万人的恶棍们，现在临到要受报复的时刻，却回忆起骑士精神来了。①

落水狗们的骗人花腔中外如出一辙，但有过许多苦楚经历和血的教训的站起来了的人民，却再也不会去上他们的大当了，他们要报复，他们不要什么古代骑士的精神，因为他们已饱受了这些落水狗所造成的灾难。

只有狡猾的敌人才会说仇恨不是人类高尚的情感，而温和态度是更为有效，真正的人民的声音则是决不放过任何一个敌人。尼古拉·尼基汀说他在创作《北方的曙光》时，时刻在心的事物之一，就是要"揭示食人而肥的，血腥的英美帝国主义及其各式各样的代理人的真面目，这些人在苏维埃北方做出了那样的兽性的野蛮行为和掠夺行为，留下了那样的血河，以致那儿的人民到今天还记得他们的暴行"。那些地方的居民们说："我们永远不会忘记，也永远不会饶恕。"②对人民之敌的激烈的仇恨，很自然的就会变成鼓动人民起来反抗，斗争的一股巨大力量。

鲁迅的伟大之处就在于他在那个时候就已能够深刻的认识到要"打落水狗"这个革命的真理。这是由于他对人民之敌有着神圣的仇恨之故，而这仇恨，显然又是同他对于人民有着无限的热爱分不开的。

能杀才能生，能憎才能爱

鲁迅对于人民之敌的仇恨，是非常的分明，执着，一直到他临死前所写的文

---

① 加里宁：《论我国人民底道德面貌》，在《论共产主义教育》一书内，陈昌浩译文，莫斯科外文局本。

② 尼古拉·尼基汀：《"北方的曙光"的创作过程》在《创作的甘苦》一书内，移模译文，新文艺本。

章里，还是毫不放松。他曾说过：文人不应该随和，"但这不随和却又并非回避，只是唱着所是，颂着所爱，而不管所非和所憎；他得像热烈地主张着所是一样，热烈地攻击着所非，像热烈地拥抱着所爱一样，更热烈地拥抱着所憎——恰如赫尔库来斯（Hercules）的紧抱了巨人安太乌斯（Antaeus）一样，因为要折断他的肋骨"。① 他又说："至于文人，则不但要以热烈的憎，向'异己'者进攻，还得以热烈的憎，向'死的说教者'抗战。在现在这'可怜'的时代，能杀才能生，能憎才能爱，能生与爱，才能文。"②他在逝世前一个多月所写的《死》里面，一则说："损着别人的牙眼，却反对报复，主张宽容的人，万勿和他接近。"又再这样写道："欧洲人临死时，往往有一种仪式，是请别人宽恕，自己也宽恕了别人。我的怨敌可谓多矣，倘有新式的人问起我来，怎么回答呢？我想了一想，决定的是：让他们怨恨去，我也一个都不宽恕。"③

鲁迅为什么能够写出像这篇文章一样的许多极有助于革命战斗的作品来呢？这就因为他是始终积极的和人民之敌战斗着，他是始终以革命利益为第一生命，以个人利益服从革命利益；他是如此的忠诚，坦白，勇敢，正直，憎恨敌人和热爱人民。"一言以蔽之，党同伐异而已矣"，他党于被压迫的人民而挞伐反动统治阶级的无论在岸上或在水中的"狗"，他的这种在实际战斗中被锻炼得越来越明确尖锐的阶级观点和革命热情，便是他的作品所以能够取得如此伟大成就的根本原因。"能生与爱，才能文"，鲁迅这句话其实就是这个意思，他自己的战斗和作品恰好就可用来作为他所说的这句话的证明。

我们要学景阳冈上的武松

当我们今天越是细读鲁迅的作品的时候，我们就越能发现鲁迅的思想同我们伟大领袖毛主席的思想在许多方面是多么接近或相合。这种情况即在鲁迅的早期作品中也不例外，这篇文章就是一个明证。

在《论人民民主专政》里，毛主席曾号召我们要学景阳冈上的武松，以武松打虎的精神和办法来对付国内外反动派即帝国主义者及其走狗们。毛主席说：

---

① 《再论文人相轻》，《且介亭杂文二集》，《全集》第六卷，页三三一——三三三。
② 《七论文人相轻》，《且介亭杂文二集》，《全集》第六卷，页三九七——四〇一。
③ 《死》，《且介亭杂文附集》，《全集》第六卷，页六一〇——六一六。

"对于这些人,并不发生刺激与否的问题,刺激也是那样,不刺激也是那样,因为他们是反动派。划清反动派和革命派的界限,揭露反动派的阴谋诡计,引起革命派内部的警觉和注意,长自己的志气,灭敌人的威风,才能孤立反动派,战而胜之,或取而代之。在野兽面前,不可以表示丝毫的懦怯,我们要学景阳冈上的武松。在武松看来,景阳冈上的老虎,刺激它也是那样,不刺激它也是那样,总之是要吃人的。或者把老虎打死,或者被老虎吃掉,二者必居其一。"①而鲁迅在这里则说:"或者要疑我上文所言,会激起新旧或什么两派之争,使恶感更深,或相持更烈吧。但我敢断言,反改革者对于改革者的毒害,向来就并未放松过,手段的厉害也已经无以复加了。只有改革者却还在睡梦里,总是吃亏,因而中国也总是没有改革,自此以后,是应该改换些态度和方法的。"

鲁迅在这里主张对于落水狗们"即以其人之道,还治其人之身"。毛主席在上述一文里则这样说:"宋朝的哲学家朱熹,写了许多书,说了许多话,大家都忘记了,但有一句话还没有忘记:'即以其人之道,还治其人之身。'我们就是这样做的,即以帝国主义及其走狗蒋介石反动派之道,还治帝国主义及其走狗蒋介石反动派之身。如此而已,岂有他哉!"

这难道是偶然的么? 不是的。

这是因为鲁迅"从旧垒中来,情形看得较为分明,反戈一击,易制强敌的死命"②。这也是因为"从满清末期的士大夫,老新党,陈西滢们……一直到最近期的洋场无赖式的文学青年,都是他所领教过的。刽子手主义和僵尸主义的黑暗,小私有者的庸俗,自私,愚笨,流浪,赖皮的冒充虚无主义,无耻,卑劣,虚伪的戏子们的把戏,不能够逃过他的锐利的眼光。历年的战斗和剧烈的转变给他许多经验和感觉,经过精炼和融化之后,流露在他的笔端"。③

在写作此文时的鲁迅,虽然他的从进化论到阶级论的发展过程还没有最后完成,但凭着他的战斗的经验和深刻的观察,如前所说,他的思想是更接近于阶级论了,而在某些问题上,他已多少看到了社会阶级的对立,开始有了"党同伐

<hr>

① 毛主席:《论人民民主专政》,《解放》社本。

② 《写在"坟"后面》,《坟》,《全集》第一卷,页二六四,又在《两地书》(一九二五年七月廿九日)中鲁迅曾说:"民元革命时,对于任何人都宽容,(那时称为'文明')但待到二次革命失败,许多旧党对于革命党却不'文明'了:杀。假使那时(元年)的新党不'文明',则许多东西早已灭亡,那里会来发挥他们的老手段。"见《全集》第七卷,页一二二。

③ 瞿秋白:《鲁迅杂感选集序言》,在《乱弹及其他》一书内,新华本。

异"的观点。这就是他的思想所以能和较后毛主席的思想非常接近或相合的根本因素。从鲁迅的例子也可以说明：积极的参加火热斗争，和正确的掌握马列主义革命理论，对于提高一个文艺工作者的修养和才能，是如何的重要，如何的不可缺少了。

鲁迅杂文所以有绝大"魔力"的原因

鲁迅的战斗的杂文具有高度艺术的形式，巨大的社会意义。在杂文里，通过艺术的形式，充分表现出来了鲁迅的政治立场，他的深刻的对于社会的观察，和热烈的对于人民斗争的同情。[①] 鲁迅杂文"遗给后来的功德"，借用他自己在《空谈》一文里赞扬革命牺牲者们所说的话来说明，即"是撕去了许多东西的人相，露出那出于意料之外的阴毒的心，教给继续战斗者以别种方法的战斗"。[②]

鲁迅自己曾说："我自己好作短文，好用反语，每遇辩论，辄不管三七二十一，就迎头一击。"[③]他批评有些辩论之文"历举对手之语，从头至尾，逐一驳去，虽然犀利，而不沉重，且罕有正对'论敌'之要害，仅以一击给予致命的重伤者，总之是只有小毒而无剧毒"。[④]

鲁迅杂文的高度艺术，茅盾同志下面一段分析我以为说得也很精彩、中肯：

> 鲁迅先生死后，"继承他的战斗的精神"，已经是普遍的呼声了，但是一句空话不够，我们必须有具体的切实的认识。以我所见，这是"一口咬住不放"。他好像是盘旋于高空的老鹰，他看明了旧社会的弱点，就奋力搏击。二次、三次，无数次，非到这弱点完全暴露，引起了普遍的注意，他不罢休。他发现了敌人时，对准敌人的要害，投戈一击，敌人如果仆倒了，他一定还要看看是不是诈死，要是诈死，他一定再加以致命的打击。敌人如果败逃了，他就追逐在遁逃的敌人的后面，非把他缴械是不放手的；敌人躲到洞里去了，他一定还要挖他出来，消灭他的武力。放纵了敌人的危险，他是认识

---

① 请参阅瞿秋白：《鲁迅杂感选集序言》，在《乱弹及其他》一文。
② 《空谈》，《华盖集续编》，《全集》第三卷，页二六五——二六六。
③ 《两地书》，《全集》第七卷，页六五。
④ 同上，页五八。

得最清楚的。中庸主义的绅士们哗然叫着"穷寇勿追"，鲁迅坚决地回答道:"叭儿狗非打落水中又从而打之不可!"伪善者攒眉苦眼说他太伤恕道，他的回答是:"对于这班东西，我还欠尖刻。"……

鲁迅的"一口咬住就不放"的精神，又不但表现于接战及已战之时，也表现在未战之前。他在准备攻击的时候，在研究和观察的时候，也是一口咬住了就不放的。无论问题的大小，他都一口咬住了就不放地用全力来研究。研究得还没透彻，理解得还没有熟的时候，他不轻发言;对于敌人的弱点和要害还没看得极准的时候，他不轻于一击。他写一条千把字的杂感所用的力气，并不少于几千字的长文。他的一条条短短的杂感里闪耀着他的丰富的学识，深湛的修养，和缜密的观察。……

大家都知道鲁迅的战斗技术的特点是讽刺和幽默。他的杂感往往使被攻刺的对象弄得啼笑皆非，而这巧妙的泼剌的使"人"啼笑皆非，就给予了读者大众以愈读愈隽永的回味，愈想愈明白的认识。有些讽刺和幽默的文章能够刺激读者，然而不耐咀嚼。有些是虽耐咀嚼，然而咀嚼出来的东西所起的作用只是消极的。鲁迅的讽刺和幽默却是使人不得不然要一遍一遍地咀嚼，而且愈咀嚼他的积极的作用也愈强烈。他的小说固然如此，他的杂感尤其发挥了这一新的形式(杂感)，是他所发明，所创造，而且由他发展到最高阶段。……

(他的战斗技术的又一方面)例如《论"费厄泼赖"应该缓行》一文，讨论到一个极重要的革命行动的问题，而且是颇长的论文，但是通篇没有一句枯燥的空洞的说教，通篇是那么踏实，那么隽永而且透彻，引诱着任何人(即使是本想读读消遣的人们)不得不读下去，而且刺激起任何读者的读第二遍第三遍，终至于心神感悟，明白认识了'对敌人宽纵，就是对同志残忍'的真理。……

可是，说明了某些问题的真实，揭示了旧社会的某些毒疮，仅不过是鲁迅的杂感的价值的一面。另一面，而且尤其重要的，是他的杂感不但使我们认识现实，而且使我们知道怎样去分析现实。他的杂感是一面镜子，同时又是一把钥匙，它帮助我们养成了自己去开明现实的门户的能力。

不摆出说教的面孔，不作空洞的理论，而是从具体的能够引起普遍注意与兴味的社会现象出发:这是鲁迅的杂感所以有绝大"魔力"的原因，这是它们所以能和他的小说有同样高的艺术价值的原因。①

此外郁达夫也有一段话说得很好：

> 鲁迅的文体简练得像一把匕首，能以寸铁杀人，一刀见血。重要之点，抓住了之后，只消三言两语就可以把主题道破——这是鲁迅作文的秘诀，详细见《两地书》中批评景宋女士《驳覆校中当局》一文的语中——次要之点，或者也一样的重要，但不能使敌人致命之点，他是一概轻轻放过，由它去而不问的。②

结合以上鲁迅自己和茅盾、郁达夫两位的意见，对于鲁迅杂文的艺术，我认为可以特别提出四点：第一，就是他对生活的透彻理解，和深刻敏锐地观察分析事物的本领；第二，就是他对生活真理的不倦的追求，艰巨的思想工作，和明确热烈的善善恶恶精神；在生活里他是一个具有崇高思想和丰富经验的先进者；第三，他能抓住对象的关键性的特征，外部的和内部的，也就是所谓"重要之点"或"要害"，而集中全力加以表现，因此能够造成深刻的印象；第四，他说理，但不摆出说教的面孔，很少抽象的议论，往往举出实际的例证，以小喻大，因著显微，形象生动，不但使人乐于接受，而且回味无穷，百读不厌。所有这些，当然又都是鲁迅长期刻苦的研究和写作劳动的结果。③

高尔基曾经指出，把"随笔"认为是一种低级的文学形式，"这是不正确的和不公平的"；相反，"随笔是巨大的，重要的事业"。④ 学习鲁迅杂文的艺术，适当地运用到今天的文学创作中去，这是文艺工作者当前的一个重要任务。

---

① 茅盾：《研究和学习鲁迅》，在《鲁迅先生纪念集》悼文第四辑内，鲁迅纪念委员会编。
② 郁达夫：《现代散文导论》（下），在《中国新大学系导论集》内，良友本。
③ 生活书店：《鲁迅研究》，内徐懋庸作《鲁迅的杂文》，亦可一阅。
④ 高尔基：《论文学》，孟昌译文，《人民文学》总第四十五、六期。

《"友邦惊诧"论》研究

日本帝国主义对我东北的大举进攻

鲁迅这篇《'友邦惊诧'论》写成于一九三一年十二月二十日,距离九一八事变才三个月。

从一八九四年中日战争起就决心侵略中国的日本帝国主义者,看到一九二九年底资本主义世界经济恐慌以来英、美等国忙于内部事务,无暇同日本争夺中国,又看到蒋介石政府完全投降帝国主义,并依赖英、美帝国主义的援助来进行反革命内部的内战和反对工农红军的内战,不敢抵抗日本对于中国的侵略,因此就决定首先侵略我东北,然后逐步再向我国内部扩张它的侵略。

日寇在一九三一年九月十八日夜,以重炮轰击沈阳城垣,攻占北大营。国民党反动头子蒋介石却早已给东北全军有"遇有日军寻衅,务须慎重,避免冲突"的不抵抗命令。所以到十九日晨,日寇在中国好几十万军队一枪不发的不抵抗之下,就占领了沈阳城。接着日寇又分兵进占安东、营口、长春等地。不上五天,日寇就差不多全部占领了辽宁、吉林两省。这时国民党反动派又命令东北驻军道:"日军此举,不过是寻常挑衅性质,为免除事件扩大,绝对不准抵抗"。蒋介石并无耻的说:"这时必须上下一致,⋯⋯暂取逆来顺受态度,以待国际公理之判决"。蒋介石所依赖的国联原是在英、美、法等帝国主义操纵之下的,它们一面向中国人民敷衍,一面鼓励日寇由东北进一步去进攻苏联。所以日寇毫无顾忌的仍然继续进攻。不久又北占齐齐哈尔,南占锦州,蒋介石宁愿东北几十万部队不抵抗完全退入关内。仅仅三个多月，辽、吉、黑三省两百万方里领土，三千多万同胞，和地上地下无尽的宝藏，就被国民党反动派断送净尽了。[①]

日寇在这次野蛮的进攻中给中国人民带来了数说不清的暴行：炮轰机关，阻断铁路，追炸客车，捕禁官吏，残杀无辜，看见了学生模样的就加以枪毙……这真是中华民族的奇耻大辱。

这是反革命"围剿"的消极的结果

日本帝国主义的"打进来"，正如毛主席所指出，主要乃是国民党反动派发动了长期的"反革命'围剿'的消极的结果"。[②] 国民党反动派在帝国主义策动之下，于一九二七年之后，已几次搜括动员了庞大的反革命力量，杀戮了许多共产党员和青年学生，摧残了许多工农人民，企图把革命力量"剿尽杀绝"，但结果却相反。可是日本帝国主义就乘虚而入了。

在九一八事变发生以前，由于帝国主义迫切的要争夺中国，造成了中国各派反动统治者之间的一天天扩大，一天天激烈的混战。伴随着军阀混战而来的，是赋税的加重，工人的失业，小资产阶级的破产，普遍于全国的灾荒和匪祸，广大农民和城市贫民都是痛苦万分，求生无术，往往只得"卖儿救穷"。而对于革命战士，反动统治者经常用的办法便是绝顶野蛮绝顶残酷的"砍头示众，秘密杀戮，电刑逼供"，以及随便什么手段都可"合法"使用的所谓"紧急处置"！

这时候，一方面，是人民的万分痛苦和迫切要求打倒帝国主义及其在中国的奴才走狗——国民党反动派，另一方面，便是国民党反动派的甘心做帝国主义的奴才走狗，出卖国家的利益，镇压人民的革命。正如毛主席在较后所指出："大土豪，大劣绅，大军阀，大官僚，大买办们的主意早就打定了。他们过去是，现在仍然是在说：革命（不论什么革命）总比帝国主义坏。他们组成了一个卖国贼营垒，在他们面前没有什么当不当亡国奴的问题，他们已经撤去了民族的界线，他们的利益同帝国主义的利益是不可分离的，他们的总头子就是蒋介石。"[③]

———————————

① 据胡乔木：《中国共产党的三十年》，页廿六，人民出版社本；胡华：《中国新民主主义革命史》页一四六——一四七，新华本。

② 毛主席：《新民主主义论》，《选集》第二卷，页六七四。

③ 毛主席：《论反对日本帝国主义的策略》，《选集》第一卷，页一四一——一四二。

以蒋介石为总头子的这一卖国贼营垒确实是中国人民的死敌。假如没有这一群卖国贼对外投降帝国主义,对内镇压人民的革命,日本帝国主义就不可能放肆到这步田地,即使侵略进来了,它也绝不可能这样势如破竹,而不遭遇到坚强的反抗。

国民党反动派屠杀要求抗日的爱国学生

九一八事变发生以后,立刻激起了全国人民的民族民主运动的新的高涨。在日本进攻面前,中国共产党首先主张武装抵抗,在九月二十二日就和中国工农红军提出号召:"组织群众,反抗日本帝国主义的侵略……组织东北游击队,直接予日本帝国主义以打击。"在中国共产党的领导和推动下,全国人民都怒吼起来了,全国各地,从上海到北平、天津、杭州、太原、长沙、西安、开封、广州、福州、武汉、南昌、青岛等处,工人学生都举行了大规模的罢工罢课,抗议国民党反动派的不抵抗,要求立即出兵抗日。九月二十八日,宁、沪学生群集南京国民党政府门前请愿抗日;当晚,上海七千余学生,被反动派强迫用专车押回上海。十一月,更大规模的平、津学生第二次大请愿,经艰苦奋斗,又到了南京。反动派总头子蒋介石被迫出见学生,在机关枪步枪的层层警戒下,故意以甜言蜜语欺骗学生说:"现在政府正积极准备抵抗日本,如果三年以后,失地不能恢复,当杀蒋某之头以谢天下",实际上蒋介石正是要更多的杀革命人民的头,失掉更多的国土,来保卫他的头,来保卫四大家族的血腥统治。学生们当然不听他的欺骗,要求立即出兵抗日。于是蒋介石的帝国主义走狗的真面目便再也隐藏不住了,他就以残酷的屠杀回答了爱国青年学生们的正义要求。十二月十七日,当三万学生联合向国民党中央党部请愿时,反动派就命令军警吹着冲锋号,杀气腾腾的向学生队伍冲锋,并向学生群众开枪射击,刺刀乱劈,学生顿时被杀伤数百人。次日,反动派一面加派军警包围各地学生住宿处,押解上火车,强迫回校,一面竟通电各地,诬赖请愿学生"捣毁机关,阻断交通,殴伤中委,拦劫汽车,攒击路人及公务人员,私逮刑讯,社会秩序,悉被破坏"。并说因为学生们有了这种"越轨行动","友邦人士,莫名惊诧,长此以往,国将不国"了!而反动派军警的开枪射击,刺刀乱劈,却被说成是他们的"自卫手段"和"正当处置"了。①

_____

① 据胡华:《中国新民主主义革命史》,页一四八——一四九。

509

由于国民党反动派四大家族的封建大地主、买办大资产阶级的阶级地位，决定了他们惧怕革命的人民远甚于惧怕日本。他们对日本帝国主义节节退缩，望风而遁，但对赤手空拳，只是要求抗日的爱国人民却采取了残暴的屠杀政策，抗日，救国，都被当成了可以杀头的罪名。所有这些，不能不都引起鲁迅的愤恨，引起了他来揭穿国民党反动派专为帝国主义服务的本质，和所谓"友邦人士"的恶鬼真面目的要求。

好个"友邦人士"！是些什么东西！

通过国民党反动派屠杀要求抗日的爱国学生这个事实，鲁迅在这里指出反动派所说的"友邦人士"其实正是中国人民的敌人，所谓"友邦"其实正是国际帝国主义。

国民党反动派对于日寇的进攻坚持不抵抗主义，却要依赖国际联盟，说它一定会来主持公理。那么国联究竟是怎样的一个东西呢？原来它是欧美帝国主义企图分割世界的工具，欧美帝国主义从它们自己的利益出发，当然也不喜欢日本帝国主义独占中国，它们当然也可能在表面上说几句同情中国的话，但骨子里它们却绝不会帮助中国，反而因为这样可以利用日本做反苏的闯将，事实上多少还是在鼓励着日寇的侵略。因为，在居心侵略中国这一点来说，它们本是完全一致的。国民党反动派要依赖国联来干涉，固可说明他们是多么愚蠢，妄想，可是最根本的则是证明了他们对帝国主义的死心投降，和对国家、人民利益的决心抛弃。因为他们的选择不是在国家、人民和帝国主义之间，而是在日本帝国主义和英、美帝国主义之间，不是在反抗或投靠这个问题上，而是在更多的投靠日本帝国主义还是英、美帝国主义这个问题上。

像以上这种道理，从现在看来当然人人都能明白，但在当时反动派的宣传蒙蔽下，一般人还是不大清楚的。于是鲁迅在这里就根据具体的真实揭穿了所谓"友邦"或"友邦人士"，和反动派的凶恶、无耻的真面目。

如果真是中国人民的"友邦"，那么使他们感到"惊诧"的应当是那些事情呢？日本帝国主义的对我进攻，他们所制造出来的无数的暴行，国民党反动派的种种迫害人民，杀戮人民的罪恶，诸如此类，若是这些所谓"友邦"及其"人士"真有一点"文明"的话，他们就应当为此而感到"惊诧"。可是所有这些却一点也没有引起他们的惊诧。而当中国人民奋起自救，要求反抗帝国主义的侵略，而

"在学生的请愿中有一点纷扰,他们就惊诧了",而且竟是"莫名惊诧"了!

那么,岂不是中国人民的受灾受难,忍气吞声,正合于这些"友邦"及其"人士"的心意,而中国人民的投袂奋起,反帝救国,倒大大触犯了他们的尊严,使他们"莫名惊诧"么?

那么,他们所关切的很明显地就只是他们自己的尊严,自己的利益。他们对于奴隶的反抗要求不但没有同情,不但感到"惊诧",而且可以设想,进一步就会大发雷霆起来,甚至采取"紧急措施",所以反动派在通电里也代他们向中国人民严重警告过了:"长此以往,国将不国。"这就是说,如果你们中国人民还老是这样要求反帝的话,那我们"友邦"就要不客气了,干脆把你们这个国家瓜分了拉倒!

"惊诧"只是开始,那后面接着就要来的,便是"大发雷霆","紧急措施","瓜分了拉倒"。

所以鲁迅告诉我们:"'友邦'要我们人民身受宰割,寂然无声,略有'越轨',便加屠戮"!

所以鲁迅又充满了愤恨这样痛斥:"好个国民党政府的'友邦人士'! 是些什么东西!"

这些所谓"友邦"及其"人士",究竟是些什么东西呢? 还不都是一些伪善的强盗,还不都是和日本帝国主义一样凶残的帝国主义侵略强盗! 它们"正和日本是一伙"。

可是现在国民党反动派却称他们为"友邦",为"友邦人士",因为他们"一惊诧","国府"就怕了,就非屠杀几百学生向他们道歉,缴差不可了。那么难道依赖这些强盗所操纵的组织——国联就能把日本强盗赶走? 当然不可能,而其理由,也就不烦详说,便容易自明了。

怎样的党国? 专为帝国主义服务的党国!

"友邦"原来是这样的一种"友邦",那么所谓"党国",究竟是怎样的一个党国呢?

鲁迅指出:这是一个在日本帝国主义的进攻面前"束手无策,单会去哀求国联"的党国,这是再三再四严令学生去死读书,不许过问政治,而自己偏偏又保不住国家领土的党国;这个党国对日寇的侵略坚持不抵抗主义,但对手无寸铁,要求抗日的爱国学生却冲锋陷阵,大杀一阵,表现得极度"英勇";这个党国对全国人民的抗日呼声充耳不闻,可是等到听见"友邦人士"一惊诧,立刻就害怕得不了,惟恐"国将不国",因此马上就捏造事实,屠杀学生,藉此博取"友邦人士"的夸奖,使自己能够永远"国"下去。对于这样一个党国,正如鲁迅所说,"好像失了东三省,党国倒愈像一个国,失了东三省谁也不响,党国倒愈像一个国,失了东三省只有几个学生上几篇'呈文',党国倒愈像一个国"一样。这个党国不是遵从人民的希望,而是遵从那些所谓"友邦人士"的希望,并且还要我们人民也同它自己一样去遵从那些所谓"友邦人士"的希望,就是再也不要有什么抗日,反帝等等的爱国运动,否则,它就要"通电各地军政当局","即予紧急处置,不得于事后藉口无法劝阻,敷衍塞责"。

那么,这样的一个党国,难道还能算是中国人民自己的党国么?难道它还不够清楚是为帝国主义服务,唯恐主子不乐,生气的奴才的党国么?多灾多难的中国人民,每月花了"一千八百万的军费,四百万的政费",养着的却是这么一批仰承敌人鼻息的卖国贼、败类,中国人民难道还没有看清他们的丑恶面目,还能不快起来打倒这些卖国贼,这些无耻的败类么?

就是这样,《"友邦惊诧"论》以本文连同补白仅千余字的篇幅,就极生动,极深刻的暴露了所谓"友邦"及其"人士",和反动派"党国"的凶残、丑恶的实质。这里一点也不曾空谈理论,完全是从活生生的事实出发,逐层加以分析,使读者自己就能看出它们究竟是一些怎样无耻、卑劣的东西。

鲁迅是完全站在中国人民的一边,以反对帝国主义及其奴才走狗国民党反动派的。全文充满着他对于敌人的仇恨和对于国家,人民的热爱。鲁迅的类此杂文,对长期受着帝国主义和国民党反动派欺骗宣传影响的当时的中国人民,起了很大的革命教育作用。

《我们不再受骗了》研究

帝国主义进攻苏联的阴谋

《我们不再受骗了》写成于一九三二年五月六日。在这个时间的前后,包括英、美、法、德、日、意等资本主义国家在内的各个帝国主义集团,正在加紧的阴谋进攻苏联。

自从一九二九年末在世界资本主义各国爆发了经济危机以来,在三年之间,工业危机和农业危机错综地结合着,达到了越加深刻的地步。有二千四百万工人失业了,有几千万的农民都陷于饥寒交迫的苦境。这个危机使帝国主义列强间,帝国主义国家和殖民地以及附属国间,工人和资本家间,农民和地主间的矛盾,都更尖锐化了。在这种情况下,资产阶级一方面用建立法西斯专政,镇压工人阶级的方法,另方面又用挑起重新分割殖民地及势力范围的战争,来劫掠防御能力薄弱的国家的方法,来寻找逃出经济危机的出路。而为了要顺利作到这一点,它们对全世界工人阶级的祖国,殖民地国家和弱小民族的真正朋友——苏联,而且是正在欣欣向荣地进行大规模的建设,没有任何经济危机、失业现象、饥寒痛苦的苏联,心里真是说不尽的妒忌和怨恨,总想进攻苏联,想在进攻苏联之中和之后再赚一笔大钱。

帝国主义进攻苏联的阴谋是层出不穷的。它们自己想进攻苏联,灭掉苏联,但它们却不大敢自己上去,老要诓骗别人去替它们当炮灰。于是它们就拼命对苏联造谣、诽谤、诅咒,以此来向各国的人民进行蒙蔽、挑拨,而表面上则装着一副"公正的面孔"。可是觉醒了的人民却决不会老上它们的当。

513

"苏联愈弄得好,它们愈急于要进攻",但不管帝国主义有多少阴谋,它们的企图总归是永远无法实现的妄想,因为历史早已注定了"它们愈要趋于灭亡"。

国民党反动派甘心作帝国主义的走狗,
对工农红军发动第四次围攻

一直就想独占中国,并为寻找逃出经济危机的出路,日本帝国主义在一九三一年九月十八日发动了对我东北的进攻。东北沦陷之后,日寇得寸进尺,在一九三二年一月廿八日又继续进攻我上海。国民党反动派对上海人民的抗战不但不加援助,反而积极破坏,迫使抗日的十九路军在弹尽粮绝,死伤过重,日寇不断增兵等情况下,不能不退出上海。结果反动派和日寇终于互相勾结,签订了卖国的《淞沪协定》,使反动派能够集中一切力量,用"安内"、"统一"的幌子,来"剿灭"抗日的共产党和人民。这对于早已存心要反苏反共的日本帝国主义以及一切帝国主义,也正是一种最得欢心的报效。

上海人民的抗战被反动派破坏出卖之后,反动派立刻把十九路军从抗日前线调到福建的"剿共"前线,同时又调集九十个师五十万兵力,向中国工农红军和江西苏区发动了第四次全面的围攻。这次围攻从一九三二年六月十六日开始,到一九三三年二月才结束。结果在毛主席的战略方针指导下,红军和苏区人民在这次反围攻的战争中又得到了巨大的胜利。

鲁迅这篇杂文正是写在卖国的《淞沪协定》签订的次日。这时反动派发动的第四次围攻早已在积极准备之中。帝国主义野蛮的侵略我们还不算,还要继续骗我们去反苏反共,而作为帝国主义的"侍从"和"奴才"的国民党反动派,则甘心作它们的走狗,要驱使人民去"剿灭"自己的希望和救星——共产党和红军,鲁迅是深刻的看出了这些"恶鬼"的毒辣阴谋的,他充满着对于帝国主义及其走狗国民党反动派的激烈的愤恨,他不能不把它们的这些毒辣阴谋加以彻底的揭发。

已经从革命民主主义者成为马克思主义者的鲁迅

以上是指出鲁迅写作这篇杂文时的政治社会形势。就鲁迅自己说,那么由于他这时的思想,已经从革命民主主义发展到马克思主义,所以表现在这篇杂文里的鲁迅的现实主义,也已是从革命的现实主义发展而来的社会主义的现实主义。

鲁迅的战斗是一开始就受着十月革命的号召和推动的,他是战斗在世界无产阶级革命的时代,在国内还直接受着中国无产阶级的领导和影响;而在一九二七年之后,更由于第一次国内革命战争中工农群众力量的壮大,国民党反动派叛变革命的事实教训,以及他自己对于马克思主义的深刻研究,于是他的思想才有了伟大的跃进,终于成了一个马克思主义者。

鲁迅的成为一个马克思主义者,使他对于无产阶级革命的前途充满着勇气和信心,也是和"苏联的存在和成功"这个无可辩驳的事实有着密切关系。他自己曾这样说:

> 先前,旧社会的腐败,我是觉到了的,我希望着新的社会的起来,但不知道这"新的"该是什么,而且也不知道"新的"起来以后,是否一定就好。待到十月革命后,我才知道这"新的"社会的创造者是无产阶级,但因为资本主义各国的反宣传,对于十月革命还有些冷淡,并且怀疑。现在苏联的存在和成功,使我确切的相信无阶级社会一定要出现,不但完全扫除了怀疑,而且增加许多勇气了。①

鲁迅这时已是一个马克思主义者,这就是为什么他能在这篇文章里对帝国主义的阴谋揭露得如此深刻,对"我们自己的生路"预言得如此正确,敌我的态度又是如此分明的最根本的原因。又因为他对于"苏联的存在和成功"是如此的欢欣、热爱,而他自己并曾身受过"资本主义各国的反宣传"的毒害,所以对于他们这种反宣传就认识得特别清楚,感觉得特别痛恨,因此表现在这篇文章里的他的思想和感情,也就显得特别的坚决,严峻,无比的锋利和斩截。

反对进攻苏联,打倒进攻苏联的恶鬼

鲁迅这篇文章的主要意思就是:诬蔑苏联,妄想进攻苏联,灭掉苏联,企图诬骗各国人民替它们去当炮灰的帝国主义以及它们的"侍从"和"奴才"们,都是

---

① 《答国际文学社问》一九三四年作,《全集》卷六,页廿五。

一些"恶鬼",而且都是"愈要趋于灭亡"的"恶鬼"。我们人民和这些"恶鬼"的利害是完全相反的。我们应当"反对进攻苏联",不但如此,而且"我们倒要打倒进攻苏联的恶鬼"。只有和苏联做朋友,和苏联一道来把这些"恶鬼"打倒,才真是"我们自己的生路"。

鲁迅是热爱苏联的。而他的热爱,正因为曾经一度有些冷淡,怀疑过,而终于从事实认清了苏联极有可爱之处,乃是在坚固的基础上建立起来的,所以非常真挚,非常强烈,可又丝毫也不夸张。鲁迅的这种感情,出发于他的明确的无产阶级立场,这如和他在与此文同年十二月三十日写成的《祝中俄文字之交》并看,就更可以清楚。他说:"世界上有两种人:压迫者和被压迫者,""帝国主义和我们,除了它的奴才之外,那一样利害不和我们正相反?我们的痛疽,是它们的宝贝,那么,它们的敌人,当然是我们的朋友了。"

在鲁迅,是真实地从苏联的存在和成功接受到了"许多有益的东西","切实的指示",看到了俄罗斯人民"忍受,呻吟,挣扎,反抗,战斗,变革,战斗,建设,战斗,成功"的整个过程,才从深心里涌起对于苏联的热爱的。被压迫的中国人民一定要翻身,而苏联十月革命正为全世界一切被压迫阶级和被压迫民族指出了解放的道路。十月革命的这种伟大历史意义,革命的鲁迅这时不但已能深刻地理解,而且必然也充满着崇敬和感谢。

鲁迅和所有革命的中国人民一样,清楚地了解到:苏联是中国人民最忠实最可靠的朋友。中国人民在帝国主义和封建主义的残酷压迫之下,在长期的反对帝国主义和封建主义的革命斗争中,所遇到的第一个以平等待我,向我们伸出友谊之手来的国家,是苏联;在我们最需要和最艰苦的时期,第一个并且始终给我们以友爱而无条件的协助的,是苏联。由于有了苏联的强大存在,由于有了苏联的榜样和苏联的援助,中国人民在革命斗争中,即使遇到了很大的困难,受到了严重的挫败,他们的胜利信心也从来没有丧失过,因为他们看到了苏联的强大存在,苏联建设的突飞猛进,他们就有了极大的希望,充满了信心,相信他们的革命是有把握胜利的。而今天中国人民的革命也就真的得到了胜利。鲁迅的后期思想也正是这样发展着的。

在鲁迅,他是因为真正体会到了苏联人民对于中国人民的从所未有的友好,真正看出了社会主义国家的阶级友爱,援助弱小的本质,所以才也以从所未有的友好态度,来回答苏联及其人民的兄弟般的关切和协助的。他的友好态度的具体表现就是主张我们不但要"反对进攻苏联",而且还要"打倒进攻苏联的一切恶鬼"。鲁迅的这种态度不能不说也就是所有革命的中国人民的共同态度。

鲁迅的热爱苏联,正因为是建立在如此坚固的基础之上的,所以是非常的真挚、强烈、具体。苏联不是别的,乃是鲁迅的"自己人",因此凡对苏联的谣言撒谎他一概表示了十分的愤恨,他痛骂那些谣言家是"极无耻"的"恶鬼"。他举出极真实确凿的证据来揭发谣言的诬骗性质,来暴露帝国主义的恶毒阴谋,同时就为苏联辩护,指出它已"愈弄得好",有着必胜的前途,虽然购领物品暂时还要排一下"长串",但这和资本主义各国失业者进向饥寒和死亡去的长串毕竟完全不同,因为这乃是发展中的困难,物品不够乃是因为人民的生活水平已经大大提高了的缘故。

在一九三五年十二月二十七日,毛主席就已这样指出:"我们的抗日战争需要国际人民的援助,首先是苏联人民的援助,他们也一定会援助我们,因为我们和他们是休戚相关的。"[①]在一九四九年七月发表的《论人民民主专政》里,毛主席又指出我们"必须一边倒。积四十年和二十八年的经验,中国人不是倒向帝国主义一边,就是倒向社会主义一边,绝无例外"。而我们就是要"联合苏联,联合各新民主国家,联合其他各国的无产阶级及广大人民,结成国际的统一战线"。[②] 在纪念斯大林逝世的《最伟大的友谊》一文里,毛主席更明确地指出:"中国共产党和中国人民正是遵循列宁、斯大林的学说,得到了伟大的苏维埃国家和各国一切革命力量的支持,而在几年以前获得了历史性的胜利",为着纪念我们伟大的导师斯大林,"中国共产党和中国人民同苏联共产党和苏联人民,在斯大林的名义下的伟大友谊将无限地加强起来"。[③]

毛主席的这些指示,代表着我们全体中国人民的愿望和心意,说明了中国人民应当怎样努力才能取得光荣的生存和祖国的富强同繁盛。而鲁迅的这篇杂文,则以其政论和艺术创作相结合的特点,非常有力的从根本上体现出来了中国人民和毛主席后来表现在上面这些文章里的对于中苏之间伟大友谊的热情和意念。

---

① 毛主席:《论反对日本帝国主义的策略》,《选集》第一卷,页一五九。
② 毛主席:《论人民民主专政》,解放社本。
③ 毛主席:《最伟大的友谊》,据《文艺报》八十二期所载。

"我们"和"帝国主义的奴才们"完全不同

鲁迅说:"帝国主义和我们,除了它的奴才之外,那一样利害不和我们正相反"? 他又说:"帝国主义的奴才们要去打,自己跟着它的主人去打去就是。我们人民和他们是利害完全相反的"。鲁迅的意思就是:这些奴才,走狗虽然也是中国人,但他们甘心为帝国主义服务,同外国的资产阶级已结成一伙,早已成为"我们人民"的敌人了。他们既已成为敌人,变为"恶鬼",那么虽然他们也是中国人,仍一样非把他们"打倒"不可。

在这里,充分的表现出来了鲁迅的阶级观点,他的一切都从阶级利害出发来看问题的方法,以及他的感情是多么和他的无产阶级立场一致。

鲁迅对于帝国主义奴才走狗的国民党反动派的"恶鬼的本相"是看得十分清楚的。国民党反动派曾在一九二七年十二月十四日宣布对苏联全面绝交,这是它们出卖革命,投降帝国主义,实行反苏政策的起点。从此以后,它们就跟着帝国主义进行了一连串的反苏阴谋和挑衅行动,可是结果却招引来了日本帝国主义对中国的进攻。在这个时候,第一个向我们伸出友谊之手,向日本提出警告,向中国表示同情和援助的,却正是反动派一向要反对的苏联。在全国人民压力之下,反动派政府才不得不同意在一九三二年十二月十二日恢复中苏两国的正常外交关系,可是有着反动本质的国民党反动派却并未真正在"复交"之后改变对于苏联的敌视态度。他们宁愿亡于帝国主义,当帝国主义卵翼下的儿皇帝,以为这样倒还能维护住自己阶级的利益,却坚决不愿人民革命在苏联的影响和协助之下取得胜利。他们内心里一点也不愿"复交",所以虽然"复交"了,表面上口头上不能不说几句苏联的好话,事实上骨子里仍是老样子,完全相信不得。鲁迅曾这样指出:

但一月以前,对于苏联的"舆论",刹时都转变了,昨夜的魔鬼,今朝的良朋,许多报章,总要提起几点苏联的好处,有时自然也涉及文艺上:"复交"之故也。然而,可祝贺的却并不在这里。自利者一淹在水里面,将要灭顶的时候,只要抓得着,是无论"破锣"破鼓,都会抓住的,他决没有所谓"洁癖"。然而无论他终于灭亡或幸而爬起,始终还是一个自利者。随手来举一个例子吧,上海称为"大报"的《申报》,不是一面甜嘴蜜舌的主张着"组织苏联考察团"(三十二年十二月二十八日时评),而一面又将林克多的《苏联闻见录》称为"反动书籍"(同二十七日新闻)么?①

国民党反动派为什么要这样做呢? 这就因为他们的利害和帝国主义的相同,而和我们人民的则"正相反"之故。

若是站在人民的利害的立场,那么对待苏联的态度就完全不同。中国人民对于苏联的一贯的而且是越来越扩大越紧密的友谊,就从向来对于俄国文学的始终不因反动派禁阻而有所进退盛衰的热爱也可以看出来。由于俄国文学和苏联文学对我们有着许多有益的作用,因此虽在反动派文人学士流氓警犬联军的各色各样,明枪暗箭的讨伐、禁止、没收之下,它们仍"只是绍介进来,传布开去","大踏步跨到读者大众的怀里去,给一一知道了变革,战斗,建设的辛苦和成功"。因此,比之反动派的那种表面上口头上的被迫的"复交",鲁迅认为倒是"中、俄的文字之交"才真可祝贺,因为"中俄的文字之交,开始虽然比中、英,中、法迟,但在近十年中两国的绝交也好,复交也好,我们的读者大众却不因此而进退;译本的放任也好,禁压也好,我们的读者也决不因此而盛衰。不但如常,而且扩大;不但虽绝交和禁压还是如常,而且虽绝交禁压而更加扩大。这可见我们的读者大众,是一向不用自私的'势利眼'来看俄国文学的"。②

中国人民对待苏联的态度所以是一贯的、真诚的,决不因有帝国主义及其奴才走狗们的挑拨、禁阻,而有所进退和盛衰,并且友谊反而更加扩大紧密起来,这也不是由于别的原因,而是中国人民老早就已从事实上了解到:"我们人民"的利害同"苏联的存在和成功"的利害是完全一致的。无产阶级的友爱,人民之间的友爱,结成了我们人民和苏联之间的血肉不可分的关系,当然绝不是任何暴力,任何诬骗,所能离间、破坏得了的。

帝国主义的奴才走狗——国民党反动派今天还盘踞在台湾一隅,他们现在由于"愈要趋于灭亡",因此也变得愈加恶毒了。对于这一小撮中国人中的败类,中国全体人民的公敌,垂死的"恶鬼",我们一定要加以彻底的消灭。鲁迅对于敌人的深恶痛绝,务必歼灭而后快的态度,乃是我们每一个革命人民都应学习,采取的态度。

---

① 《祝中俄文字之交》,《全集》卷五,页五十三。
② 《祝中俄文字之交》,《全集》卷五,页五十三。

爱国,爱人民,爱革命事业是鲁迅的战斗动力

鲁迅非常热爱国家,热爱人民,而这又是同他对于革命事业——世界的和中国的人民革命事业的热爱结合着的,所以这种热爱就成了他从事革命战斗的最强大的动力。

"我们被帝国主义及其侍从们真是骗得长久了"。就因为我们是受着他们的压迫,上着他们的当,所以"中国的人民,在内战、在外侮、在水灾、在榨取的大罗网之下,排着长串而进向死亡去"帝国主义为着自己的利益需要战争,可是它们都说着正义,人道,公理之类的话头,装着很公正的面孔,"骗得我们的许多苦工,到前线去替它们死"。国家的破碎、人民的苦难、枉死、就是这些,引起了鲁迅的忧念,引起了他对于帝国主义,封建主义的彻底的痛恨,也因此,他是一直在追索究竟什么才真是"我们自己的生路"? 这是一个如此重大,又如此迫切的问题,对于早已立志要用文学来疗救社会病态的鲁迅,是一定要求个水落石出,一定要加以回答的。这是一种神圣的责任,鲁迅就以一生的战斗来实践了这种责任。他终于从长期的战斗实践和深广的研究观察中作出了完全正确的回答。

这就是:我们再也不要受帝国主义及其奴才们的骗了,我们应该打倒这些恶鬼,我们应该同苏联做朋友,结成互相帮助的联军。只有这才是我们自己的生路!

鲁迅的这些话,说在二十年前,但从现在来看,岂不都是极正确的预言! 应当指出:只有明确地看到了历史前进道路,帝国主义及其奴才必然要腐朽灭亡,人民革命必然要胜利的战士,才能作出这样辉煌的预言来。

爱国家、爱人民、爱革命事业,并为实践这种神圣的爱而亲自投身于火热的斗争,那么,一个作家就能从伟大的人民的集体之中取得无穷的智慧和力量,他就能写出非常动人,非常伟大的作品,鲁迅及其作品正是一个极好的例证。

作品的动人力量从那里来

这是一篇杂文,全部不过一千多字,但这却是一篇多么锋利、多么有力、多么动人的文章。

这是一篇政论,中间讨论着一个最重大的政治问题,即什么才是我们的生

路？听帝国主义及其奴才们的话去进攻苏联，还是和苏联结成互助的联军一同来把这些恶鬼们打倒？这在当时资本主义各国的反宣传下原是一个不易辩说得清的问题，可是却被鲁迅在这里完全正确地辩说清楚了。不消说这在当时的教育意义有多大！

鲁迅作品的强大力量主要来自他所凭藉的生活的逻辑，亦即事实的逻辑。只有真实最能说服人。帝国主义及其奴才们造谣、撒谎，如果只是痛斥它们造谣撒谎是无耻，而不把真正的事实加以举证，便不可能有多大效用。鲁迅在这里也痛斥，但是据实批驳以后的痛斥，也讲大道理，但是结合了具体事实来讲的大道理，而且又是充满着他自己的明确的爱憎，所以绝不同于抽象、呆板的教条，却是进行了一种非常生动、深刻的教育，能使人自然领受他的思想。

一方面是举出真正的事实以击破帝国主义及其奴才们对于苏联的造谣，另一方面，又指出它们的谣诼、诅咒、怨恨，虽然"无所不至"，却"没有效"，因为苏联正在"愈弄得好"，各国人民也不会继续受骗，而它们自己则"正在崩溃下去，无法支持"，表明它们之"憎恶苏联的向上"不但是极卑鄙、极无耻的，而且决不可能由此挽救"它们愈要趋于灭亡"的末运。一方面在庄严地欣欣向荣地进行社会主义的建设，另一方面则只想损害别人，破坏别人，造谣，撒谎，什么伤天害理的事都做得出来。在这种鲜明的对照之下，帝国主义及其奴才们的"恶鬼的本相"就无所遁形的被鲁迅照明了出来，骂之为"恶鬼"，就显得非常有力、痛快。也使人明白，这些"恶鬼"虽然作恶多端，但马上就要"恶贯满盈"，就要"灭亡"了，它们不过是"无用黑心人"，根本不必怕它。

因此，鲁迅的杂文就不但是政论，又是艺术创作。

无产阶级的立场，社会主义的思想，对国家，对人民，对革命事业的热爱，以及真实具体的描写，简洁有力的语言，就是这些因素的有机结合，使鲁迅杂文具有了强烈的战斗性，和丰富的教育意义，鲁迅杂文所以有如此巨大的动人力量，它的来源就在这里。

《为了忘却的记念》
研究

在反革命的两种"围剿"之下

《为了忘却的记念》写成于一九三三年二月七一八日,鲁迅在这里记念的柔石等五位革命作家被国民党反动派秘密活埋和枪决的惨案却是发生在两年之前,即一九三一年二月七日。自从第一次国内革命战争不幸失败以后,国民党反动派就疯狂地施行法西斯的血腥统治,而中国人民的革命力量则坚决进行了反抗,在共产党的领导之下,中国人民的革命力量不但没有被"剿尽杀绝",反而一天天壮大起来。这从一九二七年起到鲁迅逝世后不久的一九三七年为止的一段时期,乃是中国新民主主义文化革命的第三个时期——"新的革命时期"。毛主席指出这一时期的特点说:

> 因为在前一时期的末期,革命营垒中发生了变化,中国大资产阶级转到了帝国主义和封建势力的反革命营垒,民族资产阶级也附和了大资产阶级;革命营垒中原有的四个阶级,这时剩下了三个,剩下了无产阶级、农民阶级和其他小资产阶级(包括革命知识分子),所以这时候,中国革命就不得不进入一个新的时期,而由中国共产党单独地领导群众进行这个革命。这一时期,是一方面反革命的"围剿",又一方面革命深入的时期。这时有两种反革命的"围剿":军事"围剿"和文化"围剿"。也有两种革命深入:农村革命深入和文化革命深入。这两种"围剿",在帝国主义策动之下,曾经动员了全中国和全世界的反革命力量,其时间延长至十年之久,其残酷是

举世未有的,杀戮了几十万共产党员和青年学生,摧残了几百万工农人民。从当事者看来,似乎以为共产主义和共产党是一定可以"剿尽杀绝"的了。但结果却相反,两种"围剿"都惨败了。作为军事"围剿"的结果的东西,是红军的北上抗日;作为文化"围剿"的结果的东西,是一九三五年一二九青年革命运动的爆发。而作为这两种"围剿"之共同结果的东西,则是全国人民的觉悟。……消极的结果,则是日本帝国主义打进来了。①

十年反革命的"围剿",一切内外黑暗势力的猖獗,造成了我们民族的灾难,也更增加了人民对于这些黑暗势力的痛恨。中国革命经过剧烈的反"围剿"斗争的锻炼,力量变得更坚强了,革命战士们也被锻炼得更沉着更勇敢了。诚如毛主席所指出:"共产主义者的鲁迅,却正在这一'围剿'中成了中国文化革命的伟人。"②

反动派对革命文化运动的压迫和摧残

一九二七年以后,中国人民的文化战线一直是在严重的白色恐怖之下进行斗争。这种白色恐怖,到一九三〇年后,由于中国自由大同盟(一九三〇年二月)和中国左翼作家联盟(一九三〇年三月三日)的成立,而愈变残酷。柔石等五位革命作家的惨被屠杀和鲁迅写作此文的时候,就正是在这个愈变残酷的情况下。

当时革命文化界一个最大的痛苦,就是不自由达于极点。以鲁迅为首发起组织的中国自由大同盟的成立宣言中,有一节话可以用来说明当时反动派进行残酷压迫的情况:

> 我们处在现在统治之下,竟无丝毫自由之可言!查禁书报,思想不能自由。检查新闻,言语不能自由。封闭学校,教育读书不能自由。一切群众组织,未经委派整理,便遭封禁,集会结社不能自由。至于一切政治运动

---

① 毛主席:《新民主主义论》,《选集》第二卷,页六七三—六七四。
② 同上。

与劳苦群众争求改进自己生活的罢工抗租的行动,更遭绝对禁止。甚至任意拘捕,偶语弃市,身体生命,全无保障,不自由之痛苦,达于极点。

在这种情况之下,反动派同时采取了两种方法想来消灭革命文化运动和革命的文化,一种是"禁止书报,通缉作家,封闭书店",另一种是"收买流氓,侦探,堕落文人组织其民族主义和三民主义文学运动"。① 关于前一种方法,鲁迅曾这样提到:

> 统治阶级的官僚,感觉比学者慢一点,但去年也就日加迫压了。禁期刊,禁书籍,不但内容略有革命性的,而且连书面用红字的,作者是俄国的,绥拉菲摩维支、伊凡诺夫,和奥格捏夫不必说了,连契诃夫和安特来夫的有些小说,也都在禁止之列。于是使书店只好出算学教科书和童话,如 Mr. Cat 和 Miss Rose 谈天,称赞春天如何可爱之类——因为至尔妙伦(H. Zur Muhlen)所作的童话的译本也已被禁止,所以只好竭力称赞春天。但现在又有一位将军发怒,说动物居然也能说话而且称为 Mr. 有失人类的尊严了。"
>
> 接着是封闭曾出新书或代售新书的书店,多的时候,一天五家。②
>
> 在现在,如先前所说,文艺是在受着少有的压迫与摧残,广泛地现出了饥馑状态。文艺不但是革命的,连那略带些不平色彩的,不但是指摘现状的,连那些攻击旧来积弊的,也往往就受迫害。③

这时对于鲁迅作品和所编刊物的迫害更是厉害,鲁迅自己曾这样说:

> 当三〇年的时候,期刊已渐渐的少见,有些是不能按期出版了,大约是受了逐日加紧的压迫。《语丝》和《奔流》则常遭邮局的扣留,地方的禁止,到底也还是敷衍不下去。那时我能投稿的,就只剩了一个《萌芽》,而出到

---

① 左联:《为国民党屠杀大批革命作家宣言》,一九五〇年七月十五日上海《文汇报》文代会特刊。

② 《黑暗中国的文艺界的现状》,《二心集》,《全集》第四卷,页二七〇—二七五。

③ 《上海文艺之一瞥》,《二心集》,《全集》第四卷,页二七六—二九二。

五期，也被禁止了，接着是出了一本《新地》。所以在这一年内，我只做了收在集内的不到十篇的短评。（《二心集序言》）

关于后一种方法，鲁迅也在几篇文章里有所说明：

统治阶级对于文艺，也并非没有积极的建设。一方面，他们将几个书店的原先的老板和店员赶开，暗暗换上肯听唆使的自己的一伙。但这立刻失败了。……但是，还有一方面，是做些文章，印行杂志，以代被禁止的左翼的刊物，至今为止，已将十种。然而这也失败了。最有妨碍的是这些"文艺"的主持者，乃是一位上海市的政府委员和一位警备司令部的侦缉队长，他们的善于"解放"的名誉，都比"创作"要大得多。他们倘做一部"杀戮法"或"侦探术"，大约倒还有人要看的，但不幸竟在想画画，吟诗。……

官僚的书店没有人来，刊物没有人看，救济的方法，是去强迫早经有名，而并不分明左倾的作者来做文章，帮助他们的刊物的流布。……现在他们里面的最宝贵的文艺家，是当左翼文艺运动开始，未受迫害，为革命的青年所拥护的时候，自称左翼，而现在爬到他们的刀下，转头来害左翼作家的几个人。①

现在上海虽然还出版着一大堆的所谓文艺杂志，其实却等于空虚。……官办的，或对官场去凑趣的杂志呢，作者又都是乌合之众，共同的目的只在捞几文稿费，什么"英国维多利亚朝的文学"呀，"论刘易士得到诺贝尔奖金"呀，连自己也并不相信所发的议论，连自己也并不看重所做的文章。……革命者的文艺固然被压迫了，而压迫者所办的文艺杂志上也没有什么文艺可见。然而压迫者当真没有文艺么？有是有的，不过并非这些，而是通电、告示、新闻，民族主义的"文学"，法官的判词等。②

鲁迅对于当时"宠犬派文学之中，锣鼓敲得最起劲的"，所谓"民族主义文学"，精确的名之为"流尸文学"，是"与流氓政治同在"的东西。这些"漂漂荡荡的流尸"，"一到旧社会的崩溃愈加分明，阶级的斗争愈加锋利的时候，他们也就看见了自己的死敌，将创造新的文化，一扫旧来的污秽的无产阶级，并且觉到了自己就是

---

① 《黑暗中国的文艺界的现状》，《二心集》，《全集》第四卷，页二七〇—二七五。
② 《上海文艺之一瞥》，《二心集》，《全集》第四卷，页二七六—二九二。

这污秽，将与在上的统治者同其运命，于是就必然漂集于为帝国主义所宰制的民族中的顺民所竖起的'民族主义文学'的旗帜之下，来和主人一同做一回最后的挣扎了"。"所以，虽然是杂碎的流尸，那目标却是同一的：和主人一样，用一切手段，来压迫无产阶级，以苟延残喘"。但"他们将只尽些送丧的任务，永含着恋主的哀愁"，而不能有其他的运命。①

反动派想用这两种方法来消灭革命文化运动和革命的文化，然而无效。一方面，这是由于虽然在反动派极端高压的统治下，革命的文化战士们仍是不屈不挠，用种种迂回曲折的形式坚持了为自由的斗争；另一方面，由于人民觉悟的提高，反动派的这两种方法都得不到什么结果。"早经有名而并不分明左倾"的作者固然"只有一两个糊涂的中计，多数却至今未曾动笔，有一个竟吓得躲到不知什么地方去了"；而那些左翼的叛徒，以及"民族主义文艺"的流尸们，则显然一点也不能抵挡无产阶级的革命文学。

因此，虽在如此残酷的"不自由"状态之下，"一大部分革命的青年，却无论如何，仍在非常热烈地要求，拥护，发展左翼文艺"。虽然好像是被压在大石之下的萌芽一样，而左翼文艺仍在曲折地，不断的滋长。②

这情况，自然使那些拿刀的"文艺家们"非常气愤，使他们感到：单是禁止革命文学和培养"宠犬派文学"还不是根本的办法，他们还必须使用出最毒辣的手段，即将革命作家加以逮捕、拘禁，暗暗的加以虐杀。他们以为这样一来就真正可以把革命文化运动和革命的文化完全扼杀了。于是在以鲁迅为领导的左联成立还不到一年的时候，也就是在一九三一年一月十七日，左联的五位革命作家，也都是光荣的共产党员的柔石、胡也频、李伟森、殷夫、冯铿就被捕了，延至二月七日，就被反动派秘密活埋和枪决于上海龙华警备司令部里了。

五位革命作家的鲜血记录了中国无产阶级革命文学历史的第一页

这五位革命作家都具有极高贵的革命品质，他们的"年龄，勇气，尤其是平日的作品的成绩，已足使全队走狗不敢狂吠"。他们的惨被虐杀，自然是无产阶

---

① 《"民族主义文学"的任务和运命》，《二心集》，《全集》第四卷，页二九六—三一〇。
② 《黑暗中国的文艺界的现状》，《二心集》，《全集》第四卷，页二七〇—二七五。

级革命文学的重大损失,不过也正好证明了反动黑暗统治的卑污和失败,以及中国革命文化运动——中国无产阶级革命文学的力量正在飞速的增长。

五位革命作家的生平事迹简单介绍如下:

柔石,原来姓名是赵平复,一九○一年生,浙江宁海人。一九一七年到杭州第一师范读书,参加晨光社,从事新文学运动。毕业后担任小学教师,且从事创作,他第一个印行的作品《疯人》是短篇小说集,在宁波出版。一九二三年去北京,在北京大学旁听。回乡后,于一九二五年春担任镇海中学的校务主任,抵抗北洋军阀的压迫甚力。以后创办宁海中学,又任教育局局长,改革全县教育。一九二八年四月,乡村发生暴动,失败后,到处反动,较新的全被摧毁,宁海中学既遭解散,柔石也单身出走,寓居上海,研究文艺。十二月,因鲁迅介绍,为《语丝》编辑,并创设朝华社,提倡新兴艺术,特别致力介绍北欧、东欧的文学和版画,出有《朝华》周刊二十期,旬刊十二期,和《艺苑朝华》五本。一九三○年二月,中国自由大同盟成立,他也是发起人之一。三月,中国左翼作家联盟成立,他先任执行委员,次任常务委员和编辑部主任。五月,他以左联代表的资格,参加全国苏维埃区域代表大会,毕后,作《一个伟大的印象》一文。他的重要著作,有小说《旧时代之死》、《三姊妹》、《二月》、《希望》等,翻译有卢那卡尔斯基的《浮士德与城》、高尔基的《阿尔泰莫诺夫氏之事业》和《丹麦短篇小说集》等。现有《柔石选集》印行。

胡也频,一九○五年生,福建福州人。少年时曾在金铺子里做学徒。一九一九年,因受五四运动影响,逃到上海,后来又去天津,进了大沽口海军学校。两年之后,这所学校闭歇,他去北京开始过流浪的贫苦生活,就在这时同他的爱人丁玲相识。一九二五年,他开始写作诗和小说,逐渐进步。一九二八年回到上海,思想渐渐深刻起来,一九二九年着手写《到莫斯科去》的中篇,并和人合编《红黑》杂志。一九三○年春,去济南中学教书,开始研究翻译过来的蒲力汉诺夫、卢那卡尔斯基等的艺术理论,并阅读马列主义书籍。他开始用这些来分析现代中国的文艺和社会,并将自己的结论讲给学生听。得到学生们的热烈拥护。因此不久就被当时统治者赶走了。回到上海,他就加入左联,被选为执行委员,担任工农兵通讯运动委员会的主席,并被推为出席江西苏维埃代表会议的代表,不幸就在这时候被捕牺牲。他的主要作品有《到莫斯科去》、《光明在我们的前面》等。现有《胡也频选集》印行。

李伟森,一九○三年生,一名求实,湖北人。五四运动时,以十六岁的青年,即领导武汉学生运动。京汉铁路的二七罢工运动,他也曾参加。后赴苏留学。一九二六年到广州,同萧楚女等合编《少年先锋》杂志。以后又参加广州暴动,在上海创办《上海报》,这是中国布尔什维克党和机关报《红旗日报》的前身。一九三〇年春,他加入左联,帮助工农兵通信工作不少。同年六月,全国苏维埃代表大会上海办事处成立,他被选为书记,对苏区军事文化教育土地等问题,尽力很多。

殷夫,姓徐,一九〇九年生,浙江象山人。常用文雄白,沙菲,洛夫等笔名。出身中产农家。十三四岁时就开始写诗,十九岁到上海读中学,和革命运动开始发生关系。一九二七年四月被捕一次,几被枪决。一九二九年因在丝厂中鼓动罢工,二次被捕,惨被毒打,幸而未死。这时他写诗很多,也写了不少有价值的关于青年工人运动的论文,登在鲁迅主编的《奔流》,和工人运动刊物《列宁青年》上。一九三〇年春,加入左联,在《萌芽》、《拓荒者》、《巴尔底山》等刊物上写诗和小说随笔。现有《殷夫选集》印行。

冯铿,一名岭梅,一九〇七年生,广东潮州人。出身贫穷的知识分子家庭。五卅时代,她代表潮州学生联合会参加各革命团体,大革命失败后,逃到上海。一九三〇年春,加入左联,同年六月,左联派她参加全国苏维埃中央准备会宣传部工作,一面仍经常参加左联的文学工作。①

左联的《为国民党屠杀大批革命作家宣言》

五位革命作家惨被国民党反动派虐杀之后,中国左翼作家联盟为此特别发表了一篇《为国民党屠杀大批革命作家宣言》,控诉国民党反动派的恶毒罪行,指出这种虐杀手段的决然不可能消灭左翼文化运动,并坚决表示要继续反对"国民党在末日之前的黑暗的乱舞"。宣言说:

> 同志们! 国民党摧残文化和压迫革命文化运动,竟至用最卑劣最惨毒的手段暗杀大批革命作家的地步了! 我们的革命作家李伟森、柔石、胡也频、冯铿、殷夫,是在二月七日,被秘密活埋和枪杀于龙华警备司令部了!
> 这样严酷的摧残文化、这样恶毒的屠杀革命的文化运动者,不特现在

---

① 请参阅一九五〇年七月十五日上海《文汇报》文代会特刊所附各人小传。

世界各国所未有,亦是在旧军阀吴佩孚、孙传芳等的支配时代所不敢为。但国民党为图谋巩固其统治计,而竟敢于如此的施其凶暴无比的白色恐怖,而竟造成这种罕见的黑暗时代。我们左翼文化战线的损失固大,然而也使一切人们更明了的认识了国民党政权的实质及其末日的快临!同志们,这原是国民党维持统治所能用的唯一的方法,于既往的四年中,国民党已经用刀刮、用油煎、用索绞、砍头、活埋、枪毙了不知几千几万的革命群众了;而现在竟屠杀到文化领域上来,这是它更走进了末日一步,于是黑暗的乱舞也更进一步了。

国民党在虐杀我们的革命作家以前,已经给我们革命文化运动以最高度的压迫了;禁止书报、通缉作家、封闭书店;一面收买流氓、侦探、堕落文人组织其民族主义和三民主义文学运动,以为如此就可以使左翼文化运动消灭了;然而无效,于是就虐杀了我们的作家;然而这也是无效的。因为无产阶级革命文学文化运动,是和劳苦群众的革命运动——苏维埃政权运动,联结在一起的,国民党万难消灭革命劳苦群众的苏维埃运动。我们作家的被虐杀,证明了我们的文化运动的力量已经不弱,已经成为革命运动的一部分的力量了。

现在,虽然国民党的白色恐怖天天的狂暴起来,进攻红军苏维埃区域的军队天天的增加;然而革命运动依然天天的在发展。因为国民党四年的统治,已使全中国装满饥饿者的队伍,使全国土到处都是疮烂了,而"进剿"所需的军饷是民众的血,所杀的是民众的头,民众都已经觉醒转来了。

同志们,在这样的情势之下,我们的无产阶级革命文学文化运动,是只会向前发展的。我们起来纪念着这个运动的最初牺牲者,反对着国民党在末日之前的黑暗的乱舞!

反对国民党虐杀革命的作家!

反对国民党摧残文化,压迫革命文化运动!

反对封闭书店,垄断出版界,及压迫作家思想家!

集中到左翼文学文化运动的营垒中来![1]

---

① 左联:《为国民党屠杀大批革命作家宣言》,一九五〇年七月十五日上海《文汇报》文代会特刊。

鲁迅的《中国无产阶级革命文学和前驱的血》

同时左联的领导者鲁迅,也发表了一篇《中国无产阶级革命文学和前驱的血》。在这篇文章里,鲁迅以神圣的愤怒,痛骂了这些"黑暗的动物"的"卑劣的凶暴",而号召同志们一定要以"不断的斗争"来"纪念我们的死者"。他指出无产阶级革命文学是属于革命广大劳苦群众的,"大众存在一日,壮大一日,无产阶级革命文学也就滋长一日"。文章说:

> 中国的无产阶级革命文学在今天和明天之交发生、在诬蔑和压迫之中滋长,终于在最黑暗里,用我们的同志的鲜血写了第一篇文章。
>
> 我们的劳苦大众历来只被最激烈的压迫和榨取,连识字教育的布施也得不到,惟有默默地身受着宰割和灭亡。繁难的象形字,又使他们不能有自修的机会。知识的青年们意识到自己的前驱的使命,便首先发出战叫。这战叫和劳苦大众自己的反叛的叫声一样地使统治者恐怖,走狗的文人即群起进攻,或者制造谣言,或者亲作侦探;然而都是暗做、都是匿名,不过证明了他们自己是黑暗的动物。
>
> 统治者也知这些走狗的文人不能抵挡无产阶级革命文学,于是一面禁止书报、封闭书店、颁布恶出版法、通缉著作家;一面用最末的手段,将左翼作家逮捕、拘禁、秘密处以死刑,至今并未宣布。这一面固然在证明他们是在灭亡中的黑暗的动物;一面也在证实中国无产阶级革命文学阵营的力量,因为如传略所罗列,我们的几个遇害的同志的年龄、勇气,尤其是平日的作品的成绩,已足使全队走狗不敢狂吠。
>
> 然而我们的这几个同志已被暗杀了,这自然是无产阶级革命文学的若干的损失,我们的很大的悲痛。但无产阶级革命文学却仍然滋长,因为这是属于革命广大劳苦群众的,大众存在一日、壮大一日,无产阶级革命文学也就滋长一日。我们的同志的血,已经证明了无产阶级革命文学和革命的劳苦大众是在受一样的压迫、一样的残杀;作一样的战斗、有一样的运命,是革命的劳苦大众的文学。
>
> 现在,军阀的报告已说虽是六十岁老妇,也为"邪说"所中,租界的巡捕,虽对于小学儿童,也时时加以检查;他们除从帝国主义得来的枪炮和几

条走狗之外,已将无所有了,所有的只是老老小小——青年不必说——的敌人。而他们的这些敌人,便都在我们的这一面。

　　我们现在以十分的哀悼和铭记,纪念我们的战死者,也就是要牢记中国无产阶级革命文学的历史的第一页,是同志的鲜血所记录,永远在显示敌人的卑劣的凶暴和启示我们的不断的斗争。①

鲁迅这篇文章发表在当时左联秘密发行的机关刊物《前哨》第一期"纪念战死者专号"上,这是他对于五位革命同志惨被虐杀之后表示哀悼和铭记的第一篇文章。他永远牢记着这次鲜血的教训,以后在好些文章里都不断的论述到这个暴行,追念着这些同志。《为了忘却的记念》就是这些文章中最主要的一篇。在出事的当时,国民党反动派对这次虐杀的事情严守秘密,不许泄露一字,要公开的发表抗议和悼念文字是绝不可能的。

鲁迅当时的处境和心情

鲁迅的作品,从一开始的时候,用他自己的话来说,就"是反叛的小资产阶级的反抗的,或暴露的作品","因为他生长在这正在灭亡着的阶级中,所以他有甚深的了解,甚大的憎恶,而向这刺下去的刀也最为致命与有力",②所以一直就受着各种反动派的嫉视和压迫。而自他的思想有了质的改变,经常领导发动各项革命文化运动之后,他的处境就越来越危险。左联成立,他负领导重责,运动更加坚实有力了,但也就受到了"世界上古今所少有的压迫和摧残",鲁迅自己更随时有被捕去或暗杀的可能。

　　柔石等被捕以至牺牲前后鲁迅当时的情况,据冯雪峰同志的回忆,是这样的,可为了解本文的帮助:

　　柔石等被捕,是在一九三一年一月十七日;消息完全证实是在事情发生后的第三天,经过了一天的考虑,鲁迅先生在第四天离开了他在北四川路底的寓所,暂时避居于附近的一家日本人开的公寓里。但他照常工作,

---

① 《中国无产阶级革命文学和前驱的血》,《二心集》,《全集》第四卷,页二六七——二六九。
② 《上海文艺之一瞥》,《二心集》,《全集》第四卷,页二七六——二九二。

一面等待着柔石等案件的发展。那时候不说也可以知道,被捕者是没有被释放的希望的,谁也不会存什么幻想,而且白色恐怖确实已经超过我们所预料的程度了,鲁迅先生自己就很有被捕的可能。但一则白色恐怖,要躲避也实无从躲避,鲁迅先生至多也只能那样地避居一下,这种避居在事实上是于事无补的,况且他还差不多每天出外到内山书店等地方去;二则又来了谣言,说柔石等可以用钱赎出,虽然他始终不相信这谣言,但究竟还没有听到他们已经被杀的消息,所以当时他也还不觉得怎样。看他那样照常做他预定的工作和照常出外的情形,就好像一个船夫驶着自己的船在大风暴的海中奋斗,当知道了他的伙伴的船只在后面遇险的时候,他既然无法回头去帮助伙伴,也就只有继续向前和惊涛骇浪奋斗到底。

五个作家和别的十八个革命者,一共二十三人,是二月七日深夜在上海龙华国民党警备司令部里的一个荒场里被杀的。这消息我们几天之后才证实,鲁迅先生听到消息时如何情形我不清楚,因为消息不是我去通知的。我去见他的一个黄昏,是在三、四天之后了。他还是避居在那公寓里,他的两间房子之外有一点空院子,那时非常寂静,许广平先生出来引我进去,鲁迅先生就让我在外房一个半日本式的炕上坐下,他的脸色相当阴暗,也沉默地坐在炕上,有好一会儿不说话,后来从炕桌的抽屉里拿出一首诗来给我看,也只低低地说了一句话:"凑了这几句。"这就是大家知道的"惯于长夜过春时"的那首诗的原稿。

我在他那里吃晚饭,吃饭时他喝一点酒,也还是沉默的时候居多。在那种情形之下,我也当然不好多说话,尤其竭力避免提到左联的事情以及和柔石等的死有关的事情。一直后来,许广平先生告诉我:过度的愤怒或过度的悲哀,都会使他一声不响的。饭后我还坐了一会儿才走的,但我记得,当时他说的话不超过十句,而其中一句就是这样的意思:"这样下去,中国是可以给他们弄完的!"说时声音低沉而平静。这"他们"当然是指国民党统治者。我以为他说了以后,会继续谈下去的,但正同说这句话之前是长久的沉默一样,说这句话之后也是长久的沉默。……

这情形,可以看出他的愤怒和悲哀。①

---

① 冯雪峰:《回忆鲁迅》,页一〇二——一〇四,人民文学出版社本。

鲁迅的这愤怒,就是对于"黑暗的动物","敌人的卑劣的凶暴"的愤怒,而他的悲哀,则是对于这五位阶级战士之惨被反动派虐杀,使我们的民族解放革命事业遭受重大损失的悲哀。这五位革命作家,对于鲁迅来说,不但都是极有希望的青年,文化战线上的同志,而且更是阶级的战友,他们的殉难不能不造成了民族解放革命事业的损失。他的这种愤怒和悲哀都具有深厚的民族感情的基础,而他的这种民族感情又是同无产阶级的阶级性相统一的。

对于鲁迅,当时国民党反动派的特务暗杀组织蓝衣社原是计划要暗杀他的,所以终于不敢暗杀,是因鲁迅在国内外的地位太高,使反动派不能不顾忌,而鲁迅的不存幸免之心,坚决反抗的态度,也是使敌人不敢下手的一个原因。五位革命作家被虐杀之后,"因为有了这样的压迫和摧残,就使那时以为左翼文学将大出风头,作家就要吃劳动者供献上来的黄油面包了的所谓革命文学家立刻现出原形,有的写悔过书,有的是反转来攻击左翼,以显出他今年的见识又进了一步",①而鲁迅经过这个考验,则表现得更加坚决和英勇了。

法西斯统治的更进一步

国民党反动派用最卑劣最惨毒的手段虐杀五位革命作家,这是这些"黑暗的动物"的"黑暗的乱舞"的进一步,但他们的"乱舞"并没有从此停止,由于革命者并没有被血所吓倒,革命运动依然天天的在发展,无产阶级革命文化运动仍在不断的滋长,并且反而战斗得更壮勇,更深入,他们为图谋巩固其摇摇欲坠的统治,法西斯的凶残统治乃更进了一步。在五位作家被虐杀之后,鲁迅写出这篇《为了忘却的记念》之前的这两年中,反动派对革命文学文化运动的迫害达到了空前的程度。左联所主办的刊物如《大众文艺》、《南国月刊》、《拓荒者》、《北斗》、《现代小说》等都陆续遭禁。"一二八"后,一九三二年二月,为了反对国民党反动派的对外不抵抗政策,鲁迅领导发表《上海文化界告世界书》,表示坚决反对日本帝国主义进攻中国。二月八日,戈公振、丁玲等发起成立中国著作家抗日会。这些活动都极为反动派所憎恨。这年秋天,上海反帝同盟便被反动派所破坏。中国左翼作家的作品,特别是鲁迅的作品,甚至翻译,自此愈益严厉的大抵都受到了禁止。

---

① 《上海文艺之一瞥》,《二心集》,《全集》第四卷,页二七六—二九二。

这就是鲁迅写作这篇《为了忘却的记念》当日文学文化界被残酷压迫的情况。但正如鲁迅在这篇文章结尾处所预见到的,是"夜正长,路也正长",法西斯的凶残手段层出不穷,更恶毒的迫害还在后面。例如:一九三三年夏天,一百五十个反法西斯大会的参加者被屠杀;同年五月十四日,作家潘梓年、丁玲被捕监禁,作家应修人在被追捕时堕楼殒命;六月十八日,中国民权保障同盟的副会长杨杏佛被暗杀;十一月,上海艺华影片公司因摄制进步电影被特务捣毁,许多进步的书店也先后受到警告和破坏。一九三四年二月十九日,国民党反动派中央党部派员到上海各新书店挨户查禁文艺书籍一百四十九种,牵涉书店二十五家,禁止发行七十六种刊物。外国作家高尔基、卢那卡尔斯基、斐定、法捷耶夫、绥拉斐摩维支、辛克莱,甚而至于梅迪林克、梭罗古勃、斯忒林培克的作品都受到了禁止。同年十一月,申报主持人因申报月刊言论抗日而被暗杀。一九三五年,杜重远因《新生》杂志发表《闲话皇帝》一文涉及日本天皇而被反动派政府判处徒刑,《新生》禁售,该社封门。同年六月十八日,更枪杀了中共领导人之一、"左联"成立时的重要领导者瞿秋白。……

鲁迅这篇文章,就正是写成在这个最黑暗时期的中间。三十年中,他"目睹许多青年的血,层层淤积起来",把他"埋得不能呼吸","这是怎样的世界呢"!他悲愤,他忘记不了被虐杀的死者,但"夜正长,路也正长",他应当"竦身一摇,将悲哀摆脱",所以他才在这个时候写下了这样一篇纪念的文章,鲁迅杂文里抒情气氛最浓烈的文章。

为什么"记念"是"为了忘却"

鲁迅这篇文章题名"为了忘却的记念",为什么"记念"是"为了忘却"呢? 是否鲁迅真会完全忘却了这些被虐杀的死者呢?

鲁迅当然不会忘却这些革命先驱的死者,不,他永远也不会忘却。不但在写这篇文章以前,除开《中国无产阶级革命文学和前驱的血》一文之外,并在《黑暗中国的文艺界的现状》一文中提到这个惨案;就在写出这篇文章之后,他也仍在《中国文坛上的鬼魅》(一九三四年十一月)和《写于深夜里》(一九三六年四月)等文里怀着极深厚的感情,记念到这些死者。

因此,所谓"记念"是"为了忘却"的意思,实在就是要化悲哀和愤怒为力量,不要空言"记念",而应以工作和行动,也就是应以不倦的斗争来记念死者的意思。鲁迅从当时的黑暗，深知"夜正长，路也正长"，他如一直负着感情上的重压，不设法摆脱，就难免要影响到自己的工作，但却只有实际的工作、不倦的斗争，才是对于死者的最好记念，因为记念死者最好的办法，就是继承他们的遗志，实现他们的理想，而这若一味悲哀沉痛，便无济于事。两年以来，鲁迅对于这些革命先驱的死者长久怀着悲愤，"悲愤总时时来袭击我的心，至今没有停止"，而现在因为感觉到了有这样的必要，所以很想藉此尽情的一吐，"算是竦身一摇，将悲哀摆脱，给自己轻松一下"，"倒要将他们忘却了"。这完全不是消极的办法，而是为了集中全力，准备好迎接又"一场血腥的战斗"。① 但这也只是鲁迅在某种情况下希望自己能这样做到，事实上，即使在他充满着乐观主义的时候，当他记起了这些死者，由于他所具有的那种对于青年，对于同志，对于我们民族和无产阶级的挚热的感情，他还是不能完全摆脱了重压之感的。

在冯雪峰同志的《回忆鲁迅》里，有一段写到他这时的感情，很可以帮助我们理解鲁迅为什么要写作本文的心情：

在杨杏佛先生被暗杀的前后(一九三三年六月十八日)，共产党员以及左联会员和革命青年的被捕和被害，是更其层出不穷的。隔不了几天，就会听到一次谁被捕或谁被杀的消息。鲁迅先生也和我们一样，已经差不多不当作一件怎样了不起的事情了。这也不是麻痹，只因为大家都在战斗里面，好像这类事情都早在意料中了。但虽然如此，每听到或谈到谁被捕或谁被杀的时候，他还是要不知不觉地沉默起来，脸色也忽然阴暗起来，虽然有人在和他对谈，他也往往会一声不响到几分钟。有时，在这样沉默之后，就突然谈起别的事情，心情也好像忽然轻松起来似的；这显然是他不愿意自己被愤怒和悲哀所支配，而努力把心情从重压之下解放出来。

这种情形，……是由于他自己比过去更深入于血的斗争了的缘故。照我的感觉，他确实经常地比过去更乐观，因此也好像反而越来越年轻似的，例如当谈起我们有时愚弄了追踪我们的特务的时候，他也就会跟着想出了种种以为可以采用的愚弄特务的办法，一边谈着，一边笑着，那精神完全像一个快乐的好事的青年，简直不把敌人的沉重的压迫当作一回事了。但在实际上，他感情上的重压并没有减轻，不过他更深入斗争，于是思想上更坚

_____

① 《中国文坛上的鬼魅》，《且介亭杂文》，《全集》第六卷，页一五二——一六〇。

定,就时时努力驱除自己的重压之感,使自己更乐观而已。像下面这类意思的话,我是听他说过好几次,而且我相信他就是这样做的:"使自己轻松一下,有时是很需要的。忘记,真是一件宝贝。否则,件件事情都记着,人会压死的。"可是,革命者和青年们无从计算的血所给予他的沉痛的感情,却始终压在他的心底里,这只要读他的文章和他的诗就可以知道,因为我们读时所不能不感到的那种重压之感,就分明有着这种沉痛的感情的因素在内。况且,鲁迅先生自己所说的"使自己轻松一下"或"忘记"的办法,也并非什么别的办法,而只是工作;就是,用工作来驱除他们自己心上的重压之感。这种办法,例如他写一篇《为了忘却的记念》来减轻对柔石等牺牲的长久的悲哀,编《海上述林》来减轻对瞿秋白同志牺牲的深沉的痛惜,这当然是人们最容易理解的例子,但其实,他有很多工作都有这种原因在推动的。这完全不是消极的办法,而是化愤怒和悲哀为力量的唯一能够做的办法。我曾经这样设想过:当深夜他一个人的时候,他的心情一定会时常很沉重的,这样他就开始工作,开始和那从四周压住他的黑暗战斗,以击退周围的黑暗和自己心上的重压之感,使自己看见胜利和光明;所以,他许多在深夜中写的特别富有感情的文章,总是或者很沉重而又闪烁着乐观主义的光辉,或者充满着乐观主义而又依然有重压之感的。①

鲁迅说:"夜正长,路也正长,我不如忘却,不说的好罢。"这不只是对他自己说的,也是对于所有革命战士们的鼓励和号召,鼓励和号召同志们面对现实,去作坚决、沉着、持久的斗争。在反"围剿"的艰苦作战中,鲁迅是被锻炼得更坚决,更沉着,更强韧了。

革命先驱者们的高贵品质

在这篇文章里,鲁迅怀着无比的愤怒,揭露出反动统治者的卑鄙、无耻和凶残的暴行,而提出了有力的控诉,同时他也是怀着庄严的心情和真挚的热爱来记念这些战友,并写出了他们的高贵品质的。

为了革命,一再被捕,衣服和书籍全被没收了,以致虽在热天,却只能穿着

---

① 冯雪峰:《回忆鲁迅》,页一一〇——一一二。

一件厚棉袍,汗流满面;这件厚棉袍还是从朋友那里借来的,朋友那里也没有夹衫。可是白莽却仍旧要革命,什么也不能阻挡他的这种意志。他的译诗"生命诚宝贵,爱情价更高。若为自由故,二者皆可抛",就正是他自己的精神的写照。

为了革命的文学文化运动,柔石自己没有钱,可以借了钱来做印本。理想到处碰钉子,力气固然白花,还得再去借钱来赔账,可是仍然相信人们是好的。拼命的努力,拼命的工作,"无论从旧道德,新道德,只要是损己利人的,他就挑选上,自己背起来"。不怕困难,坚决相信"只要学起来"就什么都能够学得会。被捕在牢狱里了,在死亡的威胁下,他的心情仍不改变,而且还想学德文,希望以后能工作得更好。

诸如此类的描写,在鲁迅都完全是记实,一点也没有夸张,一点也没有故意要把人说好的样子,但就在这种自然而真实的流露中,却已把革命先驱者们的高贵品质很亲切的描写出来了。革命先驱者们是这样的热爱工作,热爱生活,即在敌人的魔掌里还念念不忘于学习,然而为了革命,为了自由,他们宁愿抛弃生命和爱情,绝不向敌人屈服。这就是他们所以能够在严重关头慷慨就义的动力,同时也就是鲁迅所以挚爱并遏止不住对他们的追怀之情的原因。

鲁迅的这种描写,特别在描写柔石的场合,都是通过日常生活的细节来表现的,而不是什么孤立抽象的大道理,所以亲切、生动,能使人信服。例如柔石的性格,虽然有点迂,但非常忠实、诚恳、可爱。鲁迅从细节的描写里掘发出来了柔石性格之高贵品质的意义,所以可贵。

这是一面。

另外一面,我们也可以看出,同是革命先驱者的鲁迅自己,他对革命青年——同志的爱护、教育、帮助和怀念,也是多么动人!

对于一位素不相识的投稿者——白莽,鲁迅始而同他通信,继而把自己的"宝贝"——两本转辗从德国买来的彼得斐的作品送给他,而在白莽刚由被捕而释出,大热天还只能穿一件从朋友处借来的厚棉袍时,他"就赶紧付给稿费,使他可以买一件夹衫"。这些似乎都是小事,但若没有对于青年和革命同志的爱,就根本做不出这样体贴的事情。

柔石被捕了,鲁迅这时"和女人抱着孩子走在一个客栈里"。天气这样的冷,鲁迅便想到:"天气愈冷了,我不知道柔石在那里有被褥不?我们是有的。洋铁碗可曾收到了没有?……"他不但怀念柔石,也因此想起了柔石还有一个失明的母亲,《北斗》创刊的时候(一九三一年),他就想写一点关于柔石的文章,然而不能够,于是他就选了一幅珂勒惠支夫人的木刻,名曰《牺牲》,是一个母亲悲哀地献出她的儿子去的,算是只有他一个人心里知道的柔石的记念。鲁迅又这样写:"前年的今日,我避在客栈里,他们却是走向刑场了;去年的今日,我在炮声中逃在英租界,他们则早已埋在不知那里的地下了;今年的今日,我才坐在旧寓里,人们都睡觉了,连我的女人和孩子。我又沉重的感到我失掉了很好的朋友,中国失掉了很好的青年"。这是一种多么深厚多么崇高的感情! 这里有对烈士们的无限的崇敬,有在烈士们的受难之前深感不安,对自己提出更严格要求的伟大的心,也有一种对于广大苦难者的最深的同情。这绝不是什么小资产阶级的无原则的感情,正相反,这里面充满着无产阶级的原则性和战斗性。

必须自己具有高贵品质才能真实动人地写出别人的高贵品质,必须具有真正深厚的感情才能写出最最浓烈的抒情文章,从鲁迅这篇文章,我们也可得一证明。

闪烁着乐观主义的光辉

鲁迅此文沉痛的追念死者,但贯穿全文的乃是一种坚韧无比,再接再厉的战斗精神。他此文写成在国民党反动派两种反革命"围剿"最严重的黑暗时期,但他对革命和革命文学的前途却充满了乐观。这种乐观,是从他改变了过去进化论的思想,接受了马列主义的真理,参加了革命的实际斗争之后,就逐渐稳固地树立起来的。自从他接受了马列主义的真理,在革命的实际行动中更密接了群众,他就再也没有像过去那样的有时还会怀疑和苦闷,因为对于中国革命,他已经确切地看见了最可靠的力量,认识了胜利前进的道路,这就必然会使他的作品闪烁着乐观主义的光辉。

五位革命作家的牺牲从一开始就引起了鲁迅沉重的悲痛,这种沉重的悲痛而且一直继续到后来也并未能真正"忘却",但也是从一开始起,鲁迅就充分表现出了他的决不气馁,决不屈服,而且一定能够取得革命最后胜利的乐观主义的精神。他始而说:"我们的这几个同志已被暗杀了,这自然是无产阶级革命文学的若干的损失,我们的很大的悲痛,但无产阶级革命文学却仍然滋长,因为这是属于革命的广大劳苦群众的,大众存在一日,壮大一日,无产阶级革命文学也就滋长一日。"①继而说："左翼文艺有革命的读者大众支持,将来正属于这一面。……左翼作家们正和一样在被压迫被杀戮的无产者负着同一的运命,惟有左翼文艺现在在和无产者一同受难,将来当然也将和无产者一同起来。"②现在这篇文章里又这样说:

> 夜正长,路也正长,我不如忘却,不说的好吧。但我知道,即使不是我,将来总会有记起他们,再说他们的时候的……

鲁迅的这种革命的乐观主义精神一直继续到他离开这个世界,而且是愈到后来愈明显。乃是他晚年思想的一个最主要的特征。他的乐观主义是多么科学,岂不是,离开他的逝世不过短短十三年,我们今天早已到达在全国范围,甚至在世界范围来"记起他们,再说他们"的时候了么!③

鲁迅的乐观主义所以是科学的,深刻的,就因他并没有把无产阶级革命文学看成一个孤立的现象,就因他已经看到反动统治者方面"除从帝国主义得来的枪炮和几条走狗之外已将一无所有",而要求革命的人民方面,则正有着最好的领导和最大多数的群众。他也绝不是没有看到横在革命道路上的重大障碍,例如他在本文中就指出了:"夜正长",需要作长期坚决的奋斗。这样的乐观来自对于无产阶级和一切劳动群众力量的认识和信仰,来自对于敌人的卑鄙和穷途末路的敏锐理解,也来自对于革命发展的卓绝的预见。

是这样的乐观主义,所以,就不但能鼓舞鲁迅自己,而且也大大鼓舞了在黑暗中苦斗着的人民。鲁迅帮助人民张开眼睛,也给了人民无限的勇气,他真是"中国文化革命的伟人"!

---

① 《中国无产阶级革命文学和前驱的血》,《二心集》,《全集》第四卷,页二六七—二六九。

② 《黑暗中国的文艺界的现状》,《二心集》,《全集》第四卷,页二七〇—二七五。

③ 五位革命作家被虐杀后,当时德国的革命作家路特威锡·棱,奥国革命诗人翰斯·迈伊尔,英国矿工出身的作家哈罗·海斯洛普,美国革命诗人果尔德,日本进步作家永田宽等,都曾提了抗议书。"国际革命作家联盟"还发表了由各国著名作家诗人普遍签名的反对国民党屠杀中国革命作家的宣言。关于五位革命作家遗骨的下落,在上海解放之后不久,已被人民政府设法找到。五位作家是和别的十八个革命者一道牺牲的。二十三个人被分成为几组,都被手铐相互联锁着,这就可以想见被害时的状况。他们是在龙华从前国民党警备司令部里面一个荒场中掘出的,埋在地下已经二十年了。就在胜利的今天,我们也万不能忘记敌人的凶暴。请参阅冯雪峰:《鲜血记录的历史第一页》,在《论文集》第一卷内,人民文学出版社本。

后　　记

　　学习鲁迅，研究鲁迅，继承鲁迅，这是每一个中国人民都有的责任，但对于我们从事于文学工作，特别是以文艺教学工作为主要任务的人，这责任就更加迫切，重大。

　　十多年来，我一直在大学中文系教书，历经中山、山东、沪江、同济、复旦各校，所担任的课程总不外"文学概论"、"文学批评"、"文艺学"、"现代文学"、"现代文学名著选读"这几门。在教学过程中，或者是直接作为教材，或者是举作例证，必然经常要讲到鲁迅先生和他的作品。因此多少也蓄积了一些有关的研究资料，对某些问题多少也有了一些自己的看法。只是由于过去在教学工作上自由散漫惯了，再加上自己又忙于杂务，一直还没有把这些资料和看法加以整理。去年院系调整之后，我来到师大，担任本系"现代中国文学"一课的讲授，由于任务比较集中，也由于深切感到必须较详的写出讲稿才有可能把课教好，所以就下定决心，努力把关于鲁迅研究的这一部分首先整理出来。

　　鲁迅先生是如此的博大，如此的精深，真是一个了不起的人物，真是我们民族的天才，祖国的骄傲。当我把鲁迅先生的作品读得越多，越明白，对他的革命精神领会得越清楚一些的时候，这样的感觉就越加深切。但也因此，我就感到自己目前已有的对于鲁迅先生的理解是多么肤浅，多么不够，一定还要不断的学习，不断的研究，一定还要更进一步去作深入全面的理解。

　　在这里，我曾尽可能的想作到从"鲁迅研究"的现有基础出发来谈问题。对于大致已成定论的问题我一般只是综述成果，例如关于鲁迅先生思想发展的道路便是如此。在某些问题上我也提出了一些自己的看法，倒并非故意立异，目的乃在引起讨论，希望能使问题解决得更完满，更明确，例如关于《药》、《故乡》、

《阿Q正传》等篇的某些论点便是如此。在这里我必须对在"鲁迅研究"上已经作出许多贡献的同志们——特别是应该向冯雪峰同志致谢,如果没有他们先进努力的贡献作为凭藉,我这卷东西无疑将十分贫乏。同时我更热望他们,以及所有读到这卷东西的同志们,能对书中的不够、错误之处,尽量的给予批评和指教,使我能及时的加以补充、修正。

　　在写作和修订本卷的过程中,我曾获得师大中文系许多同事同学的帮助。许杰、王西彦、施蛰存三同志不但都看过本卷的全部原稿,还提了不少非常宝贵的意见,使我得以重新考虑并修正了若干处的文字和论点。在此谨向他们致恳切的谢意!

一九五四年一月五日于华东师范大学中文系

（本书出版于 1954 年 1 月）

541

鲁迅遗产探索

把一切都归功于伟大的人民

——鲁迅为什么能永远活在人民群众心里

一

"横眉冷对千夫指，俯首甘为孺子牛。"鲁迅先生战斗的一生，正是为人民的解放，为人民革命事业的胜利而战斗的一生。他虽然没有来得及亲眼看到人民革命的胜利，但他以文艺为武器英勇奋战的一生，确实对这一胜利作出了巨大的不可磨灭的贡献。

鲁迅为什么能在凶恶的敌人面前那样坚强果敢，不畏强暴？为什么能对人民充满热爱，无比尊重？唯一原因，就在他深刻地看到了敌人的丑恶和虚弱，看到了人民的正义和强大。在人民还处于旧制度的高压下，还在饱受痛苦，而敌人暂占优势的情况下，他就看到了这一点，坚信了这一点，决心和人民站在一起，共生命，同呼吸，这就是鲁迅最值得我们敬佩，最值得我们学习的地方。

鲁迅把人类的一切创造、一切成就都归功于伟大的人民。在剥削阶级的老爷们看来，人民群众不过是愚蠢无知的群氓，他则完全相反，说"世界却正由愚人造成，聪明人决不能支持世界"（《坟·写在〈坟〉后面》）。

过去很多人喜欢恭维古代的圣人，说这个东西是张三创造的，那个东西是李四发明的。是否真有这样的事呢？某个东西到某人手里总结了前人的经验而有所发展、提高，从而有所发明、有所创造，这是有的；后人对这个人的努力和贡献表示称赞，也是应该的。但无论哪一个重大的发明创造，都决不可能真正白手起家，绝无凭借，完全成于一人之手。例如传了很久的蔡伦造纸之说，由于现在已经发现了更多的资料，便难于主宰人心了，蔡伦的贡献主要是在前人的经验基础上有了发展提高,而不是他凭空第一个造出了纸。鲁迅说:"一切文物,都是历来的无名氏所逐渐的造成。建筑,烹饪,渔猎,耕种,无不如此;医药也如此。"药物怎么可能是由一个神农皇帝在一天之内遇到过七十二毒而独自尝出来的呢?《本草纲目》这样的书,乃是根据历代累积下来的许多草创记录丰富发展而成的,而历代的那些草创记录,则是历代的古人在有病尝药过程中一点一点累积而成。"大约古人一有病,最初只好这样尝一点,那样尝一点,吃了毒的就死,吃了不相干的就无效,有的竟吃到了对症的就好起来,于是知道这是对于某一种病痛的药。"(《南腔北调集·经验》)神农皇帝哪来那么多病痛,他又怎么来得及尝遍百草,何况药物还远不止于植物呢?

能把人类的一切创造、一切成就都归功于人民群众的人,是决不会崇拜圣人、先知一类偶像的。一九一九年鲁迅就已提出"旧像愈摧破,人类便愈进步"(《热风·随感录四十六》)的观点。许慎说文字是"黄帝之史仓颉"创造的,鲁迅批评说:"文字成就,所当绵历岁时,且由众手,全群共喻,乃得流行,谁为作者,殊难确指,归功一圣,亦凭臆之说也。"(《汉文学史纲要·自文字至文章》)这同他后来否定神农皇帝独自尝出药物之说,先后完全一致。

历史证明,人民群众的力量、智慧,从来就比任何个人强,即使这个人是伟大的人物也不例外。伟大人物之所以伟大,就在他能够真正相信群众,依靠群众,在实际行动中而不只是在言论中贯彻这一点,并为人民群众的解放和幸福而贡献出他全部的努力。如果一旦在这个根本问题上有所放松,甚至违背,那就必然会变得落后、渺小。鲁迅先生则无疑是越到后来越见其伟大的人物。

二

剥削阶级老爷们说人民愚蠢,鲁迅举出很多例子,证明人民群众其实最聪明。"愚民的发生,是愚民政策的结果。"(《集外集拾遗·上海所感》)但就是愚民政策,也还是不可能把人民群众的聪明才智完全扼杀。

有人说:人民群众不要智识,不要新智识,不要学习,不能摄取。鲁迅驳斥道:"即使'目不识丁'的文盲,由我看来,其实也并不如读书人所推想的那么愚蠢。他们是要智识,要新的智识,要学习,能摄取的。当然,如果满口新语法,新名词,他们是什么也不懂;但逐渐的检必要的灌输进去,他们却会接受;那消化的力量,也许还赛过成见更多的读书人。"(《且介亭杂文·门外文谈》)

有人说:老百姓不读诗书,辨别不清是非黑白。鲁迅驳斥道:"诚然,老百姓虽然不读诗书,不明史法,不解在瑜中求瑕,屎里觅道,但能从大概上看,明黑白,辨是非,往往有决非清高通达的士大夫所可几及之处的。"(《且介亭杂文二集·"题未定"草〔六至九〕》)鲁迅指出的这一点,很多人在十年浩劫时期特别有体会。"四人帮"及其一伙打砸抢分子的种种灭绝人性、蹂躏公民权利的暴行,无论他们把自己乔装打扮得多么"革命",老百姓,特别是老工人和老农民,听了都表反对,看了都很愤慨,有时还想了很多办法予以制止。具体情况他们可能不明白,但是非黑白的大概,确很清楚,因为他们知道,那些恶棍的做法,是违背中国人民的为人之道的。

有人说,"名人的话"就是"名言"。鲁迅分析说:"我们是应该将'名人的话'和'名言'分开来的,名人的话并不都是名言;许多名言,倒出自田夫野老之口。"(《且介亭杂文二集·名人和名言》)真正的名言,应该说出真理,对人民的解放或增长才智有好处。田夫野老处身群众之中,一辈子从事生产劳动,有认识世界、改造世界的丰富的实践经验,所以他们能说出许多名言。对名人也要具体分析,有的确有真才实学或某一方面的专长,但也可能有徒具虚名的;至于他们说的话,也要受社会实践的检验,决不能迷信。"世无英雄,遂使竖子成名",鲁迅引阮籍的话,虽是用以讽刺国民党反动文人和表达其自谦的心情的,但也告诉我们:不能迷信"名人",认为"名人的话"就是"名言",应该膜拜或照办。

鲁迅是非常厌恶、痛恨旧社会里那些反动、顽固分子的自欺欺人与瞒和骗的。早期他曾把这作为"国民性"的一种表现,后来说得很明确了:"说中国人失掉了自信力,用以指一部分人则可,倘若加于全体,那简直是诬蔑。"他说要论中国人有无自信力,不能以状元宰相的文章为据,而"要自己去看地底下"。这种一面总在被摧残、被抹杀,消灭于黑暗中,不能为大家所知道的处于"地底下"的中国人,"从古以来,就有埋头苦干的人,有拼命硬干的人,有为民请命的人,有舍身求法的人……",而且,"这类的人们,就是现在也何尝少呢?"这种人"有确信,不自欺;他们在前仆后继的战斗","虽是等于为帝王将相作家谱的所谓'正史'也往往掩不住他们的光耀",抹杀不了他们在我们国家民族发展史上的作用。鲁迅大声为这种人喝彩:"这就是中国的脊梁!"(《且介亭杂文·中国人失掉自信力了吗》)

人民群众当然也有些弱点和不足之处。"能听大众的自然",不求改进提高么? 鲁迅说,不能的。"因为有些见识,他们究竟还在觉悟的读书人之下,如果不给他们随时拣选，也许会误拿了无益的，甚而至于有害的东西。所以，'迎合大众'的新帮闲，是绝对的要不得的"（《且介亭杂文二集·门外文谈》）。"迎合大众"论者主张"说话作文，越俗，就越好"，"什么都要配合大众的胃口"，甚至于"故意多骂几句，以博大众的欢心"，鲁迅认为这种主张非常错误，对人民群众其实是不利的。他这里谈的虽是语文，道理却通于对待人民群众的整个态度。

三

人民群众很多连字也不识，于是就有人说，他们是没有文学，也不要文学的。鲁迅反之，认为"大众，是有文学，要文学的"（《且介亭杂文·门外文谈》）。

从古以来，不识字的作家多得很。《诗经》的《国风》，希腊人荷马的两大史诗，东晋到齐、陈的《子夜歌》、《读曲歌》之类，唐朝的《竹枝词》、《柳枝词》之类，原都是无名氏的创作，经文人采录润色后留传下来的。现在到处还有民谣、山歌、渔歌、民间故事等。

大众不但有文学，而且清新、刚健、泼剌、有生气。"大众并无旧文学的修养，比起士大夫文学的细致来，或者会显得所谓'低落'的，但也未染旧文学的痼疾，所以它又刚健、清新。"（《且介亭杂文·门外文谈》）文学史上常有因摄取了民间文学的养料而使旧文学从衰颓中得到新变的例子。民间的戏曲，"自然是俗的，甚至于猥下、肮脏，但是泼剌，有生气"（《花边文学·略论梅兰芳及其他〔上〕》），一旦被士大夫据为己有，往往便萎弱了。

大众的文学将随着大众的历史积极性的不断提高而更加发展滋长，国民党反动派可以用诬蔑、压迫、暗杀作家等等手段迫害无产阶级革命文学，使它遭受损失，但只要"大众存在一日，壮大一日，无产阶级革命文学也就滋长一日"（《二心集·中国无产阶级革命文学和前驱的血》）。历史证明，国民党反动派夹着尾巴逃跑了，解放三十二年来，人民文学无论在数量或质量上都取得了空前的发展。由于人民的存在，猖獗一时的"左"的干扰终于也没有能把人民文学的发展势头停止下来。

大众的文学往往出自大众的作家之手。"他只是大众中的一个人，我想，这才可以做大众的事业。"（《且介亭杂文·门外文谈》）大众是要革命的，也必然会产生革命的大众文学，因此，为大众的作家不但必须多"为大众设想的作家，竭力来作浅显易解的作品，使大家能懂、爱看，以挤掉一些陈腐的劳什子"（《集外集拾遗·文艺的大众化》），更重要的是，他应该是一个"革命人"，"革命人做出东西来，才是革命文学"（《而已集·革命时代的文学》）。鲁迅认为这是一个"根本问题"（《而已集·革命文学》）。

过去人民欢迎、赞成能替平民抱不平，把平民的苦痛告诉大众的作家，这样的作家在封建时代也有，如杜甫和白居易。他们所以能把平民的苦痛说出来，因为曾经与平民接近，比较了解平民的生活，思想上也对平民有所同情。这种文学并不就是真正的平民文学，但因这种作品对平民的斗争有益，所以人民还是欢迎它、赞成它。这种作品今天我们仍要给以高度评价，承认它的历史地位，继承和发扬这个优秀传统。但对于我们今天的作家来说，还应该提出新的更高的要求，这就是鲁迅说的："革命文学家，至少是必须和革命共同着生命，或深切地感受着革命的脉搏的。"（《二心集·上海文艺之一瞥》）"可以宝贵的文字，是用生命的一部分，或全部换来的东西，非身经战斗的战士，不能写出。"（《译文序跋集·〈毁灭〉第二部一至三章译者附记》）这也可说是鲁迅本人的创作实践的理论总结与升华。我们知道，鲁迅开始也是因为外婆家在农村，使他能够间或和许多农民相亲近，"逐渐知道他们是毕生受着压迫，很多痛苦"（《集外集拾遗·英译本〈短篇小说选集〉自序》），但后来他就直接投身到战斗中去了，请听一听他的铮铮誓言：

> 只要我还活着，就要拿起笔，去回敬他们的手枪！（《致山本初枝》，1933年6月25日）
>
> 当然，要战斗下去！无论它对面是什么。（《致萧军》，1935年10月4日）

人民以劳动果实哺育了作家，又以革命战斗教养、提高了作家。无论怎样有成就的作家，都只能是人民的儿子。因为如果没有伟大的人民群众养育他，就不会有他自己。

以人类的一切创造、一切成就都归功于伟大人民群众的鲁迅，不但非常有力地科学地阐明了一个颠扑不破的历史真理，而且也使他自己永远活在人民群众的心里了。

（原载《东海》1981年9月号）

鲁迅的革命求实精神与文学的真实性

一

鲁迅先生的一生,是以文艺为武器,英勇战斗的一生。他在几十年的战斗中,积累了同反动势力战斗的极为丰富的经验,历史的和当前的种种事实既给了他教育,马克思主义这"最明快的哲学",如他自己所说,后来又帮助他看明白了许多以前认为很纠缠不清的问题。我们今天说要向鲁迅学习大无畏的革命精神,这是大家都会同意的,但鲁迅的革命精神为什么特别可贵、特别有力?为什么他的很多文章虽然成于半个多世纪以前,今天读来仍能使我们感觉十分深刻、中肯,好象正是针对着现实问题而发?这原因或理由,在认识上却未必都是清楚、一致的。一个人生活在反动统治下,能要求革命,甚至不惜为革命事业流血牺牲,无疑是值得钦佩的志士仁人,但革命的目的要摧毁反动阶级的统治,求得广大人民的解放。如何在艰难困苦、不断遭受挫折、损伤的情况下再接再厉,生聚教训,重新壮大起来,在任何情况下都绝不气馁、绝不灰心,同反动势力作不屈不挠的斗争,这样的革命精神比之光有革命理想甚至牺牲决心实在更为难得。因为只有这样,革命才有胜利的实际可能。这种精神,如果没有科学精神为其基础,是不能产生的。而这种精神之所以特别可贵、有力,就因它有科学精神这个牢固基础。

科学精神究竟是怎样一种精神呢?我以为,简言之也就是求实精神:一切从实际出发,理论联系实际;不迷信盲从,不因袭老套;反对说空话,唱高调;不怕了解真实情况,不怕反映真实情况;根据实际的变化,不断研究新情况,总结

550

新经验,说明和解决革命进行中的新问题;看到远景,也不忽视近功,总是尽量运用一切可能运用的力量和机会,去削弱、打击敌人,团结、壮大自己,实事求是地决定行动方针,务求对革命的持久与发展有真正的利益,实际的效果。

鲁迅先生,我认为就是在革命工作的各个方面都始终非常突出地坚持求实精神的伟大战士。多年来,我们已吃够了违反科学,因而也损害革命利益的"左"的祸害的苦头,今天重新来学习鲁迅的革命精神,特别是他这种精神的宝贵内核——求实精神,的确有极为深刻的现实意义。

二

鲁迅对大队革命战士的认识是非常清醒的。正是这种清醒的认识,使他在革命处于低潮或遭受各种挫折、损害时,从来没有动摇过革命必胜的信心,从来没有影响到他的革命乐观主义。

鲁迅说:"左翼作家并不是天上掉下来的神兵。"(《南腔北调集·论"第三种人"》)革命者也是人,而且都是在旧社会中生长,带着旧社会的不同生活痕迹聚集到一起来的。他们都不满现状,要反抗现状,所以参加了革命队伍;但他们的具体动机,终极目的;却是极不相同的。他们"或者为社会,或者为小集团,或者为一个爱人,或者为自己,或者简直为了自杀"。这是客观存在的事实。面对这一事实,是否可以要求大队的革命军,"必须一切战士的意识,都十分正确,分明,这才是真的革命军",否则便认为"不值一哂"呢? 鲁迅认为这种论调,似乎很正当、很彻底,其实是"空洞的高谈,是毒害革命的甜药",因为这种要求太不现实,不可能做到的。如果一定要纯而又纯,好象很革命,实际就很难组织成革命的大队伍,革命就很难真正进行。有些人动机不纯甚至动机错误而革命军所以仍然能够前行,"因为在进军的途中,对于敌人,个人主义者所发的子弹,和集团主义者所发的子弹是一样地能够制其死命"的(《二心集·非革命的急进革命论者》)。

鲁迅当然并不认为可以对这些动机不纯,终极目的绝非革命的人听之任之。他既看到了这些人之要求反抗现状和开始不必过于顾虑的一面,也看到了他们将会危害革命和必须加以防备的一面。他不断提醒人们应该密切注意防备投机分子和暗探对革命事业的破坏。他说:"革命被头挂退的事是很少有的,革命的完结,大概只由于投机者的潜入,也就是内里蛀空。"(《三闲集·铲共大

551

观》)他指出革命者"不但应该留心迎面的敌人，还必须防备自己一面的三翻四复的暗探"（《二心集·上海文艺之一瞥》）。

这些投机分子和暗探，他们难免会使革命事业受到一定的甚至很大的危害，可是革命毕竟是大势所趋，人民群众都拥护革命，肯定有些人要堕落下去，却有更多的革命者会成长起来。在革命遭到挫折、损伤的时候，脆弱的、信心不足的人悲观了，失望了，感到前途茫茫，没有希望了，其实完全不必，因为他们只是片面地看到了次要的一点，恰恰不曾看到更为重要的另外一点。鲁迅凭其辩证的观点观察当时文艺界的斗争现象，坚持两点论，又对这两点进行具体分析，比较，进而确定重点还在于对革命有利的这一点。他反复信心百倍地指出：

因为终极目的的不同，在行进时，也时时有人退伍，有人落荒，有人颓唐，有人叛变，然而只要无碍于进行，则愈到后来，这队伍也就愈成为纯粹，精锐的队伍了。（《二心集·非革命的急进革命论者》）

一面有人离叛，一面也有新的生力军起来，所以前进的还是前进。（《致胡今虚》，1933 年 10 月 7 日）

"作家"之变幻无穷，一面固觉得是文坛之不幸，一面也使真相更分明，凡有狐狸，尾巴终必露出，而且新进者也在多起来，所以不必悲观的。（《致杨霁云》，1934 年 5 月 31 日）

当时文艺界的形势是这样，整个革命运动的形势也是这样。鲁迅这一分析可以给悲观失望的人以莫大鼓励，但他这一分析本身是从实际出发，反映客观情况的，鼓舞人心的力量来自它的科学性。因为队伍虽然混杂，只要压迫和剥削还存在，反动势力还在欺凌人民，能和革命前进、共鸣的人总必是大多数。

由于缺乏经验，由于反动势力暂时还比较强大，占着优势，或由于工作中自己产生了错误，革命也会造成挫折，发生危机。这时革命内部就要决心克服缺点，改正错误，重新前进。真正的革命者是一定会这样做的，但敌人却并不喜欢你这样做。不过他们决不会正面叫你不要克服、改正，而装出颇为关心的样子，劝你不妨等待克服、改正完成了再说。针对这种阴险的拖延伎俩，鲁迅说，例如左翼文坛的理论家曾经犯过错误，左翼作家之中也有蜕化变质了的，左翼文坛诚然要加以克服、改正，但总是一面克服着，一面进军着，决"不会做待到克服完成，然后行进那样的傻事的"。正因为采取了这样求实的战略，没有上苏汶之流

552

的当,所以左翼文坛依然存在,不但存在,还在发展,克服自己的坏处,向革命文艺进军。(参见《南腔北调集·论"第三种人"》)

有投机分子和暗探的破坏,还是前进;有人退伍、落荒、颓唐、叛变,还是前进;有敌人的捣乱,自己的失误,一面克服着,一面还是前进;总之,无论什么样的艰难险阻都阻挡不住,还是要革命,要前进。用鲁迅的话说,这就是韧。在中国大地上,封建社会这样长久,殖民势力这样深入,要革命,就必须韧。把革命当儿戏,任性使气,赤膊上阵,孤注一掷,都不是鲁迅所能赞成的。他确实做到了战略上非常藐视敌人,而在战术上则非常重视敌人。他说:

> 对于旧社会和旧势力的斗争,必须坚决,持久不断,而且注重实力。旧社会的根柢原是非常坚固的,新运动非有更大的力不能动摇它什么。并且旧社会还有它使新势力妥协的好办法,但它自己是决不妥协的。在中国也有过许多新的运动了,却每次都是新的敌不过旧的,那原因大抵是在新的一面没有坚决的广大的目的,要求很小,容易满足。(《二心集·对于左翼作家联盟的意见》)

旧社会的根柢既是如此坚固,要真正、彻底地革它的命,战胜它,就决不能掉以轻心,等闲视之,而一定要首先在思想上然后在行动上作好充分的准备。短时间不行,要准备较长的时间;少数人不行,要造出大群的战士。"我们急于要造出大群的新的战士,但同时,在文学战线上的人还要'韧'。……要在文化上有成绩,则非韧不可。"(同上)稍后他又郑重指出:"弄文学的人,只要(一)坚忍,(二)认真,(三)韧长,就可以了。不必因为有人改变,就悲观的。"(《致胡今虚》,1933 年 10 月 7 日)反动势力暂时可以占据优势,猖狂于一时,长期来看它总是逐渐在衰落,终必灭亡,为此它总想把革命力量立刻扼杀,免得它不断壮大以便自己得延残喘,所以怕的就是革命军同它缠斗不休,使它摆脱不了很快衰亡的命运。鲁迅说:"敌人向来就善于躲在厚厚的东西后面来杀人的,古代有城墙,现在有钢马甲、铁甲车、坦克车,如果革命者沉不住气,上了他们的当,象《三国演义》里许褚似的充好汉,赤着膊奔出去反抗,那就正中敌人的下怀,他们会立刻给你一枪,绝不客气的。"(《伪自由书·不负责任的坦克车》)他说"我们和朋友在一起,可以脱掉衣服,但上阵要穿甲"(《致肖军、肖红》,1935 年 3 月 13 日),否则中了敌人的箭还得被敌人骂为活该。出于同样的道理,在一派要求别人"赴难"的喧闹声中,他独独表示赞同孔子的这句话:"以不教民战,是谓弃之。"反对叫当时的大学生去"赴难"。(《南腔北调集·论"赴难"和"逃难"》)国民党反动派养兵百万,对帝国主义的侵略自己不抵抗,却想叫没有受过训练的大学生去"赴难",难道这不是存心要保存自己的反动实力,而让抗敌的、革命的有生力量去作徒然的牺牲么?

重温鲁迅对革命队伍,对与旧社会旧势力战斗策略等的清醒的认识,深感到它不但切实、中肯、深刻,而且对今天我们的战斗仍有很大的启发,能够鼓舞我们继续前进,坚定革命必胜的信心。他的话没有丝毫高调,也许曾被有些人认为不合时宜罢,但这些话说得多么符合实际,多么有益呵!我们的革命战士大多数确实忠诚无比,不断在改造和提高自己的觉悟,但应该承认,他们也是普通材料造成的,并非天生的神人。承认了这一点,一方面,就会重视教育培养的作用,就不致滋长迷信、盲从之风;另一方面,也就会对革命队伍中可能出现投机分子、暗探、叛徒一类坏人提高警惕,注意防备,而在实际发生了这种事情,造成了损害的时候,不致张皇失措、悲观失望。正如鲁迅想到的那样,与其以为这是意外的现象,毋宁说是迟早会发生的事情。问题在善于引导,加以预防,需要有足够的思想准备。领导者固应有这种认识和准备,也要让广大人民有这种认识和准备。那就能在发生这种事情时沉着应付,遭受挫折时不致对整个队伍都丧失信心,产生怀疑。鲁迅不是早就看到,一面有人离叛,一面也有更多的生力军在起来,前进的还是前进,完全不必悲观么?通过韧性的战斗,不瞒、不骗,和亿万人民同心同德,世界上没有克服不了的困难。多年来脱离实际的左倾错误给我们带来了巨大的损失,但我们应该象鲁迅那样,相信革命队伍的绝大多数是好的,在清除了"四人帮"一伙反革命之后将会变得更纯粹、更精锐,依靠人民,我们一定能够达到建设社会主义强国的目的。学习鲁迅的求实精神,无疑将有助于恢复实事求是的传统,发扬这种精神,既能防止重犯过去那样严重的错误,鲁迅的遗愿也可以早日实现了。

三

在文学作品应该"写真实"的问题上,鲁迅的观点也是非常科学的,充满了革命的求实精神。

大家知道,鲁迅在一九二五年就大声疾呼反对自欺欺人,反对不敢正视人生,反对瞒和骗的文学了。一味的讳疾忌医,"报应是永远无药可医"。他郑重要求,"必须将先前一切自欺欺人的希望之谈全都扫除,将无论是谁的自欺欺人的假面具全都撕掉,将无论是谁的自欺欺人的手段全都排斥",认为只有这样"才可望有新的希望的萌芽"(《华盖集·忽然想到(十一)》)。他说,中国的文人,因为没有正视人生的勇气,便"用瞒和骗,造出奇妙的逃路来,而自以为正路。在这路上,就证明着国民性的怯弱、懒惰,而又巧滑"(《坟·论睁了眼看》)。鲁迅这时说的是"中国人"、"国民性",或者"中国的文人",似乎他认为中国人都有自欺欺人的毛病,中国的文人都写了瞒和骗的文学;诚然这时他还缺少明确的阶级观点。随着认识的发展,他的观点逐渐明确起来,在一九三四年写的两篇文章中,他就明白指出"不但歌颂升平,还粉饰黑暗"的乃是"中国的有一些士大夫"(《且介亭杂文·病后杂谈》),更指出了"说中国人失掉了自信力,用以指一部分则可,倘若加于全体,那简直是诬蔑"。因为不但"我们从古以来,就有埋头苦干的人,有拼命硬干的人,有为民请命的人,有舍身求法的人",这些处于"地底下"的"中国的脊梁",当然从不自欺欺人。而且他还特别补充一句:"这一类的人们,就是现在也何尝少呢? 他们有确信,不自欺。"(《且介亭杂文·中国人失掉自信力了吗?》)他们在前仆后继的战斗,不过不能为大家知道罢了。鲁迅这一分析完全符合实际。他其实并没有把任何人写的不够真实或不合实际的作品都一律说成瞒和骗的文学。不够真实或不合实际的原因可以有多种,如果并无充分根据可以证明作者确是站在没落的剥削阶级立场说话,怎么就能肯定不成熟或不成功的作品一定是在对人民进行瞒和骗呢? 一向主张论文要看全文、全人,而且要顾及所处的社会状态的鲁迅先生,是决不会轻易把"瞒和骗"的罪名加到一个作品身上去的。

鲁迅当然主张作家要讲真话,作品要有真意。很早他就希望青年们"大胆地说话,勇敢地进行,忘掉了一切利害,推开了古人,将自己的真心的话发表出来"(《三闲集·无声的中国》)。他说,如果作文有什么秘诀,那么文章"有真意,去粉饰,少做作,勿卖弄"(《南腔北调集·作文秘诀》),即是秘诀。虚伪的东西怎么能对人民产生好的作用呢? 即使是"硬装前进"罢,"其实比直抒他所固有的情绪还要坏"(《致李桦》,1935 年 6 月 16 日)。漫画是需要夸张的,它可以把所攻击或暴露的对象画作一头驴,如果那对象确有驴气息的话。但若没有,而无缘无故的这样画了,就毫无效果。所以鲁迅说:"漫画的第一件紧要事是诚实,""漫画虽然有夸张,却还是要诚实。"(《且介亭杂文二集·漫谈"漫画"》)所谓诚实，当然既要符合对象的实际，也要出于作者的真诚。没有"真挚的精神"，即使心是好的，作品内容不坏，只是"依傍和模仿"，也仍"决不能产生真艺术"。(《且介亭杂文末编·记苏联版画展览会》)

文学作品要讲真话，有真情实感，不要自欺欺人，弄虚作假，这是比较容易一致的，惯于瞒和骗的家伙也不敢公开站出来反对这一点。问题在，真话是否一定都对？真情是否一定都好？实际存在的东西是否一定都值得写？归根到底，问题最后还是要集中到：究竟什么是真实？它同作家主观上的真诚是否一件事？同作家的主观认识又是否一件事？作家究竟应该如何写真实？

对这些至今在认识上还不是很一致的现实主义创作方法中的根本问题，我认为鲁迅都是实事求是地有所触及，有所论述的，他的看法值得我们仔细研究、学习。

鲁迅认为真话当然比假话好，但真话不一定都有价值，不一定都对，极端反动的话也会是真话。婴儿"在生下来的时候的第一声啼哭"，"决不会就是一首好诗"(《坟·未有天才之前》)，虽然它很真。幼稚的、肤浅的作品，在它生长、成熟、深化之前，不能因为它说的是真话，就捧起来。脑子里存着许多旧的残滓，却故意瞒了起来，使大众看去，为仇为友，不能了了分明的人固然不如一一直说出来的痛快，但毕竟是旧的残滓，并不能因为一一直说出来了就变成可以容忍的东西。(参见《三闲集·现今的新文学的概观》)更不要说有些极端反动家伙公然叫嚣的要把革命人民"斩尽杀绝"之类了。这些恶棍岂不是真这样想，真这样说，也真要这样干的么？

鲁迅认为真的好心也未必都有好的效果。例如在大叫公理的人们中，他承认有些是出于好心的，但"即使真心人所大叫的公理，在现今的中国，也还不能救助好人，甚至于反而保护坏人。因为当坏人得志，虐待好人的时候，即使有人大叫公理，他决不听从，叫喊仅止于叫喊，好人仍然受苦。然而偶有一时，好人或稍稍蹶起，则坏人本该落水了，可是，真心的公理论者又'勿报复'呀、'仁恕'呀、'勿以恶抗恶'呀……的大嚷起来。这一次却发生实效，并非空嚷：好人正以为然，而坏人于是得救"(《坟·论"费厄泼赖"应该缓行》)。文学作品如果完全否定、抹杀这种真心，可能难于说服人，但如要表现、称赞这种真心，在坏人得志的条件下，肯定不能有好的社会效果。又如美术家的刻画劳动者，为了表示劳动人民的革命性和坚强有力，有人认为凡革命艺术，即应大刀阔斧，乱砍乱劈，于是就把他们一律画上"凶眼睛，大拳头"(《致郑振铎》，1934年6月2日)，以为不如此即是贵族。"农民是纯厚的","偏要把他们涂上满面血污"(《鲁迅全集补遗续编·第二次全国木刻联合流动展览会上的讲话》)。这样刻画的人无疑也都有真的好心,但这样一来,却反而不佳:"刻劳动者而头小臂粗,务须十分留心,勿使看者有'畸形'之感,一有,便成为讽刺他只有暴力而无知识了。"(《致陈烟桥》,1934年4月5日)作者的主观认识,如果不是建立在深广的社会阅历,准确深透的观察之上的,就决不能符合于客观真实。例如上述,画家自以为真实地画出来了劳动者的形象,结果却被客观证明是"矫揉造作,与事实不符"。这便不好了。

鲁迅认为实际存在的东西也并不是都值得写进文学作品里。他说:"世间进不了小说的人们倒多得很。"(《且介亭杂文末编·〈出关〉的"关"》)"世间实在还有写不进小说里去的人。倘写进去,而又逼真,这小说便被毁坏。"(《且介亭杂文末编·半夏小集》)他举例说,画家可以画蛇、画鳄鱼、画龟、画果子壳、画字纸篓、画垃圾堆,但没有谁画毛毛虫,画癞头疮,画鼻涕,画大便。后面这些东西也许有人画过罢,但绝大多数人肯定不要看,因为它们没有意义,不美,画出来只会使人厌恶。《金瓶梅》原是一部较有成就的社会小说,但那许多自然主义的污秽的描写,却大大损害了它的价值,因为这种虽非虚假的描写,对青年教育、社会进步都没有益处。

鲁迅说:"'讽刺'的生命是真实。"(《且介亭杂文二集·什么是"讽刺"?》)又说:"因为真实,所以也有力。"(《且介亭杂文二集·漫谈"漫画"》)如上所说,既然他以为真话、真心、真事并不一定都有价值、都对、都值得描写,那么他认为文学作品应该描写的真实究竟是怎样的呢?

鲁迅确实从未学究式地高谈过这个问题,但从他说过的某些很明快的话语里,我们大致还是能够了解到他的基本思想。

早在一九二五年,他就讲了这一段非常著名的话:

　　世界日日改变,我们的作家取下假面,真诚地,深入地,大胆地看取人生并且写出他的血和肉来的时候早到了;早就应该有一片崭新的文场,早就应该有几个凶猛的闯将。(《坟·论睁了眼看》)

很明显,他这时要求于"凶猛的闯将"的,是文学应该真诚、深入、大胆地看取并且写出人生的血和肉来。既然是人生,就不是单纯的自然现象而是复杂的社会生活;既然是"血和肉",就不只是社会生活的表面现象而是其中的尖锐斗争和内部联系。这"人生",到一九三五年,他改称为"国民的艰苦,国民的战斗"(《致李桦》,1935年2月4日),认为应该表现这样的人生。到一九三六年,他更进一步,认为文学应该是"民族革命战争的大众文学"。这种文学可以写义勇军打仗,学生请愿示威……,但决不是只局限于这些题材,尽管这在当时自然是最好的;而是广泛到可以描写当时中国各种生活和斗争,包括吃饭睡觉。因为当时中国人的吃饭睡觉都和日本侵略者多少有些关系,只要懂得这一点,"作者可以自由地去写工人、农民、学生、强盗、娼妓、穷人、阔佬,什么材料都可以,写出来都可以成为民族革命战争的大众文学"。他特别指出:"我们需要的,不是作品后面添上去的口号和矫作的尾巴,而是那全部作品中的真实的生活,生龙活虎的战斗,跳动着的脉搏,思想和热情,等等。"(《且介亭杂文末编·论现在我们的文学运动》)

从上面这些话里,我的体会是,鲁迅所说的人生的"血和肉",或"真实的生活",主要即指人民大众的艰苦的、战斗的,以及他们在战斗中的一切喜怒哀乐、一切希望、思考与探索。作家写出这样的生活真实来,就可以帮助他们认识自己的力量和弱点,坚定他们的必胜信心,鼓舞他们永远前进。当然,这样的文学关键并不在于一定要写什么重大题材,而在于作者"尤须有进步的思想与高尚的人格"(《热风·随感录四十三》),"根本问题是在作者可是一个'革命人'"(《而已集·革命文学》),倘是的,又有丰富的经验,透彻的观察,能选材严,开掘深,那就无论写什么都可成为斗争的、并有助于人民继续斗争的文学。所以,写真实,就是写人民的真实的思想感情,愿望理想;人民的流血牺牲,勇敢战斗;他们的曲折成长过程,和他们为什么必然要取得最后胜利。不消说,这中间当然也包括着反动、落后势力的凶残、顽固与虚弱,以及为什么必然要失败。如果还要说什么是这种生活的本质,那么,鲁迅后来由于事实的教训而悟出的"惟新兴的无产者才有将来"(《二心集·序言》),便是最重要的本质。

写真实的问题,自然也还包括着从生活的或历史的真实如何集中、提炼为艺术真实。"论时事不留面子,砭锢弊常取类型"(《伪自由书·前记》),"创作则可以缀合,抒写,只要逼真,不必实有其事"(《致徐懋庸》,1933年12月20日),鲁迅这些话正都是为此而发。他完全清楚文艺应有什么特点,表现应遵循什么规律。成功的文艺作品若不是在生活真实的基础上提高为艺术真实,生活的本质若不是从形象体系中显示出来,那是不能产生,也没有感染力量的。

反对"瞒和骗"的反动文学而并不指斥自己人的幼稚、不成熟的作品;要求讲真话而并不认为任何真话都有价值、都正确；赞美有好心而并不以为好心即有好的社会效果；要写实际存在的东西可是并不以为实际存在的都值得写。另一方面，则特别强调要写人民的艰苦、人民的战斗、人民的思想感情、愿望理想，和革命必然要胜利的前途。在创作过程中，他又强调开掘深，提炼精，典型化了来写真实。在"写真实"问题上，鲁迅早已表现出来了的求实精神，对今天我们不时还在进行的讨论我以为有积极的启发。

　　鲁迅先生的求实精神突出地表现在他一生参加过的各项工作之中。多年来"左"的干扰，使"假、大、空"的歪风邪气得以盛极一时，我们实在太缺少也太需要学习鲁迅这样的求实精神了。拨乱反正，整顿社会风气，请自此始。

（原载《上海文学》1981 年 9 月号）

在实际生活中学习
——鲁迅是怎样才接受马克思主义的

　　鲁迅接触马克思主义很早,但他并没有一开始就接受马克思主义。他是在确实认识到马克思主义对人类社会的分析和它所指明的道路不仅正确,而且适合中国国情,中国需要运用马克思主义来进行救治的时候,才接受了马克思主义。既然接受下来了,不论反动统治如何实行白色恐怖,环境如何艰险,他都怀着坚定的革命信念,一直战斗到生命的最后一息。

　　从"接触"到"接受",虽然难于截然划分两个阶段,却是有个发展过程。我认为,鲁迅思想上这个发展、转变的过程,不仅值得我们仔细研究,而且至今仍然值得我们重视、学习。

　　鲁迅很早就感觉"马克思主义是最明快的哲学,许多以前认为很纠缠不清的问题,用马克思主义的观点一看,就明白了"。[1] 运用到文艺上来,在他读过一些"以史底惟物论批评文艺的书"之后,同样感到"那是极直捷爽快的,有许多暧昧难解的问题,都可说明"(《致韦素园》,1928 年 7 月 22 日)。这说明学习马克思主义,求读其书是必要的,可以让不抱成见的未读其书者扩大眼界,开拓思路。但当时介绍马克思主义的书还很少,内容质量也并不都高。乱骂唯物论之类的书固然看不得,并未真懂而乱赞唯物论的书也有,鲁迅认为同样看不得。转了几次手的"提要"式的介绍,常因"作者的学识意思而不同"(《三闲集·文学的阶级性》),每易陷于片面而招人误解。书要读,又该有所选择。他以为:"最好先看一点基本书,庶不致为不负责任的论客所误"(《致徐懋庸》,1933 年 12 月 20 日)。这所谓"基本书",先几年他就具体提出了:"我只希望有切实的人,肯译

_____

① 李霁野:《回忆鲁迅先生》。

几部世界上已有定评的关于唯物史观的书——至少，是一部简单浅显的，两部精密的——还要一两本反对的著作。那么，论争起来，可以省说许多话。"(《三闲集·文学的阶级性》)"世界上已有定评的"，总比较正确、可靠。正反两面的观点都可以看到，对与不对，容易看出，而且有利于自己思考。鲁迅是一直这样主张的："比较是医治受骗的好方子。"(《且介亭杂文·随便翻翻》)

要学习马克思主义，不读其书，不先了解其基本观点，不行；但一个人如果只是躲在书斋里一味读书，鲁迅早就认为只会使人变成一个"糊涂的呆子，不是勇敢的呆子"(《译文序跋集·〈书斋生活与其危险〉译者附记》)。更不要说是一个马克思主义战士了。马克思主义就是从"实社会、实生活"中总结出来的道理，脱离了实社会实生活，如何能真正体会到它的真谛、认识到它是真理？即使读的都是好书，有助于观察，"但专读书也有弊病"，而"和实社会接触"，便能"使所读的书活起来"(《而已集·读书杂谈》)。读了马克思主义的书，如果只会当做教条来背诵，照抄、硬套，碰到实际问题不会正确运用，这就证明是没有能使所读的书活起来。这样的糊涂呆子、教条主义者，过去有，今天也还有。

鲁迅的方法便是在读书的同时决不脱离实际，总是根据实际生活、实地经验来观察和思考，不被书本字句所限制。书本上这样指教，实际生活反复证明确是如此，这可以使人的认识更明确，而且的确变成了自己的血肉一般的思想。书本上这样说，实际生活反复告诉人并非如此，或不全如此，这就可以启发人进一步思考，提出自己的看法。这样，既能对书本提高识别力，不致人云亦云，还可能对真理有所发展、补充。鲁迅对中国社会的认识和对文学艺术规律的认识，在他确立了马克思主义的科学世界观之后，所以都提高到更自觉更深刻的水平，而且表现得特别坚信，能够远远超过当时很多脱离或严重脱离实际的专读马克思主义的书呆子，一个重要原因就在于此。

事实的教训是最有力的。鲁迅自己说，他本来一向相信进化论，总以为将来必胜于过去，青年人必胜于老年人。对于青年，他敬重之不暇，往往给他十刀，他只还一箭。然而后来他明白自己倒是错了，却并非唯物史观的理论或革命文艺作品把他"蛊惑"了，而是由于他在广东目睹了同是青年却分成两大阵营，或则投书告密，或则助官捕人的事实！正是这一事实的教训，"我的思路因此轰毁，后来便时常用了怀疑的眼光去看青年，不再无条件的敬畏了"(《三闲集·序言》)。当时反动统治者总把人民的相信马克思主义和走上革命道路归罪于革命学说和文艺的传布，因此扼杀、压迫不遗余力；诚然，革命学说、文艺的传布对革命是很有帮助的,但革命的所以能起来和成功,归根到底却由于人民饱受到的无数被剥削、压迫的事实的教训。鲁迅以自己为例,曾说:"即如我自己,何尝懂什么经济学或看了什么宣传文字,《资本论》不但未尝寓目,连手碰也没有过。然而启示我的是事实,而且并非外国的事实,倒是中国的事实,中国的非'匪区'的事实,这有什么法子呢?"(《致姚克》,1933 年 11 月 15 日)他所讲的"事实",当然不是身边琐事,主要指"社会上实际问题",他"希望一般人不要只注意在近身的问题,或地球以外的问题"(《集外集拾遗·今春两种感想》)。所谓"社会上实际问题",当然主要是中国人民所受各种剥削、压迫问题,是人民要求反对帝国主义、封建主义、官僚资本主义的问题。在这些问题上发生发展的种种事实及其教训,在当时,对学习和确立马克思主义的科学观点,作用是非常大的。

尤其深刻的是,鲁迅本着这个观点,还曾经针对当时革命文艺界内部某些同志身上存在的缺点,及时提出了忠告:"我以为在现在,'左翼'作家是很容易成为'右翼'作家的。为什么呢?第一,倘若不和实际的社会斗争接触,单关在玻璃窗内做文章,研究问题,那是无论怎样的激烈,'左',都是容易办到的;然而一碰到实际,便即刻要撞碎了。关在房子里,最容易高谈彻底的主义,然而也最容易'右倾'。"(《二心集·对于左翼作家联盟的意见》)鲁迅这里是在对同志进忠告。他所讲的道理却具有普遍意义。"四人帮"一伙岂不是"关在房子里""高谈彻底的主义"最突出的反动典型么?他们完全脱离了解放后已经十多年的社会形势的实际,"彻底革命"的口号叫得震天响,干出来的却是祸国殃民,比之封建专制还更残暴的一套。脱离实际一旦发展到完全背离实际而胡作非为起来,会造成多么严重的灾害,最终又必受到多么沉重的惩罚,没有比"四人帮"一伙的横行和惨败表现得更明白清楚的了。

鲁迅说过马克思主义是"根本的,切实的科学"。他是非常期望这种社会科学能够广为传布的。这种科学"不惟有益于别方面,即对于文艺,也可催促它向正确前进的路"(《二心集·我们要批评家》)。在读书的同时,他在种种"事实的教训"中已经确立了马克思主义的世界观,可是他从来没有觉得满足过。在逝世前不久他还这样坚韧地说过:"倘能生存,我当然仍要学习……"(《且介亭杂文末编·答徐懋庸并关于抗日统一战线问题》)马克思主义决不象某些人认为的那样是很容易学到手的,而且马克思主义本身也还要随着社会的发展而继续发展,因此任何人都有继续学习、不断学习的必要。无论是他已经学到手的成果,还是他认为必须继续不断地学习马克思主义的这种精神,都值得我们永远牢记,作为学习的榜样。

鲁迅言行里的马克思主义表现,是最没有教条气息的马克思主义。马克思主义的基本原理绝没有过时。鲁迅接受马克思主义的方法,现在虽然时代已经不同,对我们如何做人,如何进行语文教学仍然有极大的指导意义。

(原载《中学语文教案》,北京师范大学出版社 1981 年 9 月版)

鲁迅文艺论评的
科学性与战斗性

一

　　鲁迅先生不但是伟大的文学家,也是伟大的思想家和革命家。他在战斗的一生中,写了不少小说和大量杂文,亦给我们留下很多锋利透辟的文艺论评文章。特别是他后期所写的论评,由于很好地学会了辩证法,更觉深刻有力。他针对当时文艺界存在的各种片面或错误的思想,通过科学分析,进行说理斗争,取得了能令同志和朋友心悦诚服、迫使敌人无法反驳的显著效果,大力推动了革命文艺在正确道路上的发展。

　　鲁迅是最勇敢、最坚决的战士,对当时文艺界存在的各种片面或错误的思想,不管属于同志、朋友还是敌人的,用不同方式都进行了斗争。但他是怎样进行斗争的呢? 是靠什么进行斗争的呢? 当时很多人以为辱骂和恐吓也是战斗,诬陷、造谣、发脾气、随意给对方下判决,甚至乱要人性命,都算战斗,鲁迅坚决反对自己方面的人也这样做,指出这些做法都决不是战斗,是"极不对"的:

　　　　中国历来的文坛上,常见的是诬陷,造谣,恐吓,辱骂,翻一翻大部的历史,就往往可以遇见这样的文章,直到现在,还在应用,而且更加厉害。但我想,这一份遗产,还是都让给叭儿狗文艺家去承受罢,我们的作家倘不竭力的抛弃了它,是会和他们成为"一丘之貉"的。(《南腔北调集·辱骂和恐吓决不是战斗》)

他主张"战斗的作者应该注重于'论争'"。"况且即是笔战,就也如别的兵战和拳头一样,不妨伺隙乘虚,以一击制敌人的死命,如果一味鼓噪,已是《三国志演义》式战法,至于骂一句爹娘,扬长而去,还自以为胜利,那简直是'阿Q'式的战法了。"(同上)他一再指出:"我想,辩论事情,威吓和诬陷,是没有用处的。用笔的人,一来就发你的脾气,要我的性命,更其可笑得很。"(《花边文学·玩笑只当它玩笑〔上〕》)很明显,鲁迅所斥责这些做法决不是战斗,因为这样做无论对同志朋友还是敌人,都没有用处。既说不服同志和朋友,也驳不倒敌人,徒然显出自己的鄙俗、可笑、无力而已。

那么,应该靠什么来进行"论争"、战斗呢?他认为应该靠科学、靠客观固有而非主观臆造出来的规律、真理。实事求是,摆事实,讲道理,这样最有说服力。他说:

> 只会"辱骂"、"恐吓"甚至于"判决",而不肯具体地切实地运用科学所求得的公式,去解释每天的新的事实,新的现象,而只抄一通公式,往一切事实上乱凑,这也是一种八股。(《伪自由书·透底》)

这就更进一步,不但应靠科学,还应具体地切实地活用科学真理,而不能抄个公式到处乱套。因为公式即使不错,如果到处乱套,而不问事实、现象是否有了新的变化,那仍旧会作不出令人信服的解释,取得斗争的胜利。

鲁迅的许多文艺论评正是靠了科学和活用科学真理才取得了辉煌的战斗成果。科学性总是与革命性、战斗性统一的。恩格斯说过:

> 科学愈是毫无顾忌和大公无私,它就愈加符合于工人的利益和愿望。[①]

鲁迅的许多文艺论评所以在过了将近半个世纪之后的今天读来还是非常有力,还是可以用来帮助我们拨乱反正,肃清"左"的流毒,就在于它具有无比丰富的科学性。同鲁迅的许多文艺论评相对照,二十多年来"左"的路线下应运而生的那些文艺论评,尽管集了辱骂、恐吓、诬陷、造谣、判决,甚至害死人之大成,可以猖獗一时而终究逃脱不了过街老鼠一般的命运,其原因便可想见了。

---

① 《马克思恩格斯选集》,第4卷,第254页。

下面就人物描写、题材选择、遗产继承这三个问题来略谈鲁迅有关论评的科学性与战斗性。

二

文学是人学。不论哪一种文学作品，都应该写人的思想感情，人的性格，特别在小说、戏剧里，要塑造人物形象。活生生的真实的人物是文学作品的生命。很多作品中虽然写了人，但并不都是真的人物，乃是作者主观观念的化身。这样的作品因为人物不真实，不能使读者信服，尽管作者的动机不错，作品还是起不了好作用。这样的作品当然不成为艺术。

怎样才能写出真的人物来？这是一个可以从多方面来谈的问题，但最重要的一点，则是要如实描写，即令有所夸张，也仍不能脱离真实。早在一九二四年，鲁迅就这样地指出《红楼梦》在人物描写上的空前成就了：

> 至于说到《红楼梦》的价值，可是在中国底小说中实在是不可多得的。其要点在敢于如实描写，并无讳饰，和从前的小说叙好人完全是好，坏人完全是坏的，大不相同，所以其中所叙的人物，都是真的人物。总之，自有《红楼梦》出来以后，传统的思想和写法都打破了——它那文章的旖旎和缠绵，倒是还在其次的事。（《中国小说史略·〈中国小说的历史的变迁〉第六讲》）

所谓"叙好人完全是好，坏人完全是坏"，其实就是旧戏中流行的脸谱式的写法，从前的小说写人的确大都这个样子。鲁迅认为《三国演义》虽有写得有声有色的地方，但总的说，比不上《红楼梦》，一个重要缺点在：

> 描写过实。写好的人，简直一点坏处都没有；而写不好的人，又是一点好处都没有。其实这在事实上是不对的，因为一个人不能事事全好，也不能事事全坏。譬如曹操他在政治上也有他的好处；而刘备、关羽等，也不能说毫无可议，但是作者并不管它，只是任主观方面写去，往往成为出乎情理之外的人。（《中国小说史略·〈中国小说的历史的变迁〉第四讲》）
>
> 至于写人，亦颇有失，以致欲显刘备之长厚而似伪，状诸葛之多智而近

566

妖。(《中国小说史略·元明传来之讲史〔上〕》)

　　鲁迅这种观点,好就好在他是从"事实"出发的。事实上没有事事全好、事事全坏的人。硬要把好人坏人写成这个样子,因为"出乎情理之外",读者便不相信。好人坏人本来是客观存在的,写出真的好人原可以教人学好,写出真的坏人原可以教人恨坏,只为这样一写,教育作用便会丧尽,至少不免大打折扣了。

　　鲁迅自己描写人物就是始终"敢于如实描写,并无讳饰"的。阿Q是他非常同情的人物,阿Q当时不是勇猛战斗的农民英雄,而且阿Q的确也有革命的要求,但鲁迅就敢于写出阿Q的精神胜利法,即阿Q式的战法,以及阿Q的其他不少弱点。因为阿Q只能是这样的人,如果把他写成了勇猛善战的农民英雄,就绝不是阿Q了。祥林嫂亦类似。前些年月,若是别人也这样写了贫雇农和劳动妇女,不管你如何申明这是在写过去特定环境中的人物,早就会被加上"歪曲劳动人民形象、在他们脸上抹黑",甚至"恶毒攻击"什么什么的可怕罪名了。

　　我们知道,三十年代就已出现了要求把革命写得很完美、把革命者和工人、农民写得完全是好、事事皆好的议论。尽管这是出于宣传和赞美革命与人民的好心,但因为这并不符合事实,而且这种好心并不能有好的结果,所以鲁迅无比清醒地还是坚持了他过去的观点。"革命是痛苦,其中也必然混有污秽和血,决不是如诗人所想象的那般有趣,那般完美;革命尤其是现实的事,需要各种卑贱的,麻烦的工作,决不如诗人所想象的那般浪漫。"(《二心集·对于左翼作家联盟的意见》)如果真的把艰苦的革命写得如此有趣、完美,而在实际参加时发觉远不是这样,这种虚假的描写反而会使有些人失望,甚至堕落。鲁迅深知,就是革命者和工农,也绝非"完人",革命英雄是在斗争实践中逐步锻炼成长起来的。"世界上根本没有神人一般的先驱。"(《译文序跋集·〈毁灭〉后记》)针对当时这一类理论和体现了这种理论的作品,他多次指出:

　　　　我以为画普罗列塔利亚应该是写实的,照工人原来的面貌,并不须画得拳头比脑袋还要大。(《二心集·上海文艺之一瞥》)
　　　　而别一派,则以为凡革命艺术,都应该大刀阔斧,乱砍乱劈,凶眼睛,大拳头,不然,即是贵族。(《致郑振铎》,1934年6月2日)
　　　　艺术应该真实,作者故意把对象歪曲,是不应该的。故对于任何事物,必要观察准确,透彻,才好下笔。农民是纯厚的,假若偏要把他们涂上满面血污,那是矫揉造作,与事实不符。(《鲁迅全集补遗续编·第二次全国木刻联合流动展览会上的讲话》)

这些作者大概以为拳头大、眼睛凶或满面血污的工农才是真正的革命者,非此不足以显示其革命。其实,反动的暴徒也可以是这种样子。而外表斯文、比较瘦小的人,亦完全可能成为真正的革命者。既然革命者也是人,有时他当然会烦恼、痛苦、悲伤,甚至哭泣,难道写了这些就一定会损害他作为革命者的形象?破坏了他的性格真实? 这中间或者有他的弱点、失误,或者是普通人常有的感情,只要他的行动终于证明他确实是一个了不起的革命者,为什么写了他的一些弱点、失误,以及普通人常有的感情就会不成革命者,性格就不真实了呢? 如果说,这些好象与革命者的主导性格毫无关系的东西不过是枝叶,必须删夷这些枝叶完全不写,那么鲁迅的名言却是:

我们所注意的是特别的精华,毫不在枝叶。给名人作传的人,也大抵一味铺张其特点,李白怎样做诗,怎样耍颠,拿破仑怎样打仗,怎样不睡觉,却不说他们怎样不耍颠,要睡觉。其实,一生中专门耍颠或不睡觉,是一定活不下去的,人之有时能耍颠和不睡觉,就因为倒是有时不耍颠和也睡觉的缘故。然而人们以为这些平凡的都是生活的渣滓,一看也不看。……
删夷枝叶的人,决定得不到花果。(《且介亭杂文末编·"这也是生活"……》)

这里所谓"花果",指的正是活生生的完整的革命者形象。一点缺点都没有的革命者,每时每刻都在革命的人,事实上不存在。把革命者写成这样的人,倒是要把人物的性格真实断送光的。

革命者不是天神,反动者也未必个个青面獠牙、獐头鼠目。如果公式化、一刀切的写法合理、管用,那么识别反动派以及同他们斗争,就是非常轻易的事了。其实最需要认真对付的反面人物,决不是那种一望而知的流氓、瘪三,他们中尽多相貌堂堂、衣冠楚楚、温文尔雅、也具有某些人情、道德的人,只是在关键时刻,他们才终于露出其凶残本相和丑恶灵魂来罢了。试想曹雪芹笔下的薛宝钗、王熙凤,何尝是或何尝总是凶神恶煞?《雷雨》中的周朴园,在侍萍真的到来之前,对旧情显得多么虔诚、恋念,颇象真心有所忏悔的正人,写出这一点,何尝妨碍了作者要揭露他的伪君子的目的?如果不这样写,倒反而不能揭露得如此生动、深刻,周朴园这个人物形象就活不起来了。

鲁迅的观点是科学的,因为符合客观事实,可惜很多口口声声称赞鲁迅、表示愿意向他学习的人也并未真正利用他的思想宝库。多少年来,我们这里"人学"几乎变成了"神学"。一定得把好的人、好的事写成"完美无缺",稍写缺点、错误,原想引起注意,帮助改正,却就棍棒齐来,叫作品、作者都生命难保。造神运动、现代迷信、讳疾忌医,影响到文艺论评,就是越来越"左",别有用心者还一直发展到"三突出",拼命要求"高大全",心安理得地听由瞒和骗来摧残文艺以至国家民族的生命。目前,文艺论评中"左"的流毒远未肃清,重新发扬鲁迅在人物塑造上"其要点在敢于如实描写,并无讳饰"的主张,显然仍有巨大的战斗价值。

三

在题材选择问题上,在"左"的路线干扰下,三十年来我们又几经折腾,好象真是个异常复杂,难于正确解决的问题。其实在长期的创作实践和马克思主义文艺理论的探索中,鲁迅也早已辩证地提出了他的科学观点。他早已给我们提交了可以开这把锁的钥匙,"左"的论评却偏要自己去另造一个钥匙,结果把这个问题搞得一度非常混乱,阻碍了创作的发展。

鲁迅一贯主张题材应该丰富、多样。因为社会生活是非常丰富、多样的,要如实反映出丰富、多样的社会生活,题材便不能单一、狭隘,不管某种题材是多么重大。丰富、多样的题材既是反映社会生活的需要,也是争取更多读者,扩大文艺作品的教育影响、社会效果的需要。读者是各种各样的,他们的需要、爱好、审美趣味各不相同,单一、狭隘的题材会把许多读者拒绝在文艺作品的门外。他们未必反对写某种题材,但若你老是只给这种题材的作品让他们看,他们就不要看了。

同样也是在三十年代就已有了类似后来"题材决定论"的论调。这种论调一出来就遭到鲁迅的有力反对。当时全国人民都要求抗日,作家当然应该写抗日的作品,于是就有人单纯强调抗战题材,不论是谁,不管是否熟悉抗日斗争,都被要求去写义勇军在前线英勇杀敌、写学生请愿示威……仿佛写了这种题材的是好作品,不写这种题材便无从表现抗日的思想感情,或者就不能对抗日有利。对此,鲁迅都作过非常有说服力的论析。

鲁迅是肯定题材有轻重之别的,但他既不赞同局限于重大题材、把题材的重要意义绝对化,从而排斥较为轻小的题材,也不认为写了重大题材的就自然能够成为好作品。他说:

> 所以我想现在应当特别注意这点:民族革命战争的大众文学决不是只局限于写义勇军打仗,学生请愿示威……等等的作品。这些当然是最好的,但不应这样狭窄。它广泛得多,广泛到包括描写现在中国各种生活和斗争的意识的一切文学。因为现在中国最大的问题,人人所共的问题,是民族生存的问题。所有一切生活(包括吃饭睡觉)都与这问题相关;例如吃饭可以和恋爱不相干,但目前中国人的吃饭和恋爱却都和日本侵略者多少有些关系,这是看一看满洲和华北的情形就可以明白的。(《且介亭杂文末编·论现在我们的文学运动》)

在当时,写义勇军打仗之类,当然最好,但如因为没有这种经验和知识,而写当时别种生活和斗争,由于它们都和日本侵略者有关系,也仍可能表现抗日的主题。鲁迅又说:

> 倘不在什么旋涡中,那么,只表现些所见的平常的社会状态也好。日本的浮世绘,何尝有什么大题目,但它的艺术价值却在的。(《致李桦》,1935年2月4日)
> 两位是可以各就自己现在能写的题材,动手来写的,不过选材要严,开掘要深,不可将一点琐屑的没有意思的事故,便填成一篇,以创作丰富自乐。(《二心集·关于小说题材的通信》)
> 单是题材好,是没有用的,还是要技术。更不好的是内容并不怎样有力,却只有一个可怕的外表,先将普通的读者吓退。(《致陈烟桥》,1934年4月19日)

鲁迅说的完全符合事实。既应承认题材有轻重之别,同时也应承认题材重大并不能决定作品一定成功,题材比较轻小也并不会注定作品一定渺小。题材基本相同而成就大不一样乃是经常可见的现象。原因就在决定作品成功的因素不止一个，主要因素乃是对所写生活的熟悉、思想感情的先进、开掘得深，而且有高明的艺术表现能力。选材虽然也有点关系，毕竟不是很大。真要作品取得成功，鲁迅以为"根本问题是在作者可是一个'革命人'，倘是的，则无论写的是什么事件，用的是什么材料，即都是'革命文学'。从喷泉里出来的都是水，从血管里出来的都是血。'赋得革命，五言八韵'，是只能骗骗盲试官的"（《而已集·革命文学》）。同样的道理，只要作者是个抗日志士，而又开掘得深，那么他无论写什么都可能对抗日斗争有利。

在题材选择问题上，鲁迅的一段总结性的话是这样说的：

> 总之，我的意思是：现在能写什么，就写什么，不必趋时，自然更不必硬造一个突变式的革命英雄，自称"革命文学"；但也不可苟安于这一点，没有改革，以致沉没了自己——也就是消灭了对于时代的助力和贡献。（《二心集·关于小说题材的通信》）

这"不必趋时"和"不可苟安"，真正是科学态度和革命精神的辩证统一，科学性与战斗性的完整结合。文艺作品是要塑造人物，反映生活的，如果你不熟悉所想写的人物，不懂得所想反映的生活，不管你所想写的题材多么重大，你如果硬要去胡编乱造，肯定写不出好作品，甚至反而会在客观上变成歪曲，那为什么要趋时呢？另一方面，如果你有先进的思想，为人民服务的热情，配合上其他条件，你尽可以在自己能写的范围内选择题材，仍能写出对人民、对革命有利的作品来，你也不必趋时。但题材是有轻重之别的，题材选择得不当，多少会影响到作品，而且比如在全民族都奋起抗日的时候，你如果安于狭小的生活圈子，即使写出来的东西有其意义，"对于时代的助力和贡献"难免会受限制，这样自然也需改变。所谓"不可苟安"，就是不可原地踏步，止足不前，满足于比较狭隘的经验，应该尽可能扩大生活的领域，去熟悉应该熟悉的某些（当然不可能是全部）重大题材。鲁迅这些观点，既是实事求是，从实际出发的，也是看到了发展的需要的。他的出发点，是作者的实际情况，是作品的实际效果，同时，又是文艺创作的客观规律。他的观点都是他多年创作经验和理论探索的结晶。

对照鲁迅这些科学观点，分明可以看出，多年来在我们这里几次掀起的"题材决定论"、"大写十三年"、"三突出"之类的叫嚷，是多么主观、片面、荒唐。为什么有些老作家解放前写出了很好的作品,后来却写不出同样好的作品来了?鲁迅坚决反对过的类似"出题目做八股"的办法有没有对这些老作家起了严重的束缚作用?我看不能否认这一点。解放后我们新的社会制度给文艺工作者提供了许多过去不能设想的优越写作条件,可是"左"的路线却不断制造出一些拦阻作家们得以充分发挥其才智的绳索,把他们捆得紧紧的,以致某些优越的写作条件并未能真正促进文艺生产力,写出较多经得起实践检验的好作品。在题材选择问题上,历史教训同样不少,现在应当坚决回到鲁迅当年开辟出的正确道路上来了。

四

重温鲁迅关于正确对待文艺遗产的精辟论评,不能不使我们感到,他的观点是多么全面、辩证、深刻。一切的国粹主义者、民族虚无主义者、崇洋媚外者、排外主义者、形而上学者、形式主义者、各色各样的屠头、昏蛋和废物,都曾被他锋利的匕首和投枪重创过。我们今天也还可以运用他的科学观点,继续对后来又不断泛起的沉渣进行驳斥。

针对军阀政府强令人们"尊孔读经"、封建顽固文人鼓吹"国粹主义"的歪风,鲁迅确实在一九二五年讲过:"我以为要少——或者竟不——看中国书,多看外国书。"(《华盖集·青年必读书》)难道这是鲁迅的民族虚无主义?绝对不是。只要看一看事实:鲁迅写了《中国小说史略》和《汉文学史纲要》,一生对文艺遗产做了多少精细的辑佚、编选、校勘、评论、分析的工作!而且他还曾庄严地宣告过:"历史的巨轮,是决不因帮闲们的不满而停运的;我已经确切的相信:将来的光明,必将证明我们不但是文艺上的遗产的保存者,而且也是开拓者和建设者。"(《集外集拾遗·〈引玉集〉后记》)文艺遗产不但有值得"保存"的东西,还可借以"开拓",进一步有助于"建设",鲁迅的气魄多大,眼光多远!

鲁迅说的"保存",是说一定要批判继承遗产,不能简单化地误解为全盘继承、无批判的兼收并蓄。"保存"是为了"择取",他主张"择取"遗产中那些能够"保存我们"而不是败坏、腐蚀我们,能够有助于"开拓"、"建设"我们新事业的"精粹"。凡是不利于我们前进的东西,不能使我们聪明而只能使我们更蠢笨的东西,遗产中的糟粕也好,眼前的垃圾也好,"无论新旧,都应当扫荡"(《伪自由书·透底》)。鲁迅痛斥国粹主义者的全盘继承,这些人连不能"保存我们"的糟粕也视若神明,欣然接受,无疑是一些"废物"。鲁迅也嘲笑另外一种的"孱头",他们唯恐被遗产染污,徘徊瞻顾,什么都不敢择取。而对那些认为遗产一无用处,要"放一把火烧光,算是保存自己的清白"的家伙,则鲁迅还怒骂之为"昏蛋"了。(《且介亭杂文·拿来主义》)

对中国遗产是这个态度,对外国遗产也是这个态度。崇洋媚外,妄说"全盘西化",当然可耻,闭关锁国,一味排外,鲁迅认为亦愚不可及。对外国文艺中值得我们择取的东西,也应当敢于选择利用。他说:

> 比如我们吃东西,吃就吃,若是左思右想,吃牛肉怕不消化,喝茶时又要怀疑,那就不行了,——老年人才是如此;有力量,有自信力的人是不至于此的。虽是西洋文明罢,我们能吸收时,就是西洋文明也变成我们自己的了。好象吃牛肉一样,决不会吃了牛肉自己也即变成牛肉的。(《壁下译丛·关于知识阶级》)

> 即使并非中国所固有的罢,只要是优点,我们也应该学习。即使那老师是我们的仇敌罢,我们也应该向他学习。(《且介亭杂文·从孩子的照相说起》)

> 其实,由我看来,所谓"洋气"之中,有不少是优点,也是中国人性质中所本有的,但因了历朝的压抑,已经萎缩了下去,现在就连自己也莫名其妙,统统送给洋人了。这是必须拿它回来——恢复过来的。(同上)

外国的优点也应择取,即使它是我们的仇敌也应学习其优点;有些外国的优点,原为我们所本有,只因自己不争气落后了,现在必须拿回来。历史上我们有过非常具有自信力的时代,为什么现在要顾虑重重呢?

鲁迅的"开拓",我想是指根据时代的需要,发掘遗产中不是属于过去而是属于未来的东西,作出科学的解释,使之有利于满足人民的精神文化需要,有助于提高人类的精神文明、文化素养和道德情操等等,自然,也可以包括吸收、借鉴中外文化遗产中的艺术经验,使自己的作品有所丰富,有所增益,别开生面,引起变革:

> 采用外国的良规,加以发挥,使我们的作品更加丰满是一条路;择取中

国的遗产,融合新机,使将来的作品别开生面也是一条路。(《且介亭杂文·〈木刻纪程〉小引》)

旧形式的采取,必有所删除,既有删除,必有所增益,这结果是新形式的出现,也就是变革。(《且介亭杂文·论"旧形式的采用"》)

鲁迅的"建设",指择取了遗产中的优点,消化运用之后,有助于建设无产阶级的新文化:

因为新的阶级及其文化,并非突然从天而降,大抵是发达于对于旧支配者及其文化的反抗中,亦即发达于和旧者的对立中,所以新文化仍然有所承传,于旧文化也仍然有所择取。(《集外集拾遗·〈浮士德与城〉后记》)

这就是无产阶级的文化建设不割断、也不应割断历史的观点。这个观点完全符合列宁一九二〇年《青年团的任务》一文中所提出的:"如果认为无产阶级文化是从天上掉下来的,是那些自命为无产阶级文化专家的人杜撰出来的,这完全是胡说。无产阶级文化应当是人类在资本主义社会、地主社会和官僚社会压迫下创造出来的全部知识发展的必然结果。"林彪、"四人帮"一伙,口口声声相信马列主义,尊重鲁迅,他们的实际行动却处处背叛革命真理,他们对中外文艺遗产的荒谬口号就是要"彻底扫荡"。在他们胡作非为的一段日子里,他们确实"彻底扫荡"掉了遗产中的许多优点,而对其中的糟粕,例如封建专制主义、残酷迫害无辜、荒淫无耻之类的东西,却不但欣赏于密室,还公然实现于行动。口头上极"左",行为上极"右",确实充分暴露了这伙反革命分子的本相。

多少年来,我们这里流行过"破字当头"、"大批判开路"的观点。在遗产继承上,也照搬过这样做法。毛泽东同志反对无批判地兼收并蓄的观点是非常正确的,对遗产中的糟粕,一切落后、错误,以及已经过时的东西,当然要批判,必要时还应该加以"毁灭",但怎么能"破字当头"呢?"四人帮"搬用这一观点就造出了"彻底扫荡"论,就烧掉了无数书籍和文物珍品,残害了数以万计的知识分子,这样倒行逆施,"破字当头"实际就等于一破到底,把"批判继承"遗产的重要任务全部取消了。经过这场浩劫,回过头来再听听鲁迅的话:

574

我想，首先是不管三七二十一，"拿来"！（《且介亭杂文·拿来主义》）

　　真是多么科学的卓见。你要"破"，拿来了再破不迟嘛！如果象鲁迅怒骂的"昏蛋"那样，先放一把火烧光了，把"反动学术权威"们一个一个都整死整垮了，连分析、研究的对象都没有，连大可以用来从事这一工作的人都极少，你还怎么去破呢？鲁迅说的："总之，我们要拿来。"拿来之后，经过分析、研究，于是"或使用，或存放，或毁灭"，这才真是切实有效的办法。如果一定要用一个字来当头，肯定不应是"破"字，而必须是"拿"字，即"拿字当头"。

　　"拿字当头"，凡属中外文艺遗产中的优点，对我们现在发展革命文艺有用的，都应该敢于拿来。所以，无批判的兼收并蓄应坚决反对，有批判的兼收并蓄应支持鼓励。鲁迅说：

> 　　我们有艺术史，而且生在中国，即必须翻开中国的艺术史来。采取什么呢？我想，唐以前的真迹，我们无从目睹了，但还能知道大抵以故事为题材，这是可以取法的；在唐，可取佛画的灿烂，线画的空实和明快，宋的院画，萎靡柔媚之处当舍，周密不苟之处是可取的，米点山水，则毫无用处。后来的写意画（文人画）有无用处，我此刻不敢确说，恐怕也许还有可用之处的罢。（《且介亭杂文·论"旧形式的采用"》）
>
> 　　所以我的意思，是以为倘参酌汉代的石刻画像，明清的书籍插画，并且留心民间所赏玩的所谓"年画"，和欧洲的新法融合起来，许能够创出一种更好的版画。（《致李桦》，1935年2月4日）

　　这是在论美术，道理当然可以通用于整个文学艺术。这里不但提到了汉、唐、宋、明、清、民间和欧洲的东西，还提到了过去往往被某些人一笔抹杀的佛画、院画、文人画，认为其中都有某些可取的东西。鲁迅指出，这样博采众长，当然"并非断片的古董的杂陈，必须溶化于新作品中，那是不必赘说的事"。

　　鲁迅这种博采众长的主张，亦即有批判的兼收并蓄，在我国其实是渊远流长的。那就是集大成的思想。不论来自何代何方何人，只要真是优点我就拿来，溶化在自己的作品中，杜甫、韩愈、柳宗元、苏轼这些大家，他们都这样做，因而也这样主张的。事实证明，这是文艺发展的一条规律。

鲁迅许多文艺论评所以具有巨大的战斗威力，根本的一点就因它有丰富、深刻的科学性。它是从实际出发、有事实根据、实事求是，经得起实践检验的。我们从事文艺论评工作的同志，纪念鲁迅的最好办法，就是老老实实，向鲁迅学习科学知识、科学态度、科学方法，为人民、为社会主义服务。

（原载《文艺理论研究》1981 年第 2 期）

敢于批评别人又严于解剖自己

——鲁迅的批评与自我批评

　　鲁迅先生是伟大的文学家,也是伟大的思想家和革命家。他一生的业绩,几乎在所有方面都值得我们认真研究,老实学习。这里只想谈谈他的批评与自我批评的精神。

　　大家知道鲁迅对反动、丑恶,或顽固保守的一切事物是非常痛恨、厌恶的,为了大众的利益、中国的利益,他以文艺为武器,勇敢战斗了一生。他的主要武器就是他那投枪、匕首一般锋利无比的杂文。他说:"我自己也知道,在中国,我的笔要算较为尖刻的,说话有时也不留情面。"(《华盖集续编·我还不能"带住"》)他揭露敌人,"拿起笔,去回敬他们的手枪"(《致山本初枝》,1933 年 6 月 25日)。他批评自己阵营中同志们的缺点,或者朋友们的过失,则是"恨铁不成钢",尽一个"诤友"的责任,要求他们改正之后,自己继续和他们一道前进。他的批评,在凶恶的敌人面前是一个无所畏惧、决不手软的强韧战士,在有缺点、失误的同志朋友面前则决不袖手旁观,当和事佬。批评的对象、目的虽不同,却都表现一个"敢"字。这敢的精神从何而来? 一句话,来自他对祖国和祖国将来的耿耿忠心,一种极端严肃负责的爱民爱国精神。他曾这样向老朋友吐露真情:"自问数十年来,于自己保存之外,也时时想到中国,想到将来,愿为大家出一点微力,却可以自白的。"(《致杨霁云》,1934 年 5 月 22 日)如果缺乏这种思想感情,必然怕这怕那,唯恐对个人不利,哪还谈得到"敢"字?

　　敢于批评别人,诚然难得,但如只知批评别人,而绝不肯自我批评,唯我独尊,唯我独革,盛气凌人,甚或仗势欺人,则其敢于批评别人,具体考察起来,就未必是美德,也可能相反。只有既敢于批评别人,有知人之明,又敢于自我批评,有自知之明的批评家,才可能评得中肯,使人心悦诚服,或无法反驳,也才可能使人肃然起敬,即使认为意见仍待讨论,而并不碍其尊重佩服之情。鲁迅正是这样一位伟大人物。临终前不久他留给我们的遗教之一,就是:"我们应该有'自知'之明,也该有知人之明。"(《且介亭杂文末编·"立此存照"〔三〕》)

不要认为鲁迅一生只知批评别人,尽管他对别人的批评绝大多数都是非常深刻中肯的。其实他同时是更多更无情的在批评自己,他从未认为自己"永远正确",所说的"全是真理。"举一些例子:

> 我自己总觉得我的灵魂里有毒气和鬼气,我极憎恶他,想除去他,而不能。……(《致李秉中》,1924年9月24日)
>
> 现在倘再发那些四平八稳的"救救孩子"似的议论,连我自己听去,也觉得空空洞洞了。(《而已集·答有恒先生》)
>
> 我时时说些自己的事情,怎样地在"碰壁",怎样地在做蜗牛,好象全世界的苦恼,萃于一身,在替大众受罪似的,也正是中产的智识阶级分子的坏脾气。(《二心集·序言》)
>
> 但是,试再一检我的书目,那些东西的内容也实在穷乏得可以。最致命的,是:创作既因为我缺少伟大的才能,至今没有做过一部长篇;翻译又因为缺少外国语的学力,所以徘徊观望,不敢译一种世上著名的巨制。(《三闲集·鲁迅译著书目》)

这些例子涉及到思想感情著译各个方面,其中当然有些客观限制,有些属于过谦,但就从这些鳞爪材料,也可看出,鲁迅的自我批评是非常严格、深广的。他所说的:"我的确时时解剖别人,然而更多的是更无情面地解剖我自己。"(《坟·写在〈坟〉后面》)"我知道我自己,我解剖自己并不比解剖别人留情面。好几个满肚子恶意的所谓批评家,竭力搜索,都寻不出我的真症候。"(《而已集·答有恒先生》)完全是事实。

因此我认为,鲁迅并非只以其"敢于批评别人"成为伟大,而是也以其能"严于解剖自己"才成为伟大的。只在一方面有令人佩服之处,这种人并不极少,同时在两方面都如此令人佩服,实在极少极少,鲁迅无疑是其中非常突出的一个真正伟人。

今天,我们应该遵循党中央的指示,在继续批判极左思潮的同时,对要脱离社会主义轨道、脱离党的领导、搞自由化的倾向进行正确的、有力的批评和必要的斗争,批评的武器绝不能丢。同样的,对那些违背实事求是原则,混淆敌我界线,气势凌人,令很多人发生反感的粗暴批评,也要求它能学习鲁迅的榜样,进行自我批评。积极奋发的作品,正确中肯的批评,有利于共同前进的诚恳的自我批评,这是加强当前安定团结,实现四化的坚强保证。学习鲁迅的敢于批评别人而又严于解剖自己的革命精神,是我们当前深有现实意义的共同任务。

(原载《华东师范大学校刊》1981 年 9 月 23 日)

文艺的本质特征是
生活的形象表现
——鲁迅对文艺性质、特征、任务、作用的看法

文艺的定义和全部本质是否为"阶级斗争的工具"？这个问题提得好,需要充分展开讨论。这对文艺界的拨乱反正,弄清理论是非,促进创作繁荣,都有重大的现实意义。

鲁迅在文艺战线上同形形色色的敌人和错误理论作过不懈的斗争,积累了丰富的经验,留下了许多珍贵的创作遗产和理论遗产。特别在他的后期,他对文艺问题的理解更加正确、深刻,闪耀着马克思列宁主义文艺思想的光辉。可是鲁迅的正确、符合科学的见解不仅曾受到"四人帮"一伙故意的歪曲和阉割,过去、现在有些同志对它的理解也有可以商榷的地方。在目前"为文艺正名"的热烈讨论中,重新学习鲁迅有关文艺性质、特征、任务、作用等问题的论述,不仅对正确、完整地理解鲁迅对这些问题的看法是必要的,对搞清这些问题的理论是非,总结历史经验,促进创作繁荣,也是十分有益的。

一　鲁迅没有把文艺定名为"阶级斗争的工具"

"为文艺正名",要解决的是"文艺是什么"的问题,也就是文艺的本质是什么的问题。有些同志认为这就是阶级斗争的工具,另有些同志认为这样定义不科学。赞成这个定义的同志提出鲁迅也曾说过这样的话。查了一下,鲁迅的确说过这一类的话:

> 世界上时时有革命,自然会有革命文学。……我是不相信文艺的旋乾转坤的力量的,但倘有人要在别方面应用它,我以为也可以。……那么,用

于革命,作为工具的一种,自然也可以的。(《三闲集·文艺与革命》)

梁先生最痛恨的是无产文学理论家以文艺为斗争的武器,就是当作宣传品。……据我们看过的那些理论,都不过说凡文艺必有所宣传,并没有谁主张只要宣传式的文字便是文学。(《二心集·"硬译"与"文学的阶级性"》)

然而革命的导师,却在二十多年以前,已经知道他是新俄的伟大的艺术家,用了别一种兵器,向着同一的敌人,为了同一的目的而战斗的伙伴,他的武器——艺术的语言——是有极大的意义的。(《集外集拾遗·译本高尔基〈一月九日〉小引》)

他们(按指《新潮》的作者们)每作一篇,都是"有所为"而发,是在用改革社会的器械……。(《且介亭杂文二集·〈中国新文学大系〉小说二集序》)

木刻是一种作某用的工具,是不错的,但万不要忘记它是艺术。(《致李桦》,1935 年 6 月 16 日)

在上面这些话里,所谓"工具","武器","兵器","器械",当是一样的意思。那么,鲁迅这些话是否就在说明文艺的本质呢?我以为并不是的。文艺自然可以作为革命的工具的一种,或说是阶级斗争的工具或武器的一种,但显然这是鲁迅对革命文艺说的,而革命文艺则是世界上有革命的时候产生的。世界上时时有革命,却不是每时每刻都有革命。文学史上有革命文学,却不都是革命文学。对没有发生革命时候所产生的文学,以及即使产生在革命时代而缺乏革命内容但也不是反动的文学,就不能说是阶级斗争的工具。这样的时代和这样的文学应该承认在历史上并不是非常短促和少量的。鲁迅当然完全知道这一点。他这样说乃是在论述文艺与革命的关系,不是在为整个文艺下定义。革命文艺是阶级斗争的武器,改革社会的器械,是说革命文艺具有这样一种重要作用,这一作用有极大的意义,借此提高革命作家对自己工作的信心,引起各方面对革命文艺事业的重视。所谓"别一种兵器"的"艺术的语言",原是对比着进行"武器的批判"的真刀真枪而言,也不是在指点文艺的本质。至于说,革命文艺虽可以作为革命的工具的一种,却又绝不应该忘记它是艺术,因为"它之所以是工具,就因为它是艺术的缘故"(《致李桦》,1935 年 6 月 16 日),则是在反对把革命文艺作为阶级斗争的一个简单工具,而反复强调文艺有本身的特征,跟指点文艺的本质仍是两个不同的问题。

鲁迅有否指明过文艺的本质,给整个文艺下过定义呢?指明过,也下过的。

　　早在一九二四年,他就说过:"生在现代底人,生活情形完全不同了,却要去模仿那时社会背景所产生的小说,岂非笑话。"(《中国小说史略·中国小说的历史的变迁》)一九二五年四月十二日,他在《〈苏俄的文艺论战〉前记》中,谈到烈夫"他们自称为艺术即生活的创造者"。同时用自己的语言,一方面述说所以写出《阿Q正传》这些小说,是要"依了自己的觉察","作为在我的眼里所经过的中国的人生"(《集外集·俄文译本〈阿Q正传〉序及著者自叙传略》);另一方面更公开宣告:"世界日日改变,我们的作家取下假面,真诚地、深入地、大胆地看取人生并且写出它的血和肉来的时候早到了。"(《坟·论睁了眼看》)很清楚,就在前期,由于自己的创作实践和苏俄革命文艺理论的影响,鲁迅已经认识到文艺应当反映现实人生,写出它的血和肉。正是在这一基础上,一九二七年十二月二十一日,他在《文艺与政治的歧途》中开始明白说出:

　　　　我以为文艺大概由于现在生活的感受,亲身所感到的,便影印到文艺中去。

这几句话,难道不就是文艺为现实生活的形象反映这一科学观点的不同说法么?因为文艺的本质是这样,所以就在指出文艺"用于革命,作为工具的一种,自然也可以的"同一篇文章的开头部分,鲁迅先已概括地说了艺术"是一种社会现象,是时代的人生记录"(《三闲集·文艺与革命》)。前后对照一下,显然可以看出开头部分的提法是指整个文艺的本质,而工具的一种之说,则是指革命文艺所具有的一种重要社会作用。

　　在这以后,大家知道,一九三四年三月鲁迅还写出了《门外文谈》,指出:"我们的祖先的原始人,原是连话也不会说的,为了共同劳作,必需发表意见,才渐渐的练出复杂的声音来","那时大家抬木头,都觉得吃力了",就产生了"杭育、杭育"的创作,"倘若用什么记号留存了下来,这就是文学。"鲁迅这里通俗地说明了文艺发源于生活的科学道理。没有生活就没有文艺,这又从根本上为文艺是生活的反映提供了坚实的根据。

　　从上所述,可见鲁迅对文艺的本质是有明白、完整的认识的,即文艺是生活的形象表现。这也就是他对文艺所下的最概括的定义。他并没有,也不可能把文艺定名为阶级斗争的工具。

二　鲁迅是不同意把文艺定名为阶级斗争工具的

鲁迅是非常重视文艺本身的特征的,即文艺的形象性。当梁实秋之流站在反动资产阶级的立场攻击无产文学理论家以文艺为斗争的武器,当作宣传品的时候,他曾为无产文学作过辩护。但他的辩护显然主要是为了捍卫真正的无产文学,击退梁实秋之流的无理攻击,并不认为即使在谈论革命文学的一种作用的范围内,这样提法也是完整的。

鲁迅以为,革命文艺能够起到阶级斗争的武器这一作用,但一定不要忘记它应该是文艺,否则便将不成其为武器或工具的一种。一切文艺都是宣传,而一切宣传却并非全是文艺。他说他对于"发抒自己的意见,结果弄成带些宣传气味了的伊孛生等辈的作品,我看了倒并不发烦。但对于先有了'宣传'两个大字的题目,然后发出议论来的文艺作品,却总有些格格不入"(《三闲集·怎么写》)。缺乏形象性的教训文学因为不是真的文学,无人要看,便谈不上作用。如果内容和形式都没有无产气,只是填进一些口号和标语去,这种作品实际并非无产文学(《二心集·"硬译"与"文学的阶级性"》),甚至也说不上是文学。

鲁迅为什么会反复论述这样一个问题?因为当时在肯定革命文艺有阶级斗争武器作用的时候,已经出现了徒有文艺之名而无文艺之实的作品,在肯定文艺是宣传的时候,已经出现了"解为文学必须故意做成宣传文字的样子"(《致蔡斐君》,1935年9月20日)的人。可见,简单地说文艺是阶级斗争的工具,革命的武器,即使只是在谈论文学的作用范围内,在当时也已经是不够完整,容易发生流弊的。

文艺的本质是生活的形象表现,人生无比丰富、复杂,形象地把它表现出来的方式方法也是多种多样的,文艺的本质、特征都要求作者能够在作品里描写一切的人、阶级和群众,一切生动的生活形式和斗争形式,也就是说,只要生活里真实存在的,作者熟悉的,不管什么事情,什么材料,都可以写,应该写。而且,还应该允许作者觉得怎样写有益就怎样写。只要作者本身是一个战斗者,写的是可以成为艺术品的东西,作品便一定有贡献。然而当时的革命文艺界在这方面也存在着严重的局限。用鲁迅的话说,就是"我们的批评常流于标准太狭窄,看法太肤浅,我们的创作也常现出近于出题目做八股的弱点"(《且介亭杂文末编·论现在我们的文学运动》)。

针对题材的过于狭窄,鲁迅这样指出:

民族革命战争的大众文学决不是只局限于写义勇军打仗,学生请愿示威……等等的作品。这些当然是最好的,但不应这样狭窄。它广泛得多,广泛到包括描写现在中国各种生活和斗争的意识的一切文学。……中国的唯一的出路,是全国一致对日的民族革命战争。懂得这一点,则作家观察生活,处理材料,就如理丝有绪;作者可以自由地去写工人、农民、学生、强盗、娼妓、穷人、阔佬,什么材料都可以,写出来都可以成为民族革命战争的大众文学。……我们需要的,不是作品后面添上去的口号和矫作的尾巴,而是那全部作品中的真实的生活,生龙活虎的战斗,跳动着的脉搏,思想和热情,等等。(《且介亭杂文末编·论现在我们的文学运动》)

针对把人物理想化,或一味铺张其特点,而排斥了他的日常生活,鲁迅说:

我们所注意的是特别的精华,毫不在枝叶。……人们以为这些平凡的都是生活的渣滓,一看也不看。于是所见的人或事,就如盲人摸象,摸着了脚,即以为象的样子象柱子。……删夷枝叶的人,决定得不到花果。……
战士如吃西瓜,是否大抵有一面吃,一面想的仪式的呢?我想:未必有的。他大概只觉得口渴,要吃,味道好,却并不想到此外任何好听的大道理。吃过西瓜,精神一振,战斗起来就和喉干舌敝时候不同,所以吃西瓜和抗敌的确有关系,但和应该怎样想的上海设定的战略,却是不相干。这样整天哭丧着脸(按:指当时有人教吃西瓜时,也该想到我们土地的被割碎,象这西瓜一样)去吃喝,不多久,胃口就倒了,还抗什么敌。然而人往往喜欢说得稀奇古怪,连一个西瓜也不肯主张平平常常的吃下去。其实,战士的日常生活,是并不全部可歌可泣的,然而又无不和可歌可泣之部相关联,这才是实际上的战士。(《且介亭杂文末编·"这也是生活"……》)

鲁迅针对地提出来的当时创作中的这些缺点错误,都和忽视文艺本身的特征有关。文艺创作如果脱离生活,以意为之,不能根据实际生活"随物赋形",视野狭隘,人物虚假,甚至表现方法也陷入框套,作品中没有真实的生活,没有生龙活虎的战斗,没有跳动着的脉搏,思想和热情等等,那怎么还算得上是文艺作品?又怎么还能起革命的作用呢?

除前引材料外,鲁迅还这样说过:

> 单是题材好,是没有用的,还是要技术;更不好的是内容并不怎样有力,却只有一个可怕的外表,先将普通的读者吓退。(《致陈烟桥》,1934年4月19日)

> 现在有许多人,以为应该表现国民的艰苦,国民的战斗,这自然并不错的,但如自己并不在这样的旋涡中,实在无法表现,假使以意为之,那就决不能真切,深刻,也就不成为艺术。(《致李桦》,1935年2月4日)

鲁迅这些话,可以证明当时确有不恰当的理论,这种理论确实对创作题材的多样化、人物描写的生动性、作家的独特风格等都起了促退作用,而对公式化、概念化、主观编造,弄虚作假,则客观上提供了流行的条件和自以为是的根据。无疑,鲁迅对这种似是而非的歪理是异常反感的,他对这种歪理已经造成的不良后果是揭示得非常清楚的。可以说,在鲁迅晚年,除了对国民党反动派及其反动文艺,帝国主义侵略者及汉奸文艺进行英勇的斗争,此外,他的不少精力,就是花在批评革命文艺界内部诸如上述这一些不恰当的理论要求上面的。

我们知道,把文艺的本质理解成阶级斗争的工具的情况,在鲁迅说这些话的时候就已经有了。从这一理解出发,当时的确有对创作提出不恰当要求的议论。这种不恰当的要求稍后在"国防文学"的讨论中也仍有出现。我觉得,鲁迅是不同意这样来理解文艺的本质的,所以他对之进行了批评。他说文艺如果用于革命自然也可以作为工具的一种,那是因为革命文艺的确可以起这样一种作用。肯定这一点,跟他不同意把文艺的本质理解成阶级斗争的工具,绝不是矛盾的。其实,如上所说,鲁迅在承认文艺用于革命可以作为工具的一种时,往往同时就申明了它必须真正是文艺,否则便要不成其为工具,他的承认早也是有条件的了。

把文艺的本质说成阶级斗争的工具,我以为并不是出在"四人帮"嘴里才错误,过去、现在,任何人这样说都不是对的。因为不符合事实,不能用它来说明文艺发展史上许多现象,而且实践中早已产生过不少毛病。不同的只是"四人帮"鼓吹这种歪理乃是为了把阶级斗争扩大化,借此打倒大批革命干部和群众,达到篡党夺权的目的,而过去和现在这样主张的绝大多数同志则完全不是这样。我认为,这一理解在鲁迅当时已经不大科学,在今天所有制的社会主义改造已基本完成,阶级斗争状况已大有变化,要防止阶级斗争扩大化的今天,这一理解的不合科学就更明显,对造成安定团结的政治局面、促进文艺创作的繁荣发展会产生很不利的影响,就更清楚了。

三 还有两个方面的重要证据

鲁迅是不同意把文艺的本质或定义说成阶级斗争的工具的,还有下面两个方面的重要证据。

第一,除了他曾说过如果用于革命,文艺自然也可作为工具的一种,他还指出过文艺有别的不少作用。例如为劳苦大众呼号,当“偶然得到一个可写文章的机会,我便将所谓上流社会的堕落和下层社会的不幸,陆续用短篇小说的形式发表出来了”(《集外集拾遗·英译本〈短篇小说选集〉自序》)。例如作“时代的纪念碑”(《三闲集·〈近代世界短篇小说集〉小引》),“为现在作一面明镜,为将来留一种记录”(《三闲集·叶永蓁作〈小小十年〉小引》)。例如供“观民风”(《南腔北调集·上海的儿童》)。例如“沟通人类”,“人类最好是彼此不隔膜,相关心,然而最平正的道路,却只有用文艺来沟通”(《且介亭杂文末编·〈呐喊〉捷克译本序言》)。他说果戈理开手作《死魂灵》第一部的时候,已离现在一百多年了,然而“其中的许多人物,到现在还很有生气,使我们不同国度,不同时代的读者,也觉得仿佛写着自己的周围,不得不叹服他伟大的写实的本领”(《且介亭杂文二集·〈死魂灵百图〉小引》)。例如文艺还可以“助成奋斗,向上,美化的诸种行动”(《致唐英伟》,1935 年 6 月 29 日)。甚至说文艺“它也能给人愉快和休息”(《南腔北调集·小品文的危机》)。他举出的文艺作品能够具有的这些作用,虽同阶级斗争不是毫无联系,但不能说都同阶级斗争有什么密切的关系。如果鲁迅认为文艺的本质就是阶级斗争的工具,他就不会这样说。

第二,除了他曾称赞过某些确实可以作为阶级斗争工具的文艺作品外,鲁迅也明白称赞过很多显然不属于阶级斗争工具的中外作品,并明白说它们确实属于文艺。

鲁迅说过这样一段话:

586

在现在中国这样的社会中,最容易希望出现的,是反叛的小资产阶级的反抗的,或暴露的作品。因为他生长在这正在灭亡着的阶级中,所以他有甚深的了解,甚大的憎恶,而向这刺下去的刀也最为致命与有力。固然,有些貌似革命的作品,也并非要将本阶级或资产阶级推翻,倒在憎恨或失望于他们的不能改良,不能较长久的保持地位,所以从无产阶级的见地看来,不过是"兄弟阋于墙",两方一样是敌对。但是,那结果,却也能在革命的潮流中,成为一粒泡沫的。(《二心集·上海文艺之一瞥》)

这段话虽然不是针对古典文学说的,但其道理,其估价,不是也非常适合于封建社会中一些同情下层人民的劳苦不幸,要求改革暴政的文人作品么? 众所周知的杜甫的《三吏》、《三别》等作品以及白居易的讽喻诗,难道不正是这样的作品么? 鲁迅既指出了这些作品不过是"兄弟阋于墙"的性质,又肯定它们在客观上仍有一定的价值,这是很科学的论断。应该承认,这种作品在我国文学史上是大量存在的,而且往往也是民主性精华之所在,可是就它们本身来说,无论从动机或效果,都不能称之为阶级斗争的工具。有人以为过去影响较大、长期流传的文艺作品,都充当过当时阶级斗争的工具,那么如上所说,如果连屈原和杜甫、白居易等人脍炙人口之作都得成为例外,那又怎么说得服人呢? 不仅如此,鲁迅还以为当时的作者,如果暂时还只熟悉这样的题材,例如小资产阶级对同阶级的憎恶或讽刺,以及对下层人民生活的描写,那么"现在能写什么,就写什么,不必趋时,自然更不必硬造一个突变式的革命英雄,自称'革命文学'"。他以为就当时的中国而论,这些题材仍有存在的意义,因为可以比较有力地撕破资产阶级的面具,或给后来不及见的人们留下"时代的记录"。当然他立刻就指出:"但也不可苟安于这一点,没有改革,以致沉没了自己——也就是消灭了对于时代的助力和贡献。"(《二心集·关于小说题材的通信》)既对过去的这类作品给以恰当的估价,又肯定当时仍可以有这类作品的一定地位,两个方面都可说明鲁迅不是从是否阶级斗争的工具来衡量文艺的价值的。

　　对外国文学,鲁迅多次推崇俄国陀思妥也夫斯基、屠格涅夫、契诃夫、托尔斯泰等的作品。他说,俄国文学"无论它的主意是在探究、或在解决,或者堕入神秘,沦于颓唐,而其主流还是一个:为人生"。这些作家的作品,虽然"大抵是叫喊、呻吟、困穷、酸辛,至多也不过是一点挣扎","离无产者文学本来还很远","然而还是有着不少共鸣的人们"(《南腔北调集·〈竖琴〉前记》),使得中国人民

"那时就知道了俄国文学是我们的导师和朋友"(《南腔北调集·祝中俄文字之交》)。鲁迅承认米开朗琪罗、达·芬奇都是"伟大的画手",并说他们的作品,实际上乃是"宗教的宣传画,《旧约》的连环图画"(《南腔北调集·论"第三种人"》)。他说:"若走进意大利的教皇宫……去,就能看见凡有伟大的壁画,几乎都是《旧约》、《耶稣传》、《圣者传》的连环图画,艺术史家截取其中的一段,印在书上,题之曰《亚当的创造》、《最后之晚餐》"(《南腔北调集·"连环图画"辩护》)。所有以上谈到的这些作品,虽然客观上不是同阶级斗争毫无关系,但都不能就说是什么阶级斗争的工具。特别那些宗教的宣传画,竟被鲁迅称为"伟大的壁画",而画手们则是"伟大的画手",岂不要会认为鲁迅也主张文艺的本质便是阶级斗争的工具者非常诧异么?然而这些确实都是鲁迅的原话,并且是合乎科学的。因为鲁迅所主张的文艺的本质,原来只是生活的形象表现。

为文艺正名,弄清楚它的本质究竟是否为"阶级斗争的工具",开头我已说过这是一个具有重大现实意义的问题。实践是检验真理的唯一标准,商讨这个问题,也必须根据这一原则办事。文学史的实际,新文学运动以来数十年正反两方面的经验教训,都值得我们在讨论问题时回顾和研究。鲁迅不愧是一位高瞻远瞩的革命文学大师,他的许多宝贵意见的确是长期值得后人学习的。

（原载《上海文学》1979 年 11 月号）

内容要充实，技巧应并进
——鲁迅重视艺术技巧

一

鲁迅先生是伟大的文学家、思想家、革命家。不消说，他非常重视文学作品的思想内容，这是完全正确的。但和当时某些"革命文学家"不同，他也极为重视艺术技巧，多次驳斥了那种"讨厌"艺术技巧的论调。一方面强调文学有重大的社会作用，另一方面又把对技巧的重视和研究当作"资产阶级观点"或"修正主义黑货"来攻击，这种怪现象也是多年来极左路线在文艺界的具体表现之一。学习鲁迅重视艺术技巧的观点，不但对提高创作的艺术质量有帮助，而且对继续拨乱反正，肃清文艺界"左"的流毒，也是很需要的。

鲁迅早在一九一九年就提出进步的思想与高尚的人格对文艺工作者来说是最重要的。他说：

> 美术家固然须有精熟的技工，但尤须有进步的思想与高尚的人格。他的制作，表面上是一张画或一个雕像，其实是他的思想与人格的表现。令我们看了，不但喜欢赏玩，尤能发生感动，造成精神上的影响。（《热风·随感录四十三》）

这一观点后来就发展成为他的"革命人做出东西来，才是革命文学"（《而已集·革命时代的文学》），"我以为根本问题是在作者可是一个'革命人'"（《而已集·革命文学》）的著名论断。我们都极为赞同他这个深刻的论断，可是有些论者却把这一论断同重视艺术技巧对立了起来,实际变成了"思想内容唯一"、"政治标准唯一"。这和鲁迅的完整的思想是很不相同的。鲁迅说:

> 我以为当先求内容的充实和技巧的上达,不必忙于挂招牌。(《三闲集·文艺与革命》)
>
> 来信说技巧修养是最大的问题,这是不错的,现在的许多青年艺术家,往往忽略了这一点。所以他的作品,表现不出所要表现的内容来。正如作文的人,因为不能修辞,于是也就不能达意。但是,如果内容的充实,不与技巧并进,是很容易陷入徒然玩弄技巧的深坑里去的。(《致李桦》,1935年2月4日)

这里有两点值得注意:第一,在内容和形式的关系问题上,鲁迅诚然把内容放在主导地位,但他在谈论文艺的成功条件时,却是两者并提的。第二,他又认为内容应与技巧"并进","徒然玩弄技巧"不好,"填进口号和标语去,自以为就是无产文学"(《二心集·"硬译"与"文学的阶级性"》),也不好。偏向任何一个极端的作品,都不可能成功。作者的努力,当然也不能截然地分两步走。

在鲁迅心目中,总是只有思想内容与艺术技巧都好的作品才说得上是成功的艺术品。例如他论《儒林外史》,称赞为"说部中乃始有足称讽刺之书",指出其思想成就为"秉持公心,指擿时弊",艺术成就为"戚而能谐,婉而多讽"。而其思想成就,又都是通过塑造艺术形象,运用高明的描写技巧显示出来的,绝不是依靠抽象的说教:"烛幽索隐,物无遁形,凡官师,儒者,名士,山人,间亦有市井细民,皆现身纸上,声态并作,使彼世相,如在目前。"(《中国小说史略·清之讽刺之说》)他说吴敬梓所以能写出如此成功的作品,一方面在于"多据自所闻见",自己身为士人,对当时士林内情是熟悉的,另一方面在于"笔又足以达之",即具有足够的描写本领。他的评论与他的主张完全一致。

正是因为有些论者错误地轻视甚至讨厌谈论艺术技巧,所以鲁迅常常要发点应该重视技巧的议论:

> 一说"技巧",革命文学家是又要讨厌的。但我以为一切文艺固是宣传,而一切宣传却并非全是文艺,这正如一切花皆有色(我将白也算作色),而凡颜色未必都是花一样。革命之所以于口号,标语,布告,电报,教科

书……之外,要用文艺者,就因为它是文艺。(《三闲集·文艺与革命》)

　　我们需要的,不是作品后面添上去的口号和矫作的尾巴,而是那全部作品中的真实的生活,生龙活虎的战斗,跳动着的脉搏,思想和热情,等等。(《且介亭杂文末编·论现在我们的文学运动》)

文艺就是需要技巧,否则便不成其为文艺,更谈不上文艺的重大作用了。标语、口号之类,如果是正确的、革命的,当然有其作用,但即使是正确的、革命的标语、口号,决不等于艺术。如果标语、口号式的作品也可算艺术,文艺工作者便既不必深入生活,也无须学习技巧;文艺工作将成为最容易不过的行当了。所以我们在谈论文艺作品的高下或好坏时,如果只考察其思想倾向,或脱离了艺术技巧来空谈它的思想,都不符合文艺的性质和创作规律,也决不能作出恰当的评价。

　　鲁迅提示我们:

　　　　单是题材好,是没有用的,还是要技术。(《致陈烟桥》,1934 年 4 月 19 日)

　　　　倘没有文思,做出来也是无聊的东西。(《致李霁野》,1926 年 11 月 23 日)

　　　　瞿氏之文,其弊在欲夸博,滥引古书,使其文浩浩洋洋,而无裁择,结果不得要领。(《致台静农》,1935 年 11 月 15 日)

　　　　传神的写意画,并不细画须眉,并不写上名字,不过寥寥几笔,而神情毕肖,只要见过被画者的人,一看就知道这是谁;夸张了这人的特长——无论优点或弱点,却更知道这是谁。(《且介亭杂文二集·五论“文人相轻”——明术》)

上面所说的“技术”,“文思”,“裁择”,以及写特点、传神,诸如此类,都可以包括在鲁迅所重视的“艺术技巧”范围之内。当然,这些大都并不是单纯的技术问题,只是对比思想倾向而言,才把它列入“技巧”的范畴。难道能够设想,不重视这些艺术技巧,能写出真正的、成功的文艺作品来吗?

二

　　艺术技巧从何而来? 过去确有“小说作法”之类的书出版,似乎读了这种书就能很快写出好的小说来。真是这样的话，就该承认写作是有速成的"秘诀"了。鲁迅的回答是："作文却好象偏偏并无秘诀，假使有，每个作家一定是传给子孙的了，然而祖传的作家很少见。"（《南腔北调集·作文秘诀》）文学史上虽然有过"父子作家"、"兄弟作家"，如曹操父子，苏洵父子以及丕植兄弟、轼辙兄弟，但只要仔细查考一下，他们的成功都是由自己努力得来，并非得到了父兄传给的秘诀。妄将旧时做官的关系用到写作上去，是全不对号的。

文艺作品是社会生活的反映，要反映得真切、活现，主要靠熟悉生活，熟悉社会中各样的人和事。文字能力不差，但若对所写事物无知，或者不甚了了，肯定不能写出好的艺术作品来。吴敬梓如果不是深知士林丑态，决不能取得《儒林外史》的重大成功。鲁迅指出："如要创作，第一须观察，"《致董永舒》，1933年8月13日）"要留心各样的事情，多看看，不看到一点就写，"（《二心集·答北斗杂志社问》）"作者的社会阅历不深，观察不够，那也是无法创造出伟大的艺术品来的，"（《鲁迅全集补遗续编·第二次全国木刻联合流动展览会上的讲话》）"作者用对话表现人物的时候，恐怕在他自己的心目中，是存在着这人物的模样的，于是传给读者，使读者的心目中也形成了这人物的模样。"（《花边文学·看书琐记》）若不是作者对这类人物已经观察研究得非常精细、烂熟，不可能达到这种境地。

如要创作，鲁迅认为："第二是要看别人的作品，但不可专看一个人的作品，以防被他束缚住，必须博采众家，取其所长，这才后来能够独立。"（《致董永舒》，1933年8月13日）别人的作品，有古代的和现代的，也有本国的和外国的。当时有些论者既怕读古代的，也怕读外国的，好象一读就必受害，自己不敢读也反对别人读。鲁迅的《拿来主义》就是针对这种不必要的顾虑进行了分析批判。他认为："凡作者，和读者因缘愈远的，那作品就于读者愈无害。古典的，反动的，观念形态已经很不相同的作品，大抵即不能打动新的青年的心（但自然也要有正确的指示），倒反可以从中学学描写的本领，作者的努力。"甚至他还主张："青年也可以看看'帝国主义者'的作品的，这就是古语的所谓'知己知彼'。"（《准风月谈·关于翻译》〔上〕）他自己表明："我所取法的，大抵是外国的作家。"（《致董永舒》，1933年8月13日）他说中国既然是在世界上的一国，则受点别国的影响，即自然难免，无须娇嫩、脸红，"单就文艺而言，我们实在还知道太少，吸收得太少"（《集外集·编校后记》）。从一九二五年他写《看镜有感》时主张为了"自出新裁"，"至少也必须取材异域"，到一九三四年写《（木刻纪程）小引》又提出"采用外国的良规,加以发挥,使我们的作品更加丰满"是创新的道路之一,他是一直在这样提倡,也一直在这样实践的。

已有定评的大作家的作品,原就说明着应该怎样写,只是读者很不容易看出,难于领悟其中的道理。鲁迅指出,这是"因为在学习者一方面,是必须知道了'不应该那么写',这才会明白原来'应该那么写'的"。为此他很欣赏惠列赛耶夫的主张,"不应该那么写"这一方面,最好是从大作家的同一作品的未定稿本去学习,"在这里,简直好象艺术家在对我们用实物教授。恰如他指着每一行,直接对我们这样说——'你看——哪,这是应该删去的。这要缩短,这要改作,因为不自然了。在这里,还得加些渲染,使形象更加显豁些。'"鲁迅引用这段话之后说:"这确是极有益处的学习法,而我们中国却偏偏缺少这样的教材。"(《且介亭杂文二集·不应该那么写》)自从经过他如此倡导,我们不但已重视这样的材料,而且鲁迅自己也为我们提供了不少这样的珍贵教材。

要创作,观察体验和读书借鉴之外,还需要多练。"熟能生巧",是真理。《红楼梦》便是曹雪芹于悼红轩中"披阅十载,增删五次"的结果。在多练中,鲁迅还为我们提供了一种作文法,即在"立定格局之后,一直写下去,不管修辞,也不要回头看",等写成后再加修改的方法。他认为那种十步九回头的办法很不对,这就是在不断的不相信自己,结果一定做不成。在创作上十步九回头,会把感兴打断。反不如等到成后,搁它几天,然后再来复看,删去若干,改换些字句的好。所谓"立定格局之后",当是指"胸有成竹",作品已有轮廓了的意思,不可误解成在心中无数的情况下,便贸然写去。那就会离题万里了。

技巧可以向别人学习、借鉴,却不应依样画葫芦,生搬硬套。作品的思想内容即使基本相同,艺术表现的方法也要力求自具特点。鲁迅从苏联版画展览会中,看到他们在作品里各各表现着真挚的精神,而继起者虽然走的是同一条道路,却用着不同的方法。这使他体会到,"依傍和模仿,决不能产生真艺术"(《且介亭杂文末编·记苏联版画展览会》)。他认为,只要作者自己认为这样的写起来,于大家有益,"以为非这样写不可"(《且介亭杂文二集·徐懋庸作〈打杂集〉序》),他就完全可以这样写去,用不着按照什么书上的规定。作者既要不断的解放思想,力求内容有所创新,同样也要不断的冲破陈规,力求技巧上的革新。

鲁迅在艺术技巧问题上的观点是从实际出发,革命性与科学性相统一的。高喊革命文学却讨厌艺术技巧,是不科学的,所以也并无革命性。鲁迅重视艺术技巧,实际处处在为革命文学、人民大众的利益打算。他提出的培养艺术技巧之道,都脚踏实地,行之必有实效。重温他的这些教言,深感好象是针对今天还存在的问题而发,那就决不是只有历史意义了。

（原载《语文学习》1981 年 9 月号）

创新必须择旧

——读《拿来主义》札记

一

鲁迅先生的《拿来主义》一文,写成于一九三四年六月四日。对文学遗产的批判继承问题,是鲁迅一直非常注意的一个重大问题。他的观点最早偏重于对某些顽固派吹捧"国粹"的批判,接着也批判过一味崇洋、西化的论调。这在当时,他的批判都有针对性,是针对着全盘继承论和全盘否定论两个极端的。两个极端当然都不对,反对走这两极端,如能以辩证唯物论和历史唯物论的观点为指导,另外探索正确的道路,本来完全有可能,但由于缺乏"沉着,勇猛,有辨别,不自私"的精神、态度和能力,不少人反而彷徨,甚至害怕起来了,对文学遗产采取了不敢接触,不敢择取的态度。在采取这种态度的人中,也有一些是主张革新,要求创新的进步人物。在他们看来,不向文学遗产拿点东西,照样可以创造出新文化、新文艺来。仿佛革新与继承是没有什么关系,更没有必然关系的。正是针对着这种新情况,新问题,他怀着不可抑止的激情,写了这篇《拿来主义》。这篇文章中的基本观点,虽然在他成于此文前后的其他文章中也有所表现,但都不如此文表现得集中、全面而且形象生动。为了更详细地理解他这篇文章,我们有必要参看他其它一些文章。不过此文的确是他讨论文学遗产批判继承问题的一篇最重要、最深刻的文章。虽已过去了将近半个世纪,今天读时仍觉得虎虎有生气,充满着科学价值与革命精神。因为将近半个世纪来,被他在这篇战斗檄文里指责为"屠头",怒骂为"昏蛋",鄙夷为"废物"的人仍不断在出现。声称要"彻底扫荡"掉古今中外一切文学遗产的"四人帮"文痞,就是一批最坏的"昏蛋"。

他把不敢接触,不敢择取的人指责为"孱头"。

他把全盘否定论者,要放火烧光遗产的家伙怒骂为"昏蛋"。

他把全盘继承论者,大吸剩下的鸦片者鄙夷为"废物"。

他主张:"首先是不管三七二十一,拿来!"拿来之后,"我们要或使用,或存放,或毁灭"。

为什么应该这么办?很清楚:"没有拿来的,人不能自成为新人。没有拿来的,文艺不能自成为新文艺。"

而为了要做到这一点,他要求从事这一工作,"首先要这人沉着,勇猛,有辨别,不自私"(《且介亭杂文·拿来主义》)。

二

大家知道,鲁迅早期曾非常尖锐地抨击过"国粹"。他曾以为要少看中国书,或者竟不看中国书。怎么后来又主张首先是不管三七二十一,拿来了呢?这里有没有矛盾?我的看法是:没有矛盾,但有发展。

在很多人顺应社会发展潮流,要求冲破旧文化的桎梏向前迈进的时候,顽固派却涌出来大肆宣扬"国粹"的美妙,一定要大家仍唱老调子。本国独有的东西是否一定好?为什么都该保存而且仍象神明一样向它膜拜?说是保存"国粹",实际岂不是在反对革新,妄图保古、复古么?当时的形势,保存了"国粹",不抛弃了老调子,要保存我们的国家,人民便很难。而"保存我们,的确是第一义"。(《热风·随感录三十五》)他说:"我们目下的当务之急,是:一要生存,二要温饱,三要发展,所有阻碍这前途者,无论是古是今,是人是鬼,是《三坟》、《五典》,百宋千元,天球河图,金人玉佛,祖传丸散,秘制膏丹,全都踏倒他。"(《华盖集·忽然想到〔五至六〕》)可见,鲁迅在当时条件下狠批"国粹",是把它做为顽固派妄图复古,反对革新的一块重要招牌来打击的,它打击了"国粹",也就是打击了反动复古势力。当时文化革命战线上的主要任务,就是要打击这种复古伎俩,复古势力。显然还没有到对遗产需要提出具体分析,区别对待的时机。

须知要少看或者竟不看中国书的话,乃是鲁迅对当时的青年们说的,他认为当时青年最要紧的是"行",不是"言",暂时不能作文不要紧,最要紧的是不要与实人生离开,应积极做点革新的事。(参见《华盖集·青年必读书》)当时的青年一般对遗产中的糟粕还缺乏辨别力,劝告他们少看或者竟不看,是出于一种爱护,使他们少受或不受毒害。鲁迅从未笼统地要求一切人都少看或竟不看中国书。恰恰相反,他多次慨叹过真正懂得遗产中的精华,正确理解遗产的作用的人太少了。他写了《中国小说史略》、《汉文学史纲要》,搜集整理了很多古籍;他还想亲自编写一部文学史,可惜未能实现。只要稍加分析,对照事实,就可知道他从批判"国粹"到后来的主张"首先拿来",其实是并不矛盾的。

当然,其间有发展。主要的危险已经不是复古或崇洋,一般青年已经逐渐长大,有一定辨别力了,创造革命的新文艺的需要更迫切了,马克思列宁主义的文艺理论的传入以及苏联在批判继承文学遗产方面的某些经验教训的介绍,所有这些因素都促成了鲁迅思想在这一问题上的发展,使得他的观点更加辩证、完整、深化。我觉得,写成于《拿来主义》之前一年的《关于翻译(上)》中间的这一段,透露了发展的重要消息:

> 但我们也不能决定苏联的大学院就"不会为帝国主义作家作选集。"倘在十年以前,是决定不会的,这不但为物力所限,也为了要保护革命的婴儿,不能将滋养的,无益的,有害的食品都漫无区别的乱放在他前面。现在却可以了,婴儿已经长大了,而且强壮,聪明起来,即使将鸦片或吗啡给他看,也没有什么大危险,但不消说,一面也必须有先觉者来指示,说吸了就会上瘾,而上瘾之后,就成一个废物,或者还是社会上的害虫。

鲁迅也就是在这篇文章里指出这个著名的观点的:"凡作者,和读者因缘愈远的,那作品就对读者愈无害。古典的,反动的,观念形态已经很不相同的作品,大抵即不能打动新的青年的心(但自然也要有正确的指示),倒反可以从中学学描写的本领,作者的努力。"时代不同了,新的青年长大了,要创造革命的新文艺又必须从旧文艺和外国作品中择取有益的东西,所以他就把他随着形势的改变和学习的深入而发展了的思想写在这篇《拿来主义》里了。

三

为什么创新必须择旧——择取中国的和外国的旧文化?
在这个问题上,鲁迅曾引过卢那卡尔斯基的一些话,也赞赏过他当革命之初采取的一些措施,例如仍要保存农民固有的美术,怕军人的泥靴踏烂了皇宫的地毯等。这道理,用鲁迅自己的话,便是:"新的阶级及其文化,并非突然从天而降,大抵是发达于对于旧支配者及其文化的反抗中,亦即发达于和旧者的对立中,所以新文化仍然有所承传,于旧文化仍然有所择取。""古人所创的事业中,即含有后来的新兴阶级皆可以择取的遗产。"(《集外集拾遗·〈浮士德与城〉后记》)"先前的遗产,有几位青年以为采用便是投降,那是他们将'采用'与'模仿'并为一谈了。"(《致魏猛克》,1934 年 4 月 9 日)文学史上有很多这样的例子,旧文学衰颓,来了一个新的转变,这转变往往得力于摄取民间文学或外国文学。欧洲的印象派,是吸取了从中国和日本传去的画的养料而形成的。新阶级的文学也一样。文学遗产中一切进步的,合理的,科学的,美的东西,都仍能对新阶级的文学,无论在思想方面还是艺术方面提供有益的成分。为什么历史悠久,文化遗产丰富会成为一个国家创造新文化的极为有利的条件? 就因为可以从旧文化中择用的养料多极了。鲁迅后期杂文是无产阶级文学的瑰宝,它正是从对地主、资产阶级旧文化的斗争中产生的,它批判旧文化中的糟粕,吸收、改造、发展其中对无产阶级有用的成分,它就成了新阶级的新文化的组成部分。不能设想,如果没有择取中国的旧文化,会产生出鲁迅的这种锋利无比的杂文来。

其实不只是新文化,就是无产阶级的新战士,最早又何尝不是从旧社会中培育起来,改造成长的? 过去并无无产阶级,就是有了无产阶级之后,很多革命家包括革命导师在内也出身于非无产阶级,受过较长时间的旧教育。旧文化并没有妨碍他们转变立场,甚至成为革命导师。在他们成为革命导师之后,对旧文化还是竭力主张吸收和改造利用的。列宁在《青年团的任务》中反复强调学习人类创造的全部知识的极端重要性,认为无产阶级文化并不是从天上掉下来的,也不是那些自命为无产阶级文化专家的人杜撰出来的,只有确切地了解人类全部发展过程中所创造的文化,只有对这种文化加以改造,才能建设无产阶级文化。他说:"马克思主义就是共产主义从全部人类知识中产生出来的典范。"[①]如果否定了继承文化遗产的必要性,那么对知识分子的作用,知识分子出身的革命家的作用,也会否定或怀疑了。这方面我们积下的沉痛教训是非常怵目惊心的。

鲁迅的思想,显然是受到列宁的影响,并同他一致的。

---

① 《列宁选集》,第 4 卷,第 347 页。

在他写作《拿来主义》的时候，无产阶级文学运动正待大力开展，无产阶级文艺质量正待迅速提高。但不少人对文学遗产却不敢接触，中国的外国的旧文化都不要，好象一接触就会被染污、被俘虏过去，不得了。他们也说要成为新人，也说要创造新文艺，可就不懂得："没有拿来的，人不能自成为新人，没有拿来的，文艺不能自成为新文艺。"鲁迅指责这种人为"孱头"实出于如焚的热情，对这种人中的大多数，是由于"恨铁不成钢"，是想借此激出他们的勇气，把他们狠推到前面去。

四

对"昏蛋"和"废物"，鲁迅只有愤怒和鞭挞，而对"孱头"则不同，鲁迅讲过很多话，摆事实，讲道理，希望他们不要再这样的害怕。参看一下，可以更好地理解他这篇文章。

第一，他认为避忌旧文化，乃是衰病，无力，缺乏自信的表现；壮健，有魄力，富于自信的人是决不会这样的。他说："无论从那里来的，只要是食物，壮健者大抵就无需思索，承认是吃的东西。惟有衰病的，却总常想到害胃，伤身，特有许多禁条，许多避忌；还有一大套比较利害而终于不得要领的理由，例如吃固无妨，而不吃尤稳，食之或当有益，然究以不吃为宜云云之类。"（《坟·看镜有感》）他说象这类人物，如果再不振作，就会更加衰弱下去，因为终日战战兢兢，先已丧失活气了。他又说："我们吃东西，吃就吃，若是左思右想，吃牛肉怕不消化，喝茶时又要怀疑，那就不行了，——老年人才如此。有力量，有自信力的人是不至于此的。"（《关于知识阶级》）如果知识阶级如此胆小，一听到俄罗斯，一看见红色，一看到俄国的小说，就怕得发抖，对西洋文明也唯恐受害，一动也不敢动，怎样能进步呢？岂止不能进步，将来必定要灭亡。他说汉唐虽有边患，魄力究竟雄大，人民具有不至于为异族奴隶的自信心，凡取用外来事物时，自由驱使，绝不介怀。而一到衰敝陵夷的时刻，神经就衰弱过敏，对外国东西，便推拒，惶恐，退缩，逃避，抖成一团了。（参见《坟·看镜有感》）我们究竟是甘心当弱者，还是应该努力做强者？

第二，他认为文艺上的创新必须择旧，一味害怕，是决计不行的。他说："要进步或不退步，总须时时自出新裁，至少也必取材异域，倘若各种顾忌，各种小心，各种唠叨，这么做违了祖宗，那么做又象了夷狄，终生惴惴如在薄冰上，发抖尚且来不及,怎么会做出好东西来。"(《坟·看镜有感》)十年后他在论新木刻时,又指出有两条路,一条是"采用外国的良规,加以发挥,使我们的作品更加丰满";另一条是"择取中国的遗产,融合新机,使将来的作品别开生面"(《且介亭杂文·〈木刻纪程〉小引》)。他认为我们对旧文化,无论是中国遗产中的精华还是外国遗产中的良规,实在都还知道得太少,吸收得太少。只要是优点,他说"即使那老师是我们的仇敌罢,我们也应该向他学习"(《且介亭杂文·从孩子的照相说起》)。我们究竟是口头上要创新,还是行动上要创新?

第三,他阐明了保存遗产与开创新业的辩证法。他说:"我已经确切的相信:将来的光明,必将证明我们不但是文艺上的遗产的保存者·而且也是开拓者和建设者。"(《集外集拾遗·〈引玉集〉后记》)你要在文艺上有所开拓,有新的建树么?那就要保存遗产。保存当然不同于保古,不是为了复古。保存下来也不是模仿和照搬,而只能是为了择取优点。如果只为复古、保古而保存,由于大家都反对复古、保古,遗产就保存不住。只有抱着革新的目的,认识到了择旧的重要作用,遗产才会得到大家的重视与爱护,所以真正的革命者才是最理想的遗产保存者,而遗产中的精华,亦只有在革命者手里才能得到开拓,并成为建设新文化的不可缺少的材料。难道我们还能把保存(择取)和开拓、建设割裂了来理解?

五

最后,再说说为什么要"不管三七二十一"罢。

这是流行在我们江南地区的一句口头话。三乘七,二十一,原是对的,"不管三七二十一",意思是如果经过考虑决定了要做某件事,认为非做不可了,那就不要再犹豫不决,计议末节,三七是二十一也好,不是二十一也好,反正是做定了,别人的七嘴八舌,亦都由他去。

"首先是不管三七二十一,拿来",所以文题即为《拿来主义》。如果没有一点勇气,东张西望,畏畏缩缩,欲拿又怕,拿了又不敢分别对待,就不成其为《拿来主义》了。

"拿来主义"好得很,因为它有科学性。如果不先拿来,许多有用的东西就被抹煞、毁灭了,还谈得到什么使用与存放?对旧文化,当然需要"批",这有利于择取,但若象"四人帮"这些"昏蛋"一样,"批字当头"、"大批判开路"实际是首先要毁灭大批遗产。把遗产大批大批地烧光，或用行政命令投入冷宫，这还怎么能进行择取、谈得到使用呢？只有首先拿来了，不毁灭掉，才能进行择取。你要"批"，尽管"批"，批对了固好，批错了还能够改回来，反正东西仍在，不致无法补救。"十年浩劫"中我们被毁灭了多少文化遗产呵！"拿来主义"好得很，因为它同时也有革命性，创新离不开择旧，不先拿来无从创新。

鲁迅的思想、主张所以特别有力，即在富有科学性。它的革命性与科学性是统一的，而科学性则始终是基础。在批判继承文学遗产的问题上，亦复如此。

（原载《语文教学》1981 年 9 月号）

坚忍，认真，韧长
——鲁迅对青年作者的期望

    鲁迅先生在他为革命而战斗的一生中始终十分注意鼓励、帮助青年作者的成长。如果说，在他帮未名社、帮狂飚社、帮朝花社的青年作者们时抱的主要还是"但愿有英俊出于中国之心"（《致章廷谦》，1930 年 3 月 27 日），那么在他领导左翼作家联盟时对这一工作的认识便发展到"我们应当造出大群的新的战士"（《二心集·对于左翼作家联盟的意见》）了。稍后他还补充说："当今急务之一，是在养成勇敢而明白的斗士，我向来即常常注意于这一点"（《致杨霁云》，1934年 6 月 9 日）。

    在艰巨的战斗任务面前，当时需要更多的战士，可是那时人手实在太少了。一个人既要翻译，又要做小说，还要做批评，并且也要做诗。做事不专，的确难于做好。他说："如果人多了，则翻译的可以专翻译，创作的可以专创作，批评的专批评；对敌人应战，也军势雄厚，容易克服。"（《二心集·对于左翼作家联盟的意见》）鲁迅要求青年作者们都是能对敌人应战，克敌制胜的斗士。这样的斗士越多，革命文艺大军的威力将越大。

    青年作者如果是在战斗中磨炼，将会很快地成长。但总有一个从幼稚到成熟的过程。地主、资产阶级老爷文人对幼稚、无名的青年作者经常投以轻视、嘲笑的眼光，决不相信他们能有什么力量。鲁迅则完全相反，对青年战友总是热情鼓励，充分肯定他们的成绩，怀抱着最大的希望：

    幼稚是会生长，会成熟的，只不要衰老，腐败，就好。（《三闲集·无声的中国》）

    当然只不过一点萌芽，然而要有茂林嘉卉，却非先有这萌芽不可。

（《集外集拾遗补编·〈无名木刻集〉序》）

时代是在不息地进行，现在新的，年青的，没有名的作家的作品站在这里了，以清醒的意识和坚强的努力，在榛莽中露出了日见生长的健壮的新芽。

自然，这，是很幼小的。但是，惟其幼小，所以希望就正在这一面。
（《二心集·一八艺社习作展览会小引》）

但鲁迅从来就是一个清醒的现实主义者，他知道并非任何一个青年作者经过一段时期都能自然地达到成熟，做出应有的成绩。他亲眼看到即使在革命部队中，在行进的时候，包括青年人，也时时有人退伍，落荒，离叛的。他认为不必因为有人改变，就悲观起来，因为"一面有人离叛，一面也有新的生力军起来，所以前进的还是前进。"（《致胡今虚》，1933 年 10 月 7 日）问题在一定要正确地引导、帮助他们。

鲁迅指出："弄文学的人，只要（一）坚忍，（二）认真，（三）韧长，就可以了。"（《致胡今虚》，1933 年 10 月 7 日）对这三者，鲁迅虽没有详细解释，大致还是可以领会的。

何谓坚忍？不管如何困苦、如何艰难、如何不如意，都仍坚持下去，革命到底，这就是坚忍。那时候的青年作者，不是没有适当工作，便是工作条件很差，勉强糊口，生活困苦，参加革命文艺写作谈不上有什么收入。有些不坚定的人就逐渐松手不干了。那时候，搞革命，求改革，因为必然要触犯国民党的反动统治，触犯种种传统和习惯的势力，不但时时会遭到轻视、嘲笑、排斥，而且还有被捕、坐牢、杀头的危险，处境非常艰难。有些畏难的人就逐渐落荒了，而"以为即使艰难，也还要做，愈艰难，就愈要做"（《且介亭杂文·中国语文的新生》）的很多志士则依然屹立在暴风雨中。由于"改革，是向来没有一帆风顺的"（同上），或者因为自卑，或者因为自满，或者因为还带着某些私心杂念，必然会感到不如意、不满意，有些人因此也就牢骚满腹，甚至终于离叛。鲁迅指出："一个作者，'自卑'固然不好，'自负'也不好的，容易停滞。我想，顶好是不要自馁，总是干；但也不可自满，仍旧总是用功。要不然，输出多而输入少，后来要空虚的。"（《致肖军》1935 年 4 月 12 日）内部一空虚，灵魂一空虚，如再碰到什么挫折，必然坚忍不住。当时有些翻着筋斗的小资产阶级作者，一只脚踏在"革命"的船上，另一只脚踏在"文学"的船上，"当环境较好的时候，作者就在革命这一只船上踏得重一点,分明是革命者,待到革命一被压迫,则在文学的船上踏得重一点,他变了不过是文学家了"(《二心集·上海文艺之一瞥》)。鲁迅斥责这些人的转变"毫不足惜",因为这些人即使是在写着革命文学的时候,也最容易将革命写歪;写歪了,反于革命有害。

何谓认真?不敷衍塞责,不潦草从事,总是全力以赴,精益求精,务求实效,这就是认真。因为特别努力,有些人可以较快做出成绩,但"文章千古事",向来没有也不可能有什么速成的秘诀。鲁迅在《答北斗杂志社问》中提到的那些条,我看多半就可用来说明他所谓认真的具体内容。"留心各样的事情,多看看,不看到一点就写。"如果对事情极少留心,而且只看到一点现象、皮毛就写,这便是不认真。写不出的时候硬写;写完后连再看一遍的耐心都没有,要紧寄出去想发表;生造些只有自己懂得或连自己也不懂得的字句胡弄人;这都是不认真。鲁迅说:"我主张青年发表作品,要'胆大心细'的,因为心若不细,便容易走入草率的路。"(《致罗清桢》,1934 年 10 月 1 日)潦潦草草,选材不严,开掘不深,只凭"一点琐屑没有意思的事故,便填成一篇,以创作丰富自乐"(《二心集·关于小说题材的通信》),这种很不严肃的态度是鲁迅一向反对的。

他认为一个革命的青年作者,暂时幼稚一点、浅薄一点都不要紧,只要能不断地生长起来就好。他曾以诚恳的心,对那些只想以笔墨问世的青年进过这样一个苦口的忠告:"不断(!)的努力一些,切勿想以一年半载,几篇文字和几本期刊,便立了空前绝后的大勋业。还有一点,是:不要只用力于抹杀别个,使他和自己一样的空无,而必须跨过那站着的前人,比前人更加高大。"(《三闲集·鲁迅译著书目》)的确,如果自己并不继续不断地努力,只想快快成名成家,小有收获便自命不凡,甚至为了抬高自己,不惜打击、抹杀别人,具有如此卑微灵魂的人怎么能做出高尚的事来?怎么谈得上是一个认真的作者呢?

至于韧长,或者单说一个"韧"字,鲁迅曾反复强调过这一点。这是因为从长期的战斗中他深深地体会到:"对于旧社会和旧势力的斗争,必须坚决,持久不断,而且注重实力。旧社会的根柢原是非常坚固的,新运动非有更大的力不能动摇它什么。"(《二心集·对于左翼作家联盟的意见》)不估计形势,把革命当儿戏,不惜轻于孤注一掷,正中敌人的奸计。敌人凭其暂时的力量优势,总想速战速决,实际是要把革命力量扼杀在不够壮大的时候,革命者偏偏不同它硬拼,保全有生力量,徐图反攻,这是韧。在写作上有了点成就,但绝不自满,绝不作为资本另有所图,而是继续使用这一武器坚持战斗下去,这也是韧。鲁迅非常鄙视当时那种把写作当成"敲门砖"的人：

> 我们急于要造出大群的新的战士，但同时，在文学战线上的人还要"韧"。所谓韧，就是不要象前清做八股文的"敲门砖"似的办法。前清的八股文，原是"进学"做官的工具，只要能做"起承转合"，借以进了"秀才举人"，便可丢掉八股文，一生中再也用不到它了，所以叫做"敲门砖"。犹之用一块砖敲门，门一敲进，砖就可抛弃了，不必再将它带在身边。这种办法，直到现在，也还有许多人在使用。（《二心集·对于左翼作家联盟的意见》）

这种把写作当成"敲门砖"的人，不管他在用来敲门时曾把这块砖装点得如何响当当、"革命派"，其实骨子里不过是烂木头，白萝卜。容或可以骗人于一时，要不了多久就会被人看穿的。

鲁迅对青年作者们的这三点期望是多么语重心长，多么好呀！他在 1993 年 10 月 7 日说的这些话，距离今天将近半个世纪了。情况虽已有了很多变化，可是对青年作者们来说，这三点期望岂不是仍可以做座右铭？

今天青年作者的人数当然已比鲁迅当时增加了不少，但同我们进行新的长征、实现四化的战斗需要相比，文艺部队的人手还是远远不够的。粉碎了万恶的"四人帮"以来，社会主义文艺在党的三中全会路线鼓舞下，得到了蓬勃发展，主流非常喜人，这中间有不少优秀青年作者的功劳。可是历史教训也不少，特别在多年来"'左'比右好"这种错误论调的影响下，青年作者受到种种毒害，妨碍了他们的正常成长。当年的青年作者有的多年受重压，损失了许多宝贵的生命和时间；有的也曾随波逐流，惟恐后人，自命为"革命战士"，实际上却对人民帮了倒忙。极左路线干扰时，有的人专以整人为业，总想踏倒前人自己往上爬，不坚忍，不认真，不韧长的例子并不是个别的。今天作出了成绩的青年战士对鲁迅揭责过的现象时时引为鉴戒很有益处。根本的问题确实在于作者应该是一个真正的"革命人"。也要看到，人民经过严峻的锻炼，"赋得革命，五言八韵"一类货色已难于畅行无阻，为所欲为了。让我们最可爱的人民，能从广大青年作者的作品中，看到尽可能丰富饱满的"真实的生活，生龙活虎的战斗，跳动着的脉搏，思想和热情，等等"（《且介亭杂文末编·论现在我们的文学运动》）吧。

（原载《青春》1981 年 9 月号）

自己思索，自己做主
——鲁迅论文学研究的方法

　　鲁迅不但是一个伟大的文学作家，同时也是一个伟大的文学研究家。虽然他留给我们的研究专著不算很多，但就在这不算很多的研究专著——例如成本的《中国小说史略》、《汉文学史纲要》和单篇的《魏晋风度及文章与药及酒之关系》、《宋民间之所谓小说及其后来》等等——中，也已充分的显示出：他所掌握的材料是多么丰富，他所运用的方法是多么严密，他所作出的论断是多么精审。可以说，不但他的创作是远远超过了当时一般作者所到达的水平，他在研究方面所取得的成绩也是远远超过当时许多同类的作品的。

　　鲁迅对文学研究的贡献也体现在他的许多杂文里。他的杂文虽然大多数是文艺性的政论，但其中往往从文学问题出发，或以文学问题作为例证，和文学研究都有直接间接的密切关系。在这些杂文中，涉及的问题也许不大，所说的话也许不多，却总是那样深刻、中肯，无论是论述本身，或对文学研究方法的指点和批评，对我们都具有极大的启发性。

　　重温鲁迅有关文学研究方法的各种宝贵意见，使我更加感到他的精深博大和富于预见力，引起了对他的更深的崇敬。在这方面，通过鲁迅一些研究专著所体现出来的，以及他在许多杂文和书简里直接间接揭举出来的有关文学研究方法的各种指示，就也是能够帮助我们去真正理解他自己的最好材料。

一　要"自己思索，自己做主"

　　在文学研究上，鲁迅最重视的是研究者应有独立思考的勇气和能力。他主张研究者必须"自己思索，自己做主"（《而已集·读书杂谈》），必须"自己放出眼光"(《且介亭杂文二集·"题未定"草七》)来看书,不要"随风转舵"、"人云亦云"。嵇康、阮籍虽然在表面上毁坏礼教,说过"非汤武而薄周孔"之类的话,但其实倒是迂夫子,不但承认礼教,还将礼教当作宝贝看待的。鲁迅看出这一点,所以他曾对过去许多不自思索的人表示不满:"后人就将嵇康、阮籍骂起来,人云亦云,一直到现在,一千六百多年。"(《而已集·魏晋风度及文章与药及酒之关系》)张岱《琅嬛文集》卷三里有一封《又与毅儒八弟》的信,开首说:

> 前见吾弟选《明诗存》,有一字不似钟、谭者,必弃置不取;今几社诸君子盛称、王李,痛骂钟、谭,而吾弟选法又与前一变,有一字似钟、谭者,必弃置不取。钟、谭之诗集,仍此诗集,吾弟手眼,仍此手眼,而乃转若飞蓬,捷如影响,何胸无定识,目无定见,口无定评,乃至斯极耶?盖吾弟喜钟、谭时,有钟、谭之好处,尽有钟、谭之不好处,彼盖玉常带璞,原不该尽视为连城;吾弟恨钟、谭时,有钟、谭之不好处,仍有钟、谭之好处,彼盖瑕不掩瑜,更不可尽弃为瓦砾。吾弟勿以几社君子之言,横据胸中,虚心平气,细细论之,则其妍丑自见,奈何以他人好尚为好尚哉!……

从这封信中所说,可见这位"毅儒"先生也是一个缺乏独立思考的勇气和能力的人,鲁迅指出:"这是分明的画出随风转舵的选家的面目,也指证了选本的难以凭信的。"(《且介亭杂文二集·"题未定"草九》)

要独立思考,就不能迷信权威,俛仰随人。章太炎是著名的国学家,是"革命的先觉,小学的大师",深得鲁迅的敬重,但当他说起外行话,攻击白话文来时,鲁迅便不客气地指责他的论调是"牛头不对马嘴"。(《且介亭杂文二集·名人和名言》)当德富苏峰完全迷信着罗振玉的意见,而用一种滑稽轻薄的论调来指责鲁迅关于《大唐三藏取经记》一书产生年代的疑问时,鲁迅曾这样严肃地回答:"罗氏的论断,在日本或者很被引为典据吧,但我却并不尽信奉,不但书跋,连书画金石的题跋,无不皆然。即如罗氏所举宋代平话四种中,《宣和遗事》我也定为元人作,但这并非我的轻轻断定,是根据了明人胡应麟氏所说的。而且那书是抄撮而成,文言和白话都有,也不尽是'平话'。"(《华盖集续编·关于〈三藏取经记〉等》)鲁迅认为研究家绝不等于"藏书家",研究家应当自己作出具体的分析和研究,不能轻易听命于权威。真的权威,只是对于他所专长的方面能胜人一筹,并不可能在每一个问题上都保证不发生错误,而对某些自封的"权

607

威"来说,则更不足置信。

鲁迅曾这样提醒人说:"名人的话并不都是名言,许多名言,倒出自田夫野老之口,""我们应该分别名人之所以名,是由于那一门,而对于他的专门以外的纵谈,却加以警戒。"(《且介亭杂文二集·名人和名言》)"我看外国人对于这些事,非常模胡,而所谓'大师'、'学者'之流,则一味自吹自捧,绝不可靠。"(《致姚克》,1934年3月6日)研究者应该尊重的是事实、是真理,并且发现真理也尽可以有自己的途径,决不可迷信权威,变成盲从,这样即使从对了也仍不能培养出独立工作的能力,何况常常还会从错,更不说这种情况对于要开展学术研究和发挥创造性是多么有害了!

人有权威,书也有权威,所谓权威的书同样亦不可迷信。在历史书籍中,过去有许多人总迷信"正史"是权威,鲁迅却不是如此。他以曹操这个人为例,说"曹操是一个很有本事的人,至少是一个英雄",但史书的记载和论断却多把他写成一个花面的奸臣,这很不公道。历史上的记载和论断为什么有时会极靠不住?"因为通常我们晓得,某朝的年代长一点,其中必定好人多;某朝的年代短一点,其中差不多没有好人。为什么呢?因为年代长了,做史的是本朝人,当然恭维本朝的人物,年代短了,做史的是别朝人,便很自由地贬斥其异朝的人物,所以在秦朝,差不多在史的记载上半个好人也没有。曹操在史上年代也是颇短的,自然也逃不了被后一朝人说坏话的公例。"(《而已集·魏晋风度及文章与药及酒之关系》)鲁迅这种解说虽然不一定全面,也有相当理由。我们论断一个作家或一部作品,主要必须根据他们的实际表现和客观影响,看他们和人民的关系如何,而不是盲目重复一些现成而未必正确的结论,否则研究的目的就不能达到。

在文学研究工作中,有些"门道",是从经验中逐渐积累起来,总结出来的,研究者必须懂得这些"门道",可以少走弯路。但也不能完全满足于或死守住这些"门道",以为这样就够了,就能包括一切,到处可用了,其实文学现象是极复杂的,守株待兔式的方法往往解决不了问题,更不要说是全新的问题。例如在考定版本上,某朝讳缺笔是某朝刻本,固然就是研究者的所谓"门道"之一,但也并非一定如此,因为"前朝的缺笔字,因为故意或习惯,也可以沿至后一朝。例如我们民国已至十五年了,而遗老们所刻的书,仪字还'敬缺末笔'"。鲁迅说他看书"和藏书家稍不同,是不尽相信缺笔、抬头"(《华盖集续编·关于三藏取经记等》)之类,正表现了他的反对教条主义的精神。

在文学研究上,鲁迅总是根据他自己的具体分析对作家和作品来作论断,而不管过去别人是怎么说的,传统的看法又是怎样。过去大家骂曹操,他却说曹操"至少是一个英雄","也是一个改造文章的祖师","做文章时又没有顾忌,想写的便写出来",评价极高。过去大家骂嵇康,他却说嵇康的论文"思想新颖,往往与古时旧说反对",又说前人认为嵇康、阮籍是毁坏礼教,鲁迅却认为,"这判断是错的"(《而已集·魏晋风度及文章与药及酒之关系》)。

鲁迅认为,"选本可以借古人的文章,寓自己的意见"(《集外集·选本》),是选家赖以发表和流布自己主张的一种手段,某些选本影响于后来的文章的力量是不小的。不过他又认为:"倘要研究文学或某一作家,所谓'知人论世',那么,足以应用的选本就很难得。选本所显示的,往往并非作者的特色,倒是选者的眼光。眼光愈锐利,见识愈深广,选本固然愈准确,但可惜的是大抵眼光如豆,抹杀了作者真相的居多,这才是一个'文人浩劫'。"所以他一再提醒研究者——也就是他所说"认真读书的人","不可倚仗选本"。并且也"不可凭信标点",因为往往有些名人"连文章也看不懂,点不断"(《且介亭杂文二集·"题未定"草六》),完全信以为真必然会误事。在这里,鲁迅的意思仍是要研究者"自己思索,自己做主",不能趁现成,贪省事。

既然要独立思考,不能迷信,不能盲从,因此研究者就可以大胆怀疑,或对某些一时还未能作出确切证明的事物抱着存疑的态度。(参见《华盖集续编·关于〈三藏取经记〉等》)但胆大是一面,另一面还要心细,鲁迅常主张"胆大心细",以为"心若不细,便容易走入草率的路"(《致罗清桢》,1934年10月1日)。在研究工作上,心若不细,怀疑如果没有一点根据,这也是一种主观主义,同样不能解决问题。鲁迅说:"凡论文艺,虚悬了一个'极境',是要陷入'绝境'的。"(《且介亭杂文二集·"题未定"草七》)可见独立思考并不等于纯主观地胡搞一套。

研究者要自己思索,自己做主,不要随风转舵,人云亦云,可是也不能主观主义地胡搞一套;要胆大,可是也要心细,以免流于草率——这就是鲁迅对文学研究工作从总的方面给我们的指示,我以为这些指示是非常全面、正确的。

二 如何论断作家作品

研究文学,必然要论及具体的作家和作品,但要论及作家作品,就得先看看这些作家作品的本来面目,正如鲁迅所说:"至少,譬如要批评托尔斯泰,则他的作品是必得看几本的。"(《花边文学·读几本书》)批评而不看原书,而不细加研究,一定会无的放矢,或者主观武断,便根本算不上研究。

读其书,还必须论其世,否则仍不足以知其人和书,鲁迅认为一切事总免不掉环境的影响,文学也是如此。"各种文学,都是应环境而产生的,推崇文艺的人,虽喜欢说文艺足以煽起风波来,但在事实上,却是政治先行,文艺后变。倘以为文艺可以改变环境,那是'唯心'之谈。"(《三闲集·现今的新文学的概观》)因此如要谈论文艺,"必须先知道习惯和风俗"(《二心集·习惯与改革》),这习惯和风俗便也是环境的一部分。既然文学的发生发展主要是受环境的影响,所以"想研究某一时代的文学,至少要知道作者的环境、经历和著作"(《而已集·魏晋风度及文章与药及酒之关系》)。例如汉末魏初的文章所以那样清峻、通脱,主要就因为当时的政治环境是尚刑名和尚通脱之故。研究者所以爱看编年的文集,作家的年谱所以能受研究者的欢迎,就因为这些书籍"有利于明白时势",可据以"知人论世"(《且介亭杂文·序言》),进而理解作家作品的真正价值。

关于这一点,鲁迅自己的感受是特别深刻的。鲁迅生活的时代,尤其在一九三〇年以后,白色恐怖非常厉害,那时的书报,"倘不是先行接洽,特准激昂,就只好一味含糊,但求无过,除此之外,是依然会有先前一样的危险,挨到木棍,撕去照会的"。这时的鲁迅,虽在重重压迫之下,不能自由发表文章,但他仍经常化名写作,为了免被完全禁止,他就不能不曲折其辞,可是这样之后也仍难免要被检查官大加删除,甚至删到四分之三。完整的文章一经删削,当然会"不成样子",印出去时,读者不知底细,却以为是鲁迅"发了昏"(《致萧军》,1934 年 12 月 26 日)了。又因为鲁迅这时工作虽更加多,能够发表的文章却很少,并且即使发表也常只能用种种化名,读者不知底细,却责怪他这时为何如此"沉静而且隐藏"(《致胡今虚》,1933 年 8 月 1 日),仿佛鲁迅已变成一个胆怯消极的人了。而事实则刚正相反。所以他也曾发过这种感慨:"我的文章,未有阅历的人实在不见得看得懂,而中国的读书人,又是不注意世事的居多,所以真是无法可想。"(《致王冶秋》,1936 年 4 月 5 日)又说:"要论作家的作品,必须兼想到周围的情形。"(《且介亭杂文二集·后记》)鲁迅认为,如果人们要研究他那时代的中国文学,而对于当时革命作家带着镣铐在进军的情况却缺少详细的了解,那就不免有很多隔膜,"即使批评了,也很难中肯"(《且介亭杂文二集·后记》)。鲁迅说过研究任何学问的人都必须先读读历史,这和他主张论断作家作品必须了解产生当时的政治背景社会环境、风俗人情、时代风尚等等有密切联系。对于作家作品时代背景的研究当然不能替代对于它们本身的具体分析,但毫无疑问,这种研究是很有助于对它们本身的理解的。

　　读其书,论其世,这还不够,还得见其全。鲁迅说:"我总以为倘要论文,最好是顾及全篇,并且顾及作者的全人,以及他所处的社会状态,这才较为确凿。要不然,是很容易近乎说梦的。"(《且介亭杂文二集·"题未定"草七》)选本虽也有其作用,就因不能使读者见其全,往往造成错觉,所以他不主张"倚仗选本"。"选本既经选者所滤过,就总只能吃他所给与的糟或醨。况且有时还加以批评,提醒了他之以为然,而默杀了他之以为不然处。"(《集外集·选本》)例如蔡邕,由于选家大抵只取他的碑文,便好象他仅能写写典重的文章,其实他还有《述行赋》一类的文章,可以看到他并非单单的老学究,也是一个有血性的人,对当时人民的痛苦和统治阶级的奢侈腐败,很感不平。(参见《且介亭杂文二集·"题未定"草六》)例如嵇康,如果单看他的《与山巨源绝交书》,他的态度是那样高傲,愤世嫉俗,但他在《家诫》中所表现出来的面貌,却十分小心,简直近于庸碌,可见仅执一端,都不足以知道他的本态。(参见《而已集·魏晋风度及文章与药及酒之关系》)有人说"抒写性灵"是明、清小品文的特色,明、清两代固有不少人是写了这样的文章,但那时"也有人豫感到危难,后来是身历了危难的,所以小品文中,有时也夹着感愤,但在文字狱时,都被销毁,劈板了,于是我们所见,就只剩了'天马行空'似的超然的性灵"(《且介亭杂文二集·杂谈小品文》)。朱光潜先生当时把钱起《省试湘灵鼓瑟》一诗中最后两句"曲终人不见,江上数峰青"孤立地摘了出来,推为诗美的极致,鲁迅指出这样的论究方法很不好。首先,从那首诗的全篇来看,已不能说是"醇朴"或"静穆",而且题目既然明说是"省试",当然不会有愤愤不平的样子;其次,如果再查查钱起的其他诗作,例如《下第题长安客舍》之类,就分明有些愤愤不平了;可见象《湘灵鼓瑟》那样的诗,"实在是因为题目,又因为省试,所以只好如此圆转活脱",并不就能用来代表全篇或全人。朱先生当时"只能取钱起的两句,而踢开他的全篇,又用这两句来概括作者的全人,又用这两句来打杀了屈原、阮籍、李白、杜甫等辈,以为'都不免有些象金刚怒目,愤愤不平的样子'"(《且介亭杂文二集·"题未定"草七》),这种主观主义的摘句式的研究方法,会引读者入于迷途,对古人也会起厚诬或理想化的坏作用。

　　最突出的还有陶潜的例子。在很早的时候,鲁迅就不同意有些人称陶潜是一个"田园诗人"。他说:"《陶集》里有《述酒》一篇,是说当时政治的,这样看来,可见他于世事也并没有遗忘和冷淡。"他以为,即使是古人,那诗文完全超于政治的所谓"田园诗人",是没有的。完全超出于人世间的,也是没有的。陶潜诗中时时提起朝政,忘不掉"死",就是他不能超政治,超人世的证明。所以那时鲁迅就说:对于陶潜如"用别一种看法研究起来,恐怕也会成一个和旧说不同的人物吧"(《而已集·魏晋风度及文章与药及酒之关系》)。事实上正是如此。鲁迅后来就再三指出:

> 被选家录取了《归去来辞》和《桃花源记》,被论客赞赏着"采菊东篱下,悠然见南山"的陶潜先生,在后人的心目中,实在飘逸得太久了,但在全集里,他却有时很摩登,"愿在丝而为履,附素足以周旋,悲行止之有节,空委弃于床前",竟想摇身一变,化为"阿呀呀,我的爱人呀"的鞋子,虽然后来自说因为"止于礼义",未能进攻到底,但那些胡思乱想的自白,究竟是大胆的。就是诗,除论客所佩服的"悠然见南山"之外,也还有"精卫衔微木,将以填沧海。形天舞干戚,猛志固常在"之类的"金刚怒目"式,在证明着他并非整天整夜的飘飘然。(《且介亭杂文二集·"题未定"草六》)
> 不收陶潜《闲情赋》,掩去了他也是一个既取民间《子夜歌》意,而又拒以圣道的迂士。(《集外集·选本》)

这就是说,如果全面的来看陶潜,那么"悠然见南山"固是其一面,"猛志固常在"也是其一面;取民间《子夜歌》意的固是其一面,而"拒以圣道的迂士"也是其一面。"这'猛志固常在'和'悠然见南山'的是一个人,倘有取舍,即非全人,再加抑扬,更离真实。譬如勇士,也战斗,也休息,也饮食,自然也性交,如果只取他末一点,画起像来,挂在妓院里,尊为性交大师,那当然也不能说是毫无根据的,然而,岂不冤哉!"这里鲁迅的意思主要是说评论作家作品不能以偏概全,不能只看到一点就抹杀其他,至于在各个方面之中,当然还是可以分个主次的。因此当朱光潜认为"陶潜浑身是'静穆',所以他伟大"的时候,鲁迅就立刻加以驳斥,说是"陶潜正因为并非浑身是'静穆',所以他伟大"。在鲁迅看来,如果研究者能"自己放出眼光看过较多的作品,就知道历来的伟大的作者,是没有一个,'浑身是静穆'的"(《且介亭杂文二集·"题未定"草七》)。

鲁迅的论人论文,总是着眼在其大处,决不拘泥小节。因为他知道,十全十美的人和文根本就不能有,如果一定要十全十美了才可取,那在事实上就会变成一无可取。鲁迅很赞成顾宪成《自反录》里的这一段话:"凡论人,当观其趋向之大体。趋向苟正,即小节出入,不失为君子;趋向苟差,即小节可观,终归于小人。"他以为倘要论袁中郎,不妨恕其偶讲空话,赞《金瓶梅》,作小品文,因为袁还有更重要的一方面在,是一个很关心世道,佩服"方巾气"(《且介亭杂文二集·"招贴即扯"》)人物的人。有些论客总说鲁迅会发脾气,他说:"其实我觉得自己倒是从来没有因为一点小事情,就成友或成仇的人。我还不少几十年的老朋友,要点就在彼此略小节而取其大。"(《致曹聚仁》,1986 年 2 月 21 日)个人的缺点往往是环境造成,环境倘有改变,缺点也就可以改正,所以鲁迅一向认为"不能专求全于个体的"(《致曹白》,1936 年 4 月 6 日)。不求全,而着眼其大处,亦即今天我们所说的总的倾向,基本的东西,这种看法是实事求是的、科学的。

鲁迅论人论文,也总主张多发挥其长处,决不一笔抹杀。他说刘半农"虽然自认'没落',其实是战斗过来的,只要敬爱他的人,多发挥这一点,不要七手八脚,专门把他拖进自己所喜欢的油或泥里去做金字招牌就好了"(《花边文学·趋时和复古》)。他说批评文章不妨用吃烂苹果的方法,即不能因为这苹果有烂疤了,便一下抛掉,倘不是穿心烂,还有几处可以吃得,就应留着它,加以运用。(参见《准风月谈·关于翻译〔下〕》)多发挥其长处,也可以说是另一种形式的"略小节而取其大"。作家作品如果真有些长处,这长处一般便是他(它)的大处。只有发挥大处长处,才能达到研究工作的目的。

鲁迅的任何论断,都有明确的目的性,他对论断注意的是人们"为社会的战斗上的利害",而没有也不能是其他。凡对人民有利的,他赞美,凡对人民有害的,他攻击,都不管其过去如何。即使只是一段一节,倘对人民有利,他也决不忽略。过去香港大学是一所奴隶式教育的学校,向来没有人能去投一个爆弹,萧伯纳去投了,有些人因此憎恶他,鲁迅就给以支持,"因为在这时候来攻击萧,就是帮助奴隶教育"。他说:"假如我们设立一个'肚子饿了怎么办'的题目,拖出古人来质问吧,倘说'肚子饿了应该争食吃',则即使这人是秦桧,我赞成他,倘说'应该打嘴巴',那就是岳飞,也必须反对。如果诸葛亮出来说明,道是'吃食不过要发生温热,现在打起嘴巴来,因为摩擦,也有温热发生,所以等于吃饭',则我们必须撕掉他假科学的面子,先前的品行如何,是不必计算的"(《鲁迅全集补遗·两封通信》)。

从上所说,可见鲁迅对于文学研究中如何论断作家作品,不但有其一贯的主张,并且这些主张都富于现实的战斗的精神。研究工作不应是躲在象牙塔里消磨时间的玩艺,论断的标准和尺度都不能脱离实际的需要,只有这样,才能保证研究工作对于社会的推进作用。

三　文学研究工作中的诸问题

前面说过，鲁迅反对研究者死读书，变成书橱，但这并不等于他也反对研究者应该尽可能蓄积和整理丰富的资料。他指出，象严可均辑的《全上古三代秦汉三国晋南北朝文》、丁福保辑的《全汉三国晋南北朝诗》以及辑录关于这时代的文学评论如刘师培编的《中国中古文学史》等书，对于研究魏晋等时代的文学"有很大的帮助，能使我们看出这时代的文学的确有点异彩"。这些书籍能使我们研究那时的文学变得"较为容易了"（《而已集·魏晋风度及文章与药及酒之关系》）。不过也应当指出，资料虽很重要，仅仅蓄积和整理资料却还未尽研究之能事，还不能达到研究的目的，必须更进一步，加以提炼发挥，才得说明问题，解决问题。鲁迅说当时"北平之所谓学者，所下的是抄撮功夫居多"（《致姚克》，1934 年 2 月 11 日），却就摆出高大的架子来，实在大可不必。这样一方面肯定了资料的重要，另一方面又指出了仅仅资料之不足，见解是很全面的。

鲁迅治学，跟有些人"用胡适之法，往往恃孤本秘笈，为惊人之具"，"炫耀人目"的做法不同，是"凡所泛览，皆通行之本，易得之书"，虽因此"孑然于学林之外"（《致台静农》，1932 年 8 月 15 日），亦在所不顾。他编写《中国小说史略》时所用为资料的，就"几乎都是翻刻本、新印本，甚而至于是石印本"（《华盖集续编·关于〈三藏取经记〉等》）。并非鲁迅一定不愿用旧刻的好版本，一定排斥孤本秘笈，有时是因为他"家无储书，罕见旧刻"，但研究工作却必须做，也仍可能做；有时是因为那些书虽"孤"虽"秘"，虽是"域外奇书，沙中残楮"，其实无关大局，倘即据以"炫耀人目"，甚至"居为奇货"，未免可笑。这里也充满着一种实事求是的精神。

研究工作要对当前社会有利，要尽量结合实际生活中的重要问题，鲁迅反对有些人那种一味钻牛角的做法。他说："清初学者，是纵论唐宋，搜讨前明遗闻的，文字狱后，乃专事研究错字，争论生日，变了'邻猫生子'的学者"（《致姚克》，1934 年 4 月 9 日），以为革命以后，必须打破这种"奴才家法"。研究需要精深，但这和那种鼠目寸光地只挑琐碎无聊的问题去旷时费日纠缠不清，且还自以为"专门"、"高明"的做法是完全不同的。

研究工作的关键在于能对所研究的问题作具体的分析，从而得出正确的结论。没有经过分析的结论，即使正确，也常不能说服人。鲁迅曾这样批评耿济之所写的一篇误人的后记，说："G决非革命家，那是的确的，不过一想到那时代，就知道并不足奇，而且那时的检查制度又多么严厉，不能说什么（他略略涉及君权，便被禁止，这一篇，我译附在《死魂灵》后面，现在看起来，是毫没有什么的）。至于耿说他谄媚政府，却纯据中国思想立论，外国的批评家都不这样说，中国的论客，论事论人，向来是极苛酷的。但G确不讥刺大官，这是一者那时禁令严，二则人们都有一种迷信，以为高位者一定道德学问也好。我记得我幼小时候，社会上还大抵相信进士翰林状元宰相一定是好人，其实也并不是因为去谄媚。"（《致萧军》，1935年10月29日）在这里，耿说所以不对，就因为只是根据中国思想立论，简单地一套了事，没有研究一下果戈理所处的时代和他的个性特点，作具体的分析。又如当时有些文武官员——其实则是妄人——说童话里猫狗都会说话，还称作先生，这是失了人类的体统，童话故事每讲成王作帝，违背共和的精神，因而反对这样的童话。鲁迅却以为这是"杞天之虑"，其实并没有什么要紧，因为"孩子的心，和文武官员的不同，它会进化，决不至于永远停留在一点上，到得胡子老长了，还在想骑了巨人到仙人岛去做皇帝。因为他后来就要懂得一点科学了，知道世上并没有所谓巨人和仙人岛。倘还想，那是生来的低能儿，即使终生不读一篇童话，也还是毫无出息的"（《集外集拾遗补编·〈勇敢的约翰〉校后记》）。这些低能的文武官员的议论所以只会叫人发笑，就因为未动脑子，不作分析；而鲁迅的意见所以有力，便由于他实事求是，凿凿有据地作了分析。

并不是所有的分析都能具体，有力，应当有种武器来帮助研究者进行分析。对于现在的研究者来说，按照鲁迅再三指出的，那么这武器就是马克思列宁主义及其文艺理论。

大家都知道，鲁迅并不是一开始就信仰马克思列宁主义的，当初他"只信进化论"。是革命的需要和创造社与太阳社的论争"挤"他看了几种科学底文艺论，并且因此译了一本蒲力汗诺夫的《艺术论》，才开始纠正了他——还因他而及于别人——"只信进化论的偏颇"（《三闲集·序言》）。在一九二八年七月二十二日给朋友的一封信里，鲁迅说："以史底唯物论批评文艺的书，我也曾看了一点，以为那是极直捷爽快的，有许多暧昧难解的问题，都可说明。"（《致韦素园》）在同年八月十日的一次通讯里，他又这样提出："我只希望有切实的人，肯译几部世界上已有定评的关于唯物史观的书——至少，是一部简单浅显的，两部精密的——还要一两本反对的著作。那么,论争起来,可以省说许多话。"(《三闲集·文学的阶级性》)在这里,我们分玥能够看到鲁迅在开始接受马列主义及其文艺理论时是有着一种多么喜悦和迫切要求知道得更透彻的感觉。一九三〇年三月二日,在左翼作家联盟的成立大会上,鲁迅讲到当初的心情,说他"那时就等待有一个能操马克思主义批评的枪法的人来狙击"(《二心集·对于左翼作家联盟的意见》)自己的错误,然而可惜这个人在那时并没有出现。在这前后,他总在宣传,号召大家要努力学习马列主义及其文艺理论,以为"倘要十分了解"革命文学的作品,也"非研究唯物的文学史和文艺理论不可"(《译文序跋集·〈毁灭〉第二部一至三章译者附记》),以为"现在所首先需要的,也还是——几个坚实的、明白的、真懂得社会科学及其文艺理论的批评家"(《二心集·我们要批评家》)。事实上,当鲁迅开始接受并信仰马列主义之后,在他后期的许多作品中,也就能运用这种方法和观点来对所研究的问题作出具体的分析了。

鲁迅非常清楚地体会到,马列主义及其文艺理论确实能够使他"明白了先前的文学史家们说了一大堆,还是纠缠不清的疑问"(《三闲集·序言》)。而这也就是只有马列主义及其文艺理论才能具有的威力,它无疑是可以帮助文学研究者对复杂的文学现象进行具体分析的最锐利、有效的武器。

谈到研究者应有的态度,正如鲁迅所说,"弄文学的人,只要(一)坚忍,(二)认真,(三)韧长,就可以了"(《致胡今虚》,1933 年 10 月 7 日)。坚忍,就是要"正正经经的"工作,"刻苦用功"(《致姚克》,1934 年 4 月 12 日),实事求是而不是好高骛远和好大喜功,不怕困难,经得起失败与打击,跌倒了就爬起,作长期打算,决不灰心。认真,就是要"胆大心细",不"走入草率的路"(《致罗清桢》,1934年 10 月 1 日);就是要对敌人不妥协,对错误不妥协,不人云亦云,不无病呻吟,一定要钻研彻底,坚持真理;就是要知之为知之,不知为不知,懂得如"无深研究,发议论是不对的"(《致金肇野》,1935 年 2 月 14 日),"随便乱谈,是很不好的"。韧长,就是要既不自卑,也不自负,认定了目标,便只是埋头苦干,朝前走去。鲁迅说:"一个作者,'自卑'固然不好,'自负'也不好的,容易停滞。我想,顶好是不要自馁,总是干;但也不可自满,仍旧总是用功。要不然,输出多而输入少,后来要空虚的。"(《致萧军》,1935 年 4 月 12 日)

鲁迅特别强调作家应当和实际的社会斗争接触,应当明白革命的实际情形,以为作家如果"单关在玻璃窗内做文章,研究问题,那是无论怎样的激烈,

'左'，都是容易办到的；然而一碰到实际，便即刻要撞碎了。关在房子里，最容易高谈彻底的主义，然而也最容易'右倾'"（《二心集·对于左翼作家联盟的意见》）。他认为作家应有正视黑暗面的"勇猛和毅力"（《二心集·习惯与改革》）。文学研究者应当是一个学者，但学者也应当就是一个参与革命实践的战士。他用他的全部工作和满腔热情向黑暗腐朽的东西冲击，同时对新生的正义的事物则无条件的加以支持，不惜任何牺牲的加以保护。学者不是与沸腾的生活和澎湃的热情无缘的，否则，即使在最好的场合，他也只能是一个学究，一个书呆子而已。

从上所说，可见鲁迅对于文学研究工作中的资料、选题、分析方法、指导思想、研究态度，以及作家的生活精神等等问题都有极宝贵的意见。这些意见由于都有着他自己一生工作经验和成绩作为证明，所以对我们就更有说服力了。

（本文原是 1956 年 10 月 21 日上海作家协会组织在长江大戏院的专题报告）

要用理智，要冷静
——鲁迅对于学术论辩的 看法和态度

　　鲁迅指出："研究是要用理智，要冷静的。"(《而已集·读书杂谈》)学术论辩当然要以研究作为基础，必须进行说理，所以学术论辩也是要用理智，要冷静。当德富苏峰用了一种很波俏的措辞写文来批评《小说史略》中关于《三藏取经记》的版本意见时，鲁迅除对问题本身作了说明外，对批评者的错误的态度也作了这样的反批评："在考辨的文字中杂入一点滑稽轻薄的论调，每容易迷眩一般读者，使之失去冷静，坠入彀中。"(《华盖集续编·关于〈三藏取经记〉等》)鲁迅的反批评是正确的，因为这种滑稽轻薄的论调不但不必要，解决不了问题，反而还会引起一些题外的纠纷，对谁都没有益处。采取这种态度的人，往往就因为他并无足以说服人的理由，并且也根本缺乏对同志的善意，所以才想以这样的手段来取"胜"。

　　要批评别人的作品，最起码的要求就是要仔细看过别人的作品。鲁迅说："至少，譬如要批评托尔斯泰，则他的作品是必得看几本的。"(《花边文学·读几本书》)不看或没有细看就来批评，倘不全成无的放矢，也就会把分明不错的说成错了，而真正错了的地方倒提都不提。这样的批评当然不能有什么价值。

　　鲁迅非常反对空洞的言之无物的争论。他说："我想，在文艺批评上要比眼力，也总得先有那块扁额挂起来才行。空空洞洞的争，实在只有两面自己心里明白，"(《三闲集·扁》)对别人可毫无好处。不少争论，是起于彼此所用的名词虽然一样，含义却各不同，争来争去，只在名词的含义，对问题本身毫无提高。对于这样的争论，鲁迅的主张是劝双方多去"读几本书"，或者把关帝庙的那块扁额先挂起来：

张三说李四的作品是象征主义,于是李四也自以为是象征主义,读者当然更以为是象征主义。然而怎样是象征主义呢?向来就没有弄分明,只好就用李四的作品为证。所以中国之所谓象征主义,和别国之所谓 Symboligm 是不一样的,虽然前者其实是后者的译语。……

读死书是害己,一开口就害人;但不读书也并不见得好。(《花边文学·读几本书》)

乡间一向有一个笑谈:两位近视眼要比眼力,无可质证,便约定到关帝庙去看这一天新挂的扁额。他们都先从漆匠探得字句。但因为探来的详略不同,只知道大字的那一个便不服,争执起来了,说看见小字的人是说谎的。又无可质证,只好一同探问一个过路的人。那人望了一望,回答道:"什么也没有。扁还没有挂哩。"(《三闲集·扁》)

在研究的过程中,对于尚无确证的事物,可以也应该存疑,但如后来得了确证,或经别人批评而已得出了一个更正当更完满的结论,那么研究者就应取消他的怀疑,欣然接受别人的意见。鲁迅就是这样作的。例如前面所说德富苏峰批评他的事情就是如此。他对德富苏峰的错误态度和某些观点方法虽然进行了反批评,但他对这个批评中的正确部分还是坦然承认,表示接受的。他说:"在未有更确的证明之前,我的'疑'是存在的。待证明之后,就成为这样的事:鲁迅疑是元刻,为元人作;今确是宋椠,故为宋人作。"(《华盖集续编·关于〈三藏取经记〉等》)研究者追求的是真理,在学术论辩中,他应当坚持真理,因而也就应当在真理面前低头。这不是一件可耻的事情,而是任何一个研究者都应具有的美德。

学术论辩尤其需要具体分析,反复说理。"总喜欢引古证今"的"学究气"(《南腔北调集·祝"涛声"》)固然不行,"但哗啦哗啦大写口号理论",以乱扣帽子为高明,其实空虚无物的东西,也"大抵是呆鸟"(《致曹白》,1936 年 10 月 15 日),相信不得的。在鲁迅看来,如果彼此都能实事求是,言之有物,并且与人为善地来开展学术论辩,那对文学研究水平的提高,定有极大帮助。

如上所说,鲁迅对于如何开展学术论辩的意见虽然并不很多,这里所说而且还只是其中的一部分,但就从这里所谈到的几点来看,显然就已能够看出,他的意见都是极富于实践意义,值得我们每一个文学研究者学习的。

1955 年作

用自己的眼睛去读
世间这部活书

——鲁迅论怎样读书

研究者必须读书,虽然仅仅读书并不就能成为一个好的研究者。研究者如果也游谈无根,那就只能闹笑话。鲁迅说:"当我年青时,大家以胡须上翘者为洋气,下垂者为国粹,而不知这正是蒙古式,汉唐画像,须皆上翘;今又有一班小英雄,以强水洒洋服,令人改穿袍子马褂而后快,然竟忘此乃满洲服也。……盖此辈本不读书耳。"(《致姚克》,1934 年 4 月 9 日)小事情还是如此,要研究重大问题当然更不能不读书。

研究者应当怎样读书呢?

鲁迅一贯主张入手时应当泛览,即所谓"大可以看看各样的书,即使和本业毫不相干的,也要泛览,譬如学理科的,偏看看文学书,学文学的,偏看看科学书,看看别个在那里研究的,究竟是怎么一回事。这样子,对于别人,别事,可以有更深的了解"(《而已集·读书杂谈》)。他认为即使要专门研究文学,而在开始时就"专看文学书,也不好的。先前的文学青年,往往厌恶数学,理化,史地,生物学,以为这些都无足重轻,后来变成连常识也没有,研究文学固然不明白,自己做起文章来也胡涂"(《致颜黎民》,1936 年 4 月 15 日)。他认为我们尽可以爱好、研究文学,但却不可以为自己所学的一门是最好、最妙、最要紧的学问,而别的都无用,都不足道,这种狭隘的理解反而只能阻碍我们对文学作正当的研究,而在泛览中便能逐渐消除这种狭隘的理解。

对于研究任何学问的人来说,鲁迅以为都必须先懂得历史,具备一定的历史知识。研究文学的人当然也不能例外。他说:"无论是学文学的,学科学的,他应该先看一部关于历史的简明而可靠的书。"(《且介亭杂文·随便翻翻》)为什么应该先读一点历史书?因为历史书可以帮助研究者"知今知古,知外知内",

"知人论世"。他曾这样感慨："中国不但无正确之本国史，亦无世界史，妄人信口开河，青年莫名其妙，知今知古，知外知内，都谈不到。"(《致姚克》，1934 年 4 月 9 日)而我们若想"研究某一时代的文学，至少要知道作者的环境、经历和著作"(《而已集·魏晋风度及文章与药及酒之关系》)，"要论作家的作品，必须兼想到周围的情形"(《且介亭杂文二集·后记》)，这就非读历史不可。所以，鲁迅不但自己经常在读历史书，并且也常劝告别人要读历史书，他还几次特别在文章或书简里把自己读了很感有益的好的历史书介绍给别人看。

在专业书籍的阅读方面，鲁迅主张由浅入深，开始不妨先读一点概论性的东西，以便知道个大体，然后再一步一步深入下去。他反对有些人一上来就给青年开一大篇书目的办法，认为这种办法没有什么用处，因为那些书目不过是那些人"自己想要看或者未必想要看的书目"(《而已集·读书杂谈》)，不切实际。

经过一个时期的泛览，和对于专业书籍的一般性的接触，研究者就应进一步"抉择而入于自己所爱的较专的一门或几门"(同上)。研究学问，不能象玩"杂耍"一样，一定要有专长，才能得到社会的重视。否则，用鲁迅的话说，便不过是些"油滑学问"而已。

对专业书的阅读，怎样才算深入？归纳鲁迅的意见，至少可分三点来说：

第一，是不要专看一家之书，应当博采众家之长。鲁迅这样指点人："要看别人的作品，但不可专看一个人的作品，以防被他束缚住，必须博采众家，取其所长，这才后来能够独立。"(《致董永舒》，1933 年 8 月 13 日)当有人在专看他自己的书的时候，他也用同样的道理劝告别人不可如此："你说专爱看我的书，那也许是我常论时事的缘故。不过只看一个人的著作，结果是不大好的：你就得不到多方面的优点。必须如蜜蜂一样，采过许多花，这才能酿出蜜来，倘若叮在一处，所得就非常有限，枯燥了。"(《致颜黎民》，1936 年 4 月 15 日)

第二，是不要只看本国之书，应当也看看外国有关的书，以便多多得到启发。鲁迅在很早的时候就认为不应当排斥外来的影响，不应当"使中国和世界潮流隔绝"(《坟·未有天才之前》)。"多看外国书"乃是他常对人说的一句老话。譬如说，如果要研究中国的新文艺，那么在"多看些别国的理论和作品之后，再来估量中国的新文艺，便可以清楚得多了"(《三闲集·现今的新文学的概观》)。所以能够清楚得多，就因为有了比较，各自的不同之处和特点就更容易被认识出来之故。

第三，是不要只看同意的书，也应看看不同意的，甚至是敌人的书，从而知己知彼。鲁迅说："讲扶乩的书，讲婊子的书，倘有机会遇见，不要皱起眉头，显示憎厌之状，也可以翻一翻；明知道和自己意见相反的书，已经过时的书，也用一样的办法。"（《且介亭杂文·随便翻翻》）他深感到，作为一个文学工作者，如果不清楚敌人的底细，就难于很好地完成战斗的任务。在不同意见或敌对意见的前面遮住自己的眼睛，掩住自己的耳朵，事实上只好算作向它们示弱或投降。对于这种情况，鲁迅在一篇文章里曾具体地加以指责，说得非常正确：

> 可惜的是现在的作家，连革命的作家和批评家，也往往不能，或不敢正视现社会，知道它的底细，尤其是认为敌人的底细。随手举一个例吧，先前的《列宁青年》上，有一篇评论中国文学界的文章，将这分为三派，首先是创造社，作为无产阶级文学派，讲得很长，其次是语丝社，作为小资产阶级文学派，可就说得短了，第三是新月社，作为资产阶级文学派，却说得更短，到不了一页。这就在表明：这位青年批评家对于愈认为敌人的，就愈是无话可说，也就是愈没有细看。自然，我们看书，倘看反对的东西，总不如看同派的东西的舒服，爽快，有益；但倘是一个战斗者，我以为，在了解革命和敌人上，倒是必须更多的去解剖当面的敌人的。（《二心集·上海文艺之一瞥》）

在文学研究上，如果处处回避了不同的或敌对的意见，这样的研究必然苍白无力，起不了什么作用。事实上，研究者如果并不真正了解什么是唯心主义的文艺思想，那么他就不能真正展开对唯心主义文艺思想的斗争，他也许由于道听途说而亦喊了不少斗争的口号，但这些口号却是没有重量的，吓不倒也杀不死顽强的敌人的。

谈到敌人，那么人民的最大敌人就是帝国主义者，而鲁迅却还这样说："我是主张青年也可以看看'帝国主义者'的作品的，这就是古语的所谓'知己知彼'。青年为了要看虎狼，赤手空拳的跑到深山里去固然是呆子，但因为虎狼可怕，连用铁栅围起来了的动物园也不敢去，却也不能不说是一位可笑的愚人。"（《准风月谈·关于翻译〔上〕》）鲁迅的这些意见，真是多么大胆，又多么中肯。若不是他有长期丰富的斗争经验，有独立思考的勇气和能力，他就见不到，或者见到了亦不敢理直气壮地提出来。这些意见，从强调"百家争鸣"的今天看来，不能不更佩服他的远见和卓识。是的，学术理论上的研究者，应该努力扩大自己的视野,向各方面学习,批判地吸收一切有用的东西,唯有这样,我们的科学文化事业才会日益兴旺发达。

从上所说,可见比较阅读各家各种有关的书籍的确是深入阅读专业书籍,进行研究工作的一个很好的办法。这里的关键在于比较,而"比较是医治受骗的好方子"(《且介亭杂文·随便翻翻》)。一经仔细比较,正确的将愈见其正确,错误的将愈见其错误,而正确和错误的所在及原因也就更加容易被认识到。也许有人会担心这样连敌人的书籍都可以看而且必须看,岂不将造成混乱,甚至还有着被敌人"诱过去"的危险? 其实这是过虑,问题在于研究者的脑子里如果必须要有"真的金矿",如果必须要有真能驳倒敌人歪理的本钱,那么,这种本钱就只能从这种仔细深入的比较研究中去赚得,此外别无更省力的法子。一旦他赚得了这种本钱,他当然就能见多不怪,处之坦然,决不会混乱或被"诱过去"。若是他没有这种本钱,根本缺乏辨别能力,那么就是不让他读到这些书,接触到这些意见,他也还是很容易被"诱过去"的,因为简单的脑子当然不可能解决什么复杂的问题。

研究者必须读书,但如果只是读书,变成了死读书,就研究不出好结果。鲁迅所以一再反对"青年躲进研究室",就是这个缘故。他以为,在读书的同时或以后,仍要"自己观察","倘只看书,便变成书橱,即使自己觉得有趣,而那趣味其实是已在逐渐硬化,逐渐死去了。"他以为研究者不能只是一个"读书者",而应当还是一个"观察者","他用自己的眼睛去读世间这一部活书","和社会现实接触,使所读的书活起来"(《而已集·读书杂谈》)。世间是一部活书,这部活书不知要比纸上文章丰富多少,如能读通了这部活书,纸上文章就容易读通,而且当然也就能把纸上文章活用起来。鲁迅在谈到创作问题的时候,总这样说,"此后如要创作,第一须观察"(《致董永舒》,1933 年 8 月 13 日》),或作品之所以不好,"其病根,一是对事物太不注意"(《致萧军》,1935 年 10 月 29 日)。他对创作所说的这些话,对研究也同样适用,因为好的研究,事实上就是另一形式的创作,两者需要具备的基础或条件是一致的。

观察之外,还要尽可能的扩大自己经验的范围,这对于深入理解所读的书有非常密切的关系。鲁迅感到:"看别人的作品,也很有难处,就是经验不同,即不能心心相印。所以常有极要紧,极精采处,而读者不能感到,后来自己经验了类似的事,这才了然起来。例如描写饥饿吧,富人是无论如何都不会懂的,如果饿他几天,他就明白那好处。"(《致董永舒》,1933 年 8 月 13 日)有些书,由于读的人"未曾身历其境，即如隔鞋搔痒。譬如小孩子，未曾被火所灼，你若告诉他火灼是怎样的感觉，他到底莫名其妙"（《致杨霁云》，1934 年 5 月 15 日）。鲁迅说，对于象法捷耶夫所作《毁灭》这样的书，"倘要十分了解，恐怕就非实际的革命者不可"（《译文序跋集·〈毁灭〉第二部一至三章译者附记》）。鲁迅在谈到创作问题的时候，经常十分强调切身体验的重要，他以自己为例，说他所以能对别的破落户子弟的装腔作势，和暴发户子弟的自鸣风雅，一解剖就使他们弄得一败涂地，就因为他自己的出身也是破落户子弟，对这种人"明白底细"（《致萧军》，1935 年 8 月 24 日）之故。所以在他看来，若要成为一个真正的革命文学家，便"至少是必须和革命共同着生命，或深切地感受着革命的脉搏的"（《二心集·上海文艺之一瞥》）。有了丰富的生活经验，固可以写出真实的作品，也能够更加深广地理解别人的作品。不但如此，"经历一多，便能从前因而知后果"（《致夏传经》，1936 年 2 月 19 日），对研究工作来说，启发作用就更大了。

从上所说，可见鲁迅对于读书问题的见解，是非常全面，正确的。这些见解的特点是极富于科学性，目的性，而且切实可行。事实证明，不讲方法的读书和一味的死读书，是都得不到读书的应有效果，都对文学研究工作不利的。

（原载 1956 年 10 月 7 日《杭州日报》）

《阿Q正传》的
语言艺术

一

　　文学是语言的艺术,文学作品的形象必须依靠语言来描绘。高尔基这样指出:"象旋床工人必须熟悉金属及木材一样,文学家必须熟悉他的材料——语言文字;否则,他便不能表达自己的经验,情感和思想,便不能制造图画和个性。"①真正伟大的文学家必然同时是一个语言大师。鲁迅先生就正是这样的一位语言大师。他是使用我国现代语言的模范,他所写下的"每一句都有千锤百炼、一字不易的特点",在他的著作中,"表现了我国现代语的最熟练和最精确的用法"。②

　　《阿Q正传》不但是鲁迅创作中描绘得最真实最深刻的一篇小说,同时它也是中国现代文学中最重要的一个杰作,世界现实主义文学宝库中的一个新收获。小说通过对于典型人物阿Q的描写,揭示了半殖民地半封建的中国农村中的社会关系和基本的阶级对立,旧中国劳动人民的奴隶生活,他们的反抗要求以及存在他们身上的严重弱点。小说强烈地表明:象辛亥革命这样一种革命是还不能摆脱阿Q们的奴隶命运的,中国劳动人民如果真要摆脱他们的奴隶命运,就必须进行新的战斗,更彻底更不妥协更注重实力的战斗。

---

　　① 转引自季摩菲耶夫:《文学原理》,第217页。

　　② 《人民日报》社论:《正确地使用祖国语言,为语言的纯洁和健康而斗争》,1951年6月6日。

《阿Q正传》的巨大成功在于它的深刻的思想性是通过一幅真实的生活图画和一系列生动的人物形象体现出来的。而鲁迅的卓越的语言才能,则总是他的作品所以能够获得巨大的成功的主要原因之一。

鲁迅指出《儒林外史》在艺术表现上的一个重大成就,便是它能够"烛幽索隐,物无遁形,凡官师、儒者、名士、山人,间亦有市井细民,皆现身纸上,声态并作,使彼世相,如在目前"。又说吴敬梓对于"家本寒微,以乡试中式暴发,旋丁母忧,翼翼尽礼"的范进的那段描写,是"无一贬词,而情伪毕露,诚微辞之妙选,亦狙击之辣手矣"(《中国小说史略·清之讽刺小说》)。可见鲁迅是十分赞赏《儒林外史》的语言艺术的,而《儒林外史》语言艺术的最大特点,即在于能使所写到的各色人物"皆现身纸上,声态并作",纵令"无一贬词",仍得"情伪毕露",换句话说,即在于能使所写到的各色人物形象生动,个性鲜明,情感毕露,从而通过这些有血有肉的人物活动"如在目前"地表现出当时一般的"世相"。

我以为,鲁迅语言艺术的最大特点正也就表现在《阿Q正传》里。小说里的对话并不多,但鲁迅却能在几句话里甚至只在一句话里就能突出地、独特地、具体地把所写各色人物的性格特征描绘出来。

当我们听到阿Q在和别人口角时,瞪着眼睛,说:"我们先前——比你阔的多啦,你算是什么东西"和被人揪住黄辫子在壁下碰响头,或被赵太爷打了嘴巴而无力反抗时心里想着"现在的世界太不成话,儿子打老子"的时候,我们就立刻感觉到了阿Q性格中的这一个特征:精神胜利法。

当我们听到阿Q伸手去摩小尼姑新剃的头皮而呆笑着说:"秃儿!快回去,和尚等着你……"和扭住伊的面颊兴高采烈地说"和尚动得,我动不得"的时候,以及当我们听到他在静修庵里偷萝卜吃而向老尼姑耍无赖所说的"我什么时候跳进你的园里来偷萝卜","这是你的?你能叫得他答应你么?你……"的时候,我们也就立刻感觉到了阿Q性格中的另一特征:流氓气。

但阿Q性格中也有虽然模糊却非常强烈地要求反抗的一面,这一面同样也在下面两节说话中充分地表现出来了:"革命也好吧,革这伙妈妈的的命,太可恶!太可恨!……便是我,也要投降革命党了,""不准我造反,只准你造反?妈妈的假洋鬼子,——好,你造反!造反是杀头的罪名呵,我总要告一状,看你抓进县里去杀头,——满门抄斩,——嚓!嚓!"

应当说,阿Q的这些说话都是具有典型意义的,同时也富于鲜明的个性。说它们具有典型意义,是指包含在这些说话里的意思都是生活在当时历史背景下一般贫苦农民都可能具有的,这里面有着他们的痛苦和酸辛、仇恨和弱点、反抗的要求和对于被压迫人民历史道路的无知与探索,鲁迅决没有使阿Q说过一句象他这样的人决不可能说的话。但阿Q的这些说话却都有其特有的用语和语法,表现出来了他的特殊的生活经验、教养和心理,因此这些说话同时也是非常独特的。即使仍是这些意思,如果出在别一个人的嘴里,语言方式就会不同,至少不会完全相同。在阿Q的这些说话里,多的是"你算是什么东西?""和尚动得我动不得?""不准我造反只准你造反?"之类的语式,各句的含义虽有不同,但都和在生活上饱受着压迫,内心里充满着愤怒和对于这样的世道抱着怀疑与不平的阿Q这个人的性格特征相适应;而所谓"儿子打老子"也好,"和尚等着你"也好,"造反是杀头的罪名"也好,则也都是阿Q这个人才有的语言,因为他的生活经验和教养不可能使他说出更高雅更深刻的话来。阿Q的这些说话正是他的全部生活的反映,而从他的这些说话——包括说话的内容和他特有的用语和语法——便能使我们清楚地看出象他这样一类人和他这一个人的性格。

高尔基很惊服巴尔扎克小说里写对话的巧妙,以为并不描写人物的模样,却能使读者看了对话,便好象目睹了说话的那些人,鲁迅曾经研究怎样才能达到这个境界的方法,他终于得出了这样一个结论:"如果删除了不必要之点,只摘出各人的有特色的谈话来,我想,就可以使别人从谈话里推见每个说话的人物。"(《花边文学·看书琐记》)鲁迅的这个结论是非常精确的。他所说的"各人的有特色的谈话",事实上就是指可以充分表现出各人性格特征的说话。他主张"摘出",就是说在描写对话时必须要从这个人所说的全部话语中去挑选最能表现出他性格特征的说话来描写,而不是随便什么说话的一古脑儿的堆积。

阿Q的说话固然是有特色的,象赵太爷的下面两句话难道不是同样富有特色的么?"阿Q,你这浑小子!你说我是你的本家么?""你怎么会姓赵!——你那里配姓赵!"这真是一种多么巧妙的语言艺术,仅仅两句话,就把一个素日作威作福惯了,根本不把阿Q这样的人当作人看待的一副凶恶的地主嘴脸完全显露出来了。在赵太爷们的君临统治之下,阿Q们连姓什么的自由都没有,别的自由当然更谈不到。赵太爷一开口就大声喝骂阿Q:"你这浑小子!"真是声态并作,现身纸上,即使不写出他当时是如何的"满脸溅朱",我们从他的如此这般的喝骂里也能够清楚的感觉到。值得注意的是赵太爷的说话里虽然也充满了设问的形式,但那意味却和阿Q的完全不同。阿Q有的是怀疑,出于愤怒

627

和不平,这怀疑是真实的,而赵太爷的却仅仅是责问,虽然好象在问,其实完全是在责骂,因为在设问之先,他早已断定了阿Q是不会也不配姓赵,做他的本家的。所以,即使是类似的语言形式,但由于用语不同,语调不同,意味也就大不相同,而归根结底,则是由于赵太爷和阿Q的生活地位是大不相同的,因此他们的性格特征也就不能一律。

《阿Q正传》里的对话,不但主要人物的都能鲜明地表现出各自的性格特征,就是次要人物的对话也各具特色,显得非常生动。在阿Q的恋爱悲剧中,地保对阿Q说了这一节话:"阿Q,你的妈妈的! 你连赵家的用人都调戏起来,简直是造反。害得我晚上没有觉睡,你的妈妈的! ……"地保的确是在晚上被叫醒了来教训阿Q并奉命跟他开谈判的,由于没有觉睡,当然会埋怨阿Q的惹是生非,所以一再骂他"你的妈妈的";地保是地主老爷们的走狗,谁伤犯了地主老爷们的面子、规矩,或利益谁就"简直是造反",这本是他们的逻辑,不在话下;但象地保这样的人,对调戏妇女未必感兴趣,其实并不能发什么议论,所以他的教训便只重在不能"连赵家的用人都调戏起来",这也是合情合理的。最后,他所以一再骂阿Q"你的妈妈的",原来为的强调了自己的劳累,就可理直气壮地向他索取四百文的加倍酒钱。作为一个普通的地保,他的地位、逻辑、口吻在这一节话里都被恰如其分地刻划出来了。

即使只有一句话,甚至只有一两个字的说话,仔细体会起来也十分传神。小尼姑的带哭的声音:"这断子绝孙的阿Q!"凡是熟悉江南一带乡间年轻女子口语的读者当能知道这是一句多么气愤的话,而这句话出现在当时这个小尼姑的口里简直是必然的,几乎非说出这样一句话来,就不能使我们感觉到她在那种形势下是多么着急,多么委屈。阿Q和小D互相拔着辫子打架,三进三退,不分胜败,最后彼此都已筋疲力尽,只好同时松手走开。可是两个人嘴里都不肯示弱,还想占点上风,所以阿Q说:"记着吧,妈妈的……"小D也说:"妈妈的,记着吧……"是一样的两句话,不过调了个头,表明两人其实都已外强中干,无话可说,这句话不过是讲给周围的看客们听,聊以解嘲的。至于看客们在他们三进三退相持不下时所说的"好了,好了!"或"好,好!"这里面虽然多少有着一点解劝的意思,但主要的成分还是煽动,即所谓"看好看",觉得看他们两人这样扭打很有趣味,不希望这出戏过快收场。旧社会里的确有这么样的许多闲汉,而闲汉们的心理的确也正是这样。

鲁迅笔下各色人物的说话为何能够这样活龙活现? 这道理其实也简单,即他所描写的这些人物是"多据自所闻见"(《中国小说史略·清之讽刺小说》)的。他自己曾这样说:"作者用对话表现人物的时候,恐怕在他自己的心目中,是存在着这人物的模样的,于是传给读者,使读者的心目中也形成了这人物的模样。"(《花边文学·看书琐记》)的确,作者如果不熟悉这个人的灵魂,如果胸无成竹,他就刻划不出这个人物形象来,对话就无法恰到好处。归根结底,任何有本领的作者都不能无中生有或凿空强作。鲁迅的信条是:"写不出的时候不硬写"(《二心集·答北斗杂志社问》),"做不出的时候,我也决不硬做"(《南腔北调集·我怎么做起小说来》),就为的硬写硬做出来的决不能是好东西。那些《阿Q正传》的对话为什么能这样成功? 原来在写出这篇小说之前,阿Q这个人的形象存在鲁迅心目中"已有了好几年"(《华盖集续编·〈阿Q正传〉的成因》),而对于中国农村中"地主老爷"等等的熟悉,则还是更早以前的事情了。

二

《阿Q正传》里采用了不少古语。

关于文学作品的用语,鲁迅的一贯主张是"要说现代的,自己的话;用活着的白话,将自己的思想,感情直白地说出来"(《三闲集·无声的中国》);是"将活人的唇舌作为源泉,使文章更加接近语言,更加有生气"(《坟·写在〈坟〉后面》)。但是为了丰富人民的语言,鲁迅也主张可以适当地采用文言,甚至于外国话。他说:"我也赞成必不得已的时候,大众语文可以采用文言……"(《花边文学·"大雪纷飞"》),"也须在旧文中取得若干资料,以供使役"(《坟·写在〈坟〉后面》),"没有相宜的白话,宁可引古语,希望总有人会懂"(《南腔北调集·我怎么做起小说来》)。应当注意的是鲁迅只在"必不得已","没有相宜的白话"可以代替的条件下才主张采用古语,而不是主张无条件的大量采用;并且这种采用乃是"供使役"的,不能喧宾夺主,把手段当成了目的。唯其是"供使役"的,所以无论如何,采用的资料必须使人能懂,至少要"总有人会懂"。因此,他虽然主张可以采用文言古语,但对于有些青年作者"在古文,诗词中摘些好看而难懂的字面,作为变戏法的手巾,来装潢自己的作品"(《坟·写在〈坟〉后面》)的错误作法却非常反对。他还举"崚嶒"和"巉岩"为例,问这样的山究竟是怎么一副样子? 如果作者采用了这种连自己都没有弄明白的形容词来写文章,当然就不能使读者懂得自己的意思(参看《且介亭杂文二集·人生识字胡涂始》)。而写文章的目的,在他看来,却是应当在于"将意思传给别人"(《南腔北调集·我怎么做起小说来》)。

可以说,《阿Q正传》里采用的不少古语,一般都是符合上述的原则,而起了补足和丰富人民语言的作用的。

分析一下鲁迅在这篇小说里采用的古语,其所以是"必不得已",大概有下面一些情况:

一种是用来表示嘲讽的。例如"因为从来不朽之笔,须传不朽之人,于是人以文传,文以人传,——究竟谁靠谁传,渐渐的不甚了然起来,而终于归结到传阿Q,仿佛思想里有鬼似的。"这里前面几句文言显然属于称引性质,过去某些文人摇头摆尾自命不凡,把所谓不朽之笔和不朽之人互相标榜,结果还是不免于同朽;鲁迅如此庄谐杂出,实际就在揶揄过去那些妄诞无知的文人。例如"夫文童者,将来恐怕要变秀才者也",这里是故意装出郑重其事的口吻,这种口吻本是赵太爷钱太爷他们的,也是深受着赵太爷们思想的影响而认为秀才之类乃是了不起人物的其他人等的,虽然如此,阿Q却偏有以为不值一笑的神情,足见阿Q的确"很自尊",但更重要的则是显出这种看法的着实可笑。例如所谓"深闺"和"浅闺",未庄只有钱赵两姓是大屋,勉强算得有"深闺"的存在,此外十之八九都是小屋,本来也说不上有什么"闺",但小家妇女不免多少传染到一点"深闺"的风尚,其实可笑,所以讽刺地称之为"浅闺";而象赵太爷家那所谓"深闺",一听见阿Q处有便宜的贼赃可买,便立刻大转念头,又"深"在哪里? 总之都太可笑。例如"庭训"好象是一件极庄重的事,可是赵太爷"庭训"秀才的内容却不过说不要结怨于小偷;"共患难"原是一种很难得的情谊,可是城里举人和赵太爷的所谓"共患难",却不过是互相利用,图个狡兔三窟;可见在这些人口里"庭训""共患难"等等冠冕堂皇名义的后面,就不过是这样一些卑鄙丑恶的货色。又如说得好听的口号"咸与维新",那里真是这样,当时其实只有知县大老爷、举人、老把总、赵秀才、钱洋鬼子等这批人在"咸与维新"罢了。如上所说,鲁迅采用这些古语的目的,原来都在于嘲笑、讽刺、揭露那些地主、官僚、封建文人、"深闺"妇女等等的妄诞无知,虚伪无耻和卑鄙可笑的面貌。

还有一种则是本身言简意赅,许多读者都能懂得,可以用来丰富和加强人民语言的表现力的。例如"塞翁失马安知非福"、"无师自通"之类。

总之,鲁迅作品中的古语,虽不能说凡所采用的都属完全必要,无一可以移易,一般却都是各具特殊的作用,决非为了装潢而设。毛泽东同志曾这样指出:

"我们还要学习古人语言中有生命的东西。由于我们没有努力学习语言,古人语言中的许多还有生气的东西我们就没有充分的合理的利用。当然我们坚决反对去用已经死了的语汇和典故,这是确定了的,但是好的仍然有用的东西还是应该继承。"①鲁迅作品体现了毛泽东同志这些科学论述,值得我们学习。

三

在文学作品里,叙述人的语言处在作品的领导地位。它可以把作品中写到的各色人物的分歧的对话凝结成为一个整体,它可以通过各种暗示、比喻、形容词、语调等等来对所描绘的事物进行评价,它可以具体传达各色人物在活动当时的感觉和想法,它可以为着适应描绘的需要而在同一节段里迅速改变叙述的形式,而表现为一种非常复杂的构造。总之,叙述人的语言一方面固然是描绘作品中主人公的性格的一种方法,同时它也是构成叙述人的形象的一种必要手段。

在《阿Q正传》里,叙述人的语言在各方面都起了很大的作用。主人公们的性格特征固然可以在他们各自富有特色的对话里表现出来,但他们的内心世界如果得到了叙述人的语言的补足,那就能显得更加完整和深刻。例如下面这两节叙述人的语言:

　　进了几回城,阿Q自然更自负,然而他又很鄙薄城里人,譬如用三尺长三寸宽的木板做成的凳子,未庄叫"长凳",他也叫"长凳",城里人却叫"条凳",他想:这是错的,可笑!油煎大头鱼,未庄都加上半寸长的葱叶,城里却加上切细的葱丝,他想:这也是错的,可笑!然而未庄人真是不见世面的可笑的乡下人呵,他们没有见过城里的煎鱼!

　　他的学说是:凡尼姑,一定与和尚私通;一个女人在外面走,一定想引诱野男人;一男一女在那里讲话,一定要有勾当了。为惩治他们起见,所以他往往怒目而视,或者大声说几句"诛心"话,或者在冷僻处,便从后面掷一块小石头。

---

① 《毛泽东选集》,第3卷第859页。

631

在这两节叙述语里,虽然是在叙述,但几个"可笑"和几个"一定",却分明使我们具体地感觉到阿Q当时的"自负"和那种所谓排斥异端的"正气"。经过这样的补足,阿Q的性格特征确是更加突出了。

作者对于阿Q这种人的命运是非常同情的,也就是他所说的"哀其不幸",但他的这种同情并未在小说里由作者自己明白说出来,却是在叙述的语言——字里行间流露出来的。阿Q因为自称是赵太爷的本家,被赵太爷打了一个嘴巴之后,作者这样叙述:"他大约未必姓赵,即使真姓赵,有赵太爷在这里,也不该如此胡说的。"阿Q不独是姓名籍贯有些渺茫,连他先前的"行状"也渺茫,为什么会这样渺茫?作者叙述:"因为未庄的人们之于阿Q,只要他帮忙,只拿他玩笑,从来没有留心他的'行状'的。"为什么有赵太爷在这里阿Q便不配姓赵?为什么未庄的人们可以如此漠视阿Q这个"人"?在这两节话里作者实际已提出了这两个问题,而这显然是带着极大的同情的。

作者对于阿Q这样的人并不是只有同情,也有惋惜,也有嘲讽和鞭挞。很白很亮的一堆洋钱不见了,在用力的打了自己两个嘴巴,仿佛是自己打了别个一般之后,阿Q便"心满意足的得胜的躺下了","他睡着了"。在临死前教他画花押的时候,阿Q还是没有想到别的,却认为圈而不圆,是他"行状"上的一个污点,但不多时也就释然,因为他想到孙子才画得很圆的圆圈,"于是他睡着了"。这里两句"睡着了",表面看来好象只是很冷静很客观的叙述,骨子里却体现出来了作者"你怎么竟能睡着了"的着急和惋叹的感情。阿Q胜利地欺侮了比他更为弱小的尼姑之后,"飘飘然的似乎要飞去了",不但没有觉得只能战胜这样的敌人之"无聊"和"悲哀",反而还十分得意,所以作者这样说:"然而我们的阿Q却没有这样乏,他是永远得意的!"这里两句话其实是一种很深刻的讽刺,鞭斥阿Q的欺侮小尼姑乃是最没出息的行为。

作者对于赵太爷之流是极端痛恶的,他虽然并没有正面地把这一点告诉我们,但通过某些具有特色的叙述,却能够使我们充分得到这样的感染。赵家借口调戏吴妈向阿Q勒索到了一斤重的红烛一对、香一封,原说是要他到赵府上去赔罪用的,又他的破布衫留在赵家,本无扣下的必要和理由,但终竟列入条件不准再去索取了,作者叙述后来香烛和破布衫的下落,如此说:"但赵家也并不烧香点烛,因为太太拜佛的时候可以用,留着了。那破布衫是大半做了少奶奶八月间生下来的孩子的衬尿布,那小半破烂的便都做了吴妈的鞋底。"这里真是"无一贬词,而情伪毕露",赵家全眷的凶恶贪鄙,使人灼然如见。赵秀才和钱洋鬼子历来也不相能，现在要"咸与维新"了，竟立刻成了情投意合的同志，相约到静修庵里去革命，"因为老尼姑来阻挡，说了三句话，他们便将伊当作满政府，在头上很给了不少的棍子和栗凿"，而且从此庵里还不见了观音娘娘座前的一个宣德炉。这段叙述好象并未指出这两个人的行径是多么下流龌龊，可是仔细体会一下，作者实在已把这两个人骂得连小偷都不如。作者对于那些起劲地跟着看杀头而喝彩的人们也有着很大的反感，这种反感从他描写这些人的喝彩声是如"豺狼的嗥叫一般"便能觉察出来。

作者的叙述语言不但能够简洁地告诉我们什么时候某些人发生了什么事情，而且还能运用一些适当的语式和调子具体的传达出事情发生当时人们的感觉或情境。例如他写人们故意打架来抢走阿Q赢到的很白很亮的一堆洋钱："他不知道谁和谁为什么打起架来了。骂声打声脚步声，昏头昏脑的一大阵，他才爬起来，赌摊不见了，人们也不见了，身上有几处很似乎有些痛，似乎也挨了几拳几脚似的，几个人诧异的对他看。他如有所失的走进土谷祠，定一定神，知道他的一堆洋钱不见了。"这真是一节多么巧妙的描写，有声有色，就象我们亲眼目睹了似的。骂声、打声、脚步声，突然而起，拳足交加，乱成一团，把阿Q弄得莫名其妙，等到爬起来想弄个明白，抢到了他的洋钱的人早已一哄而走，可是这时阿Q却仍昏头昏脑，挨了打也不大觉痛，丢了钱也还不知道，还在茫然四望，手足无措，无怪旁观者清的人会诧异的对他看，这些人一定会掩口葫芦，觉得阿Q这个人真正是一个可怜的大傻瓜。这节话的前半节，语式简短，调子紧张急促，动作迅速异常，活现出当时那幕活剧的情景，后半节逐渐迂缓，表现出阿Q正在从昏头昏脑中慢慢清醒过来，终于才知道是洋钱已经不见了。又如作者写阿Q和小D打架："阿Q进三步，小D便退三步，都站着；小D进三步，阿Q便退三步，又都站着。大约半点钟，……他们的头发里便都冒烟，额上便都流汗，阿Q的手放松了，在同一瞬间，小D的手也正放松了，同时直起，同时退开，都挤出人丛去。"这两个人都是又瘦又乏，谁的气力也不比对手大些，并且本非不共戴天的冤家，既已相持不下近一点钟之久，都想松手算了，但碍于周围看客的欣赏，却又不甘心先自松手，还要硬撑。可是实在谁也支持不下去，所以最后还是两人一道松手挤出人丛走掉了。这节话不但写出了这种尴尬的情境，并且语言的特别缓慢沉重的调子也巧妙地体现出来了这个相持不下，终于筋疲力尽，只好同时松手走开的有趣局面。

在文学作品里，如前所说，叙述人的语言是具有巨大作用的。在分析作品的时候，如果我们不能把多样地表白在叙述人语言里的作者的评价和描绘技巧掌握到，那么我们就无法真正全面深刻地理解这个作品的丰富意义。

四

对于文学作品的语言，鲁迅另有一个重大的要求，便是简洁。在他看来，冗长乃是一个不小的缺点。所以他自己就"力避行文的唠叨"（《南腔北调集·我怎么做起小说来》），"竭力将可有可无的字、句、段删去，毫不可惜"（《二心集·答北斗杂志社问》），他也经常这样劝告别人："将无之亦毫无损害于全局的节，句，字删去一些，一定可以更有精采。"（《致张天翼》，1933 年 2 月 1 日）鲁迅认为，文字语言虽应将活人的唇舌作为源泉，但文章和口语却不能完全相同，因为在讲话时"可以夹许多'这个这个''那个那个'之类，其实并无意义，到写作时，为了时间，纸张的经济，意思的分明，就要分别删去的，所以文章一定应该比口语简洁，然而明了，有些不同，并非文章的坏处"（《且介亭杂文·答曹聚仁先生信》）。鲁迅这些意见非常正确。

《阿Q正传》虽然是一个中篇小说，篇幅不能算短，但比起它的非常复杂丰富的社会内容来，应当说它确实达到了一般作品极难达到那样的简练程度。

例如这一节："一犯讳，不问有心与无心，阿Q便全疤通红的发起怒来，估量了对手，口讷的他便骂，气力小的他便打；然而不知怎么一回事，总还是阿Q吃亏的时候多。于是他渐渐地变换了方针，大抵改为怒目而视了。"在这里，可见阿Q并不是全无心计的，他也估量，也骂人打人，然而总还是常吃亏，所以才改为怒目而视了。那么究竟是怎么一回事呢？关于这一点，作者当然知道，但他故意不直接说出来，要我们自己去思索。他在这里暗示我们，阿Q所以要改为怒目而视，并非他特别爱好如此，乃有他不得已的苦衷在。他是只得如此，才成为如此的。阿Q之所以成为这样的阿Q，实是被侮辱被损害的结果。这层意思当然并不只是包含在这一节叙述里，但这一节显然着重地在表明这层意思，说话虽少，意思却非常丰富。

又如这一节：阿Q被赵太爷打了嘴巴之后，"他付过地保二百文酒钱，忿忿的躺下了，后来想：'现在的世界太不成话，儿子打老子……'于是忽而想到赵太爷的威风，而现在是他的儿子了，便自己也渐渐的得意起来，爬起身，唱着'小孤孀上坟'到酒店去。这时候，他又觉得赵太爷高人一等了。"这里描写了阿Q的一种复杂的心理过程,很简洁,但又很耐人寻味。为什么最后他又会觉得赵太爷高人一等了呢? 原来在他的心目中,赵太爷这时已经是他的儿子,这儿子本有威风,固使他很得意,而由于这是颇有威风的儿子,便觉得他高人一等,甚至还觉得他应该高人一等,所以如此,因为儿子如能"高人一等",那么作为老子的阿Q自己的地位也就更可显得崇高了。请看单是这一句话,就含蓄着这么许多的意思!

　　要做到语言简洁,意味无穷,先须作者自己具有丰富深刻的知识和阅历,而又能从中选择最主要最本质的东西来加以集中的刻划,同时他的那支笔也要能适切地把这种主要的、本质的东西通过具体事物的描述表现出来。简洁好象只是一种技术,其实决不能仅仅依靠推敲文字去学会它。鲁迅语言的简洁、精炼、甚至锋利、果决,都是和他对于人情物理的深广认识分不开的。

(原载《中国语文》1956 年 10 月号)

前进的道路没有尽头

——小谈《故乡》

  《故乡》写于一九二一年一月，发表于同年五月一日出版的《新青年》九卷一期。后来收入作者的小说集《呐喊》。

  小说写"我"在一个深冬冒寒回到别了二十余年的故乡，"苍黄的天底下，远近横着几个萧索的荒村，没有一些活气。"他的心禁不住悲凉起来。他感到悲凉不仅仅由于看到了这样的景色，也看到了童年时代的亲密伙伴闰土已完全变了样，他"先前的紫色的圆脸，已经变作灰黄，而且加上了很深的皱纹"，"头上是一顶破毡帽，身上只一件极薄的棉衣，浑身瑟索着"，原来红活圆实的手，变得又粗又笨而且开裂，象是松树皮了。闰土的外表变化如此巨大，态度的恭敬则更使他震动得似乎打了一个寒噤。他的一声"闰土哥"换来的已不是照旧的"迅哥儿"，而是刺耳的"老爷"！闰土还一再抱歉地表示，先前那种哥弟称呼不成规矩，实在是太不懂事了。他为他们之间已经隔了一层这样的厚障壁，悲凉得说不出话来。

  少年时代这个鲜龙活跳的闰土，为何今天已变得象是一个木偶人，连对所受的苦也形容不出，只是摇头，只会沉默地拿起烟管来默默地吸烟呢？饥荒、苛税、兵、匪、官、绅、不太平、什么地方都要钱，没有定规……，所有这些，使他和他过多的孩子们总是吃不够。说是已经革过命，但辛亥革命一点也没有改变中国社会半封建半殖民地的性质，农村经济日益破败，农民生活极端贫困。闰土的苦况也就是当时亿万中国农民生活的真实写照。反动的社会制度不仅在物质上也在精神上束缚、毒害着中国人民。小说反映出作者对农民抱有多么深切的同情！在闰土身上，集中表现了作者对劳苦农民不幸遭遇的巨大关怀，和渴望他们应该有新的生活的热心。作者不但肯定了劳苦农民应该享有新的生活，为当时一般人民还没有经历过的新的生活,而且还预言了只要他们有革命的要求,大家越来越多地冲向前去,就能在没有路的地方走出一条真正革命的康庄大路来。

人们之间的看不见的高墙自何而来？三十年后的闰土为何要对当年亲密地称为"迅哥儿"的小伙伴恭敬地叫成"老爷"？无疑,这是阶级剥削造成的,是旧社会存在着森严的阶级这种现实造成的。作者的悲凉和愤慨,根子就在这里。在那样黑暗的年代里,作者已经在向往一个没有高墙会把人们隔绝起来的新生活。要轰毁这座高墙可真不易呵！半个多世纪的革命实践证明,只有走无产阶级领导的人民革命的道路,中国广大劳动人民才能为自己创造出一种从未经历过的新生活。六十年前作者梦寐以求的理想,后来终于在中国共产党的领导下初步实现了。

前进的道路是没有尽头的。"地上本没有路,走的人多了,也便成了路。"中国人民将永远记住作者这些极为深刻的话,去走出更新的道路,创造更美好的新生活。

(原载《故乡》画册,上海人民美术出版社 1979 年 12 月版)

永远值得恋念的朋友们

——小谈《社戏》

《社戏》最初发表于一九二二年十二月《小说月报》第十三卷第十二号，后来收入作者的小说集《呐喊》。

这是一篇小说，也可称它散文，同时又具有抒情诗的特色。这无关紧要。题为《社戏》，不过作为引子或背景，其实主要是在写他少年时代永远值得恋念的朋友：六一公公那样的农民，阿发、双喜那样的农家孩子们。

作者自己说过，"我母亲的母家是农村，使我能够间或和许多农民相亲近"（《集外集拾遗·英译本〈短篇小说选集〉自序》）。正是这种接近，使他得以理解农民，从而同情农民，非常关切他们的命运，无比痛恨剥削、压迫、贱视他们的一切反动势力。尽管他后来一直生活在城市里，但他对农民是永远在恋念着，并为之奋斗终生的。"真的，——一直到现在，我实在再没有吃到那夜似的好豆，——也不再看到那夜似的好戏了"，难道他仅仅是在讲那夜似的好豆和好戏？其中不也包括了他深深体会到了的劳动人民善良、真率、质朴的优秀品质吗？

农民的生活原是艰苦的。阿发娘家田里的豆，六一公公田里的豆，八公公船上的盐和柴，都是他们的命根子，当然不肯让别人随便吃用。但孩子们吃了、用了、"请客"了，出乎意料，阿发的娘没有骂，八公公未生纠葛，六一公公不但没有认真发火，当自己种出的豆被称赞为"很好"时，甚至非常感激起来，还要送些给客人再尝尝去。

农家孩子们呢？在小村里，一家的客，几乎也就是公共的，来了远客，大家便都来陪伴游戏。掘了蚯蚓钓虾，钓到一大碗自己决不肯吃，照例全要送到客人嘴里。但当看到客人不会放牛，连走近牛身都不敢时，他们却毫不客气地嘲笑起来了。他们看社戏,只爱看打仗、翻筋斗、跳老虎,最怕老旦坐下了唱个没完,一看见这情景就要破口喃喃的骂。肚饿摇不动船了便说可以偷一点河旁田里的罗汉豆来煮吃。偷谁家的好呢?阿发说:"偷我们的罢,我们的大得多呢。"当六一公公问这班小鬼昨天有没有偷了他的豆时,双喜居然还这样回答:"是的。我们请客。我们当初还不要你的呢。"因为他的豆长得不大。

就这样,作者以真挚的感情、亲切的音调、优美的文字,毫无虚饰地、喜悦地表达了对他这些永远值得恋念的朋友们的热爱。同时,也把他当时爱看社戏的孩子心情,细致入微地和盘托出了。

中国的勤劳、勇敢、坚韧不拔的农民,终于推翻压在身上三座大山的战斗过程中站立起来了。作者这些值得恋念的朋友们的子孙,正在社会主义的金光大道上迈进。

(原载《社戏》画册,上海人民美术出版社 1981 年 8 月版)

于无声处听惊雷

——小谈《无题》(万家墨面没蒿莱)

鲁迅不但是一位伟大的小说家、政论家,也是一位非常深刻的诗人。他的诗作虽然不多,却几乎每首都使人得到很大的教育和令人向往的美感。1934年他写的《无题》(万家墨面没蒿莱),就是这样的一首著名诗篇。诗云:

> 万家墨面没蒿莱,
> 敢有歌吟动地哀。
> 心事浩茫连广宇,
> 于无声处听惊雷。

先解释一下诗里的字句。

第一句中的"万家",指千家万户,这里主要指国民党统治区的广大人民。"墨面",形容脸色黑瘦,面容枯槁憔悴。"没"是出没,出出进进。"蒿莱",野草。

第二句中的"敢",是岂敢,怎敢的意思。"歌",诗歌。"吟",唱,控诉。"动地哀",指足以震撼大地的哀痛。

第三句中的"心事",是心里想着的事情。"浩茫":广大深远,无边无际。"广宇",广阔天地,指全中国。

第四句中的"无声处",指暂时还听不到反抗怒吼的国民党统治区。"惊雷",惊天动地的雷声,比喻声势浩大的人民革命斗争。

全诗大意是:广大人民正在死亡线上挣扎,在残酷的迫害下他们现在怎敢控诉心头的极大哀痛。我想得很广很远,但终究还是在表面死寂的地方听到了惊雷般的人民革命的反抗怒吼声。

640

鲁迅这首诗是 1934 年 5 月 30 日在上海题赠给来访的日本社会评论家新居格先生的。它反映了鲁迅对国家、民族前途,人民命运的无比关心和深远思考,表明了他对帝国主义和反动派的痛恨,抒发了他对人民革命事业必然要胜利的信心。

全诗虽只有四句,却有深厚的现实生活基础。1961 年 10 月 7 日,毛泽东同志亲笔写下这首诗,赠给当时在中国进行友好访问的日本友人,并且指出:"这一首诗,是鲁迅在中国黎明前最黑暗的年代里写的。"

当时的中国,的确是处在最黑暗的年代里。九一八事变后,日本帝国主义肆无忌惮地侵占我国领土,东北华北广大地区相继不守,人民饱受沦陷之苦,国民党统治区人民也饥寒交迫,朝不保夕。1934 年 4 月,也就是在鲁迅写这首诗之前一个多月,日本帝国主义以亚洲的"主人"自命,公然策划向我国发动大规模进攻。在这民族存亡的危急关头,反动派却实行"不抵抗"政策,步步退缩逃避,而对国内积极主张抗日的革命力量和爱国人民,却发动了凶恶的军事围剿和文化围剿,把全国人民置于法西斯暴政之下。鲁迅写这首诗时,反动当局正以一百万军队,两百架飞机,对共产党领导的革命根据地进行第五次"围剿",使革命力量遭到很大的损失。在上海这个文化中心,他们严厉禁止人民的言论自由,扼杀进步舆论,任意捕杀革命作家和爱国人士。人民饱受政治压迫和经济剥削,简直没有活路。"万家墨面没蒿莱",正是当时千百万受苦受难人民挣扎在死亡线上的生动写照。"万家"指出其多,"墨面"指出其苦,"没蒿莱"指出其求生之难。苦莫过于没有饭吃,饥寒交迫才会面容枯槁发黑。

一句诗通过三个典型性的细节,非常凝炼地表现了丰富的社会内容。

当时,鲁迅在上海,目睹耳闻了一连串黑暗和不幸,心里非常忧愤,焦急:人民正在水深火热之中,革命力量又遭受挫折,祖国和人民的将来究竟会变成什么样子? 他想得很多、很广、很远、很深,所以说"心事浩茫连广宇"。处于直接高压下的国民党统治区暂时没有大规模的反抗,难道全中国都是这样? 显然不是。根据地反"围剿"一时失利,难道星星之火就不再能够发展为燎原之势? 当然能够。自古以来,就有无数志士仁人,或者埋头苦干,拼命硬干,或者为民请命,舍身求法……这些"中国的脊梁",现在也还很多,为什么要失掉自信? 中国人民应该有充分的自信力。"于无声处听惊雷"。这句出人意料,却又全在意中。哲学意味深刻,非常耐人思索。这是鲁迅面对最黑暗的年代,凭借其长期战斗经验,结合革命形势与历史观察,深思熟虑后得出的精确判断。在略后于此诗四个月写成的《中国人失掉自信力了吗》一文中,鲁迅严厉驳斥了"中国人已失掉自信力"的谬论,指出:历来有很多中国人,虽然一面总在被摧残,被抹杀,消灭于黑暗中,另一面却也总在信心百倍地前仆后继的战斗,还特别说明这一类的人们"就是现在也何尝少呢"。认为只要自己看看地底下,仔细了解一下广大人民群众的革命活动,就会清清楚楚了。这篇杂文所表达的思想,完全可以用来说明"于无声处听惊雷"这句诗的含意。尽管当时的形势十分困难,鲁迅依然看到了人民还在英勇战斗,他坚信:光明必然战胜黑暗,最后的胜利属于中国人民。

鲁迅的《无题》(万家墨面没蒿莱),今天也还能鼓舞我们的斗志和信心。尽管四化道路上还存在不少困难,然而社会主义建设事业始终是大有希望的。过去"于无声处"还能听到"惊雷",今天我们有党的正确领导,十亿人民的同心同德,振兴中华的目的一定能达到。

(本文是 1981 年 10 月在上海电视台的播讲稿)

匕首和投枪

——关于鲁迅的杂文

　　鲁迅的杂文,是他对现代中国文学最卓越的贡献的一部分。为了要维护它的生存权利,为了要使它更加开展,鲁迅也曾根据他自己的认识和体验,对创作杂文做了许多理论上的阐发。这些阐发不但富有巨大的创造性,尤富有实践的,战斗的意义。因而无论在理论上或创作实践上,对当时和以后的中国文艺界都产生了非常深远的影响。由于鲁迅自己就是许多杂文的最成功的作者,他所阐发的理论都有他自己无比丰富的经验作基础,所以研讨他在这方面的理论同时也就能够使我们较易领会他的杂文的伟大精神。本文完全根据鲁迅自己的文章,环绕几个问题,把他分散在各处的对于杂文的观感加以整理,目的一方面在于显示鲁迅对于杂文这种新兴的战斗体裁的若干重要看法,另一方面也在借此说明一下鲁迅的杂文是在怎样一个环境中产生的,这个环境和他的杂文笔法有什么关系,以及诸如此类的问题,希望通过这些说明,能多少有助于理解鲁迅和他的作品。

一　敌人怎样和为什么憎恶鲁迅的杂文

　　鲁迅是许多杂文的最成功的作者,但他的杂文在当时却一直受着阶级敌人的种种压迫和毒害。那些“不是东西之流”的阶级敌人花枪很多,目的却只有一个,就是要迫害鲁迅,使他放下杂文这个犀利的武器,或者竭力贬低鲁迅杂文的价值,使读者不受或少受它们的影响。

　　他们因为憎恶鲁迅的杂文,有时就先来诬蔑杂文这种战斗性的体裁,说这种体裁既非诗歌小说,又非戏剧,不入文艺之林,谁创作了杂文就是谁的“堕落的表现"(《且介亭杂文二集·徐懋庸作〈打杂集〉序》)。他们装着一片婆心的样子,劝人学托尔斯泰,做大部头的《战争与和平》那样的巨著去,扬言中国所以产生不出伟大作品就因为盛行了杂文的缘故。骨子里他们是想借此从根否定鲁迅杂文的价值,并把人们的注意力从短兵相接的白热斗争吸引到脱离实际,好高骛远的方面去。

他们故意奚落地称鲁迅是"杂感家",或"杂感专家",意思是说,鲁迅只能"专"在"杂"里,不值一谈,算是充分显出了那些东西眼中的鄙视。他们说杂文是这样的"容易下笔",所以象鲁迅这样的"杂感家"实在是"甘自菲薄而放弃其任务",是"毁掉了自己以投机取巧的手腕来替代一个文艺作者的严肃的工作"(《集外集拾遗补编·做"杂文"也不易》),仿佛他们这样穷凶极恶地帮着反动派来迫害革命文艺倒是"一个文艺作者的严肃的工作"似的。

当他们感到把鲁迅杂文一笔抹杀不易骗取相信的时候,他们就竭力贬低鲁迅杂文的思想价值,而虚伪地这样说:"特长即在他的尖锐的笔调,此外别无可称。"他们故意淆乱听闻,妄称表现在鲁迅杂文里的思想,和当时反动的"现代评论"派的思想"初无什么大别"(《而已集·通信》),其实两者的思想简直南辕北辙。

那些"不是东西之流"为什么会这样憎恶杂文?为什么对鲁迅的杂文会这样水火不相容?关于这一点,鲁迅却是看得非常清楚的。鲁迅看到,"轻蔑'杂文'的人,……他所用的也是'杂文'"(《且介亭杂文二集·再论文人相轻》),可见问题的关键并不真在于杂文这种体裁本身。鲁迅一语破的地指出:"其实他们所憎恶的是内容,虽然披了文艺的法衣,里面却包藏着'死之说教者',和生存不能两立。"(《且介亭杂文·序言》)他们诟病杂文"形式既绝无定型,不受任何文学制作之体裁的束缚,内容则无所不谈,范围更少有限制"。这里的意思就明明白白,他们所欢迎的文学是形式要有"定型"的,一定得受"文学制作之体裁的束缚",内容应当有所不谈,范围一定得大加限制。而鲁迅和鲁迅式的杂文完全不能如他们的意,所以自然就要受到他们的切齿憎恶。鲁迅指出,他们所以憎恶杂文,就因为他们所需要的是专制皇帝时代奴才们所做的"制艺",即普通所说的"八股"(《集外集拾遗补编·做"杂文"也不易》)。但战斗的杂文和奴才的"制艺"恰恰是势不两立的东西。

鲁迅和鲁迅式的杂文内容是什么呢?用鲁迅自己早期的话来说:是"将我所遇到的,所想到的,所要说的,一任它怎样浅薄,怎样偏激,有时便都用笔写了下来。……你要那样,我偏要这样是有的;偏不遵命,偏不磕头是有的;偏要在庄严高尚的假面上拨它一拨也是有的"(《华盖集续编·小引》)。用他自己以后的话来说,是"唱着所是,颂着所爱,而不管所非和所憎;……象热烈地主张着所是一样,热烈地攻击着所非,象热烈地拥抱着所爱一样,更热烈地拥抱着所憎——恰如赫尔库来斯的紧抱了巨人安太乌斯一样,因为要折断他的肋骨"(《且介亭杂文二集·再论"文人相轻"》);是"不但要以热烈的憎,向'异己'者进攻还得以热烈的憎,向'死的说教者'抗战"(《且介亭杂文二集·七论"文人相轻"——两伤"》)。可见,无论是早期或以后,鲁迅和鲁迅式的杂文的内容始终是和循规蹈矩、歌功颂德的"制艺"不同的东西,而越是到以后也就越见其截然不同。

"不是东西之流"对于鲁迅杂文的憎恶,乃是反动统治者对于革命人民的憎恶,这种憎恶是不可避免的,虽然刻毒,却并不能因此就挽回了他们日暮途穷的命运。

二 鲁迅杂文的特点

杂文并不全是现代中国文学中的新种,是"古已有之"的,鲁迅就曾这样指出:"凡有文章,倘若分类,都有类可归,如果编年,那就只按作成的年月,不管文体,各种都夹在一处,于是成了'杂'。"(《且介亭杂文·序言》)而且古代也已有过许多随笔、札记。但鲁迅杂文却又有其不同于"古已有之"的特点,而且和同时代的别些人的杂文也有所不同。

鲁迅杂文的最大特点是它的现实性和战斗性。如所周知,鲁迅往往是把文学当作改造社会——也就是革命的武器之一来看的,他最反对杂文变成了"小摆设"。他清楚地看到,在"风沙扑面,狼虎成群的时候",人民决没有闲工夫来赏玩琥珀扇坠和翡翠戒指,他们所要的是"耸立于风沙中的大建筑,要坚固而伟大,不必怎样精";是"匕首和投枪,要锋利而切实,用不着什么雅"(《南腔北调集·小品文的危机》)。因为人民生活在这样的时代,"只用得着挣扎和战斗",而这两种东西就能够有利于挣扎和战斗。他说:"现在是多么切迫的时候,作者的任务,是在对于有害的事物,立刻给以反响或抗争,是感应的神经,是攻守的手足。潜心于他的鸿篇巨制,为未来的文化设想,固然是很好的,但为现在抗争,却也正是为现在和未来的战斗的作者,因为失掉了现在,也就没有了未来。"

645

（《且介亭杂文·序言》）鲁迅从不好高骛远，总是紧紧地盯着现在，决不放松；也从不忽略日常事变，只要它骨子里有害，便直接的迅速的加以打击，使它不致蔓延。而当他这样做着的时候，他是非常清醒地要用他的憎恨和愤怒的火焰来烧毁一切的黑暗和腐败的。"在现在这'可怜'的时代，能杀才能生，能憎才能爱，能生与爱，才能文。"（《且介亭杂文二集·七论"文人相轻"——两伤》）正因为鲁迅杂文"能杀""能憎"，所以才能帮助中国人民杀出一条"生与爱"的大路，他的作品也才能永远不朽。

鲁迅杂文都是言之有物的，决不讲空话。这和上面所说的一点有密切关系，因为空话既不现实也无从战斗。鲁迅非常鄙视那种满纸空言、低诉微吟、甚至胡说八道的小摆设。例如他说："'高人兼逸士梦'恐怕也不长久。近一年来，就露了大破绽，自以为高一点的，已经满纸空言，甚而至于胡说八道，下流的却成为打诨，和猥鄙丑角，并无不同，主意只在挖公子哥儿们的跳舞之资，和舞女们争生意，可怜之状，已经下于五四运动前后的鸳鸯蝴蝶派数等了。"（《且介亭杂文二集·杂谈小品文》）他以为有些人所以倡导"低诉或微吟"的小摆设，目的无非想"将粗犷的人心，磨得渐渐的平滑"（《南腔北调集·小品文的危机》），也就是说，是要起一种麻醉作用，使人消掉反抗的壮志。在鲁迅看来，杂文虽然一般都是篇幅较短的，但仅仅篇幅短，并不是杂文的特征，杂文应当是很有骨力的短文。他说："但篇幅短并不是小品文①的特征。一条几何定理不过数十字，一部《老子》只有五千言，都不能说是小品。这该象佛经的小乘似的，先看内容，然后讲篇幅。讲小道理，或没道理，而又不是长篇的，才可谓之小品。至于有骨力的文章，恐不如谓之'短文'。短当然不及长，寥寥几句，又说不尽森罗万象，然而它并不'小'。"（《且介亭杂文二集·杂谈小品文》）所谓"有骨力"，我体会当是指对生活有透彻的理解和分析，具有正确的思想内容，并表现得很有力的意思。鲁迅还认为杂文虽然尽可反映日常的事变或看来微小的东西，但这种反映一定要有较深的含义，对人民有用。他说："当然不敢说是诗史，其中有着时代的眉目，也决不是英雄们的八宝箱，一朝打开，便见光辉灿烂。我只在深夜的街头摆着一个地摊，所有的无非几个小钉，几个瓦碟，但也希望，并且相信有些人会从中寻出合于他的用处的东西。"（《且介亭杂文·序言》）鲁迅说，他是爱读杂文的

---

① 鲁迅所说的"小品文"大致和杂文同义，至少是包括杂文在内。"小品"指所贬斥的"小摆设"。

一个人,而且知道爱读杂文的还不只他一个,人们为什么爱读杂文?说"因为它'言之有物'"(《且介亭杂文二集·徐懋庸作〈打杂集〉序》)。

鲁迅杂文都是匕首和投枪,锋利而切实,能够对准敌人的要害,一击而中。这也是鲁迅自己"有意为之"的结果。因为他分明这样主张:"生存的小品文,必须是匕首,是投枪,能和读者一同杀出一条生存的血路的东西。"(《南腔北调集·小品文的危机》)既然是如此锋利准确的匕首和投枪,对于敌人来说,那必然是一种不讲情面的东西。鲁迅"论时事不留面子"(《伪自由书·前记》),"每遇辩论,辄不管三七二十一,就迎头一击"(《两地书·十二》),他自己也知道,"在中国,我的笔要算较为尖刻的,说话有时也不留情面"(《华盖集续编·我还不能"带住"》)。鲁迅所以如此明知而还要常用他的杂文去作无情的狙击,就因为他对反动的阶级敌人有着无比的愤恨。这些"不是东西之流"经常用了公理正义的美名,正人君子的徽号,温良敦厚的假脸,流言公论的武器,吞吐曲折的文字,行私利己,无恶不作,使无刀无笔的弱者不得喘息,鲁迅觉悟到,如果他没有了这枝无情的笔,那么他自己也就是被欺侮到赴诉无门的一个。

"砭痼弊常取类型"是鲁迅杂文的另一个重要特点。鲁迅自己也深知这种做法"尤与时宜不合",吃到了许多苦头,但他仍还这么做,而他的杂文的战斗价值所以就越高。为什么这种做法会使他吃到许多苦头?"盖写类型者,于坏处,恰如病理学上的图,假如是疮疽,则这图便是一切某疮某疽的标本,或和某甲的疮有些相象,或和某乙的疽有点相同"(《伪自由书·前记》)。这样一来,"因为所讽刺的是这一流社会,其中的各分子便各各觉得好象刺着了自己,就一个个的暗暗的迎出来,又用了他们的讽刺,想来刺死这讽刺者"(《伪自由书·从讽刺到幽默》)。也就是说,写了类型,因为要得罪许多人,和许多人为敌,要挨许多难防的暗箭,所以格外危险。可是因为敢于深入了虎穴,所以也可以得到虎子,文章的意义便能格外深广。

鲁迅杂文乃是文艺性的论文,所谓文艺性在这里也就是指形象性。和他的小说不同,在鲁迅的杂文里并不都有具体的形象,但却不能说鲁迅杂文没有形象性。鲁迅杂文不摆出说教的面孔,极少抽象的议论,例证很多,可是它的形象性主要还不是表现在那些生动、锋利、而独具个性的语言上,一般也并不表现在单独的某篇杂文里,而是出现在他的一组杂文之中。当我们读了他揭露叭儿狗或遗少群的一系列的杂文之后,在我们面前岂不是立刻就鲜明地出现了那些叭儿狗或遗少群的丑恶的嘴脸么？这正是杂文中形象表现的特点。关于这一点，鲁迅自己也早已有过同样的体验。他说："我的杂文，所写的常是一鼻，一嘴，一毛，但合起来，已几乎是或一形象的全体，不加什么原也过得去的了。但画上一条尾巴（按指杂文集的《后记》），却见得更加完全。"（《准风月谈·后记》）又说："即此写了下来的几十篇，加以排比，又用《后记》来补叙些因此而生的纠纷，同时也照见了时事，格局虽小，不也描出了或一形象了么？"（同上）

鲁迅杂文还有一个特点，便是它的多样性，灵活性。对于鲁迅的创作杂文来说，真是没有不可使用的题材，也没有不可运用的形式。论题材，则国家大事也好，人生要义也好，几个小钉几个瓦碟也好；论形式，则抒情，记事，议论，随感，什么都有，也什么都可以写得很好。他作杂文的动机，或由于个人的感触，或出于时事的刺激，"短短的批评，纵意而谈"（《三闲集·序言》），有时则"如悲喜时节的歌哭一般"（《华盖集续编·小引》），都是真实的流露，既非无病呻吟，也决不凿空强作，所以嬉笑怒骂，不但都于大家有益，并且都是绝妙文章。鲁迅杂文真是医治文学上"千篇一律"病症的良药。

以上根据鲁迅自己的意见和体验，略谈鲁迅杂文的几个特点。这些特点当然不是孤立的，而是互相联系，统一在具体作品的内容和形式之中。由于新兴的战斗的杂文体裁就是在鲁迅手里光辉地建立起来的，而他的意见又绝大部分来自他切身的经验，因此他所谈的经验或对自己杂文所作的评价，往往和他对创作杂文所做的理论上的阐发分割不开，硬要分开反是多事了。

三　在文学暗杀政策的压迫下

要知人必须论世，要知文也必须了解文章产生当时的社会政治环境。这对于要求透彻理解鲁迅杂文的精神和笔法之类的问题，都极有必要。

鲁迅从一开始写作杂文的时候起就已受到反动统治者及其叫儿狗们的攻讦，但他所受到的最严重的压迫却是在一九三○年以后直到他逝世的那几年。由于在这后来的几年中他所写的杂文特别重要而且特别多，所以给烙上的时代印记也就特别深。

一九三○年以后，国民党反动派对革命文化界的严重的白色恐怖由于中国自由大同盟和中国左翼作家联盟的成立而愈变残酷。这时反动派同时采取了两种方法想来消灭革命文化运动，一种是禁止书报，通缉作家，封闭书店；另一种是收买流氓、侦探、堕落文人组织其反动的文学运动。关于前一种方法,鲁迅曾这样提到:"禁期刊,禁书籍,不但内容略有革命性的,而且连书面用红字的,作者是俄国的……都在禁止之列","接着是封闭曾出新书或代售新书的书店,多的时候,一天五家"(《二心集·黑暗中国的文艺界的现状》)。这时对于鲁迅作品和所编刊物的迫害更是厉害,和鲁迅有关系的刊物如《语丝》、《奔流》、《萌芽》先后都被禁止了,使得鲁迅在一九三〇年一年之内只写了不到十篇的短评。关于后一种方法,反动派也出版着一大堆所谓文艺杂志,妄想用这来代替被禁止的革命文学刊物,结果是完全失败了。然而他们是不肯甘心灭亡的,还是继续疯狂下去,一九三一年春屠杀了柔石、胡也频等五位革命作家,左联主办的刊物先后全被禁止,鲁迅的作品甚至翻译都不能自由印行;一九三三年以后,捕禁暗杀作家的事情更是层出不穷,进步的文化机构多被特务捣毁破坏。一九三四年春,国民党反动派到上海各新书店挨户查禁文艺书籍一百四十九种,牵涉书店二十五家,禁止发行七十六种刊物,外国作家高尔基、法捷耶夫,甚至梅特林克、梭罗古勃等的作品也都受到了禁止。文艺界的白色恐怖高涨到极点,竟无丝毫自由之可言。

在这种文学暗杀政策的压迫下,正如鲁迅所说:"造谣中伤,禁止出版,或诬以重罪,彼辈易如反掌耳。"(《致黎烈文》,1933 年 7 月 22 日)而革命作家鲁迅首先所受到的压制,便是"不得不写但苦于没东西可写,想写的则又不能发表"(《致山本初枝》,1935 年 12 月 7 日)。这时鲁迅曾如此告诉他的朋友:"最近我的一切作品,不问新旧全被秘密禁止,在邮局中没收了。好象打算把我全家饿死。"(《致增田涉》,1933 年 11 月 13 日)他曾写了一篇随笔,约六千字,所讲是明末故事,竟被检查官删去了四分之三,只存开首一千多字,可见他即使讲盘古开天辟地神话,也必不能满他们之意的(参看《致赵家璧》,1934 年 12 月 25 日)。在鲁迅书简中充满着这样的句子:"今年我有两篇小文,一论脸谱并非象征,一记娘姨吵架,与国政世变,毫不相关,但皆不准登载。"(《致杨霁云》,1935 年 1 月 29 日)"现在文章难做,即使讲《死魂灵》,也未必稳当,《文学百题》中做了一篇讲讽刺的,也被扣留了。"(《致曹聚仁》1935 年 7 月 29 日)

大家知道,这时鲁迅杂文所用的笔名是特别多的。原因是如用"鲁迅"两字包管不准登载,而他又不能沉默,所以便用各种笔名争取发表。鲁迅自己告诉我们:"为了赌气,却还是改些作法,换些笔名,托人抄写了去投稿。"(《花边文学·序言》)这样当然能有些漏网之鱼,但也还是不行。一因鲁迅的反抗本性使然，"放言已久,不易改弦"(《致黎烈文》,1933 年 5 月 27 日),"一涉笔,总不免含有芒刺"(《致黎烈文》,1934 年 1 月 17 日),"无论做什么东西,气息总不会改的"(《致徐懋庸》,1935 年 1 月 17 日),所以即使在鲁迅自己看来已经很不成样的了,可是在客观上却仍颇有干犯,不能令豪贵满意,而仍要被拍去或大加删改。二因虽经时时改名,而文章的骨力风格固在,加以不免偶露风声,于是不管好事的悬猜也好,变相的告密也好,总对鲁迅的发表要求不利。这中间也闹了一些笑话,例如鲁迅说:"然而这么一来,却又使一些看文字不用视觉,专靠嗅觉的'文学家'疑神疑鬼,而他们的嗅觉又没有和全体一同进化,至于看见一个新的作家的名字,就疑心是我的化名,对我呜呜不已,有时简直连读者都被他们闹得莫名其妙了。"(《准风月谈·前记》)可见叭儿狗们根据嗅觉的判断,虽然有时并不和事实相符,"但不善于改悔的人,究竟也躲闪不到那里去",种种笔名之后的真人终仍"有无法隐瞒之势","于是不及半年,就得着更厉害的压迫了"(《准风月谈·后记》),敷衍到后来,鲁迅只好还是停笔,或近于停笔。从鲁迅的不能不用各种笔名,到用了各种笔名终于还是不能发表,而最后仍非停笔或近于停笔不可,就可推知当时是怎样一种黑暗到极点的局面。在《且介亭杂文》的《附记》里,鲁迅曾愤恨地这样说:"我们活在这样的地方! 我们活在这样的时代!"

除了干脆禁止,删改或删除也是文学的暗杀政策的一个重要部分。国民党反动派先是"给作者改文章"(《致姚克》,1934 年 8 月 31 日),当然给改得不知所云。进一步就来删削,大删特删,甚至可以删掉五分之四,使文章变成不通,象在说昏话。删削了的地方开始还可以加上圈点,留着空隙,表示此中原来还有文字,但接着就连"圈圈和虚点"(《致增田涉》,1934 年 11 月 14 日)都不准加了,一定要连在一起了,因为他们在大删特删之余,在一般人面前却还要装作文艺自由的样子。再进一步,"这回审查诸公却自己不删削了,加了许多记号,要作者或编辑改定",如果不照办就通不过。这就是说,他们"事实上还是删改,而自己竟不肯负删改的责任,要算是作者或编辑改的",其目的是要使"现行文学暗杀政策,几无迹象可寻"(《致杨霁云》,1935 年 2 月 10 日),诚属狡骗无耻之极。鲁迅骂这些人:"禁止,则禁止耳,但此辈竟连这一点骨气也没有!"(《致杨霁云》,1935 年 2 月 4 日)事实上这也由于他们的外强中干,在人民的强力反抗下,他们已不能不稍稍顾忌,不敢太明目张胆地作恶了。

鲁迅杂文的绝大部分就是在如上所述的这种极端黑暗的环境中写成的。用他自己的话来说,他是带着镣铐在进军。不理解这种情况,就不能全面地、深入地、公正地认识和评价他的杂文。

四 "带了镣铐的进军"

虽然是在严重的白色恐怖之下，随时有被荼毒迫害的危险，可是鲁迅并没有真正"沉静而隐藏"，事实恰恰相反。他在一九三〇年以后直到逝世前的几年中，环境越是恶劣、凶险，他做的工作，写的杂文，却也越多。对人民和祖国的热爱以及对反动派的愤恨都不可能使他甘于沉默。只要还能做一点，他就一定要做一点，不管有多么的困难。他在给朋友的信中曾说他这样作无异于"上了镣铐的跳舞"（《致曹白》，1936 年 5 月 4 日），或者是"带了镣铐的进军"（《致萧军》，1935 年 6 月 7 日）。后面这句话实在尤其确切。

鲁迅是一贯主张对付敌人要采取韧性战术的。如果因为暂时还不能战胜敌人，便索性住手不打，专门等待起来，甚至此后只会发些空议论，那就只能正中敌人的心怀，而对革命则毫无好处。鲁迅说："我的决心是如果有力，自己来做一点，虽然一点，究竟是一点。这是很坏的现象，但在目前，我以为总比说空话而一点不做好。"（《致萧军》，1935 年 6 月 27 日）这时他决心要做的一件主要工作就是继续写杂文。用"鲁迅"的名字不能发表，就换用别的笔名；这个笔名渐渐被密探和检查官嗅出真姓名来不能用了，就再换别一个；如果检查官一定要删掉几段，"那么，就任它删掉几段，第一步是只要印出来"（《致萧军、萧红》，1934 年 12 月 26 日），因为如能印出来就多少总有点影响，总能起一点革命的教育作用，总比连这一点也没有要强。带了镣铐进军当然太不方便，但既然"另外没有好法子"（《致孟十还》，1936 年 3 月 22 日），那也就只能这么办，总不能索性连进军都不要了。

"带了镣铐的进军"难受是真的，苦恼也是真的。既要为编者的处境设身想一想，也要为刊物的存在好好顾虑一下，同时自己虽然可以写得婉曲一点，隐藏一点，但如尽说不痛不痒的话，却也仍不甘心的。然而稍关痛痒的文章仍难和读者见面，不冷不热的文章则又容易受到不明底细的读者的责备。

因为要为编者的处境设身想一想，"于是文章也就不能划一不二，可说之处说一点，不能说之处便罢休"（《南腔北调集·题记》）。因为要为刊物的存在好好顾虑一下，所以下笔就不能不特别小心，免得刊物遭殃，丧失了作战的阵地。例如鲁迅为了避免引起反动派对译文社的注意，特地要《译文》编者将他所译《果戈理私观》一文后面译人的名和后记里的署名都改作邓当世(参看《致黄源》,1934 年 8 月 14 日)。又如有人请他为自己的书作序,他根据自己向来的经验这样回答:"序文我可以做,不过倘是公开发卖的书,只能做得死样活气,阴阳搭戤"(《致徐懋庸》,1935 年 3 月 22 日),否则便一定通不过。但也有即使做得"死样活气"了而仍通不过的时候,所以时常他反而充满了对人的好意而这样推辞不做:"序文我想我还是不做好,这里的叭儿狗没有眼睛,不管内容,只要看见我的名字就狂叫一通,做了怕反于本书有损。"(《致王志之》,1933 年 6 月 26 日)鲁迅分明看到:"凡是我寄文稿的,只寄开初的一两期还不妨,假使接连不断,它就总归活不久。"(《花边文学·序言》)于是为了要尽可能使所支持的刊物多生存一些时候,鲁迅就非耐着性子,写那种他自己也深感是"不冷不热的东西"不可。

鲁迅愤慨地说他是在写着一种"不会有骨气"的"奴隶文章"。在《花边文学》的《序言》里,他恼怒地告诉我们:"这么说不可以,那么说又不成功,而且删掉的地方,还不许留下空隙,要接起来,使作者自己来负吞吞吐吐,不知所云的责任。在这种明诛暗杀之下,能够苟延残喘,和读者相见的,那么,非奴隶文章是什么呢?""现在的文章,是不会有骨气的了!譬如向一种日报上的副刊去投稿吧,副刊编辑先抽去几根骨头,总编辑又抽去几根骨头,检查官又抽去几根骨头,剩下来还有什么呢? 我说:我是自己先抽去了几根骨头的,否则,连'剩下来'的也不剩。所以,那时发表出来的文字,有被抽四次的可能……。因此,除了官准的有骨气的文章之外,读者也只能看看没有骨气的文章。……我的投稿,目的是在发表的,当然不给它见得有骨气。"当然,鲁迅的杂文其实还是很有骨气的,只是这骨气是深藏在"不冷不热"、"吞吞吐吐"、"转弯抹角"、"死样活气"、"不成样子"、"奄奄无生气"、"发了昏了"……等等表面现象的后面,并非每个读者都能深刻地体会到,而且也不能说,经过这许多转折,鲁迅杂文在当时完全可能具有的高度骨气在表现上竟不会受到限制,受到损失。然而这却丝毫也不是鲁迅自己的过错。

对于象鲁迅这样一位爱憎强烈的作家,要他长期总只能写一些不冷不热——至少外表上是如此——的文章,必然是一件苦事。他在给熟人的两封信里果然这样说过:"有检查,所以要做得含蓄,又要不十分无聊,这正如带了镣铐的进军,你想,怎样弄得好,又怎能不出一身大汗,又怎能不仍然出力不讨好。"(《致萧军》,1935 年 6 月 7 日)"一面要顾及被禁,一面又要不十分无谓,真变成一种苦恼,我称之为'上了镣铐的跳舞'。"(《致曹白》,1936 年 5 月 4 日)

"带了镣铐的进军"已经很苦恼了,但却还要受到两种责备。一种责备是官话,来自特务文人,他们说鲁迅杂文说话弯曲,"装腔作势,吞吞吐吐",乃是"不革命"的表现,他们完全抹杀了这正是反动统治产物的事实,好象他们自己倒是真正老牌的革命党(参看《伪自由书·官话而已》),简直是无耻之尤。这种责备实质上不过是一种诬蔑和欺骗。另一种责备来自人民内部,由于一般人不明底细,有些人还以为鲁迅这时所做的工作不但没有增加反而减少了。这种责备虽然出于善意,可以解释却不便解释。这些情况想来也难免在他原已感觉到的苦恼上面又增加了刺激。

　　鲁迅也曾这样想过:"投稿时,被删而又删,有时竟象讲昏话,不如沉默之为愈,所以近来索性不投了。"(《致郑振铎》,1934年1月11日)"与其吞吞吐吐,以冀发表而仍不达意,还不如一字不说之痛快也。"(《致谢六逸》,1935年12月24日)这种心情是我们都能了解的,也是一般人处在他当时的地位上很容易产生的,但他不过是有此一想而已,其实并未真正就此沉默起来,一字不说了。因为比个人的生命还更重要的,乃是中国人民的共同的命运,而这时却必须人人有力出力,去为它进行英勇的战斗。鲁迅的最伟大的精神就表现在他能为集体的利益牺牲小我的一切,更何况只是一些不值一驳的妄论或稍后尽可解释的事情呢?

　　是"带了镣铐的进军",明乎此,自然就能理解鲁迅杂文隐晦曲折的笔法原来主要是这样形成的,因此今天我们写作杂文的形式就不应该再是简单地和他的一样。如果鲁迅活到了今天,相信他的杂文形式一定也会随着新时代的出现而作相应的改变。

五　所谓"刻毒"的真相

　　在过去反动统治时代,一些"不是东西之流"为要诬蔑鲁迅杂文的思想性,借以引起一般不知真相者的反感,总是用"刻毒"来掉包它的尖锐和锋利。"刻毒"是一个否定的字眼,含有"从个人意气出发"、"不怀好意"、"责备过分"等意义在内,那么所谓"刻毒"的文章也就是"不公正"的、"恶劣"的文章,那些"不是东西之流"所以要这样说,目的就在这里。不消说,这完全是他们要为自己辩护的一种无赖式的遁词。

　　鲁迅杂文的确是无比的尖锐、锋利。它往往三言两语甚至一句话就挖到了敌人的痛疮,击中了他们的要害。而由于鲁迅是"砭痼弊常取类型"的,所以被挖痛、击中的人是反动统治者中的一大群,而引起的报复和憎恶也就不能不是七嘴八舌地一连串的。关于这一点,鲁迅自己倒是非常清楚的。他知道自己作品"内中所指,是一大队遗少群的风气,并不指定着谁和谁;但也因为所指的是一群,所以被触着的当然也不会少,即使不是整个,也是那里的一肢一节,即使并不永远属于那一队,但有时是属于那一队的"(《准风月谈·"感旧"以后〔上〕》)。于是被鞭打者为了要报复这种鞭打,除掉直接的迫害以外,他们就会"最先是说他冷嘲,渐渐的又七嘴八舌的说他谩骂,俏皮话,刻毒,可恶,学匪,绍兴师爷,等等,等等"(《伪自由书·从讽刺到幽默》)。对于这些"不是东西之流"来说,分明是不正经的东西会被当作神圣不可侵犯的"正经"来保护,来实行,而一旦这种分明是不正经的"正经"被象鲁迅这样的作家用杂文无情地揭发出来了,却立即就被说成是"刻毒",是"骂人"(《伪自由书·两误一不同》)了!

我同意鲁迅自己所说的这些话:"批评者谓我刻毒,而许多事实,竟出于我的恶意的推测之外,岂不可叹。"(《致郑振铎》1934年11月8日)"我自己想,虽然许多人都说我多疑,冷酷,然而我的推测人,实在太倾于好的方面了,他们自己表现出来时,还要坏得远。"(《致萧军》1935年10月4日)鲁迅的杂文的确已把"不是东西之流"的丑恶的嘴脸和卑鄙龌龊的灵魂揭露刻划得很深刻,很淋漓尽致,但由于那些东西是如此出奇的坏,"坏得远",因此还不能说鲁迅的杂文对他们的揭露和刻划已经毫无遗漏之处。站在中国人民的立场上,应当说,象鲁迅的杂文这样的对敌人"刻毒",是越多越好,越厉害越好。

绝对不能把鲁迅杂文中的嘲骂当作个人的私骂来看待。在这一点上,鲁迅的界线是分得很清的。他自己说:"我的杂感集中,《华盖集》及《续编》中文,虽大抵和个人斗争,但实为公仇,决非私怨。"(《致杨霁云》,1934年5月22日)在另外一个地方他又说:"倘只我们彼此个人间事,无关大局,则何必在刊物上喋喋哉。"(《致杨霁云》,1936年8月28日)这种情况,在鲁迅的全部杂文里都是如此。还在一九二六年的时候,有人说鲁迅"只打叭儿狗,不骂军阀",鲁迅回答说:"殊不知我正因为骂了叭儿狗,这才有逃出北京的运命。泛骂军阀,谁来管呢?军阀是不看杂志的,就靠叭儿狗嗅,候补叭儿狗吠。"(《而已集·谈所谓"大内档案"》)这件事正证明着他骂叭儿狗也就是骂了军阀,否则他便不会被迫逃出北京去。因此如果认为他和某些个人的斗争只是他纯粹从个人出发的事情,便是一种幼稚之见。当然也并非所有曾被鲁迅指责过的人都是坏人,但他们之所以虽被讽刺、指责而仍无损于是一个很好的人,一般地主要是因为他们后来已经克服了被指责过的缺点之故。人是会发展的,可能变好也可能变坏,所以在曾被鲁迅称赞或斥责、讽刺过的人们中,后来既有变坏了也有变好了的人。

当时也曾有过这么一个叫做炯之的人问起鲁迅:"我们是不是还有什么方法可以使这种'私骂'占篇幅少一些?"显然他正是幼稚地以为鲁迅的嘲骂乃是一种"私骂"。鲁迅的回答是这样:"有是有的。纵使名之曰'私骂',但大约决不会件件都是一面等于二加二,一面等于一加三,在'私'之中,有的较近于'公',在'骂'之中,有的较合于'理'的,居然来加评论的人,就该放弃了'看热闹的情趣',加以分析,明白的说出你究以为那一面较'是',那一面较'非'来。"(《且介亭杂文二集·七论"文人相轻"——两伤》)鲁迅杂文的最大特点就是它的现实性和战斗性,如果读了他的杂文却得出了一个"私骂"或"彼亦一是非,此亦一是非"的结论来,那是十分荒谬的。关键就在于一定要站稳立场,并对其中的内容作具体深入的分析。

六　鲁迅杂文的生命力

尽管有人以为创作杂文是非常"容易下笔"的,甚至也认为"杂感家"最易成名,但"不是东西之流"岂非也写出了不少"小品",为何广大读者却并不鼓掌?也未得成名?可见,仅凭一套"装腔作势"(《致郑振铎》,1934年6月2日)、"又唠叨,又无思想,乏味之至"(《致郑振铎》,1934年6月21日)的本事,是无济于事的,成功的杂文并不"容易下笔"。鲁迅说得好:"'杂文'很短,就是写下来的工夫,也决不要写'和平与战争'(这是照林希隽先生的文章抄下来的,原名其实是《战争与和平》)的那么长久,用力极少,是一点也不错的。不过也要有一点常识,用一点苦工,要不然,就是'杂文',也不免更进一步的'粗制滥造',只剩下笑柄。"(《花边文学·商贾的批评》)"不错,比起高大的天文台来,'杂文'有时确很象一种小小的显微镜的工作,也照秽水,也看脓汁,有时研究淋菌,有时解剖苍蝇。从高超的学者看来,是渺小、污秽,甚而至于可恶的,但在劳作者自己,却也是一种'严肃的工作',和人生有关,并且也不十分容易做。"(《集外集拾遗补编·做"杂文"也不易》)

在这里,所谓"也要有一点常识,用一点苦功",和"也不十分容易做",中间仍包含着鲁迅的许多自谦在内。其实,要做到象鲁迅杂文这样的高度,除了必要具备一般所说的艺术修养和生活知识之外,我以为更加难得的却是象鲁迅那样富贵不能淫,贫贱不能移,威武不能屈地向一切黑暗反动的势力进行韧性战斗的精神。而鲁迅杂文的生命力的源泉主要也就产生在这里。

鲁迅的战斗精神一贯是强烈的,昂扬的,受压迫越厉害,反抗便越坚决。偶有的消极想头,其实毫不足道,只能算作他感情之流中一些小小旋涡,而他的感情的巨流却一贯是朝着彻底反抗旧社会的方向奔腾前去的。下面我们不妨依着年代的顺序,列出他的几节话来看看:

有人劝我不要做这样的短评。那好意,我是很感激的,而且也并非不知道创作之可贵。然而要做这样的东西的时候,恐怕也还要做这样的东西,我以为如果艺术之宫里有这么麻烦的禁令,倒不如不进去;还是站在沙漠上,看看飞沙走石,乐则大笑,悲则大叫,愤则大骂,即使被沙砾打得遍身粗糙,头破血流,而时时抚摩自己的凝血,觉得若有花纹,也未必不及跟着中国的文士们去陪莎士比亚吃黄油面包之有趣。(《华盖集·题记》,1925年12月31日)

倘这事成功(按指诺贝尔文学奖金——玉)而从此不再动笔,对不起人;倘再写,也许变了翰林文字,一无可观了。还是照旧的没有名誉而穷之为好吧。(《致台静农》,1927年9月25日)

近来中国式的法西斯开始流行。朋友中已有一人失踪,一人遭暗杀。此外,还有很多人要被暗杀,但不管怎么说,我还活着。只要我还活着,就要拿起笔,去回敬他们的手枪。(《致山本初枝》,1933年6月25日)

我现在也不能够离开中国,倘用暗杀就可以把人吓倒,暗杀者就会更跋扈起来。他们造谣,说我已经逃到青岛,我更非住在上海不可,并且写文章骂他们,还要出版,试看最后到底是谁灭亡。(《致山本初枝》,1933年7月11日)

我自有生以来,从没有见过象现在这样黑暗的事,网密犬多,恶人受到奖励,忍受不下,非反抗不可。只可惜我年纪已过五十,有些遗憾。(《致山本初枝》,1934年7月30日)

要战斗下去吗? 当然,要战斗下去! 无论它对面是什么。(《致萧军》,1935年10月4日)

表现在这几节话里的鲁迅的始终一贯的精神,气概,以至他的整个面目,真是多么坚韧、庄严、伟大,分明是一个崇高之极的革命的圣者。

请问,如果缺少了象鲁迅所有的这种伟大的战斗精神,难道也还能写出和他杂文一样光辉一样成功的作品来么?肯定是不行的。

正因为是这样的杂文,所以即使在敌人的长期的诬蔑和围攻中,鲁迅对于自己所从事的这种"严肃的工作"从未丧失信心,反而是充满了勇气和希望。他说,象"杂文"这种作品,既然"杂志报章上的缺不了它,'杂文家'的放不掉它,也可见正非'投机取巧','客观上'是大有必要的"(《集外集拾遗补编·做"杂文"也不易》)。既然是大有必要的,那就会"'悠久得惊人'的,即使捧出了做过和尚的洋人或专办了小报来打击,也还是没有效"(《伪自由书·从讽刺到幽默》)。事实上,他已分明看到,杂文既然很"招人憎恶",但广大人民却是极端欢迎它,拥护它的,因此不但"更能够生存",并且是"在围剿中更加生长起来了"(《准风月谈·后记》)。杂文的生命力是深深孕育和保卫在广大人民的心里,反动派虽暂时可以禁止它,删削它,但他们究竟无法夺去它的生命。不但如此,"杂文这东西,我却恐怕要侵入高尚的文学楼台去的",即使杂文作者倒并未希图借此取得文学史上的什么位置。原因就在,既然这种作品是"于大家有益"(《且介亭杂文二集·徐懋庸作〈打杂集〉序》)的,便一定诅咒不死,压抑不住,反而还要大大的发展,这正是一种谁也无可奈何的客观的规律。

杂文必须是匕首和投枪,要能和读者一同杀出一条生存的血路来,这样的杂文自然同时"也能给人愉快和休息"(《南腔北调集·小品文的危机》),因为它又必须是艺术品,富有审美的意义。至于它的具体作用,如果不妨举出一些,那么"第一是使中国的著作界热闹,活泼;第二是使不是东西之流缩头;第三是使所谓'为艺术而艺术'的作品,在相形之下,立刻显出不死不活相"(《且介亭杂文二集·徐懋庸作〈打杂集〉序》)。应当说,鲁迅杂文是达到了他自己对于杂文所提出的这些重大要求的。它们极为有力地表现出来了中国人民的反抗精神和革命意志,教育了人民,协助推进了中国人民的革命事业。鲁迅杂文不朽!鲁迅将永远活在全体中国人民的心里!

(原载《语文教学》1956 年 3 月号)

读《为了忘却的记念》

——记念鲁迅逝世十七周年

一

　　《为了忘却的记念》是鲁迅在一九三三年二月七——八日写的,记念柔石、胡也频、殷夫、李伟森、冯铿五位革命作家,他们是在前两年,即一九三一年二月七日,被国民党反动派秘密活埋和枪杀的。

　　自从第一次国内革命战争不幸失败以后,国民党反动派就疯狂地施行法西斯的血腥统治,可是中国人民的革命力量,在共产党的领导之下,进行坚决反抗,不但没有被"剿尽杀绝",反而一天天壮大起来。从一九二七年起到鲁迅逝世后不久的一九三七年为止的这一段时期,是中国新民主主义文化革命的第三个时期——"新的革命时期"。毛主席指出:"这时有两种反革命的'围剿':军事'围剿'和文化'围剿'。也有两种革命深入:农村革命深入和文化革命深入。这两种'围剿',在帝国主义策动之下,曾经动员了全中国和全世界的反革命力量,其时间延长至十年之久,其残酷是举世未有的,杀戮了几十万共产党员和青年学生,摧残了几百万工农人民。从当事者看来,似乎以为共产主义和共产党是一定可以'剿尽杀绝'的了。但结果却相反,两种'围剿'都惨败了。"

　　中国人民的文化战线,一九二七年以后一直在严重的白色恐怖下进行斗争。到一九三〇年后,由于中国自由大同盟(一九三〇年二月)和中国左翼作家联盟(一九三〇年三月二日)的成立,白色恐怖愈加残酷。鲁迅他们发起组织的中国自由大同盟的成立宣言中,说明了当时反动派进行残酷压迫的情况。宣言说:

我们处在现在统治之下，竟无丝毫自由之可言！查禁书报，思想不能自由；检查新闻，言语不能自由；封闭学校，教育读书不能自由；一切群众组织，未经委派整理，便遭封禁，集会结社不能自由。至于一切政治运动与劳苦群众争求改进自己生活的罢工抗租的行动，更遭绝对禁止。甚至任意拘捕，偶语弃市，身体生命，全无保障，不自由之痛苦，达于极点！

反动派一方面"禁止书报，通缉作家，封闭书店"；另一方面"收买流氓、侦探、堕落文人，组织其民族主义和三民主义文学运动"。关于前者，书刊方面"不但内容略有革命性的，而且连书面用红字的，作者是俄国的，绥拉菲摩维支、伊凡诺夫和奥格涅夫不必说了，连契诃夫和安特来夫的有些小说，也都在禁止之列"（《二心集·黑暗中国的文艺界的现状》），甚至"连那略带些不平色彩的，不但是指摘现状的，连那些攻击旧来积弊的，也往往就受迫害"（《二心集·上海文艺之一瞥》）。封闭书店，"多的时候，一天五家"（《二心集·黑暗中国的文艺界的现状》）。严重的压迫也使鲁迅在一九三〇年整整一年之内只写了收在《二心集》里的不到十篇的短评。（参见《二心集·序言》）关于后者，反动统治者也印行了不少杂志，主持者是"一位上海市的政府委员和一位警备司令部的侦缉队长"，但他们的杂志没有人看。所谓"民族主义文学"，虽然在当时的"宠犬派文学之中，锣鼓敲得最起劲"，但它也只尽了些"送丧的任务"，而不能还有其他的命运。

反动派想用这两种方法来消灭革命文化运动和革命的文化，然而无效。虽然在反动派极端高压的统治下，革命的文化战士们仍是不屈不挠，用种种形式坚持了为自由的斗争；由于人民觉悟的提高，反动派的这两种方法都得不到什么结果。他们很想利用一些"早经有名而并不分明左倾"的作者来为他们的杂志撑场，可是这些作者"只有一两个胡涂的中计，多数却至今未曾动笔，有一个竟吓得躲到不知道什么地方去了"（《二心集·黑暗中国的文艺界的现状》）。而他们奉为宝贝的那些左翼的叛徒，则显然一点也不能抵挡无产阶级革命文学的进攻。因此，虽在如此残酷的不自由状态之下，一大部分革命的青年，仍在非常热烈的要求、拥护和发展左翼文艺，左翼文艺虽然好象是被压在大石之下，但它显然仍在不断的滋长。

这情况，自然使那些拿刀的"文艺家"们非常气愤，使他们感到单是禁止革命文学和培养宠犬派文学还是不行，还必须使用出最毒辣的手段，即将革命作家逮捕、拘禁、虐杀。他们以为这样就可以把革命文化运动和革命的文化完全扼杀了。于是在以鲁迅为领导的"左联"成立还不到一年的时候,也就是在一九三一年一月十七日,"左联"的五位革命作家——也都是光荣的共产党员——柔石、胡也频、殷夫、李伟森、冯铿就被捕了,至二月七日,就被反动派在上海龙华警备司令部里秘密活埋和枪杀。

五位革命作家的鲜血记录了中国无产阶级革命文学历史的第一页!

五位革命作家被国民党反动派虐杀之后,"左联"特地发表了一篇《为国民党屠杀大批革命作家宣言》,控诉敌人的罪恶暴行,指出这种虐杀手段决然不可能消灭左翼文化运动,并坚决表示要继续反对"国民党在末日之前的黑暗的乱舞"。同时"左联"的领导者鲁迅也发表了一篇《中国无产阶级革命文学和前驱的血》,用无比的愤怒,痛斥了这些"黑暗的动物"的"卑劣的凶暴",号召同志们一定要以"不断的斗争"来"记念我们的死者"。他指出无产阶级革命文学是属于革命的广大劳苦群众的,"大众存在一日,壮大一日,无产阶级革命也就滋长一日"。这篇文章发表在当时"左联"秘密出版的机关刊物《前哨》第一期"纪念战死者专号"上,这是他在五位革命同志惨被虐杀之后表示哀悼和铭记的第一篇文章。以后在好些文章里都不断地论述到这个暴行,追念着这些同志。《为了忘却的记念》就是这些文章里主要的一篇。

二

鲁迅的作品,从一开始的时候,用他自己的话来说,就是"反叛的小资产阶级的反抗的或暴露的作品","因为他生长在这正在灭亡着的阶级中,所以他有甚深的了解,甚大的憎恶,而向这刺下去的刀也最为致命与有力"(《二心集·上海文艺之一瞥》)。所以一直就受着各种反动派的嫉视和压迫。而且他的思想有了质的改变,经常领导发动各项革命文化运动之后,他的处境就越来越危险。"左联"成立,他负领导重责,运动更加坚实有力了,但也就受到了"世界上古今所少有的压迫和摧残"。鲁迅自己更随时有被捕或暗杀的可能。

据冯雪峰同志的回忆,柔石等被捕以至牺牲前后,鲁迅的情况大致是这样的:他在事发后的第四天,经过仔细的考虑,决定离开他在北四川路底的寓所,暂时避居到附近一家日本人开的公寓里去。到了那里他仍照常工作,一面等待着柔石等案件的发展。这是因为:一则白色恐怖要躲避也实在无从躲避,鲁迅至多也只能那样避居一下,这种避居在事实上是于事无补的,况且他还差不多每天出外到内山书店等地方去；二则又来了谣言，说柔石等可以用钱赎出，虽然他始终不相信这谣言，但究竟还没有听到他们已经被杀的消息。看他那样照常做他预定的工作和照常出外的情形，就好象一个船夫驶着自己的船在大风暴的海中奋斗，当知道了他的伙伴的船只在后面遇险的时候，他既然无法回头去帮助伙伴，也就只有继续向前和惊涛骇浪奋斗到底。柔石等被杀的消息证实之后，鲁迅的内心充满了愤怒和悲哀，他常常一声不响，保持着长久的沉默。雪峰同志去看他的时候，他说的话一共不超过十句，其中一句就是这样的意思："这样下去，中国是可以给他们弄完的！"鲁迅的愤怒，就是对于凶残暴虐的阶级敌人的愤怒，而他的悲哀，则是对于这五位阶级战士之惨被虐杀，使我们民族解放革命事业遭受重大损失的悲哀。他的这种愤怒和悲哀都具有深厚的民族感情的基础，而他的这种民族感情又是同无产阶级的阶级性相统一的。

国民党反动派虽然用最卑劣最残暴的手段虐杀了五位革命作家，可是革命者并没有被血所吓倒，革命文学文化运动仍在不断的滋长，并且反而战斗得更壮勇，更深入。法西斯的凶残统治于是更进了一步，在五位作家被虐杀之后，鲁迅写出这篇《为了忘却的记念》之前的这两年中，反动派对革命文学文化运动的迫害达到了空前的程度。"左联"所主办的刊物如《大众文艺》《南国月刊》《拓荒者》《北斗》《现代小说》等都陆续遭禁。"一二·八"后，一九三二年二月，为了反对国民党反动派的对外不抵抗政策，鲁迅等人发表《上海文化界告世界书》，坚决反对日本帝国主义进攻中国。二月八日，戈公振、丁玲等发起成立中国著作家抗日会。这些活动都极为反动派所憎恨。这年秋天，上海反帝同盟便被反动派所破坏。中国左翼作家的作品，特别是鲁迅的作品，甚至翻译，自此受到了愈益严厉的禁止。

鲁迅这篇文章，就是在这个最黑暗的日子里写成的。三十年中，他"目睹许多青年的血，层层淤积起来"，把他"埋得不能呼吸"，"这是怎样的世界呢"！他悲愤，他忘记不了被虐杀的死者，但"夜正长，路也正长"，他应当"将悲哀摆脱"，所以他才在这个时候写下了这样一篇作品——鲁迅杂文里斩钉截铁而又是抒情气氛很浓的一篇文章。

三

鲁迅这篇文章题名《为了忘却的记念》，为什么"记念"是"为了忘却"呢？鲁迅当然不会忘却这些革命先驱的死者，不，他永远也不会忘却。不但在写这篇文章以前，就在《中国无产阶级革命文学和前驱的血》和《黑暗中国文艺界的现状》里提到这个惨案，在写出这篇文章之后，他也仍在《中国文坛上的鬼魅》和《写于深夜里》等文里怀着极深的感情记念到这些死者。

因此，所谓"记念"是为了"忘却"的意思，实在就是要化悲哀和愤怒为力量，不要空言"记念"，而应以工作和行动，也就是应以不倦的斗争来记念死者的意思。鲁迅从当时的黑暗，深知"夜正长，路也正长"，他如果一直负着感情上的重压，不设法摆脱，就难免要影响自己的工作；只有用实际的工作，不倦的斗争，来继续他们未完成的事业和未实现的理想，才是对于死者的最好的记念，倘若一味悲哀沉痛，便无济于事。两年以来，鲁迅因为这些革命先驱的死长久怀着悲愤，"悲愤总时时来袭击我的心，至今没有停止"，而现在因为感觉到了有这样的必要，所以很想借此尽情的一吐，"算是竦身一摇，将悲哀摆脱，给自己轻松一下"，"倒要将他们忘却了"。这完全不是消极的办法，而是为了集中全力，准备好迎接另外的"一场血腥的战斗"（《且介亭杂文·中国文坛上的鬼魅》）。这也只是鲁迅在某种情况下希望自己能这样做到，事实上，即使在他充满着乐观主义的时候，当他记起了这些死者，由于他所具有的那种对于青年、对于同志、对于我们民族和无产阶级的炽热的感情，他还是不能完全摆脱那重压之感的。这事实，和雪峰同志对鲁迅当时心情的回忆是完全一致的。"夜正长，路也正长，我不如忘却，不说的好吧"，这不只是鲁迅对自己说的，也是对于所有革命战士们的鼓励和号召，叫同志们面对现实，去作坚决、沉着、持久的战斗。在反"围剿"的艰苦作战中，鲁迅是锻炼得更坚决、更沉着、更强韧了。

在这篇文章里，鲁迅怀着无比的愤怒揭露出反动统治者的卑鄙无耻和凶残的暴行，提出了有力的控诉，同时他也怀着庄严的心情和真挚的热爱来记念这些战友，并写出了他们的高贵品质。

为了革命，白莽多次被捕，衣服和书籍全被没收了，以致虽在热天，却只能穿着一件厚棉袍而汗流满面，这件厚棉袍还是从朋友那里借来的，朋友那里也没有夹衫。可是他仍旧要革命，什么也不能阻挡他的这种意志。他的译诗"生命诚宝贵，爱情价更高。若为自由故，二者皆可抛"，就正是他自己精神的写照。

为了革命的文学文化运动，柔石自己没有钱，可以借钱来做印本。理想到处碰钉子，力气固然白花，还得再去借钱来赔账，可是仍然相信人们是好的。拼命的努力，拼命的工作，"无论从旧道德，新道德，只要是损己利人的，他就挑选上，自己背起来"。不怕困难，坚决相信"只要学起来"就什么都能够学会。被捕在牢狱里了，在死亡的威胁下，他的心情仍不改变，而且还想学德文，希望以后能工作得更好。

诸如此类的描写，完全是记实，一点也没有夸张。就在这种自然而真实的描写中，却已把革命先驱者们的高贵品质很亲切的刻画出来了。革命先驱者们是这样的热爱工作，热爱生活，即使在敌人的魔掌里还是念念不忘学习，然而为了革命，为了自由，他们宁愿抛弃生命和爱情，绝不向敌人屈服。这就是他们所以能够在严重关头慷慨就义的动力，同时也就是鲁迅所以挚爱他们、遏止不住对他们的追怀的原因。

鲁迅的这种描写，特别在描写柔石的场合，都是通过日常生活的细节来表现的，而不是孤立地说什么抽象的大道理，所以亲切，生动，能使人信服感动。

这是一面。另外一面，我们也可以看出，同是革命先驱者的鲁迅自己，他对革命青年的爱护、教育、帮助和怀念是多么动人：对于一位素不相识的投稿者——白莽，鲁迅始而同他通信，继而把自己最珍爱的书籍送给他，后来又"赶紧付给稿费，使他可以买一件夹衫"。柔石被捕了，他自己"和女人抱着孩子走在一个客栈里"，却想到"天气愈冷了，我不知道柔石在那里有被褥不？我们是有的"。他不但怀念柔石，也因此想起了柔石还有一个失明的母亲。在这里，有对烈士们的无限的崇敬，有在烈士们的受难之前深感不安，对自己提出更严格要求的伟大的心，也有一种对于广大苦难者的最深的同情。必须自己具有高贵品质才能真实动人地写出别人的高贵品质，必须具有真正深厚的感情才能写出最浓烈的抒情文章。从鲁迅这篇文章中，我们可以得到一个证明。

四

这篇文章沉痛地追念死者，但贯穿全文的乃是一种坚韧无比、再接再厉的战斗精神，同时对革命和革命文学的前途也充满了乐观。乐观主义原是他清醒的现实主义的特征之一。自从他改变了过去进化论的思想，接受了马克思主义的真理，参加了革命的实际斗争之后，这种乐观就更加坚强，更加稳固。因为自从他接受了马克思主义的真理，在革命的实际行动中更密切地接近了群众，他对于中国革命，已经确切地看见了最可靠的力量，清楚地认识了胜利前进的道路，这就必然地会使他的作品照射出乐观主义的光芒。他始而说："我们的这几

663

个同志已被暗杀了，这自然是无产阶级革命文学的若干的损失，我们的很大的悲痛，但无产阶级革命文学却仍然滋长，因为这是属于革命的广大劳苦群众的，大众存在一日，壮大一日，无产阶级革命文学也就滋长一日。"（《二心集·中国无产阶级革命文学和前驱的血》）继而说："左翼文艺有革命的读者大众支持，'将来正属于这一面'。……左翼作家们正和一样在被压迫被杀戮的无产者负着同一的命运，惟有左翼文艺现在在和无产者一同受难，将来当然也将和无产者一同起来。"（《二心集·黑暗中国的文艺界的现状》）现在这篇文章里又这样说："我知道，即使不是我，将来总会有记起他们，再说他们的时候的。……"

鲁迅的乐观主义是科学的、深刻的，我们今天不是确已达到在全国范围，甚至在世界范围来"记起他们，再说他们"的时候了？这就是因为他并没把无产阶级革命文学看成一个孤立的现象，就是因为他已经看到反动统治者"除从帝国主义得来的枪炮和几条走狗之外已将一无所有"，而要求革命的人民方面，则正有着最好的领导和最大多数的群众。这样的乐观来自对于无产阶级和一切劳动群众力量的认识和信仰，来自对于敌人的卑鄙和穷途末路的敏锐理解，也来自对于革命发展的卓越的预见。

是这样的乐观主义，所以，就不但能鼓舞鲁迅自己，而且也大大鼓舞了在黑暗中苦斗着的人民。鲁迅帮助人民张开眼睛，也给了人民无限的勇气，他真是"中国文化革命的伟人"。

（原载《语文学习》第二十五期，1953 年）

创作要怎样才会好

——读《答北斗杂志社问》

鲁迅的《答北斗杂志社问》一文写于一九三一年十二月二十七日。《北斗》是当时"中国左翼作家联盟"主办的一种革命文学刊物。鲁迅写作这篇文章的主要目的,是要用现实主义的创作方法,来纠正当时在某些进步文学创作中出现的教条主义和机械论的偏向。

鲁迅这篇文章在表面上是写来答复北斗杂志社所提的这样一个问题:"创作要怎样才会好?"不消说,这对于所有的文学工作者来说,都是一个感觉兴趣的、极端重要的问题。但是,要正确、完整地答复这个问题并不容易。鲁迅这篇文章总共不过三百字,中间分八条说明了自己的意见,非常简单,可是全面、扼要,而且具体切实、清楚明了。虽然鲁迅自谦这只是将他"自己所经验的琐事写一点"出来,实际上他却已经给我们指示了创作上最重要的几个原则。因此我深信这篇文章即使对今天的一切文学工作者来说,也还是保留着巨大的学习价值。

一　长期深入生活,反映事物本质

鲁迅说:"留心各样的事情,多看看,不看到一点就写。"

对于这一条,毛泽东同志在《反对党八股》里曾经称引到,并且如此说:"讲的是'留心各样的事情',不是一样半样的事情。讲的是'多看看',不是只看一眼半眼。我们怎么样? 不是恰恰和他相反,只看到一点就写吗?"

在这里,鲁迅虽然只说了三句话,但仔细体会起来,其中的含义是非常丰富的。

首先是"留心"。文学工作者必须养成随时随地观察研究事物的习惯。两个人同样经历这些事物,由于一个留心一个不曾留心,留心的就有收获,不曾留心的就会白白放过。文学作品的特点是要创造具体真实的形象,而形象应当从生活中来,从所经历过的许多人物、事件的鲜明印象的积蓄中选择综合得来,因此如果老是"心不在焉",即使有过不少经历,对创作还是会无济于事。要做到"留心",就得开动脑筋,把看到的某些重要事物好好思考,究明因果关系,同时也应当及时地把这些东西连同自己思考的结果写在笔记本里。

其次是"看看"。仅凭"听听"别人的传言,是绝对写不出好作品来的。要"看看",就得亲自出马,深入生活。所以鲁迅在《叶紫作〈丰收〉序》里曾这样说:"作者写出创作来,对于其中的事情,虽然不必亲历过,最好是经历过。"因为"天才们无论怎样说大话,归根结蒂,还是不能凭空创造"。只看到一样半样还不够,看得少了不但看不完全,也容易看错,所以又必须"多看看"。自然,为了要"多看看",深入生活就应当成为文学工作者的日常的事情。

再次是"不看到一点就写"。文学作品的目的是要真实地反映社会生活的本质,否则就不能有何教育意义。如果看到一点就写,枝枝节节,零零碎碎,毫无选择,毫无中心,那就象一本流水账。"多看看",看得多了,想得精确了,就可以抓住重点来写,解决一个或几个问题。所以鲁迅在《关于小说题材的通讯》里亦这样说:"选材要严,开掘要深,不可将一点琐屑的没有意思的事故,便填成一篇,以创作丰富自乐。"至于选材怎样才能严?开掘怎样才能深?也就是说,怎样才能把材料概括得正确而深刻?鲁迅在这里虽未作正面的回答,证以当时他所写的其他许多文字,显然是主张应当依靠于学习马克思列宁主义。

二　不要"硬写"

鲁迅说:"写不出的时候不硬写。"

毛泽东同志在《反对党八股》里对这一条也有精警的阐说:"我们怎么样?不是明明脑子里没有什么东西硬要大写特写么?不调查,不研究,提起笔来'硬写',这就是不负责任的态度。"

"硬写"之所以要不得,就因为"硬写"出来的作品,一定不能是好东西。起码是没有什么作用,甚至还要害人。

作品为什么会"写不出"?一定是由于作者对要描写的事物还不清楚、不熟

666

悉。因为清楚了，熟悉了，有"成竹在胸"了，就一定能写得出，而且容易写。

作者不应当"硬写"他所不清楚、不熟悉的东西。"硬写"的结果多半会歪曲事实，传布出来，就会使人得到一种错误的认识。但反对"硬写"绝不是主张从此不写。事物本身也许很重要，宣传教育的任务也许很迫切，作者应当服从工作的需要。问题在于他应当赶快把"不清楚、不熟悉"变为"清楚"、"熟悉"。这样之后他就不致仍是"硬写"，而是自觉、乐意、比较顺利的写作了。

为什么有人会"硬写"？有些人是勉强赶任务，不知道文学的特点，"赶"而不得其道，这种情况应当改正，可是情有可原。另有些人是不想付出巨大的劳动，却一心巴望速成，求名求利，明明没有东西可写，却想以多为贵，大写特写。如果不把这种想法做法彻底抛弃掉，不但在文学事业上，在任何事业上都只有失败，不会成功。

三 塑造人物形象的方法

鲁迅说："模特儿不用一个一定的人，看得多了，凑合起来的。"

这一条是说塑造人物形象的方法。文学描写的基本对象是人，创作的中心任务就是塑造光辉灿烂的人物形象——典型。有人塑造人物，是用一个一定的模特儿，也就是完全描写真人，鲁迅则一向不用这个办法。他在《"出关"的"关"》一文中说："作家的取人为模特儿，有两法。一是专用一个人，言谈举动，不必说了，连微细的癖性，衣服的式样，也不加改变。这比较的易于描写。……二是杂取种种人，合成一个，……我是一向取后一法的。"在《我怎么做起小说来》里，他也说："往往嘴在浙江，脸在北京，衣服在山西，是一个拼凑起来的脚色。"

完全用一个真人为模特儿，照着他的样子写得一丝一毫都不走动，即使在这个真人身上具有的典型性相当强，也很难把他塑造成为出色的典型。保尔·柯察金、密烈西叶夫，都是出名的有一个真人作为他们前身的典型，但在塑造过程中，作家尼·奥斯特洛夫斯基和波列伏依却都曾加以适当的改变，使他们更能表现先进人物的本质特点。如果作者用这个办法来写的乃是一个一般的真人，那就无意义了。

鲁迅在这里所说的"凑合"、"拼凑"，当然不是机械地进行的，其实就是经过概括以后的"集中"和"综合"。我们从他塑造的阿Q、祥林嫂等典型里，难道会感到有机械地"拼凑"起来的地方？

对于初学写作者，以描写真人作为入手的一种练习办法，当然是可以的。但对于文学工作者，却需要他不停留在这个阶段，不认为这是塑造典型的最好办法。认真讲，用一丝一毫也不加改变（增删）的办法来造典型，实在是不可能的。

四　多想、多改、少废话

鲁迅说："写完后至少看两遍，竭力将可有可无的字、句、段删去，毫不可惜。宁可将可作小说的材料缩成 Sketch（速写），决不将 Sketch（速写）材料拉成小说。"

毛泽东同志的《反对党八股》对这一条亦有极好的阐明："孔夫子提倡'再思'，韩愈也说'行成于思'，那是古代的事情。现在的事情，问题很复杂，有些事情甚至想三四回还不够。鲁迅说'至少看两遍'，至多呢？他没有说，我看重要的文章不妨看它十多遍，认真地加以删改，然后发表。文章是客观事物的反映，而事物是曲折复杂的，必须反复研究，才能反映恰当；在这里粗心大意，就是不懂得做文章的起码知识。"

这一条是说作文一定要力求精简。思想内容要精采，语言文字要简洁。既然是"可有可无"，事实上就无异于废话，不能因它出于自己之手而不肯割爱。须知文章虽是自己写的，但却要对别人负责，应删而不删，就是不尊重读者的一种具体表现。鲁迅一向力避"行文的唠叨"，在《我怎么做起小说来》里，他说："可省的处所，我决不硬添，""只要觉得够将意思传给别人了，就宁可什么陪衬拖带也没有，""我不去描写风月，对话也决不说到一大篇。"

所谓简洁，并不是说在任何情况下，文章短了就好，长了就不好，主要精神是说应当适可而止，不要有空话、废话。

为什么有人会把速写材料拉成小说？一个原因是他对材料的性质和对速写、小说这两种不同形式作品的特点缺乏认识，另一个原因就是他可笑地认为作品写得越长就越好，话说得越多就越能吸引人，或者是他根本没有分别轻重主次的能力。这自然需要从根本上提高政治修养和艺术修养，但写完后如能多看几遍，严格的加以删改，那末有些毛病自己就会看出来，的确亦是一个应该养成的好习惯，应该采取的好办法。

五　语言要使人懂得

鲁迅说："不生造除自己之外，谁也不懂的形容词之类。"

同样的意思，鲁迅也写在《我怎么做起小说来》里："我做完之后，总要看两遍，自己觉得拗口的，就增删几个字，一定要它读得顺口；……只有自己懂得或连自己也不懂的生造出来的字句，是不大用的。"

毛泽东同志对这一条的感想是："我们'生造'的东西太多了，总之是'谁也不懂'。句法有长到四五十个字一句的，其中堆满了'谁也不懂的形容词之类'。许多口口声声拥护鲁迅的人们，却正是违背鲁迅的啊！"①

这一条专论滥造新词或滥用怪词，但立论的基本精神则远比这广阔得多。语言所以能交流思想，并作为一种斗争的工具，就因为它是全民通用的，否则就达不到这些目的。文学作品里如果羼进了许多谁也不懂的生造出来的形容词，那末同样也就会降低甚至取消了它的教育作用。古代的有些特别顽固的文人，作文说话，故作艰深，务使一般人不能看懂听懂，认为这就是自己的"高不可及"处。这在今天看来，乃是绝对的错误，万万效尤不得的。

什么是谁也不懂，甚至连自己也不懂的形容词之类？鲁迅举过这样一个例子："例如我自己，是常常会用些书本子上的词汇的。虽然并非什么冷僻字，或者连读者也并不觉得是冷僻字。然而假如有一位精细的读者，请了我去，交给我一支铅笔和一张纸，说道：'您老的文章里，说过这山是崚嶒的，那山是巉岩的，那究竟是怎么一副样子呀？您不会画画儿也不要紧，就钩出一点轮廓来给我看看吧。请，请，请……'，这时我就会腋下出汗，恨无地洞可钻。因为我实在连自己也不知道'崚嶒'和'巉岩'究竟是什么样子，这形容词，是从旧书上钞来的，向来就并没有弄明白，一经切实的考查，就糟了。"（《且介亭杂文二集·人生识字胡涂始》）象这一类的例子，其实在我们的文章里都有，可是我们却很少加以注意。这是不对的。

鲁迅对文学语言的基本要求是能使广大读者懂得。为此他的主张首先是"博采口语"，以"活人的唇舌作为源泉"，"从活人的嘴上，采取有生命的词汇，搬到纸上来"（《且介亭杂文二集·人生识字胡涂始》），"采说书而去其油滑，听闲

① 《毛泽东选集》，第3卷第865页。

谈而去其散漫,博取民众的口语而存其比较的大家能懂的字句"(《二心集·关于翻译的通讯》)。其次才是在"不得已的时候",可以"在旧文中取得若干资料"(《坟·写在〈坟〉后面》)"采用文言","甚至于外国话"(《花边文学·大雪纷飞》)。很明显,鲁迅谈文学语言,也完全是从人民的立场出发的。

六　读什么书

鲁迅说:"看外国短篇小说,几乎全是东欧及北欧作品,也看日本作品。"

这一条谈到读文艺书,表面看好象没有什么意思,其实不然。写作品要求"内容的充实和技巧的上达"(《三闲集·文艺与革命》),当然首要自己深入生活,提高政治水平,但多读外国名著,以便从中吸取"应该怎样写",和"不应当那么写"的经验,也很必要。

鲁迅看的短篇小说,为什么"几乎全是东欧及北欧作品"? 这决不是偶然的事情。东欧北欧过去多是被压迫民族,他们的作品里充满了辛酸的血泪和英勇的抗争。鲁迅是存心想从这些作品里汲取教训和指示的。鲁迅说过:"俄国文学是我们的导师和朋友",因为从那里面,既使我们"看见了被压迫者的善良的灵魂、的酸辛、的挣扎。"(《南腔北调集·祝中俄文字之交》)也使我们看见了他们的"战斗、变革、战斗、建设、战斗、成功"。

可见,读文艺书应当有所选择,首先要选择那种充满着积极的战斗精神,鼓舞人前进的书来阅读,因为这种书对我们的启发最大,帮助最多。事实上,这种书因为有着这样的内容,所以往往也是艺术性极高的作品。

鲁迅曾说:"我看苏维埃文学,是大半因为想绍介给中国,而对于中国,现在也还是战斗的作品更为紧要。"(《且介亭杂文·答国际文学社问》)可见鲁迅的读书,其选择标准是根据国家的需要,即革命斗争的需要。

七　文学工作没有举手可得的秘诀

鲁迅说:"不相信'小说作法'之类的话。"又说:"不相信中国的所谓'批评家'之类的话,而看看可靠的外国批评家的评论。"

当时的"小说作法"一类书,因为是出于不学无术之徒和投机商人之手的,内容本已荒谬不堪,而有些读者又往往想不费气力学到一套秘诀,于是就把这类书看作法宝,贻害也便更大。鲁迅一贯痛斥嘲笑这类书,一方面固想阻止人们再去上当,另一方面也为的指明在文学工作上不可能有一套不费力气就会学到的秘诀,所谓"捷径"实在是"此路不通"的。他所反对的不是真正的批评家,而只是"所谓'批评家'之类",这也是针对着当时的某些情况才这样说的。

鲁迅一贯痛斥嘲笑"小说作法"一类的书。他说:"我也尝见想做小说的青年,先买小说法程和文学史来看。据我看来,是即使将这些书看烂了,和创作也没有什么关系的。"(《而已集·读书杂谈》)"翻完'描写字典',里面无之;觅遍'文章作法',其中也没有。"(《准风月谈·双十怀古》)"'小说作法'之类,我一部都没有看过。"(《南腔北调集·我怎么做起小说来》)"凡是有志于创作的青年,第一个想到的问题,大概总是'应该怎样写?'现在市场上陈列着的'小说作法'、'小说法程'之类,就是专掏这类青年的腰包的",但"从'小说作法'学出来的作者,我们至今还没有听到过"(《且介亭杂文二集·不应该那么写》)。

鲁迅认为创作根本没有什么举手可得的秘诀。他说:"做医生的有秘方,做厨子的有秘法,开点心铺子的有秘传,……但是,作文却好像偏偏并无秘诀,假使有,每个作家一定是传给子孙的了,然而祖传的作家很少见。"(《南腔北调集·作文秘诀》)"因为创作是并没有什么秘诀,能够交头接耳,一句话就传授给别一个的,倘不然,只要有这秘诀,就真可以登广告,收学费,开一个三天包成文豪学校了。以中国之大,或者也许会有吧,但是,这其实是骗子。"(《且介亭杂文二集·不应该那么写》)

荒谬不堪的和粗制滥造的"小说作法"、"小说法程"之类,的确应当反对,但若是作家们的经验结晶,如高尔基的《我怎样学习写作》、《给初学写作者》之类,或高明理论家们的研究成果,确实能起指导作用的,那末自然仍值得我们重视、学习。同样的,"所谓'批评家'之类"的混账话或缠夹话固然不可信,真正批评家——马克思列宁主义的文学批评的话还是应当重视,听取的。因为批评和创作,乃如一个人的两足,相得便益彰,少了一足整个文学事业便难于前进。鲁迅这两条因为只是从消极方面说,其实他的积极意思也就是这样的。

1955 年 2 月

后　记

　　五十多年前在高中读书时期初次读到鲁迅先生的小说,由于知识和生活经验都非常贫乏,理解得十分肤浅,有的其实完全没有看懂。但兴趣还是浓的,觉得这些作品和自己过去读过的《水浒》《三国演义》以及翻译小说等等都有极大的不同,虽然不大懂,毕竟跟我的生活接近得多。由于经历了可耻的"九一八事变",也随着大队爬火车去南京"请愿"并失望过,再加上所订《生活周刊》韬奋"小言论"一类文章的薰陶,脑子逐渐开窍些了,对鲁迅小说和杂文的爱好也增强起来。1934年我进大学所以会读中文系,多少和这种爱好有联系。恰巧鲁迅的年轻朋友台静农(伯简)先生正在给我们讲《诗经》课。我知道他同鲁迅异常亲近,便常到他屋子去,很少向他请教《诗经》,而总向他探问鲁迅的事情,随便他回答什么我都极为爱听。不幸鲁迅过早地就逝世了。如果当时是在上海,一定也会涌向送葬的人流中去,但我们却是在青岛。为了表示痛悼,我们在大学里举行了隆重的追悼大会,在当地报纸上出了追悼专刊,现在《鲁迅先生纪念集》(鲁迅纪念委员会编印本,1937年版)里还保留着我们这批青年当时悼念导师的记载。在此之前,我确实还从未经验过对一位不曾见面的人物之逝世,感到如此巨大的悲痛。其实即使在这时候,我对鲁迅的认识仍是很不深刻的,不过我到底看清了,鲁迅对一切坏人坏事充满了憎恨和愤怒,而对我们多难的祖国、水深火热中的人民,则充满了热爱和期望。青岛海边经常停泊很多日本兵舰,稍不如意就要卸掉炮衣向岸上中国人民示威,而岸上的反动派官吏只会对外屈膝,虽然对付手无寸铁要求抗日的学生青年他们却比虎狼更凶狠。我当时在政治上还极无知,可是在此时此地,到底觉得象鲁迅这样的人,实在太难得,真正值得尊敬、佩服。什么时候我才能哪怕只是很少一点学到他的革命精神、高尚品质呢?

1940 年后,我在广东坪石读研究院,虽然搞的是古代诗文理论,却珍藏着一部精装二十册的红布面《鲁迅全集》,放在简陋的木架上,稍有空闲就会随手抽出一册来阅读。当时的种种艰难困窘至今记忆犹新,这部《鲁迅全集》却给了我力量。农民们比我不幸得多,大敌当前,没有任何理由只想到自己的一点点困难,而让宝贵的时间白白流掉。日军侵略湘桂时我们只好避难去东江一带,很多东西丢掉了,唯独这部大书还尽力拖带着,可是后来连孩子都只能背在我们背上步行赶路,这部书再也没法拖带,便匆匆寄存在赣州乡下一个学生的亲戚家里了。胜利以后,由于人事变迁,山川阻隔,这部书打听无着,就算失落掉了。鲁迅书早已不难再买,不过由于想到它在艰难时刻曾不断鼓励激发我的意志,就深感原来那二十册留有自己很多阅读痕迹的红布面书特别可贵,直到今天,我还常常在怀念着它。

可是对鲁迅作品写点东西,在我却是解放后几年的事。原因是兼任了"现代文学"的课。当作备课笔记,连续写了若干篇,还出版了一本书。多年搞的古代文论,又见动辄狠狠批判,教课怕出毛病,便据权威意见,很少直谈自己看法,的确很少可取之处。纪念鲁迅逝世二十周年前后,紧张的空气一度放松了些,这时继续写的东西才稍为象样一点,能够多说自己的话了。我把这一时期所写连同以前所写的一部分,又选编成一个小册子,即《关于鲁迅的小说、杂文及其他》(新文艺出版社 1957 年版)。没有想到,小册子刚出版,就遭飞来横祸,"扩大化"也临到了再三来动员诚心帮助整风者之一的我的头上。这以后二十余年的遭遇是可想而知的,其中一端,便是被迫完全搁下了笔。在这期间,我们这种人列在"另册"是连向鲁迅表达敬意、谢忱的资格都没有的。

一直到去年纪念鲁迅诞生一百年的时候,我才抽空又为好几个刊物写了本书中大约一半的文章。我深深感到,文艺领域里有很多鲁迅当年批评过的缺点,今天还在出现,因之他当年提出的意见,简直好象就是针对今天的问题而发的。半个世纪过去了,他的很多观点仍显得十分精辟。重温他的许多指教,非常必要。我相信,只要这些缺点、偏颇还在,鲁迅的指教将仍有它的强大生命力。

从开始接触鲁迅作品到现在,已经五十多年了。将近七十年的生命,印象最深的是当小学生时的数不清的国耻纪念游行,青年时代的亡国灭种危险,抗战后方的忧愁失望,胜利时昙花一现的喜悦,解放初年的豁然开朗和欢欣鼓舞,

673

接着便是接连不断的自我折腾，直到史无前例的文化大破坏。这些经历帮助我逐步较深地认识到鲁迅的伟大。但鲁迅正如无比辽阔的海洋，至今我还远不能描述出他全部的伟大。他的丰富遗产值得我不断的探索，探索也是为了老老实实向他的永不疲倦的革命精神学习。

最后，对这本小书的出版，编辑同志帮助我做了很多认真负责的校核工作，谨向他们和编辑部的有关同志致深切的谢意！

1982 年 12 月在上海

（本书出版于 1983 年 8 月）

674